新陆文库 · 德语卷

Kanonische Deutsche Novellen

北京楚尘文化传媒有限公司　出品

新陆文库·德语卷

Kanonische Deutsche Novellen

施托姆中短篇小说经典

[德] 施托姆 著　　　　高中甫　关惠文 等 译

重庆大学出版社

目录

施托姆——陋世中的诗意写手

高中甫

从 19 世纪二三十年代开始，在欧洲兴起了一股强大的、反浪漫主义的文学思潮，这就是现实主义。它很快就成为主流，崛起了一批又一批跻身世界文坛的大作家、大诗人。在法国出现了司汤达、梅里美、巴尔扎克、福楼拜等人，在英国出现了狄更斯、萨克雷、夏洛特·勃朗蒂、盖斯凯尔等，在俄国有果戈理、屠格涅夫、冈察洛夫、亚·尼·奥斯特洛夫斯基等人，而德语文学则有斯蒂夫特、施托姆、默里克、凯勒、冯塔纳等人活跃于文坛。这些现实主义作家创作出了一批又一批伟大的作品，它们成为世界文学和民族文学的珍品，永远熠熠生辉。

与统一的中央集权的法、英、俄不同，分裂的德国政治上窳败、经济上落后（这种支离破碎的格局直到 1871 年德国统一才得以改观）。因此德国的现实主义文学有着自己的特点，或者说是弱点：它没有无情地揭露现实的勇气，缺乏尖锐的批判社会的精神，不具有一种清晰的先进的思想；这一批现实主义作家在生活观察上、在时代剖析上匮乏足够的胆识和犀利的目光。正是因此，从文学成就上来看，德国的现实主义作家难以与法、英、俄的现实主义作家相颉颃，难以跻身世界级作家之列。尽管如此，他们却是德国文学中一个不可缺少的构成部分、一个重要的环节，这批作家是德国当时社会环境下所能造就出的文坛上的佼佼者了。

德国现实主义比法、英、俄现实主义统领文坛的时间稍晚。1848 至 1849 年德国资产阶级革命失败不仅在政治上、精神上，而且也在文学上引起了巨大的变化，现实主义即是以此为契机应运而生。然而由于先天上的不足，德国现实主义缺乏批判的力量，而有了"诗意的"现实主义之称。尽管这一名称并不为文学史家普遍认同，但是"诗意的"这个定语的确也能在很大程度上体现德国现实主义的本质。诗意的现实主义追求的不是对现实的揭露和批判，而是在批判和神化之间找平衡，是对现实和这个现实中的人进行象征的诗化；不是社会性的批判，不是去揭示鄙陋现实的根源，而是在有限的生活领域里去保持和发展人性。这正如一位德国文学史家所说："……诗意的现实主义作家在逝去的东西中寻找持续下来的，在时代中去寻找无时代的东西……与稍后的自然主义不同，是在现实中寻找美，因此它对所表现的世界多数情况下是说一个肯定的'是'字……"（见《插图本德国文学史》六卷本，第四卷，KOMET 出版社）随着 1871 年德国的统一，民族主义的高涨，经济上的"起飞年代"，为这种文学思潮的进一步发展和某些突破提供了有利的条件。它一直持续到 19世纪 80 年代末期。

德国诗意的现实主义作家固然无法与同时代的法、英、俄的批判现实主义作家等量齐观，但这并不能否定他们文学上的成就。他们的个人生活和社会经历、他们对现存秩序的矛盾心态、他们对现实的失望情绪、政治上对民主和对一个人类美好未来的朦胧追求，使他们经常保持清醒，在文学实践上能时而突破诗意的现实主义的温柔之网，创作出一些批判性的作品。

上面稍多地谈了德国的诗意的现实主义，这是为我们理解包括施托姆在内的诗意的现实主义作家提供了一个文学背景，便于对他们的文学作品作出更好的判断。

在诗意的现实主义作家群中，台奥多尔·施托姆（1817—1888）是一位重要代表者。他的早期作品典型地表现出了诗意的现实主义特点；而在晚期，他的作品突破了诗意的现实主义，有了较为强烈的社会批判精神。他生于石勒苏益格－荷尔斯泰因的胡苏姆，这是一座濒临北海的风光绮丽的小城。父亲是一名律师，母亲是佛里西亚人（日耳曼人的一支，定居于佛里西亚群岛及北海沿岸）。施托姆大学时在基尔和柏林攻读法律，毕业后回故乡做律师。时石勒苏益格－荷尔斯泰因在丹麦统治之下，他积极从事反对丹麦统治的民族解放斗争。1853年施托姆被迫流亡，在波茨坦等地做法院推事。1864年爆发普鲁士－丹麦战争，丹麦失败，石勒苏益格－荷尔斯泰因并入普鲁士。施托姆返归故乡任行政长官。但他对普鲁士推行的统治深为不满，可他感到无能为力，极度沮丧。在1864年到1870年间，如他在仕途上一样，他的创作也处于消沉时期。他在一封致友人的信中写道："公共关系是如此令人厌恶，它使每一个正直的人的生活都不得不变得痛苦不堪。"1880年他退出政界，专事创作。在此后的八年间他创作了一批具有时代感和批判精神的重要作品，如《缄默》、《箍桶匠巴施》、《双影人》、《骑白马的人》等。

施托姆是从诗歌创作走上文坛的。他创作了大量的抒情诗，称自己本性是一个抒情诗人，在他的诗歌中可以找到他的整个性格、激情和幽默。他从 19 世纪 40 年代后期开始写小说，他不写长篇（Roman），只写小说（Novelle）。他在谈到自己的小说时说道："我的小说出自我的抒情诗。"与他同时代的作家保尔·海泽称他的小说是"抒情的小说"。1850 年发表的《茵梦湖》使他名声大噪。在此后直到他辞世共写有五十多篇小说，此外尚有一些童话。在多以故乡为背景的作品中，他以优美的文笔描绘出一幅又一幅富有诗意的图画，娓娓动听地讲述一个又一个感伤的故事，谱写了一曲又一曲令人为之叹息的恋歌。他的作品充满了对往昔的怀念，表达了在鄙陋现实中一种无可奈何无能为力的灰色情绪。

施托姆的小说多是采用框形结构的表现形式。所谓框形结构即是借助一个机缘、一个景物或一种象征物，用倒叙、回忆的手法，几乎是线式地叙述一个完整的故事，最后回转到故事的起点。在这样一个框架中展开情节，敷衍事件，描绘景物，塑造形象，最后结束故事。框形结构是德语文学中许多作家惯用的一种形式，而施托姆是此中能手，他运用起来得心应手，甚至能进一步发展成双重的甚至三重的框架。

本书共选了施托姆六篇小说和一篇童话。除这篇童话，皆以创作年代为序排列。这里无须对它们一一加以介绍，我想只对他早期引起轰动的《茵梦湖》和他最后一篇力作《骑白马的人》略微作些叙述，或许有助于读者理解，也可以对施托姆的创作及其发展有一个总的印象。

《茵梦湖》写了一个令人伤感的爱情故事。主人公赖因哈特暮年时形单影只，他沉浸在回想少年时代与伊丽莎白青梅竹马的生活情景中。那时两人相爱甚笃，心心相印。可在赖因哈特外出求学时，伊丽莎白屈服于母亲的意愿另嫁。在伊丽莎白婚后，赖因哈特到茵梦湖庄园拜访。再度重逢燃起的情愫只能深埋内心，他俩都默默地听从命运的安排。面对一个狭隘的生活环境、一个鄙陋的现实，他们无力抗争，只能顺从地忍受；习俗、偏见和财富毁灭了这对本应成为爱侣的恋人的爱情和幸福。小说充满了怀旧和断念的情绪，掩卷之后一种怜其不幸、哀其不争的思绪便涌上心头。

《骑白马的人》是施托姆辞世前的最后一部作品，它写了一个有才干有意志力的人在一个充满市侩气的现实中的悲剧。农民之子豪克·海恩聪颖勤奋、年富力强，他在担任堤防督办时热爱自己的工作，渴望做出一番事业。但他的超前观念和先进思想及独行其是、孤行己见，引起目光短浅、思想保守的众人的非议，说他被魔鬼缠身、不信上帝、所骑的马是淹死的马的骨骼所变，等等。但他一如既往，把整个身心都投入新堤的建造。他的努力为农民带来了益处，但当他发现新旧堤结合部是一处危险所在而提议应进行必要的加固时，却遭到了反对和讥讽。一天夜里狂风暴雨骤至，堤坝崩塌，他的妻子和孩子葬身海潮。豪克目睹家破事毁，万念俱灰投水自尽。可以明显地看得出，施托姆已经突破他一向热衷和习惯的爱情、婚姻、家庭的题材，也在突破诗意的现实主义美学的束缚而着笔社会的先进和保守、因循守旧和励精进取、保守和变革这一类具有强烈时代气息的大课题，并且有了鲜明的社会批判的色彩。

茵梦湖

老人

晚秋的一个下午，一位衣着得体的老人缓缓地朝街下走来。他看来像是在散步后返家，因为他穿的一双已是过时式样的搭扣鞋上净是灰尘。他胳膊上掖着一根长长的藤手杖，金色的杖柄。他那双深色的眼睛像是流露出业已完全逝去的青春，与雪白的头发形成鲜明的反差。他安详地环视四周或俯望面前静卧在暮霭中的城市。他看来似乎是一个外乡人，因为过路人只有寥寥几个朝他打招呼，尽管有些人不由自主地朝这双严肃的眼睛望来。终于，他在一幢山墙高大的房子前静静地停了下来，他又一次朝城市望去，随后就走进门厅。随着门铃的响声，屋子里一扇朝向门厅的小窗上的绿色窗帷拉了开来，窗后露出了一个老妇的面孔。老人用他的藤手杖朝她示意。"还没点灯！"他说，带着些南方的口音。老妇又把窗帷拉上了。老人走过宽大的门厅，然后穿过一间起居室，这一溜面靠墙有一个大型的橡木柜，上面摆放着瓷花瓶。他穿过门对面的一个小型的过道，从这儿登上狭窄的楼梯就进入后房的顶层的房间。他缓慢登了上来，打开上面的一扇门，随后就进入一个大小适度的房间。这儿安适、寂静，一面墙上几乎摆满了书架和书柜，另一面墙上挂着人物画和景物画；一张桌子铺着绿色的台布，上面四下摆放着一些打开的书；桌子前面是一只笨重的靠背椅，上面有一个红色的天鹅绒靠垫。老人把帽子和手杖投放到角落里，随后在靠背椅上坐了下来，插起双手，像是散步后的休息。他就这样地坐着，天色慢慢地变得更加暗了起来。终于一束月光透过玻璃窗落到墙上的画上，像是明亮的光带缓缓地移动，老人的眸子情不自禁地跟随着它。月亮落到装在一个简朴的黑色镜框里的一张小型画像上。"伊丽莎白！"老人轻轻地说道。就在他说这句话时，时间起了变化——他回到了他的青年时代。

孩子们

很快就有一个小姑娘的俏丽身影走到他的跟前。她叫伊丽莎白，有五岁了，他比她大一倍。她的脖子上围着一条红色的丝巾，这跟她的一双褐色眸子十分般配。"赖因哈特！"她喊道，"我们放假了，放假了！整天都不用上学了，明天也不去了。"

赖因哈特把夹在胳膊下的演算板麻利地放在房门后面。随后两个孩子就穿过房子跑进庭园，经过庭园大门到了草地。这个意想不到的假期令他们喜出望外。赖因哈特在伊丽莎白的帮助下在这儿用草皮搭了一个房子，他们要在夏日傍晚住在里面。但是还缺少个凳子，于是他立即就干了起来，钉子、锤子和所需的木片都已准备妥当。其间伊丽莎白便沿着堤边去采集野锦葵的圆形种子，把它们装在她的围裙里，她要用它们结成项链和项圈。当赖因哈特终于用一些弯曲的钉子把板凳做好了并重新来到太阳底下时，伊丽莎白已经走到离草地另一头很远的地方了。

"伊丽莎白！"他喊了起来，"伊丽莎白！"她走了回来，她的鬈发在飘动。"来，"他说，"我们的房子已经盖好了。你太热了，进来，我们坐在我们的新板凳上。我给你讲点什么。"

他们两人走了过去，坐在新板凳上。伊丽莎白从她的围裙里拿出带回来的种子，把它们用长线串在一起，赖因哈特开始讲了起来："从前有三个纺织女人……"

"啊，"伊丽莎白说，"这我都能背出来了，你不能老是讲同一个故事呀。"

赖因哈特只好放下三个纺织女人的故事，他讲起了一个可怜的男人被抛进狮洞的故事。

"那是在夜里，"他说，"你知道吗？黑得不辨五指，狮子都睡着了。但它们睡着时都打哈欠，伸出红红的舌头。这个男人怕得要死，他认为天要亮了。这时突然在他四周升起一道明晃晃的亮光，他仔细一看，竟是一个天使站在他的面前。天使用手召唤他，随后就径直地进岩石里去了。"

伊丽莎白注意在听。"一个天使？"她问道，"那他有翅膀吗？"

"这只是一个故事，"赖因哈特回答说，"根本就没有天使。"

"噢，呸，赖因哈特！"她说，并死死地盯住他的脸。可当他面色阴沉地望她时，她怀疑地问他："那为什么他们总是说有呢？母亲这样说，姑妈这样说，学校里也是这样说！"

"这我不知道。"他回答说。

"但是你说,"伊丽莎白说道,"也没有狮子吗?"

"狮子?有狮子呀!在印度,崇拜偶像的教士用它们拉车,与它们一道穿越沙漠。当我长大了时,我自己就要去那里。那儿要比我们这儿美上几百倍呢。那儿根本就没有冬天。你也要与我一起去。你愿意吗?"

"愿意,"伊丽莎白说,"但是母亲也得去,你的母亲也去。"

"不行,"赖因哈特说,"那时她们都太老了,不能一起去。"

"但是我不可能单独一个人去。"

"你可以单独一个人去,那时你已经是我的妻子了,其他人是不能对你发号施令的。"

"但我的母亲会哭的。"

"我们会回来的呀。"赖因哈特急迫地说道,"你就直说吧,你要不要与我一起去旅行?你不去那我就一个人单独去,并且永远不回来了。"

小姑娘几乎哭了出来。"你不要瞪眼睛这么凶嘛,"她说,"我要和你一起去印度的。"

赖因哈特欣喜若狂地抓住她的双手,把她搜到外边的草地上。"到印度去,到印度去。"他说,并拉着她转起圈圈,她的红丝巾都从脖子上飞了起来。可随后他突然把她放开并一本正经地说道:"这事是办不成的,你没有勇气呀。"

"伊丽莎白!赖因哈特!"有人从庭园门口那儿喊了起来。

"在这儿!在这儿!"孩子们回答并手拉手朝家里跑去。

在林中

两个孩子就这样在一起生活，她对他经常是太文静了，而他对她经常却是太急躁了，但他们俩并不因此而分离开来，几乎在所有空闲时间里他们都在一起：冬天呢，是在他们母亲的狭小房间里；夏天呢，是去丛林里去田野里。有一次地理老师当着赖因哈特的面责斥了伊丽莎白，赖因哈特就愤怒地把他的小木板摔到桌子上，想以此把老师的怒气转移到自己身上，可是老师没有注意到。但是赖因哈特因此失去了对地理课的兴趣，代替的呢是他写了一篇长诗。在诗里他把自己比作一只年轻的鹰，把地理老师比作是一只灰乌鸦，把伊丽莎白比作是一只白鸽。鹰发誓一旦他的翅膀长起来时，他就要向灰乌鸦进行复仇。年轻的诗人眼里饱含泪水，他觉得自己非常高尚。当他回到家里时，他设法制作了一个羊皮封面的小本子，里面有许多白页，在头几页上他精心地写下了他的第一首诗。此后不久他到了另一个学校，在这儿他与一些同年龄的男孩成为了朋友，但他与伊丽莎白的交往并未因此而受到影响。往常他给她讲的和重复讲的童话，现在他开始把那些她最喜欢的都写了下来。这样做的同时，他乐于把自己的某些思想也加了进去；但是他不知道为什么，他总是不能如愿，于是他就把他自己听到的详详细细地写了下来。随后他就把它们送给伊丽莎白，伊丽莎白把它们放进她自己首饰匣的一个抽屉里，精心地保存起来。有时晚上，她当着他的面从他写给她的故事中挑选一些朗读给她的母亲听时，他感到这是一种快意的满足。

少年的时光过去了。赖因哈特为了深造要离开这座城市了。

伊丽莎白没有想到过，她要度过一段赖因哈特完全不在身边的日子。有一天，当他告诉她，他要像往常一样给她写故事时，她高兴极了。他要在写给他母亲的信中把这些故事寄给她，可她在随后必须给他写信，告诉他是不是喜欢它们。动身的日子临近了。此前在羊皮本子里还写有一些诗。尽管伊丽莎白本人就是这整个小本和大多数诗歌——它们慢慢地填满了小本子中一大半白页了——的动因，可对她本人还是个秘密。

　　已经六月了，赖因哈特要在翌日启程。人们要再次聚集一起快快乐乐地玩上一天。为此要到附近的林子里举行一个较大规模的野外聚餐会。人们乘车走了一个小时的路程就到了树林的边上，然后把车上的食品篮取了下来，继续前进。先是得穿过一片枞树林，这儿阴冷昏暗，地上到处散布着精细的松针。半个小时之后，大家就走出了昏暗的枞树林，进入一个清新的丛林地带。这儿一切都是明亮的、碧绿的，透过茂密的树枝时而透进一缕阳光，一只松鼠在他们头上的树丫间跳来跳去。他们到了一个地方停了下来，这儿古老的山毛榉用它们的树冠搭成了一个透亮的穹顶。伊丽莎白的母亲打开了一只篮子，一个老先生充当了食品管理人。"你们这些年轻的小鸟，都朝我围拢过来！"他喊道，"好好听着我给你们讲的话。现在你们中间每一个人得到两块干面包作为早点，黄油留在家里了，你们必须自己去找面包夹的东西。林子里有足够的草莓，这就是说，有办法的人才能找到它。谁笨的话，那他就得吃干面包了，生活中到处都是如此。你们懂得我讲的话吗？"

　　"懂得！"孩子们都叫了起来。

　　"好，等等，"老人说道，"可我的话还没有说完。我们老人一生中已经够辛苦的了，因此我们留在家里，这个家就是这儿的这些大树，刮土豆皮、生火和准备饭菜，到了十二点时，还要煮鸡蛋。因此你们要把你们的一半草莓分给我们，这样我们也能有餐后的水果。好了，到东边去或西边去，要老老实实地去做！"

孩子们做出各式各样的怪脸。"停停！"老先生又一次喊了起来，"这或许不必告诉你们，谁没有找到，谁也就不必上交；但是你们可不要忘了，那他也从我们老人这里什么都得不到。你们在这一天会学到足够的东西，如果你们还能看到草莓的话，那你们今天就能一生受益啊。"

孩子们都赞同老人的观点，成双结对地开始上路找草莓去了。

"来，伊丽莎白，"赖因哈特说，"我知道草莓成堆的地方，你不会吃干面包的。"

伊丽莎白把她草帽上的绿色带子结在一起，把帽子挂到胳膊上。"走吧，"她说，"篮子已经准备好了。"

随后他俩朝林子里走去，越走越深。穿过潮湿的透不进光亮的树荫，这儿寂静无声，只有在他们上方看不到的地方，老鹰在空中鸣叫。随后他俩又穿过浓密的灌木丛，那么密，得赖因哈特在前面开路，这里得折断一根枝条，那里得拨开一根藤蔓。可不久他就听到后面的伊丽莎白在喊他的名字，他转过身来。"赖因哈特！"她喊道，"等一等，赖因哈特！"他看不见她，终于他看到了她在稍远地方的灌木丛中挣扎个不停呢，她那秀丽的头部刚好浮动在凤尾草的草尖上方。于是他又走了回来，把她从杂草和灌木中领到一片空地上，这儿蓝色的蝴蝶在寂寞的野花丛中翩翩飞舞。赖因哈特把她湿漉漉的头发从涨红的脸上拨开，然后他要给她戴上草帽，可她不愿意；但是他一再请求她，她也就答应了。

"可你的草莓在哪儿？"她停了下来，深深地喘了一口气，问了一句。

"它们就在这儿，"他说，"但是癞蛤蟆比我们早来了一步，再不就是貂鼠，或者是小精灵了。"

"是啊，"伊丽莎白说道，"叶子还留在这儿，可在这儿别说什么小精灵了。走，我还一点儿不累，我们要继续找。"

一条小溪横在他们面前，那一边又是一片森林。赖因哈特把伊丽莎白抱起来走了过去。少顷之后他俩穿过浓密的树荫重又进入一片林中空地。"这儿一定有草莓，"姑娘说，"这儿有一股甜的气味。"

他俩在阳光照射的地方边走边寻，可什么也没找到。"不对，"赖因哈特说道，"这只是石楠的香味。"

覆盆子和荆棘遍地丛生，混杂一起，石楠和短草相间覆盖着空旷的林中隙地，空气中弥漫着一股石楠的浓烈气味。"这儿这么偏僻，"伊丽莎白说，"其他人都在哪儿？"

赖因哈特没有想到回去。"等等吧，风从哪儿来？"他说，并把手高举起来，但是没有风。

"别说话，"伊丽莎白说，"我觉得我听到他们在说话。朝下面喊一喊。"

赖因哈特拢起双手喊了起来："到这儿来！——到这儿来！"有人在回应。

"他们在回答！"伊丽莎白说，她拍起了巴掌。

"不对，那不是回答，那只是回声。"

伊丽莎白抓紧赖因哈特的手。"我害怕！"她说。

"不要害怕，"赖因哈特说，"这没有什么可怕的。这儿好极了。你坐到那边杂草中间的阴凉地方去。我们要休息一会儿，我们会找到他们的。"

伊丽莎白坐在一棵山毛榉的树荫下面，注意地谛听各方的动静；赖因哈特坐在离她几步远的一个树墩上，他一声不响地朝她望去。太阳恰恰直照着他们，正是炽热的中午时分，一小群闪闪发亮的钢青色小蝇在空中挥动着翅膀，在他们四周响起了细微的嗡嗡声和嘤嘤声，有时还听到密林深处啄木鸟的啄树声和其他林中鸟儿的啼鸣。

"听，"伊丽莎白说道，"有动静。"

"哪儿？"赖因哈特问道。

"在我们下方。你听到了吗？已经中午了。"

"在我们下方是城市，我们沿着这个方向直走过去，那就一定能遇到他们。"

他俩就踏上了归路，放弃了去寻找草莓，因为伊丽莎白累了。终于听到在林间响起同伴们的笑声，随后他俩也看到铺在地上的一条白布在闪光，这就是餐桌，上面摆满了草莓。老先生的纽扣孔上挂了块餐巾，他一面忙于切一块烤肉，一面在给孩子们继续讲他的道德课。

"落伍者来了。"孩子们一见到赖因哈特和伊丽莎白从林间出现便都叫了起来。

"到这儿来！"老先生喊道，"把手帕和帽子里的都抖搂出来！看看你们都找到了什么。"

"是饥饿，是口渴！"赖因哈特说。

"如果就是这些，"老人回答并朝他俩举起一只盛满东西的碗，"那你们也只好忍着了。你们知道我们有约定，这儿没有东西给懒汉吃。"但他终于经不住众人的求请，午餐开始了，佐餐的还有从杜松林中响起的画眉的歌声。

　　这一天便这样过去了。赖因哈特还是找到了些东西，但不是在森林中生长的草莓。当他回到家中时，他在他那本旧羊皮小本子里写下了一首诗：

　　　　在这儿的山坡旁边，
　　　　风儿一声不响；
　　　　枝丫低垂，
　　　　下面坐着一个姑娘。

　　　　她坐在百里香花丛中间，
　　　　四周馥郁芬芳；
　　　　青蝇嗡嗡歌唱，
　　　　在空中闪闪发亮。

　　　　森林静寂无声，
　　　　她聪颖的目光朝林中张望；
　　　　她褐色的鬈发四周，
　　　　洒满了一片阳光。

　　　　杜鹃在远处欢歌，
　　　　我心中升起这样的思想：
　　　　她有金色的眼睛，

恰和森林女王的一样。

她不仅仅是他要保护的人，她也是他锦绣年华中所有可亲可爱、所有神妙的万事万物的体现。

路边的孩子

圣诞节到了。还在下午时分，赖因哈特与一些大学生围坐在市政厅地下室酒馆的一张老式木桌四周，墙壁上的灯已经点燃起来。因为这儿下面早已是一片朦胧了。但是客人不多，侍者懒洋洋地靠在墙柱上。在拱形大堂的一个角落里坐着一个提琴手和一个有吉卜赛人特征的弹齐特琴的姑娘，他俩把乐器放在怀中，冷漠地向前望着。

在大学生的餐桌旁，一瓶香槟酒的瓶塞砰的一声拔了出来。

"喝吧，我的波希米亚小情人！"一个容克贵族模样的青年喊道，这同时他把一满杯酒朝姑娘递了过去。

"我不喝。"她说，身子动也没动。

"那就唱吧！"这个容克贵族喊了起来，并把一枚银币抛进她的怀里。姑娘用手指慢慢地掠了掠她的黑色头发，这其间提琴手附在她的耳朵上悄声说了几句，但是她把头朝后一甩，把下颌支在她的齐特琴上。"我不为这个人演唱。"她说。

赖因哈特手中拿着酒杯，他跳了起来，站在她的面前。

"你要做什么？"她倔强地问道。

"看看你的眼睛。"

"我的眼睛与你有什么相干？"

赖因哈特神采奕奕地端详她。"我知道，他们是错的！"——她用手掌托住她的面颊，不怀好意地凝视着他。赖因哈特把他的酒杯端到嘴边。"为你那双美丽和邪恶的眼睛！"他说，并举杯就喝。她笑了起来，晃了晃头。"拿来！"她说，用她的黑色眸子盯住他的双眼，慢慢地喝下杯中的残酒。随后她拨了一个三和弦，用深沉而充满激情的声音唱了起来：

> 今天，只有今天
> 我才如此俏丽；
> 明天，啊，明天
> 一切都必须逝去！
> 只有这个时刻，
> 你还属于我；
> 死亡，啊，死亡，
> 我要独自一人死亡。

提琴手用快速的节拍奏出了尾声，这时一个新来的人加入到这群人中间。"我去找你，赖因哈特，"他说，"可你早已走了，但圣诞老人已经去过你那里了。"

"圣诞老人？"赖因哈特说，"他不再到我那儿了。"

"说什么呀！你的整个房间都充满了枞树和圣诞饼的香味。"

赖因哈特放下手中的酒杯，拿起他的帽子。

"你要做什么？"姑娘问道。

"我去去就回来。"

她皱起眉头。"留下！"她轻轻叫了一声，亲切地凝视着他。

赖因哈特在犹豫。"我不能。"他说。

她笑着用足尖踢了他一下。"去吧！"她说，"你是没用的人，你们都是些没用的人。"在她转过身期间，赖因哈特已经慢慢地登上了地下室的台阶。

外面大街上暮色苍茫，他感到清新的冬日空气在吹拂着他灼热的前额。从那儿或这儿的窗户里透出光华四射的圣诞树的亮光，不时从里面传出小笛子和铁皮喇叭的响声，其间掺杂着孩子们的欢叫声。一群乞儿从一家走到另一家或登上台阶，并透过窗户朝他们可望而不可即的豪华场景看上一眼。偶尔也会有一扇门突然扯了开来，用责骂声把这样一群小客人从明亮的房前赶到昏黑的胡同里。在一处门厅里响起了一首古老的圣诞之歌，中间有清脆的少女声音。赖因哈特无心去听，他迅疾地走了过去，从一条大街进入另一条大街。当他回到自己住处时，天色已经漆黑一团了，他跌跌绊绊地登上台阶，进入他的房间。一股甜蜜的芬芳扑面而来，这使他感到像是回到了家里，它散发出的味道就如家里过圣诞节时母亲装饰的那间小屋的味道一样。他用颤抖的手点上了灯。一个大型的包裹就摆在桌上，他拆了开来，一些他非常熟悉的圣诞饼就掉了出来。其中几只上面有用白糖撒成的他的名字的第一个字母，这是伊丽莎白做的，不可能是别人。然后他看到一个包里有精致的绣花衬衫、手帕和袖套，最后还有母亲和伊丽莎白写给他的信。赖因哈特先是打开了伊丽莎白的，她写道：

秀丽的白糖撒成的字母也许就能告诉你，是谁帮忙做这些圣诞饼的，这同一个人给你绣了袖套。我们这里圣诞的晚上十分平静，我的母亲总是在九点半时才把纺车放到角落里。你不在的这个冬天，这儿竟是那么冷清。在上个星期天，你送给我的那只红雀也死了，我大哭了一场，可我一直是很好地照料它的呀。它总是下午当太阳照到它的笼子时就歌唱起来。你知道，我母亲每当它唱得欢时，为了让它沉默下来就给笼子罩上一块布。现在家里更安静了，只是你的老友埃里希现在不时来拜访我们。你曾经有次说过，他很像他穿的那件褐色上装。每当他来到我家时，我就总想起你说的这句话，这真是太滑稽了。可你不要跟我母亲说，她很容易生气的。——猜猜，我给你母亲的是什么样的圣诞礼物！你猜不到吧？是我自己！埃里希用炭笔给我作画，我得坐在他的面前，都三次了，每次整整一个钟头。我很反感让一个外人那样熟悉我的面孔。我也不愿意，但是母亲劝我，她说，这会使你那善良的母亲感到格外喜悦的。

赖因哈特，你可是食言了，你没有寄童话给我。我经常在你母亲那儿抱怨你；她总是说，你现在有更多的事情要做，不再玩这种小孩子的勾当了。但我不相信，一定有另外的原因。

赖因哈特也读了母亲的来信。他读完两封信并缓缓地重又把信叠好放到一边，这时一种痛苦的乡思涌上了他的心头。他在房间里来回踱步，走了好长时间。随后他轻轻地、含糊不清地自言自语：

他几乎迷失道途，
不知路在何方；
路旁的一个孩子，

给他指明了回家的方向！

随后他走到桌旁，拿出一些钱，又朝大街走去。这时街上变得更加寂静，圣诞树上的蜡烛已经燃尽，孩子们的嬉戏已经结束。风儿吹过冷清的街道，老人和孩子都在家里团聚；圣诞夜的第二个阶段开始了。

赖因哈特走近市政厅的地下室酒馆，他听到从下面传来的提琴声和弹齐特琴姑娘的歌声。下方的酒馆大门打开了，一个昏暗身影摇摇晃晃登上了宽大的灯光暗淡的台阶。赖因哈特进入楼房的阴影之中，迅速地走了过去。少顷之后他到一家灯火辉煌的珠宝商店，买妥了一个红珊瑚制成的小十字架，踏着来时的路又走了回去。

在离他住处不远的地方，他发现一个衣着褴褛的小姑娘站在一家高大的房门旁边，在吃力地想把门打开，可白费气力。"要我来帮你吗？"他说。孩子没有回答，但松开了沉重的门柄。赖因哈特把门打了开来。"不要进去，"他说，"他们会把你赶出来的，跟我来！我给你圣诞饼。"说罢他把门关上，抓住小姑娘的手，她一声不响地随他到了他的家中。

他在出去时就没有把灯熄掉。"这儿有圣诞饼。"他说，把整个一半都给她放到她的衣裙口袋里，可没有给她有白糖字母的。"回家吧，也给你母亲些。"孩子用羞怯的目光朝他望去，她像是不习惯这样的善心好意，不知该说些什么。赖因哈特打开了门，给她照个亮，小姑娘像只小鸟带着她的圣诞礼饼飞下台阶朝家里奔去。

赖因哈特拨亮了炉火，把满是灰尘的墨水瓶摆在书桌上，随后他坐了下来写信，写给母亲，写给伊丽莎白，写了整整一夜。剩下的圣诞饼就在他的旁边，他动也没动。但他系上了伊丽莎白给他做的袖套，这配起他那身白色厚呢上装显得格外好看。当冬日的太阳已升上结满冰花的玻璃窗时，他依旧这样坐着，对面镜中显出了他那苍白和庄重的面庞。

回到家中

已经是复活节了，赖因哈特回到了家乡。在他抵达的翌日清晨他就去伊丽莎白那里。当美丽苗条的姑娘含笑迎向他时，他说道："你长得多高啊！"她面红起来，但没有答话。在欢迎他的到来时，他把她的手握在自己的手中，她试图温柔地把她的手抽回去。他疑惑地望着她，她从前可不是这样的，有某种陌生的东西插入他们中间。他已经在家待了稍长的时间，他每天都去看她，可这种陌生感也还是依然存在。每当他俩单独在一起时，总是出现令他感到难堪的相对无语，他小心翼翼地想避免发生这类令人尴尬的场面。为了在假期中间找件事情来做，他开始教伊丽莎白生物课，这是他在大学生活头几个月里曾一度用心学习过的功课。在任何事情上都习惯于听从他并且十分好学的伊丽莎白，便愉快地学了起来。他俩在一个星期里多次去田野或荒原漫游，中午时便把装满鲜花和野草的绿色生物采集箱带回家中，几个钟头之后赖因哈特再来伊丽莎白这里与她一道把共同收集的标本进行分类。

一天下午，赖因哈特又为此来到伊丽莎白房中，她靠在窗旁已把几枝新鲜的繁缕草插在一个镀金的鸟笼上，往常他一直没看到那儿有这样一个笼子。笼子里面有一只金丝雀，它挥动着翅膀，边叫边啄着伊丽莎白的手指。从前赖因哈特给她的那只鸟就挂在这个地方。"我可怜的红雀死后就变成了一只金雀了？"他蛮有兴致地问道。

"红雀不好养，"坐在靠背椅上纺线的母亲说道，"您的朋友埃里希今天中午从他的庄园来把这只雀送给伊丽莎白的。"

"从谁的庄园？"

"您还不知道？"

"怎么回事？"

"埃里希接管了他父亲在茵梦湖旁的第二座庄园，都一个月了。"

"可您没有跟我提起过一个字啊。"

"唉，"伊丽莎白的母亲说，"您也从来没问起您朋友一个字啊。他是一个很可爱的明白事理的年轻人。"

母亲走出房间去烧咖啡，伊丽莎白背朝赖因哈特，她还在照料她那只小巧的笼子。"再稍等一小会儿，"她说，"我马上就弄完了。"赖因哈特一反常态没有答话，于是她转过身来。在他的眼睛里流露出一种突然出现的苦恼表情，她还从来没有看到过。"你不舒服，赖因哈特？"她问，走到他的身边。

"我？"他漫不经心地答道，两眼梦幻般望着她的眸子。

"你的样子怎么这么忧伤？"

"伊丽莎白，"他说，"我不能忍受这只黄色的鸟儿。"

她惊奇地望着他，她无法理解他。"你怎么这么奇怪？"她说。

他拿起她的双手，她平静地让他握住。少顷她的母亲返了回来。

喝过咖啡之后，伊丽莎白的母亲坐到纺车旁，赖因哈特和伊丽莎白到隔壁的房间去整理他们的植物。他俩数点花蕊，精心地把叶子和花摊平，把每一种都挑出两份夹在一本大型的书本里压干。这个阳光充沛的下午非常寂静，只有邻近房间里纺车的嗡嗡声，有时当赖因哈特在讲解植物的分类或纠正伊丽莎白不熟练的拉丁文名称的发音时，就能听到他低沉的声音。

"我们还缺少铃兰。"所有采集的植物都分门别类整理好了，这时伊丽莎白说道。

赖因哈特从口袋里掏出一个小型的白色羊皮本子。"这里有给你的一枝铃兰花茎。"他说，随即他把这枝半干的花卉拿了出来。

当伊丽莎白看到本子里都写满了字时，她问道："你又写童话了？"

"这不是童话。"他回答说，并把这个本子递给了她。

这都是些纯粹的诗，最长的多半都写满了整整一页。伊丽莎白一页一页翻下去，她似乎只是看标题。《她被老师责备时》、《他们在林中迷路时》、《复活节的童话》、《当她第一次给我写信时》，几乎都是这样的标题。赖因哈特探究地望着她，她一直在翻阅，他看到，到最后在她清澈的脸上泛起一丝温柔的红晕并逐渐成了一片绯红。他要看她的眼睛，但伊丽莎白没有抬起头来，到末了她把小本子默默地放到他的面前。

"不要就这样还给我！"他说。

她从白铁皮匣子里拿出一枝棕色的嫩枝。"我要把你喜欢的花草放在里面。"她说，并把小本子递到他的手里。

假期的最后一天终于到了，翌日就要动身。伊丽莎白请求母亲允许她陪同她的朋友去驿站，那儿离她的家隔着几条马路。当他俩走出家门时，赖因哈特把胳膊递给她挽住。他就这样与窈窕的姑娘并排一起沉默地走着。他们离驿站越近，他就越感到，在长别离之前，他要把憋在心里的一些话说出来，这些话与他未来生活的全部价值和全部柔情密切相关，可他不知怎样说出口来，这使他胆怯，他走得越来越慢了。

"你要迟到的，"她说，"圣玛利亚教堂已经响过十点钟了。"

但他并不因此而加快了脚步。终于他结结巴巴地说道："伊丽莎白，你会有两年的时间见不到我了，如果我再回来的话，你还能对我同样好吗，像现在这样？"

她点头并亲切地望着他的面庞。"我也为你辩解过。"少顷之后她说道。

"为我？你在谁面前为我辩解？"

"在我母亲面前。昨天晚上你走了之后，我们还长时间谈论你。她认为，你不再像从前那么好了。"

赖因哈特缄默片刻，但随后他把她的手握到自己手中，同时严肃地望着她孩子似的眼睛，他说："我依然像从前一样好，你一定要相信！你相信吗，伊丽莎白？"

"相信。"她说。他放开她的手，与她疾步穿过最后一条马路。离别的时间越近，他就越是容光焕发。她觉得他走得太快了。

"赖因哈特，你怎么啦？"她问道。

"我有一个秘密，一个美好的秘密！"他说，并用炯炯发亮的眼睛望着她，"当我两年之后再回来时，那你就知道了。"

这其间他们到达了驿站，时间正来得及。赖因哈特再次拿起她的手。"再见！"他说，"再见，伊丽莎白。不要忘了。"

她摇了摇头。"再见！"她说。赖因哈特进入车内，这时马儿便扬蹄奋步动了起来。

当驿车行驶到街角时，他又一次看到她那可爱的身影正缓缓地朝归路走去。

一封信

几乎是在两年之后，赖因哈特坐在灯前，身边摊满了书籍和纸张，他在等候一个与他共同进行课题研究的朋友，有人登上台阶。"进来！"是女房东。"一封您的信，维尔纳先生！"随后她就离去。

赖因哈特自从上次回家拜访伊丽莎白之后没有给她写过信，也没有从她那儿收到过信。这封信也不是她写来的，是他母亲的信。赖因哈特拆开读了起来，信的内容如下：

> 我亲爱的孩子，在你这样的年纪，几乎每一个年头都有它自己的模样，因为青年人不是那么安分的。若是我先前对你的理解不错的话，那这儿的一些变化会使你感到痛苦的。埃里希在最近三个月里两次求婚都遭到了拒绝，昨天他终于从伊丽莎白那里得到了应允。她此前一直没有拿定主意，现在她终于决定了。她还这么年轻。婚礼不久就要举行，随后她母亲也搬过去。

茵梦湖

光阴荏苒，几年的时间过去了。春天的一个下午，一个面呈深褐色的年轻人漫行走在通向下方的一条林荫路上。他用庄重的灰色眼睛紧张地望着远方，好像在等待着单调的小路能出现一种变化似的，可它依然如故。终于从下方慢慢驶来了一辆车子。"哈罗！善良的朋友，"这位行人朝走到跟前的农夫喊道，"这儿是通向茵梦湖的路吗？"

"一直走。"农夫回答并用手碰了碰圆帽示意。

"到那儿还有多远？"

"就在您前面不远。半袋烟的工夫，您就看见湖了，主人家的房子就在跟前。"

农夫走了过去，这位行人急匆匆地沿着大树走去。一刻钟之后，他的左边突然没有了树荫，路通向一个斜坡，百年老橡树的树冠刚好从山坡上露了出来。越过它们，一片开阔的阳光充沛的景色展现在眼前。湖就在下方，静悄悄的，呈深蓝色，几乎被碧绿的洒满阳光的森林所环绕；只有一个地方，森林在那儿分离开来，露出远方的景致，直到被蓝色映着一处白雪般的地方，那儿有正在盛开的果树，再往前，主人的房间就耸立在岸边的高处，白色和红色的砖瓦相间。一只鹳鸟从烟囱上飞起，环湖翱翔。"茵梦湖！"这位行人叫了起来。好像现在他已经到达他的目的地似的，因为他一动不动站在那里，越过他脚下的树梢直望到对岸，主人的房屋的镜像在湖水中轻轻荡漾。随后他突然继续上路了。

现在沿着山坡几乎是陡峭地下行，下方的群树又蔽住了阳光，可这同时也遮住了湖的景色，它只能时而从树枝的空隙中间呈现出来。不久又是缓缓的上坡，左右两边的树林消失了，代之的是沿着路边长满葡萄的丘陵，枝繁叶茂，密密匝匝，两旁是盛开的果树，蜜蜂成群，嗡嗡鸣叫。一个身着棕色上装的魁梧男子迎向这位行人。他快要到他跟前时，就摇动他的帽子并用响亮的嗓音喊了起来："欢迎，欢迎，赖因哈特，好兄弟！欢迎来茵梦湖庄园！"

"你好，埃里希，谢谢你的欢迎！"对面的人朝他喊道。

随后他们走到跟前，相互握手。"真的是你啊！"他在看了看他的老同学严肃的面孔后说道。

"当然是我了，埃里希，你也是老样子，只是你看起来比从前更快乐了。"

一种愉快的微笑使埃里希的表情在听到这句话时更加快乐了。"是啊，赖因哈特，"他说，他再次把他的手递了过去，"你知道，从那以后我是流年大顺啊。"随后他搓了搓双手，兴致勃勃地喊道："这是一个惊喜，她不知道等候的是谁，永远也不会知道！"

"一个惊喜？"赖因哈特问道，"谁感到惊喜？"

"伊丽莎白。"

"伊丽莎白！你没有告诉她我的来访？"

"没透露一句话，赖因哈特，她没有想到是你，她的母亲也不会想到。我是秘密地给你写信的，这样就使她更加喜出望外。你知道的，我一向都是有我自己私下的打算的。"

赖因哈特沉思起来，他们离家愈近，他的呼吸就变得愈加沉重起来。在路的左边，现在葡萄园也不见了，现出了一块开阔的菜园，它几乎延伸到湖岸。鹳鸟有时落了下去，在菜畦中间大摇大摆地漫步。"啊哈！"埃里希喊叫起来，拍动巴掌，"这个高脚的埃及佬又在偷吃我刚出土的豌豆苗！"鹳鸟慢腾腾地飞到一座新房的房顶上。这幢新房建在菜园的尾端，它的墙壁掩映在杏树和桃树的枝丫中间。"这是酿酒作坊，"埃里希说，"我在两年前才把它盖成，庄园的附属用房是我故去的父亲新建的，住宅是我爷爷那时就造好了。财富总是一点一点增加的。"

说话的同时他们到了一处宽大的场地，它的两旁由庄园的附属用房间隔开来，后面是主人的住房，在主人住房的两翼是高高的院墙，墙后是一排排深色的紫杉，丁香树时而这儿时而那儿把它繁花似锦的枝丫探入院内，垂挂下来。一些男人在这块场地上忙来忙去，满脸汗水，面色黧黑，并向两人致意，这当儿埃里希向这个人或那个人交代任务或向他们当日的工作提出问题。——随后他俩到了主人的房前，进入一个高大、阴凉的过厅，到尽头时他们踅入左边的一条有些昏暗的侧廊。在这儿埃里希打开一扇门，他们跨入一间宽大的花厅，对面的几扇窗户被浓密的树叶遮掩，两侧充溢绿色的微光；从窗户之间两扇高大敞开的侧门涌进一片春日太阳的光华，使花园的景色尽收眼底。那儿有圆形的花圃和高大陡直的树墙，中间是一条笔直的宽大的通道，透过这条通道就可以看到茵梦湖和远处对面的森林。他们一走进来，一股芬芳扑面而来。

在花园门前的露台上坐着一个少女般的白衣女人。她站了起来迎向来客，但她刚走了一米路，就像生根似的停步不动，呆呆地凝视着这位外来人。她含着微笑把手递给他。"赖因哈特！"她喊了起来，"赖因哈特！我的上帝，是你呀！我们好久没有见面了。"

"好久没见了。"他说，没能继续说下去。因为他一听到她的声音，就感到一阵揪心的痛苦。他朝她望去，她站在他的面前，温婉可人，光彩依旧，几年前他就是在故乡与她道别的。

埃里希容光焕发地从门旁返了回来。"呐，伊丽莎白，"他说，"怎么样，你想不到是他吧，你永远也不会想到的！"

伊丽莎白用姐妹般的目光望着他。"你太好了，埃里希！"她说道。

他把她纤细的小手爱抚地握在自己的手里。"他到我们这儿了，"他说道，"我们不会那么快就放走他。他在外边待得太久了，我们要让他再有回家的感觉。你看看，他的样子变得多么生疏多么高贵。"

伊丽莎白的羞怯目光掠过赖因哈特的面孔："这是因为我们没有长时间在一起的缘故。"

这时候伊丽莎白的母亲跨入门内，她胳膊上挂着一个装钥匙的小篮子。当赖因哈特朝她望去时她说道："维尔纳先生！一个意想不到的可爱客人。"他们就在询问和回答中交谈下去。两个女人在继续她们的工作，赖因哈特在品享着给他准备的茶点，埃里希点起他那坚实的海泡石烟斗，坐在那里喷着烟雾，侃侃而谈。

翌日，赖因哈特与埃里希一道外出参观，去庄田里，去葡萄园，去啤酒花种植园，去酿酒作坊。一切井然有序，在田里和在锅炉旁劳作的工人都显得十分健壮和心满意足。中午时一家人聚在花厅，根据主人的忙闲，每天都或长或短地聚在一起。赖因哈特只有晚饭前的时间和上午的早些时候，一人留在自己的房间里工作。几年来他一直热衷于收集民间诗歌，把他收集的宝贵的诗歌进行整理，并且一有可能就在新的地区里去加以丰富。——伊丽莎白在所有时间里都是那样温柔可亲，她对埃里希一向的关怀总是报以一种几乎是谦卑的感激。赖因哈特有时在想，从前那个快乐的女孩竟然成了一个寡言少语的女人。

从来到的第二天起他就习惯晚上沿着湖边散步。这条路紧靠着下边的花园。花园的尽头，在一个突出的棱堡上，有一条凳子安放在一棵高大的梨树下面，伊丽莎白的母亲把它命名为"夕阳凳"，因为这个地方朝西，每当日落时分人们都欢喜来此休闲。一天傍晚，赖因哈特在这条路上散步返回时，突然遇雨，他在水边的一株椴树下躲避，但沉重的雨点很快就透过了树叶。他浑身湿透，就索性在雨中漫步沿着原路返回。天几乎变得漆黑，雨越下越大。当他接近那条夕阳凳时，他似乎在闪闪发亮的梨树中间看到了一个白衣女人。她伫立在那儿，当他去靠近加以辨认时，她朝他转过身来，好像她是在等他似的。他看出来了，是伊丽莎白。他疾步向前，赶到她那里，以便与她一道穿越花园返回家中，但她却慢慢转过身去，消失在昏暗的侧路之中。他感到不是滋味，几乎对伊丽莎白生起气来。可他依然怀疑，那是不是她。但他怯于去问她，是啊，他在回来时没有进入花厅，免得看见伊丽莎白穿过花厅进入房间。

是我母亲的意愿

几天以后，近晚时分，像通常一样，在这个时间全家都聚集在花厅，门都敞了开来。太阳西沉，落入湖的彼岸的森林后面。

赖因哈特在这天下午收到了他在乡下住的一个朋友寄来的几首民歌，大家请求他谈谈。他回到自己房间并随即带着已经誊写清楚的一卷纸返了回来。

大家都坐在桌旁，伊丽莎白坐在赖因哈特这一边。

"我们顺便读几首吧，"他说，"我自己都还没有仔细看过呢。"

伊丽莎白打开手稿。"这儿有乐谱，"她说，"你得唱一唱，赖因哈特。"

赖因哈特先是读了几首梯罗尔的地方小曲，他在读时偶尔就顺口哼哼出优美的旋律，这使大家都兴高采烈起来。"这些优美的歌曲都是谁作的呢？"伊丽莎白在问。

"从内容上就能听得出来，是裁缝学徒和理发匠以及这一类的喜欢胡闹的家伙。"埃里希说。

赖因哈特说道："它们根本不是作出来的，它们生长，从空中掉下来，它们飞过像玛里戛仑这样的地方，飞过这里飞到那里，在成千上万的地方同时唱了出来。我们在这些歌曲里找到了我们自己的事情，自己的痛苦，这好像是我们大家都参加了制作似的。"

他拿出另外一首："《我站在高山》……"

"这我熟悉！"伊丽莎白喊道，"定定音，赖因哈特，我帮你唱。"于是他俩唱出了那个谜一样的旋律，人们简直无法相信，它是人所想出来的。伊丽莎白用她有些暗哑的女低音伴同赖因哈特唱了起来。

她的母亲此间正忙于她手上的缝纫活，埃里希交叉着双手，入神地倾听。当歌结束时，赖因哈特沉默地把这张纸放到一旁。——从湖畔传来牛群的项铃声，打破了黄昏的寂静，他们不由自主地谛听。这时他们听到一个清脆的童声在歌唱：

> 我站在高高的山上，
> 望着深深的峡谷……

赖因哈特微微一笑："你们听到了吗？就是这样口口相传下来。"

"这个地区经常唱这首歌。"伊丽莎白说。

"是的，"埃里希说，"这是牧童卡斯帕尔唱的，他在赶牛回家。"

他们还听了一会儿，直到牛铃声逐渐在附属房屋的后上方消失。"这是最古老的曲调，"赖因哈特说，"它们沉睡在森林里，上帝知道，是谁把它们找到的。"

他抽出了另一页纸。

天已经变得更暗了，一抹红色的晚霞像泡沫般停落在茵梦湖彼岸的森林上。赖因哈特把纸张摊了开来，伊丽莎白用手按住纸的另一边，仔细地阅读。赖因哈特随之读了起来：

> 是我母亲的意愿，
> 要我接纳另一个人，
> 从前我的所爱，都要从心里忘怀。
> 我心有不甘。
>
> 我把母亲抱怨，
> 她做的实属不该，
> 以往的体面，

现已变成罪愆。
我该怎么办！

用我的所有欢乐和骄矜，
得到的只是痛苦和酸辛。
啊，若这事不发生多好，
啊，我情愿行乞讨饭，
走遍褐色的荒原！

在朗读中间赖因哈特感到纸张一丝震颤，当他读完了时，伊丽莎白轻轻地把她的椅子移后，沉默地走到庭院。母亲的目光尾随着她。埃里希要跟去，可伊丽莎白的母亲说道："伊丽莎白到外面有事要做。"他停了下来。

外边，暮色越来越浓，笼罩着庭院和湖面。夜蛾从敞开的门旁嗡嗡飞过，花草和树丛的芳香越来越浓烈地涌入。从小河边响起青蛙的鸣叫，窗下面有一只夜莺在歌唱，庭院里的另一只遥相呼应，发出更深沉的声音。明月在树林上方窥望。伊丽莎白的倩影消失在林荫小径，赖因哈特朝那儿望了片刻。随后他把纸张卷在一起，向在座的示意，就穿过房间向湖边走去。

森林寂静无语，把它的黑暗远远地抛向湖面，湖心闪耀着月亮郁闷的微光。时而一阵飒飒声惊悚地穿过树林，但那不是风声，那只是夏夜的呼吸。离陆地一箭远的地方，他认出一株白色的睡莲。想在近处仔细看看的乐趣促使他走了过去，他脱掉了衣服，步入水中。湖底是平地，锋利的水草和石块刺痛了他的双脚，水不够深，他无法游泳过去。突然他失足踏空，水在他头上旋转，好一会儿他才重新浮出水面。他划动手脚，转个圈子直到他认出他下水的地方。不久他又看到那株睡莲，它孤寂地卧在巨大而光滑的叶子中间。——他慢慢游过去，时而从水中抬起胳膊，溅起的水珠在月光中闪闪发亮，好像他和睡莲的距离依然如故，当他环视四周时，只有他身后的湖岸在越来越朦胧的氤氲中依稀可辨。他没有放弃他的努力，而是加劲地朝同一个方向游去。终于他游到了睡莲的近旁，都能在月光中清晰地分辨出银白色的花瓣。可在这同时他感到自己像陷入一张网里一样，滑滑的草茎从湖底浮起，缠住他赤裸的四肢。无情的湖水裹挟着他，漆黑一团，他听到身后一条鱼的蹦跳声。蓦地他在这陌生的元素中感到阴森可怖。他拼力扯断水草的纠缠，屏住气息急速游到岸边。当他从这里向湖心回头望去时，睡莲像此前一样遥远而孤寂地浮在黑魆魆的湖面。——他穿上衣服，慢慢地朝家里走去。当他从庭院进入花厅时，他看到埃里希和伊丽莎白的母亲正在准备行装，翌日他们就要动身去进行一次短暂的商务旅行。

"都深夜了，你去了哪儿？"伊丽莎白的母亲朝他问道。

"我？"他回答说，"我要去探望睡莲，但是没有如愿。"

"真是莫名其妙！"埃里希说，"这睡莲与你有什么相干？"

"我从前熟悉它，"赖因哈特说道，"但那是很久以前的事了。"

伊丽莎白

翌日下午，赖因哈特和伊丽莎白在湖的彼岸漫游，他们时而穿越树林，时而徜徉在高高的突出的湖岸。埃里希交代给伊丽莎白一个任务，就是在他和母亲不在的期间领赖因哈特去领略附近，即从茵梦湖彼岸直到庄园的最美好的景色。他俩从一处走到另一处，伊丽莎白终于感到累了，她坐在低垂枝丫的阴影中间，赖因哈特倚在她对面的一个树桩上。这时他听到密林深处杜鹃的啼鸣，突然他感到，从前曾一度经历过这样的情景。他微笑着朝她望去，神情有些奇怪。"我们要去寻找草莓吗？"他问道。

"这不是草莓生长的季节。"她说。

"可这季节很快就到了。"

伊丽莎白沉默地摇摇头，随之她站了起来，两人继续他们的漫游。虽说她就走在他的身边，可他把目光一再转向她。她走得那么轻盈，就像被她的衣服托起来似的。他经常不由自主地后退一步，以便能对她饱览一番。他俩来到一处空旷的长满野草的地方，从这儿能望到远方的景色。赖因哈特弯下腰来，从地上摘了一些野花。当他重新抬起头来时，他的脸上流露出炽烈的痛苦表情。"你认识这种花吗？"他说。

她疑惑地望着他："这是石楠。我经常在林中采摘它。"

"我家里有一个旧册子，"他说，"从前我经常在上面写些歌曲和诗歌。但好久不再这样做了。在纸页中间也夹有一枝石楠，但只是一枝枯花。你知道是谁给我的吗？"

她默默地点头，但她垂下眼睛，只是凝视他手中的石楠。他俩就这样伫立了很长时间。当她朝他扬起双眼时，他看到它们饱含泪水。

"伊丽莎白，"他说，"在那棕色的群山后边有我们的青春。如今它在哪儿了？"

他们不再言谈，他们并肩地默默朝湖边走去。空气郁热，从西方升起一团乌云。"要变天了。"伊丽莎白说，她加快了脚步。赖因哈特沉默地点了点头，两人沿湖岸疾行，他们看到了停泊她的小船的地方。

在船划行期间，伊丽莎白把她的手放在小船的船舷上。他在划船时朝她望去，她却把她的目光从他身边移开，望向远处。他的目光落了下来，停在她的手上。这只苍白的手泄露了她的面庞没有表达出的情感，他在她手上看到了隐痛的细微表象。在她夜间用手抚摸她羸弱的心时，这种表象就乐于在这双美丽的手上浮现出来。——伊丽莎白觉察到他的目光停留在她的手上，于是她慢慢把手从船舷滑入水中。

到达了庭院，他们遇见一个磨剪刀的小推车停在主人的房前。一个垂着黑色鬈发的男人使劲地蹬着车轮，哼哼着一首吉卜赛人的旋律，一条拴着的狗蹲在旁边喘着气。在房子的过道上站着一个衣着褴褛的姑娘，俊美的脸上带着惶惶不安的表情。她把乞讨的手朝伊丽莎白伸了过来。

赖因哈特把手伸到口袋，可伊丽莎白抢在他的前头，匆忙地把她钱包里的所有钱都倒进女乞丐张开的手中。随后她迅疾地转过身去，赖因哈特听到她抽泣着登上台阶。

他想拦住她，但他稍作沉思，随即就停在台阶旁边。姑娘还一直站在过道上，一动不动，手上拿着刚得到的施舍。"你还要什么？"赖因哈特问道。

她怔了一下。"我什么都不要了。"她说，随即朝他扬了扬头，用惶惑的双眼目不转睛地望了望，慢慢地朝门口走去。他喊出了一个名字，但是她已听不到了。她垂下头来，双臂交叉胸前，穿过庭院走了出去。

死亡，啊，死亡，

我要独自一人死亡！

一首古老的歌曲传入他的耳际，他屏住呼吸，少顷之后他转身朝他的房间走去。他坐了下来，想工作，但是他思绪茫然。

一个多钟点过去了，虽经努力，可徒劳无功，于是他进入下面的客厅，那里空无一人，只有泛着凉意的绿色微光。在伊丽莎白的缝纫台上有一条红色的丝带，这是她午后脖子上戴的那条。他把它拿到手上，可这使他感到痛苦，他又重新放了下来。他静不下来，就朝湖边走去，他解开小船的缆绳，划了过去，再一次漫步在此前与伊丽莎白一道徜徉过的地方。当他再度回到家中时，天已黑了。在庭院里他遇到正要把马牵到草地去的车夫。旅游者刚刚返回家中。一进入房子的过道他就听到埃里希在花厅来回踱步的声音。他没有朝他走去，他静静地站了一会儿，随后轻轻地登上台阶，进入他的房间。他坐到窗旁的一张靠背椅上，他做出一种姿势，好像他要谛听下面紫荆丛中夜莺的歌唱似的。

但是他听到的只是他自己的心在跳动。他下方的房屋里一切寂静，夜在逝去，可他却没有发觉。——他就这样坐着，几个小时过去了。终于，他站了起来，把身子探出敞开的窗户。夜露在树叶中缓缓流动。夜莺已停止歌唱。从东方升起的一片淡黄色的光华逐渐地排挤掉夜的深蓝。一股清风吹来，掠过赖因哈特灼热的额头，第一只云雀欢叫着冲向高空。——赖因哈特倏地转过身来，走到桌旁，抓向一支铅笔。当他握笔在手时，他坐了下来，在一张白纸上写了数行。写完之后，他拿起帽子和手杖，叠好的纸束放在桌上，小心翼翼地打开了门，走下台阶进入过道。——朝霞还弥漫在每个角落，那只巨大的家猫在草垫上伸着懒腰，他漫不经心地向它伸过手去，它便对着他的手弓起腰来。外边花园里的麻雀在树枝中喞啾不停。夜已经过去了。这时他听到上面的房间里的门在响动，有人从台阶上走了下来。当他抬起头向上望时，伊丽莎白已站到了他的面前。她把手放在他的胳膊上，嘴唇在动，但他听不到一个字。"你不会回来了，"她终于说道，"我知道，不要骗我，你永远不会再来了。"

"永远不会了。"他说。她把手垂了下来，再也没说什么。他穿过过道走向大门，可他又一次转过身来。她在老地方伫立不动，用死亡般的眼睛在看他。他向前迈了一步朝她伸出了双臂。随后他果断地转身迈出大门。——外边的世界一片清新晨光，挂在蜘蛛网上的露珠在第一缕阳光中熠熠生辉。他没有回顾，他疾步直行。寂静的庄园在他身后逐渐地隐没，而在他面前升起了一个庞大的开阔的世界。

老人

月亮已经不再照在窗户上了，天已经变得昏黑，但老人依旧坐在靠背椅上，垂着双手，直视着面前的空间。环绕他四周的黑色朦胧慢慢地形成一个宽广的幽暗的大湖，黑糊糊的湖水不停地翻滚，越来越深，越来越远，远得老人的眼睛已不能及，一株白色的睡莲在阔大的叶子中间孤独地浮动着，飘来飘去。

房门打开了，一束明亮的灯光照进房间。"你来了，很好，布里吉塔，"老人说，"你把灯放在桌子上好了。"

随后他把椅子移到书桌旁，拿起一本翻开了的书沉浸于研究之中，从前他把他青年时代的力量都用在学业上了。

高中甫 译

在大学里

罗拉

我没有姊妹能教我怎样跟我同龄的女孩子交往。我于是进了舞蹈学校。学校每周在市政厅礼堂里举行两次集会，市政厅同时又是市长的住宅。把市长的儿子，我最要好的朋友算在内，我们八个男学员，都是我们故乡拉丁语学校的七年级学生。谈起那些女学员就有一种似乎无法克服的困难了，那第八个身份相当的女士根本没有跳舞的天分。

唯独弗里茨"市长"[1]有办法。每逢宴会都会被市长夫人请来的市长父母从前的女厨子，跟一个缝补匠结了婚，此人取了个法国名字，他的脸瘦削蜡黄，他不在自己的缝补桌前老老实实地穿针引线，却偏偏喜欢在小酒馆里饶舌。这些人住在城市的尽头，那里的街道正对着宫廷花园。狭窄的小房子，前面栽着一棵高大的菩提树，那树荫几乎完全遮住了门旁唯一的窗户，这景象我们

---

[1] 市长的儿子弗里茨的绰号。

再熟悉不过的了。为了捕捉那美丽姑娘的一瞥，我们常打那前边经过，她通常都是坐在木樨草和天竺葵花盆后边做针线活，在我们男孩子的想象中她正在扮演一个并非无足轻重的角色。她是这个法国裁缝的独生女，一个十三岁的很秀气的姑娘。她的服装尽管简朴，但经她母亲一打扮，显得那么干净利落。浅棕色的皮肤和黑色的大眼睛无不透露父亲的血统。我记得，她总让她的黑发深深地不加修饰地耷拉在太阳穴上，使她那本来就很小的脑袋显得格外小。弗里茨跟我很快就有了一致的看法：莱诺拉·波莱佳必将成为第八位女士。当然，我们也冲破了一些障碍，因为当我们壮着胆说出我们的建议时，其余的幼小的小姐和"尊贵的"小姐都变得特别严肃，沉默寡言。只是她儿子使了各种招子，才把这位市长夫人拉到我们这边来，在这位正直的夫人的快活而果断的性格面前，不管那些年轻小姐怎样皱鼻子，也不管她们的母亲怎样坚决反对，都无济于事。

　　这样一来，一天下午，我们便走在去那个法国裁缝的小房子的路上了。——此外，对中断了我跟我家木匠儿子的友谊，我常常感到很惋惜。他的姐姐几乎天天跟小波莱佳来往。我也想过重修旧好，于是便到他父亲的作坊请教细木工手艺去了。克里斯多夫毕竟是一个诚实的少年，他绝不是傻瓜，只是他对拉丁学校的学生——对他喜欢用难听的重读称呼的"拉丁人"，抱有古怪的仇恨；他也常常在他志同道合的朋友的帮助下，在练兵场上同这些"拉丁人"拼死斗殴，但打来打去，战争始终没有结束。

　　现在我不需要他的引荐了，因为我们已经来到了那座房前，踏着秋风扫下来的菩提树的黄叶，向那低矮的房门走去。小铃铛一响，波莱佳太太便离开厨房，迎面朝我们走来，她用白色围裙细心地把手擦干以后，恳切地请我们进了小起居室。

　　很难看出这位矮胖的金发女人就是那微黑的少女的母亲。在我们一进门时，那少女放下针线活，面带好奇和窘迫的表情靠在小钱箱上。当弗里茨提出我们的愿望时，她那小脸蛋上泛起了浅浅的红晕，我看到，她的眼睛一闪一闪的，瞪得溜圆。但见母亲一言不发，沉思地摇了摇头，她就悄悄地从母亲背后溜出去，穿过一扇好像是通向卧室的门消失了。——我往桌上看了一眼，我们进门时她就坐在那张桌前。在绦子和其他女孩子的物件之间放着一双瘦小的缎面鞋，只剩没有镶边了，看起来，那女孩子刚才还在忙着做这双鞋呢。这些东西非同小可，十分令人不安，在我童年的幻想中不免浮现出那双伸进这双小鞋的小脚。我觉得，我好像看见那双小脚围着我的脚跳舞，我本想请它们只坚持一小会儿，但它们忽而在这儿，忽而到了那儿，老是跟我逗趣。

　　在我脑海里演示这些虚幻的梦想的同时，我只好听凭我的朋友和波莱佳太太去交换正反两面的意见，直到他十分慎重地提到市长夫人的名字，事情才渐渐变得对我们有利。

　　"那里不是放着一双舞鞋吗！"弗里茨说，"难道波莱佳先生也是鞋匠吗？"

　　太太摇了摇头。"你知道得很清楚，弗里茨，天呀，遗憾得很，他是一个万能博士！就在春天，他还为您修理过怀表呢！——这双小鞋是他预先给孩子做的圣诞节礼物。"

　　"喏，玛格莱特，我的母亲，有满满一箱子漂亮的旧衣服，你们可以拿来为罗拉[1]剪裁一些新衣服，至少有三分之一能给她用。"

---

　　[1]　罗拉：莱诺拉的昵称。

老妇人微笑着，但她又变得严肃起来。"我不知道，"她说，"本来是不行的，但市长夫人偏有这种意思！"

这当儿，那女孩子又走进来，站在了母亲身边。我不记得她围着一个白衣领，我还觉得刚才并没见她戴着红珊瑚扣耳环。

"你有什么想法，罗拉？"在母亲一直沉思、犹豫张望时，弗里茨说，"你愿意跟我们一起跳舞吗？"

她没有回答，但是两只手搂住母亲的脖子，小声对她说了几句话，同时脸上的红晕变得越来越重。

"弗里茨，"老妇人说，同时轻轻地推开那焦躁的少女，"但愿您刚才只是给我讲了一个故事，什么结果也不会有的。你们这是成心让我的闺女跟我作对，我知道，她不会叫我安宁的！"

我们终于胜利了。"星期三晚上七点钟！"弗里茨临走时高声说，然后我们在母女二人陪同下走到门口，离开这所房子。——过了一会儿，我们回头一看，只有我们年轻的女友站在那儿，她朝我们点点头，就急速跑回屋里去了。

舞蹈课

弗里茨告诉我，第二天，波莱佳太太去找过他母亲，跟她在衣帽贮藏室里翻寻了好长时间，然后带着一个鼓鼓囊囊的小包裹离开了他家。

星期三晚上有舞蹈课。我穿着刚刚从鞋匠和裁缝那儿取来的有带扣的漆皮鞋和新上衣，当我走进大厅，我发现所有的人都到齐了。我的同学都围着那位老舞蹈教师站在窗前，老师一边用手指吱吱嘎嘎地拉他的提琴，一边倾听他年轻的学生的愿望。我们的女跳舞者成群结队挎着胳膊在大厅里走来走去。

莱诺拉不在她们中间，她一个人站在离门不远的地方，沉着脸看那些热热闹闹地闲聊的姑娘。她们在这所陌生的优雅的房子里显得这样的自由自在、无所顾忌，对她竟理也不理。

再也没有谁比这些年轻人更不顾他人，更没有同情心了。但市长夫人紧随我后走了进来。她跟这些年轻人打过招呼，用弗里茨的话说，又用她的将军式的目光向四下里扫视一遍后，就大步走到罗拉跟前，拉起她的手。"这样就成双成对了！"她对舞蹈教师说，"请您安排一下这些男舞伴吧！"——在他按照她的吩咐进行安排的时候，她转向女孩子们，开始在她们那里做同样的工作。邮政局长的女儿长得最高，几乎比其余的姑娘高出一头。她们排列在我们对面的墙边，但是后来，却出现了问题。

"我不知道，夏洛特，"市长夫人说，"你高，还是罗拉高！我看你们好像几乎一般高！"

被喊到的那个女孩子——侍从官兼地方官的女儿，退后一步。"罗拉小姐可能高一点。"她顺便说。

"唉，什么？尊敬的小姐，"我朋友的母亲高声说，"从角落里出来，跟罗拉小姐比一比！"

于是，这位小女士只好走到前边来，勉强地跟那位裁缝女儿比身高。但——我看得真切——她很善于摆姿势，几乎不让那手艺人女儿长着黑发的头跟她的头接触。

这位年轻的小姐穿了一身浅色衣服，莱诺拉穿着一件黑红条纹相间的毛衣，脖子上围一条白纱巾。服装的颜色几乎太暗，她看上去像一个外国人，但一切衣着都很得体。

市长夫人测量两个姑娘的身高。"夏洛特，"她说，"你还一直是领舞呢，你看，她没超过你，我看她恰恰比你矮一点点。"

片刻之后，都已编成了对子。我是男孩子一排的第二个，罗拉成了我的舞伴。当她把手放到我的手里时，她微微一笑。"我们要跳它个够！"我说。——于是我们都信守着诺言。一开始是练跳玛祖卡舞。第一节课结束了，一节舞还在继续跳，我们的老专家便用他的弓子敲起提琴盖来："小波莱佳！菲利普先生！你们做一次示范！"随着他的琴声和歌唱，我们跳起舞来。——跟她一起跳舞，不算本领，我相信，她不会使任何人感到不快。这位老先生一声接一声地热情地喊着："好极了！"那位诚朴的市长夫人满意地微笑着靠在她的沙发上，课程一开始她就以一名细心的观众的身份坐在那儿了。

夏洛特小姐成了我朋友弗里茨的舞伴，她的活泼的气质好像很快就使他忘记他先前对那个裁缝女儿的热情，这正遂了我的心愿。因为我现在在一定程度上把这裁缝女儿看成我的私有财产，我很羡慕她的美貌和优雅。我的眼睛总盯着她的那些衣着无可指责的竞争对手的目光，她们对我女友的凝滞不动的一瞥告诉我，这美丽姑娘的保护人还是有一件事没有想周全。手套对她那双瘦小的手来说太大了，显然已经洗过了。

第二天早上，我一走出教室，就一直心神不宁。我探身到立柜里翻寻，我的白铁皮储钱罐就保存在那里，我抠啊摇啊，直到我从那小口里一条红布舌旁弄出一塔勒硬币来。然后，我就跑进一个商店。"我要一副小号白手套！"我忐忑不安地说。

店员很内行地瞅了一眼我的手。"六号！"他说，同时把手套盒子放在柜台上。"请给我拿五号的吧！"我小声说明着。

"五号的？——可能不合适！"他准备拿手套在我手上量一量。

我的脸一下滚烫起来。"不是我用！"我说，而且一再道歉，说我的一个妹妹来不了，只能由我替她买。铺展在我面前的镶白缎带的小手套，使我高兴到了极点。我买了两副，离开商店不一会儿，就从街上雇了一个小孩。"把这个送给莱诺拉·波莱佳小姐，"我说，"代市长夫人问好，这里是上舞蹈课用的手套！办完给我回话，我在这个街角等你。"

十分钟以后，那个小孩就回来了。

"怎么样？"

"我把它交给老婆婆了。"

"老婆婆怎么说？"

"可能太多了，市长夫人今天早上已经送了一副了。"

"好！"我想，"这么说，她什么也没察觉。"

在下一次舞蹈课上，罗拉戴了一副新手套。我不知道，这是我送的，还是市长夫人送的。但它套在那光亮的手腕上就像铸就似的那样熨帖，现在看上去没有谁能比身穿黑衣裙的罗拉更高雅的了。

课程按部就班地进行着。练完了玛祖卡舞，就练四组舞，在后一舞蹈里是弗里茨和罗拉一起跳。——这其间还未见她和别的女孩子有什么交往，只是跟高个儿的燕妮有些接触。燕妮是最年长的，我认为也是她们当中最聪明的，我看见有几次她们坐在一起谈话；回家的路，除了一小段她们俩也是同路，有一次在路上燕妮还把自己的胳膊搭在这位裁缝女儿的胳膊上呢。除非老教师带着他的提琴向她走来，给她示范他青年时代的这个或那个芭蕾舞动作，把艺术表演的最细腻的技巧透露给他最得意的学生，这个女孩子在跳舞的间歇时间里大都是一个人站在一边。我常常偷眼瞧她，她好像无动于衷地听那位老人说话，只是间或朝他睁大她那黑色的眼睛或者沉着地约略模仿一下他的众多艺术形象中的一个。但当我们排好队，这位大师开始拉小提琴时，情况就完全不同了。她好像除了舞步和旋转，什么也不想，她的眼睛好像望着遥远的地方——她的思想恍如梦境，她的嘴在微笑，她的小脚无声地擦来擦去，在地板上游戏。——"莱诺拉，你在哪儿？"我问她，就势在一节舞蹈中把手递给她。——"我吗？"她高声说，如梦初醒似的轻轻地往后掠了掠她乌黑的秀发，同时舞步一回转，又把她从我身边带走了。就是现在，只要我一听见西尔歇尔[1]的外国民间乐曲中的西班牙舞曲，我就会想到她。

自从上过舞蹈课，那位法国裁缝便亲近我，讨好我，我总觉得有点别扭——这一点我不想否认。他只要碰到我，不管是在街上还是在散步途中，总要想方设法拦住我，跟我高谈阔论好长时间。第一次他就对我讲，路易十六时代，他的祖父在杜伊勒里宫当过暖炉火夫。

"是的，菲利普先生，"他叹了一口气说，一边把他的陶瓷鼻烟壶拿给我看，"一个家庭是会衰落的！——但我的罗拉——您明白我的意思，菲利普先生！"他从口袋里掏出一条彩色方格手帕，把他那黑色的小眼睛擦干。"您想要什么！我是一个穷汉，但我的孩子——她是我的宝贝，我心中的偶像！"说着，他眨了眨眼睛，用慈父般的目光瞟了我一眼，好像也想把我收进这个衰

---

[1]　西尔歇尔（1789—1860），德国作曲家。

落的家庭。

这时，最后一次舞蹈课临近了，这次课将扩大为一个小型舞会。父母全被邀请来观看我们跳舞。在我父母中，其时只有我的母亲答应出席，我父亲由于职业是医生和行政区医师，总是回避一切社交活动。一到黄昏，我就等得不耐烦了，预定的时间还没有到，我就走进了大厅。今天大厅里灯火通明，壁灯和有玻璃罩的枝形吊灯里所有的蜡烛都点燃起来。我往四下里看，发现罗拉独自一人，背对着我，站在窗前。听到关门的声音，她吓了一跳，一边急忙想从手腕上退下一件金首饰。我向她走去，看见那是一个手镯，她费了好大劲，怎么也打不开弹簧扣。

"那就戴着吧，罗拉！"我说。

"这不是我的！"她很难为情地说，"是燕妮把它忘在这儿了。"

这个威尼斯无光泽黄金做的精巧的玫瑰花形饰物，在她纤细的褐色手腕上，闪着微光。

"已经戴上了，就这么戴着吧。"我轻声说。

罗拉忧愁地摇了摇头，她的手指又开始扭手镯的弹簧扣。

"来，"我说，"那样不行，我来帮你吧！"我感到她的小手放在我的手里分量很轻，我迟疑不决，我的眼睛好像中了魔法似的。

"哦，请快一点！"她恳求我。她眼睛瞅着地，面红耳赤地站在我面前。

弹簧扣终于弹开了。罗拉默默地把金手镯放在窗台上花盆之间。

接着，大厅里人多起来了。波莱佳太太也不放过这个机会，哪怕充当侍者也要来参加女儿的盛会。她戴了一顶新浆洗的小帽，时而提着一篮糕点，时而端着一个放了酒水的大托盘，在客人中走来走去。今天，四名乐师坐在一张桌前，他们终于开始奏乐了，老教师敲着提琴壳。罗拉伸手给我跳起玛祖卡舞。哦，我们跳得多么开心！她是多么安稳地靠在我的臂肘里，她的小脚多么轻盈地踏着地板！我也着了迷，仿佛音乐的旋律把我托在半空中。这好像是一种痛苦的热情，因为我们今天是最后一次在一起跳舞，也许永远不会再有这样的机会了。

这时我才发现，罗拉穿着一件浅花薄毛料的连衣裙。同以前的那件一样，这件显然也是来自她的保护人的衣橱。去年冬天，这件衣裙上的彩色的玫瑰花朵，贴在市长夫人丰满的胸脯上，再配上她那略带紫铜色的面颊，曾被人传为笑柄。但在今天，这柔和的图案产生了效果，使这女孩子鲜嫩的褐色面庞显得无比妩媚。

跳完了玛祖卡舞，罗拉又低下她那长满黑发的小脑袋，撂下那纤细的胳膊，我把她送到她的位置。弗里茨和夏洛特也退场了，他们就坐在近旁。这时，波莱佳太太也端着茶点走来。她没跟女儿说话，只面带微笑自豪地朝女儿瞅了一眼，暗示在给这位高贵的小姐送完茶点以后也要给她送。这位高贵的小姐已经用她那特有的怠慢神态对母女二人打量好一会儿了。"您的女儿今天漂亮得很啊，波莱佳太太！"她一边说着，一边往杯子里放糖。

这位受了奉承的太太，很有礼貌地鞠了一躬："尊贵的小姐，市长夫人也帮了大忙呢。"

"哦！——原来这样！——那些玫瑰花！"于是，她就把目光转过去，朝莱诺拉瞅了好长时间。罗拉本想回敬她的目光，但她的眼睛变模糊了，我看见几滴眼泪从她面颊上流下来。

夏洛特似乎没有看见罗拉流泪，她的注意力集中在那敞开的门上。我很惊讶，我竟在门口看见法国裁缝的黄面孔出现在那些看热闹的仆役的头脸当中。他一脸喜悦的样子，手里转动着他的陶瓷烟壶，用他黑色的眼睛兴冲冲地往大厅里看。

"那是您的父亲吗，罗拉小姐？"她用手指着门口问。

罗拉朝那儿望去，不禁吓得缩手藏头。"妈妈！"她喊了一声，就不由自主地抓住还在我们面前忙碌的那位太太的手臂。

波莱佳太太现在也看见了她丈夫正在兴致勃勃地打着手势。对他的出现她很不高兴，但她竭力控制着自己。"他是从小酒店来的，"她说，"他想看看你跳舞。"

罗拉向大厅门口走去，我无意地跟在她身后。她还没走到门口，市长已经来到罗拉父亲跟前，请他到大厅里去喝一杯潘趣酒。但裁缝站着不动。"我是您最驯顺的奴仆，市长大人！"他说，同时躬身向后退了一大步。

"但愿我像我祖父一样在路易十六宫廷里当差！——不过，我知道我现在的地位。"

市长走开了，弗里茨拿了一杯酒给他送到门口。"请用吧，师傅！"他温和地说，"现在我要跟罗拉跳舞了！她跳得极好。"

但就在此刻，其他的男孩子也都手里端着满杯的酒蜂拥而至。他们跟他碰杯，模仿他猫腰耸背的样子——他跟他们每碰一次杯都要那样躬一次身，他们还一个劲儿地做着各种各样滑稽可笑的恭维姿态。

罗拉一动不动地站在那里，目不转睛地望着她的父亲；但我听见她的小牙齿咬得咯咯响。

当乐师又奏起乐来，其余的男孩子都跑回大厅里去了。我和罗拉还站在门口。

　　"啊，菲利普先生，"裁缝叫道，一边伸手给我，"都是漂亮的可爱的小少爷！但是要信任——您和罗拉，您和罗拉，菲利普先生！"这时，他那对小黑眼睛饱含着赞赏的温情，望着他女儿的面孔。好像出于一种不可抗拒的冲动，他把他的长臂伸进大厅，把她拉到自己的胸前。"我的孩子，我的宝贝！"他小声说。女孩吻他，怀着热烈而痛苦的温情用手臂搂住他的脖子，同时让她那小巧的头枕在他的肩上。但随后她松开胳膊，抓住他的双手，小声而急切地对他说了些什么。我没听懂她的话，但我看见她的眼睛恳求似的望着他的眼睛，她的小手——有时好像在抹平他的痛苦——颤抖着抚摩他那瘦削的面颊。开始，他还微笑着，好像不信任似的摇头，但是渐渐地，从他的眼睛里失去了那种用来维护自己地位的自信。"我知道，我知道，"他喃喃地说，"你是爱你的可怜的老爸的！"这时奏起了四组舞的乐曲，他握了握女儿的手，就一声不响，也不往大厅里再看一眼，沿着长廊走下去了。

　　恰在此刻，弗里茨走过来，请他的舞伴去跳舞。她跳得像往常一样稳重，只是往日的那种无忧无虑的梦幻般的神情不见了，相反，有的是一种优雅端庄的神态，她就这样跳完这轮舞的每一节。间歇时，她像石雕一样愣愣地直视，同时用两手把贴在太阳穴上的乌黑油亮的头发撩到后面去。他说的笑话，仿佛是耳边风，她半句也没听见。

　　我们学习的舞蹈，以四组舞结束，但我们跳舞的兴趣并没有终止。在我们的节目单上还有华尔兹舞、苏格兰舞和加洛普舞，甚至有高替洋舞，我本想在跳这种舞的时候，把我选中的蝴蝶结和鲜花作为礼品送给罗拉留作纪念。

但罗拉不在大厅里。别的女孩子分别站在自己的母亲身边，母亲替她们整饰弄歪了的饰带和发结。波莱佳太太刚好端着新的饮料走进门来，她没有看见她的女儿。这时，我来找弗里茨。他站在乐师桌旁的角落里，正在往那些空杯子里斟酒。

"罗拉在哪儿？"我问。

"我不知道，"他没好气地回答，"她总是闷声不响，没告诉我她上哪儿去了。"

我把他拉到外面走廊里。我们走到放客人大衣的房间时，她迎面向我们走来，她已经穿好大衣，戴上她的黑绸帽。

"罗拉！"我喊，想抓住她的手，但她抽回手去，从我们面前走了过去。

"别这样！"她简短地说，"我要回家去了！"

一转眼，她就推开了那扇通往大街的沉重的大门，沿着外面的铁栏杆跑下石头台阶。当弗里茨和我赶到外面站在石头台阶上的时候，她已经在下面的街道上走出很远了，我们在黑暗中很难看清她疾走时轻飘的身影。

"由她去吧！"弗里茨说，"难道你有兴趣追野鹅？"

我虽然有这个兴趣，但我不知道，我有没有权利这样做。于是，我们回到大厅里来。波莱佳太太回家一趟，因为事情没有做完，她又回来了。她说，罗拉身体不舒服，已经上床睡了，父亲守在她跟前。

现在，我对晚会的尾声一点兴趣也没有了。高替洋舞开始的时候——我本想跟罗拉一起跳这个舞——我闷闷不乐地悄悄溜回家里去了。

在水磨池上

新年过去了。对我的荷兰冰鞋光滑的钢刀，我早就爱得入迷了，我不免有点瞧不起我的同学，他们通常使用的还是老式锐边铁冰刀。但持续的冰冻期，现在才开始。

那是一个星期天的下午。离城不远的一个通称"水磨池"的中型内陆湖，结了一层冰，亮晶晶的。城里半数居民都聚集在这儿呼吸冬天新鲜的空气。不分老少，都在练习溜冰的高雅技艺，有的穿两只冰鞋，有的穿一只冰鞋，甚至还有在鞋底上绑了一根小牛骨的。在湖岸附近，拉起了几个帐篷；那旁边的地上有一口汽锅坐在不停抖动的火焰上面，冒着热气，靠它才能喝上各种热饮料。人们时不时地看见一个手推的雪橇，上面坐着一个裹得严严的小姑娘，箭一般地被人从杂沓的人群中推到空旷的冰面上去。但大家都守在湖面的边缘，似乎湖心冰面还不安全。

我扣紧我的溜冰鞋，单独沿着湖岸在冰上溜了一趟。等我溜回来时，我发现我们上舞蹈课的同学几乎全体都聚集在帐篷近旁，那些小姐，伸着双手，战战兢兢地在冰刀划碎的冰面上走着。弗里茨头一天晚上就把他的雕有鹿头的黄色雪橇存放在水磨坊里，他推着夏洛特小姐跑了一趟又回来了。我们的另一个女舞伴坐到雪橇里，盖上了华丽的虎皮。弗里茨这个喜欢讨好女孩子的少年，这时迟疑了一下，他四下里张望，像是想找一个帮手，替他干这件侍候小姐的苦差事。我及早转弯溜走，因为我在手艺人家庭的妇人和姑娘中看见了莱诺拉·波莱佳，自从参加最后的那次舞蹈晚会以来，我还没有碰到过她呢。小姑娘们轮流坐在一个轻便的手推雪橇上，让我家木匠的小学徒推着跑。我一眼就认出那个雪橇是我从前的游戏伙伴克里斯多夫的。他的妹妹我也看见了，他本人不在那儿。很可能是闪闪发光的冰面引诱他滑到湖上去了，他是本城男孩子中最好的溜冰能手。

我四处溜达了一阵子，犹豫不决，不知道怎样以最礼貌的方式请求罗拉让我为她推雪橇。但每当我走近她，她都有意回避，躲在别人中间。那个小学徒刚好跑了一趟回来。"轮到罗拉坐了！"有人说。但罗拉不想上去。"巴特尔得喝点东西了。"她说，同时往那小学徒手里塞了点什么。

我一听到这话，就想出一个计策来。好像一切跟我都不相干，我飞快地向那些帐篷滑去。紧靠那跟前，弗里茨的母亲喊了我一声。"菲利普，"她嘲弄我说，用大拇指指着我来的方向，"要是你想逮住罗拉——她就在那儿！"

"我当然要逮住她！"我大声说着，滑了过去。

"是啊，是啊，但她不愿再理睬你们这帮小少爷了！"

我到了远处还听到她这么说。我已经站在卖酒的大帐篷前。不一会儿，巴特尔也到了那儿，事先我牺牲了我全部现钱为他买了一杯甜酒和一块夹香肠的黄油面包。"你来尝一尝吧，"我边说边把这两样东西推到他面前，"姑娘们把你累得好苦呀。"

小学徒又吃又喝，胃口很好，我感到可以放心大胆地笼络他："巴特尔，我替你推一趟雪橇，好不好？"

他用手擦去额头上的汗，继续沉着地大嚼。只在我向他说明游乐的办法时，他点头表示他明白了我的意思。他吃完以后，就回到他那群人里去了。紧接着，我看见罗拉头戴黑绸面小皮帽，两手插在皮手筒里，坐在雪橇上，巴特尔慢慢地、呆滞地操纵雪橇在湖上靠边往前走。他们离开了喧闹的人群后，我无声地蹬着我的平滑的冰鞋从后面赶去。过了不大工夫，我的手就扶住了雪橇的把手，那个小学徒留在了后面。我差一点没欢呼起来，不过我还是咬紧了牙关。那轻型雪橇像长了翅膀箭一般越过闪亮的冰面。

"巴特尔，你简直是飞起来了！"罗拉说。

我稍微停顿了一会儿，我害怕她发觉是我，于是就尽量模仿巴特尔生锈的冰鞋发出的咔嚓声。但我的担心是多余的。罗拉把双手更深地插进皮手筒里，舒服地往后一靠，那小皮帽几乎都要碰到我的胳膊了。"尽管飞吧，巴特尔！"她说。这个"巴特尔"无须她再说第二遍。

我们已经越出了一般溜冰者的区域。没有一丝微风，挂了白霜的芦苇沿着湖岸伸延开去，在斜射的阳光照耀下炫目地闪烁。走得越来越远了，我低头往下看，都能认出透明的冰层底下那像蛇一样游动的鳗草。

湖心吸引着我。我悄悄地把雪橇转向湖心，我们离湖岸越来越远。我回头看，竟连芦苇的闪光也分辨不清了。黑魆魆如镜的冰面一直延伸到离得很远的对岸，几乎看不清那里是坚实的有负载力的冰层，还是一动不动的骗人的湖水。终于到了湖心。没有人的脚印，雪橇像失去希望一般在黑色的深渊上漂浮。没有一棵水草把叶子伸到那薄薄的水晶般透明的冰层上面来，据说这地方的湖水深不可测。只是有时我觉得，在我们脚底下好像有什么东西模模糊糊地一掠而过。也许是棺材鱼吧？据说这种鱼住在最深的水底，湖上有了猎物，它才浮到水面上来。"如果这是棺材鱼，"我想，"如果冰破裂了！"我的眼睛使劲往黑暗的冰壳里面看，我知道这美丽的鱼就藏在那里面。

我又把雪橇转了个方向，向前冲去，但一直在湖心盘旋。在我们前面，湖水缩成一条狭窄的河流的地方，看得见远处的那座桥，像影子耸立在灰蒙蒙的夜空中。

"回去吧，巴特尔！天冷了！"罗拉说。

我没理会她的话。"但愿她回头看一看！"我想，推着雪橇跑得更快。我急不可耐地等着她回头看。但她好像把她的话全忘在脑后了，她默默地低下头，把大衣裹得更紧。雪橇继续飞跑。有时我好像觉得我们脚底下有一种波浪似的轻微震动，那薄薄的水晶般的冰层仿佛在我们飞跑的重压下一起一落。但我一点儿也不害怕，我知道应该怎样对付处女似的冰。

短短的冬日下午，这时差不多完了。太阳在地平线上闪闪发光。寒冷得很，冰嘎巴嘎巴地响。这时，噼噼啪啪的爆裂声越来越响，越过越来越暗的广阔的冰面，从这岸响到对岸。

罗拉猛地一仰身，大叫了一声。

"不要怕！"我轻声说，"没有什么危险，那只不过是晚上的风声。"

她转过身，迷惑不解地注视着我。"是你呀！"她高声说，"你在这儿干什么？"

"不要跟我瞪眼睛！"我说，想抓住她的手。

她把手缩回去了："巴特尔在哪儿？"

"他留在后面了。是我把你推过湖来的。"

她站了起来。"让我出去！"她喊道，同时流出了眼泪。

我没听她的。我朝回城的方向掉转了雪橇。"罗拉，"我说，"我什么地方得罪你了？"

但她用她的小拳头杵了一下我的胸。"找你那些高贵的小姐去吧！我不愿意跟你往来，不跟你，也不跟你们当中的任何人！"

我勃然大怒。我双手抓住她，硬按她坐下。

"你要安静，罗拉，"我说，声音都有些发颤，"不然，我就再掉转橇头，推你溜一夜，从桥下穿过去，一直推到河水流入平地为止。湖上的冰结实不结实，会不会破裂，我才不在乎呢！"

这时，她侧脸朝湖面瞅了一眼，好像对我的话一点也不在意。但她坐好了，安安静静地让我推着走。我觉得奇怪，不一会儿，她又朝同一侧面偷看了一眼。当我也朝那儿转过头去时，我看见一个溜冰的人从不远的地方朝我们追来。他肯定看见了刚才发生的事，因为他显然在奋力地奔跑，想赶上我们。

我已经认出他了。那是克里斯多夫，从前跟我一起玩的朋友，"拉丁人"的对头。我也知道，现在要出事了，就看我们谁溜得最快了。

"你尽管推吧！"罗拉说，一面把小皮帽推到脑后，露出黑发，"他一定会赶上你的！"

我回答不上来。我推着雪橇比先前跑得更快了。但我喘着粗气，由于跑了这么长的路程消耗了体力，越跑越没有力气了。我听见身后追赶的人越来越近，他一刻不停地默默地紧跟着我们。突然，我听见他的冰鞋紧挨我身边嚓地一横，一只沉甸甸的手放在我手旁的扶手上。"分给我一半，菲利普！"他高声说，同时用另一只手抓住我的胸脯。

我挣脱他的手，推着雪橇前进，使他往我们前面飞出很远。但在同一瞬间，我挨了一拳，向后一仰，后脑勺撞在冰面上。我只迷迷糊糊地听见雪橇滑走的声音，后来我就失去了知觉。

我仰面朝天躺在那里的时间并不长。后来我从克里斯多夫那儿听说，他刚走不一会儿回头一看，见我没跟上去，就返回我们打架的地点。罗拉下来以后，两人都吓呆了，她帮着把我抬到雪橇上。对这一切我自己只有一点模模糊糊的感觉，如梦初醒一般。有时我还能听懂他们的一两句话。"还是穿着你的大衣吧，罗拉！"我听见克里斯多夫说。"不，我用不着，我要奔跑。"同时我感觉到有样温暖的东西落在我身上。雪橇慢悠悠地向前移动。后来我又神志不清了，但我觉得，我身边有人在低声哭泣。

我完全清醒时，已经躺在磨坊主人住房里的软椅上，他就住在紧靠水磨池的湖岸上。罗拉必须随她母亲回家去——那时她母亲也出城跟大家一起游乐来了。但克里斯多夫留下来，按照女主人的吩咐忙着用湿手巾敷我的头。我睁开眼，看见他坐在身旁的椅子上，两膝间夹着一个盛了水的瓦盆。他正想更换湿毛巾，却把手撤了回去，怯生生地问我："我可以帮助你吗，菲利普？"

我坐了起来，努力集中我的思想。我的头很疼。"不，"我说，"我不需要你帮助。"

"要我从城里给你找什么人来吗？"

"你走吧，我一个人可以回家。"

克里斯多夫犹豫不决地站起来，把瓦盆放在桌子上。

紧接着，屋门咯吱响了一声，他握着门把手，但没有走。我回头，看见我的老朋友的眼睛饱含一种诚实的忧伤表情注视着我。

我只犹豫了一刹那的工夫。"克里斯多夫，"我说，同时站起来，把手伸给他，"要是你有时间，就在我这儿再待一会儿。你可以挽着我，我们回头一起进城。"

他的脸上泛起了喜悦的光辉。他抓住我的手，紧紧地握着。"我不该打你那一拳，菲利普！"他说。

半小时以后，天完全黑了，我们慢慢地走回城里去。

可是事情并没有那么容易过去。第二天早上，我起不了床，只好向我的父母承认，我在冰上重重地跌了一跤。

第二天晚上，我差不多完全复原了，母亲把一个用糖箱木板做的小笔盒放在我面前的桌子上。"这是那个克里斯多夫·韦尔纳送来的，"她说，"他说是他亲手给你做的。"

我把小盒拿在手里。小盒做得很精巧，盒盖上甚至还有一幅小的木刻画。

"他还问过你的身体状况哩，"母亲继续说，"是不是昨天在城外你们又恢复了过去的友谊？"

"恢复友谊？妈妈，那种做法能看做是恢复友谊吗？"我含笑说。

好心的母亲一刻也不放松地追问，直到我向她坦白了我的小小的冒险故事为止，中间她还打断我，问了几个问题，温和地责备几句。但果然应了她的话，拉丁人和木匠儿子恢复了友谊。从此，我每月正规地按照约定的钟点到老韦尔纳的作坊去，为的是在这位能工巧匠的指导下至少学到初级的木工手艺。

在宫殿花园里

画眉鸟在歌唱，
春天激荡我的心，
从地下出来的精灵
何等优美，何等可爱，
人生如梦，
像花，像叶，像树。

已经是春天了。夜莺没有报春，有时即使有一只夜莺向我们这里飞来，我们海岸的西北风也要很快把它吹走。但夜莺在古老的宫殿花园的林荫道里叫个不停，这花园位于两条街道的夹角中间，现在已归本城公有。花园大门对面，市场大街那些园子背后的一片草地上，从昨天起就搭起了一个旋转木马，因为现在不只是春天，而且还是年市的日子，年市要办整整一个星期哩。手摇风琴手，特别是弹竖琴的少女，都来了。戴红帽的学生们臂挽臂在临时摊棚中间闲逛，想尽可能捕捉亚洲少女的一瞥，平时在我们这里是看不到她们的。年市期间，拉丁学校和别的学校一样，当然也放假。我特别喜欢这些假日，尤其因为不久前我刚升入高年级，除了戴红帽，还可以穿一件自己设计的黑色束腰上衣。晚上随时都有漂亮的轻浮子弟聚集在灯火辉煌的市政厅地下餐馆里轻歌曼舞，现在我无须像平常那样逗留在这餐馆的阶梯口了，只要我愿意，我就可以走下去，找一个外国模样的姑娘跳舞，任何人也不会再说长论短。但恰恰在这个时候，我喜欢一个人到田野里去漫步，而且心里很有把握，觉得她就在那儿，我随时都可能碰到她。我宁可暂时抛开一切繁华热闹。

今天的情形就是这样。我父亲是一位平庸的昆虫学家，靠他的帮助，几年前我就采集了一些蝴蝶标本，直到今天我还继续热心地采集。饭后，我就上楼回到自己的房间。墙上已经挂了三个放标本的玻璃箱，我站在其中一个玻璃箱前面。下午的阳光映照在百眼蝶的蓝翅上、丧袍蝶的棕色绒毛上，我忽然来了兴趣，要去捕捉我一直没找到的黑莓蝶。因为这种美丽的橄榄色的夏季昆虫喜欢寂静的森林草野，愿意栖息在阳光下的灌木上，在我们这没有树木的地区是一种罕见的东西。我从挂钩上取下我的捕蝶网，就下了楼，母亲往我的口袋里塞了一块白面包，往我的军用水壶里灌满了饮料。这样装备好以后，我就大步流星地越过旋转木马场地，向宫殿花园走去。花园里的林荫道上已经新叶成荫了，从那里往前，穿过对着正门的后门，就进入了旷野。夜里下过雨，空气温暖而清新。我看见，在地平线边缘那隆起的高地上，风磨的翼正在旋转。

这条路有一小段是沿着宫殿花园的外侧走的。然后，我就信步走上横穿田野的田间小道或人行小径，来到阳光灿烂的没有阴凉的地段。目力所及之处，只有野玫瑰或别的小树丛稀稀拉拉地长在作为田界的沙壁和石墙上。但在这里，由于清晨总有猛烈的海风铺天盖地地吹过，第一批嫩叶还没有长出来。我心情愉快地继续漫步，我的眼睛不住地望着远方，很少注意身边路旁的杂草和开满红花的荨麻之间飞舞的东西。

就这样，不知不觉地，半个下午过去了。当我在水磨池岸边躺在草地上，吃我的简单的干粮时，我听到城里传来打四点的钟声。一股爽人的凉风从水面上向我吹来，那湖水又满又暗，就在我脚边荡漾。在湖中心现在有小浪花在深水上面起伏的地方，可能就是雪橇停留、罗拉把大衣盖在我身上的地点。我凝视了好一会儿这可望而不可即的地点，在涨潮期，我的眼睛费了很大的劲才把它辨认出来。

但我太想捕捉黑莓蝶了！这里周围很远都没有丛林，也没有宁静的避风地点，自然找不到这种蝴蝶了。我想起另一个地点，几年前一个比我年长的男孩子曾经领我到那儿找过鸟蛋。那里，各家的地界墙上长满了荆棘和榛树丛，真是墙墙相接，连绵不断。我们不时在荆棘边发现被咬死的土蜂，据博物志记载，这是百舌鸟干的。不久，我们便亲眼看见这种鸟从树丛里飞出来，而且在茂密的树叶之间发现了它们的鸟巢，巢里有带褐色斑点的鸟蛋。在这灌木丛秘密掩蔽的地方，也许就是罕见的蝴蝶的王国吧！那男孩管这地方叫"洼地"。但这洼地在哪儿呢？我只知道，当时我们是沿着我今天走的方向出城的，洼地离那一大片荒原不远，荒原大约是从离城一里处开始的。

考虑了一会儿以后，我从地上拿起捕蝶工具，又开始闲逛。穿过那条与湖岸合而为一的低洼的道路，我来到一个高坡，从这里可以看到展现在我面前的辽阔的平原。但是，除了一块挨着一块的田野，闪烁着春日强烈阳光的匀称光秃的田界沙墙，我什么也没看见。最后，顺着往一座小房去的方向——在荒原的边缘常有这类小房——我仿佛发现了类似树丛的东西。——走到那里，至少还得半个小时，但我今天特别喜欢漫步，于是便抖擞精神，大步向那里走去。不时有一只黄翅蝶或一只橙白蝶在我的路上飞，要么就是一只灰色的夜蛾在草茎上爬。至于黑莓蝶，却毫无踪迹。

　　不过，我准是来到了洼地，因为周围越来越静，再说，我也已经在稠密的荆棘树篱之间走了好一阵子了。有几次，每当微风拂面时，我就感到一种浓郁的香气扑来，却一直找不到这香气的来源，因为我侧面的树丛挡住了我远望的视线。沙墙在右侧突然往回退去，于是在我面前出现了一块起伏不平的荒野。黑莓卷须和覆盆子树丛处处遮盖着地面。正中间，在一个暗黑色的小溪边，有一棵又细又高的树孤零零地沐浴在明亮的阳光中。那棵树枝叶茂密，处处都有白色花团从耀眼的绿叶中冒出来。无休无止的蜜蜂的嗡嗡声，像竖琴的声韵从树梢传来。不论在城市的花园里，还是在远处的树林中，我都不曾见过这样的树。我惊讶地望着它，在这寂寥的环境里，它挺立在那里，简直是一个奇迹。

　　往前不远，与我只隔一两块贫瘠耕地的地方，那片荒野的褐色草原一直伸展到遥远的天边，地平线的那些最远的线条在空中不停地颤动。目力所及之处，看不见一个人，也看不见一头兽。在小溪边，那棵美丽的树的树荫里，我往草丛里一躺，突然产生一种甜美的隐秘的感觉。我听到远处百灵鸟的梦幻般轻柔的歌唱。在我上边的花枝中，是蜜蜂的嗡嗡声。有时刮起微风，我周围便香雾缭绕。此外，从这里直到很远的地方，都是一片宁静。我看见蝴蝶在水边飞舞，但我没有心思细看它们，我的捕蝶网闲放在我身边。我想起不久前我看到的一幅画。在一个像这里一样广阔无垠的地方，站着一个年轻的牧羊人，靠在他的牧羊杖上，腰里还扎了一条粗皮腰带，就像我们常常想象的创世纪初的人类。他脚前坐着一个美丽少女，他正低头望着她。下面写着"独在世间"几个字。我闭上眼睛，我觉得那少女从虚空中向我走来，这时任何需求都停止了，所有萌生的渴望都得到了满足。"罗拉！"我小声说着，把我的手臂伸向温暖的空中。

这时，太阳已经落了，晚霞在我面前的荒野上辉映。那棵树的周围已经变得静悄悄的，蜜蜂已离它而去——是回家的时候了。我的手抓住捕蝶网——但这小孩子的玩具现在一点儿也引不起我的兴趣了。我跳起来，尽可能高地把它挂在绿叶稠密的树枝之间。然后，美丽的裁缝女儿的影子出现在我的醉眼蒙眬中，我慢慢地踏上了归程。

我从宫殿花园的大门走出来的时候，暮色已经很浓了。对面旋转木马旁边，已经燃起了灯烛。手摇风琴的音乐声、哄笑声和喧闹声传到我的耳边，中间还夹杂着花剑和铁制的环柄相碰的铿锵声。我停住脚步，从围绕广场的菩提树之间的空隙望着那活动的影像。旋转木马在全速旋转，上面的座位和木马好像都坐上了人，周围挤满了一群看热闹的男女老少。但现在木马的转速慢了下来，我都能在绿枝下相当准确地认出每个人了。

我不知不觉地走过去，一直挤到围在四周的铁丝网跟前。骑在那匹棕色木马上的姑娘，是我朋友克里斯多夫的妹妹。但又转过来一个女骑者，一个优美的形体——她侧身随随便便地坐在她的木马上。现在，她被慢慢地驮近，她转过头来，微笑着四下张望——那是罗拉。我惊呆了，不由得浑身发抖。她也认出了我，但她的目光好像很慌地只跟我的目光相遇了一刹那，就侧身弯腰去抚摩自己的衣裙。她的小拳头握着沉重的铁剑，好像不是为了拿着它玩的，因为几乎一直到剑柄都穿满了铁环。

这时，旋转木马的老板走过来，收下一轮木马的钱。她坐直身体，把剑伸给他。"是免费骑的！"她说，同时把剑倒过来，让那些环落在那人手里。

他点点头，走到下一个座位跟前，那里有几个孩子正在为最好的位置争吵。当我再往罗拉那边看时，克里斯多夫的妹妹已站在她身边，不过她背对着我，似乎没有看见我。

"你跟我一起走吗，罗拉？"我听见她问，"我要回家了。"

罗拉没有立刻回答。她用没有把握的目光朝我这边瞟了一眼。我没敢动，但我的眼睛回答了她的目光，我的嘴唇小声说："留下来！"但连我自己也几乎听不清楚。

"你倒是说话呀！"克里斯多夫的妹妹催促着，"已经打八点了。"罗拉把迈出去的小脚又插在踏镫里，两眼却对着我，回答说："我还要留下，我是免费骑的！"接着又轻声补充说："我母亲也许会打这儿经过！"

我觉得她在说谎。我的脸顿时变得滚烫，我的耳朵里嗡嗡地直响。这个说谎的小姑娘一下子就撕下了蒙在我们两人头上神秘的面纱。在我的生活中，我头一次得到这样使人心醉的许诺。在这以前，我想过多次，世界上怎么会有这样的事呢。

克里斯多夫的妹妹走远了。手摇风琴又开始奏乐，鞭子打在老马身上，在占了大部分位置的农村青年男女的欢呼声中，旋转木马又运转起来。罗拉回头看看我，她把花剑插进鞍头，好像有心事似的两手交叠身前，坐在那里，脖上小红围巾在风中飘动。在越来越快的旋转中，她那轻飘的身影不断地闪现在我面前，我的眼睛还没来得及看她眼睛的闪光，她已经过去了，只有她那浅色衣裙射出的微光，在这浑浊的灯光照耀下，还飞速地从越来越深的夜幕里出现过几次。突然咔嚓响了一声，座位上的姑娘们尖叫起来，木马停了。

"请坐着别动，各位客官！"老板喊着，同时带着他的助手攀到横梁上去，检查出了什么毛病。摘下了一盏马灯，他们这里敲敲，那里锤锤，但好像不能很快修好。我觉得过了很长时间。我的眼睛怎么也看不见骑在木马上的那位姑娘。我从我刚才挤进来的人群中挤出去，从外边向广场对面走去。我在那儿边请求边用力从人群挤到拦网前面时，正好站在紧靠她身边的地方。她已经下了木马，好像寻找什么似的四下张望。

过了一会儿，她把握在手里玩的那把花剑又插在鞍头里，做出要从木马盘上跳下来的样子。但当她撩起自己的衣裙时，我已经钻到圈子里去了。

"晚安，罗拉！"

"晚安！"她轻声说。

随后，当那些农村少年一声比一声高地喊着要求退票的时候，我抓住她的手，把她拉到外面的空地上。但到了这里，我的鲁莽行为就终止了。罗拉把手抽了回去，我们便无言而拘谨地并肩朝大街走去，她父母的家就在这条街的尽头。当我们走到宫殿花园的侧门时，从街上迎面来了一群人，由他们的话语声我能辨认出我的每一个放浪不羁的同学。我们不由自主地站住了。

"我们从宫殿花园穿过去吧！"我说。

"那太远了！"

"哦，也远不了多少！"

我们穿过大门向下走上宽阔的坡路，这条路两旁都是低矮的荆棘围篱，通向一条枝繁叶茂的鹅耳枥林荫道。前方以及树篱后边，没有树，只是人工培植的园圃，越来越暗的暮色一点也不妨碍我观察走在我身旁的姑娘的体态。看到她在这样孤寂的环境中走在我的近旁，我不禁心里一颤。

在这古老的花园里，除了我们俩，似乎没有任何人。周围是这样的安静，我们连踏在沙上嚓嚓的脚步声都听得很清楚。

"你不愿意我拉着你手吗？"我问。

她摇了摇头。

"为什么不？"

"不，一旦有人来呢！"

我们走到了拱形的山毛榉林荫道。这里很暗，因为两边不远都有相似的林荫道，其间的草地都蒙上不透亮的阴影。我只知道罗拉走在我身旁，因为我听得见她的呼吸和她轻轻的脚步声，但我是看不见她的。像嘲弄我似的，我忽然想起我下午是出来捕蝴蝶的。"现在你倒被我捕到了！"我说。黑暗壮了我的胆，我抓起她垂着的手，紧紧地握着。她默许了，但我感到她在发抖，我的小孩子的心也怦怦地一直跳到嗓子眼。

我们就这样慢慢地走着。从城里传来手摇风琴低沉的声音和年市上仍在持续的喧闹声。从前面林荫大道望过去，在遥远的天边，还残留着一小片金色的晚霞。我把她的手挎在我的臂肘里，然后又紧紧地握着。此刻，我们面前有个什么东西横穿道路跑过去，可能是一只刺猬在捉老鼠。她略微一惊，靠到我身上来，我几乎是不自觉地用一只胳膊搂住她，我感觉到她的小脑袋搭在我的肩上。

一对青年男女的嘴唇碰在一起了，但是只有一刹那工夫，随后我们便呆头呆脑地从遮掩的树影里走到空地上来了。我还握着她的手，不久我们走到林荫道的尽头，穿过一道门，走上田间小路，这条路从侧面通向本城最外端的几座房子。我们肩并肩匆匆走去，好像离我们这次会面的终结还不够快似的。

"我父亲要去找我的。现在一定很晚了！"罗拉说，连头也没抬。

"我想，是很晚了！"我回答，我们比先前走得更快了。

我们已经走到小路的尽头，站在那几座房子的对面了。借着裁缝小屋菩提树下窗前的灯光，我看见不远处有一个姑娘站在水井旁边。我不能再跟着往前走了。但当罗拉把脚迈到石头路面上的时候，我又觉得我不能就这样让她离我而去。

"罗拉，"我不安地说，"我还有话对你说。"

她退回一步。"什么话？"她问。

"再等一会儿！"

她转过身来，安安静静地在我面前站住。我听见她用手抹她的头发，把小围巾系得更紧。我的思想，像一团暗色的雾，飘浮在我的眼前，我搜寻了半天也没把它捉到。"罗拉，"我最后说，"你还生我的气吗？"

她瞅着地面，摇了摇头。

"你明天还想到那儿去吗？"

她迟疑了片刻。"平时，晚上是不准我出来的。"她说。

"罗拉，你说谎了。不是这样，把实情告诉我吧！"

我抓着她的手，但她又把手抽回去了。

"你倒是说话呀，罗拉！你不愿意说，是不是？"

她在我面前又默默地站了一会儿，然后睁开眼睛望着我。

"我知道得很清楚，"她低声说，"你只能跟一个高贵的小姐结婚。"

我哑口无言了。对这样的指责，我没有一点心理准备。这样的大事我还从来没想过，我不知道应该怎样回答。

我还在愣神呢，听见小姑娘低低地说了一声"再见"，我抬头看时，她已经消失在那些房子的黑影里了。我还听见小心翼翼地开门的吱呀声、门铃低微的丁零声。随后，我转过身去，慢慢穿过宫殿花园走回家。

没有先到我父母的起居室里吃晚饭，我直接上了楼梯溜进我的房间。我像喝醉了酒似的扑在床上。一刻钟以后，我听见门开了，我半睁着眼看见母亲拿着盏灯走到我的床边。她哈腰看我，但我闭上了眼睛，继续做我的梦。尽管告别时没有许诺，但我觉得我的手攥着一条玫瑰花饰带，我的生活道路就要随着这条带子走向未来了。

今天晚上我这样渴望一人独处，但第二天早上我又渴求到人群中去了。我心中产生了一种新的自由感和优越感，现在我很想在他人面前炫耀。一吃完早饭，应景似的回答了母亲的烦人的问话，我就到我朋友克里斯多夫的作坊里去了。他正专心地忙着挑选小块的桃花心木贴面板。

"你做什么好东西？"我问。

"针线盒。"他说着，头也没有抬。

"针线盒？给谁做的？"

"给莱诺拉·波莱佳。我妹妹要送给她做生日礼物。"

我从侧面看着他，脸上露出傲慢的微笑。"罗拉大概是你的宝贝吧，克里斯多夫？"

这位憨厚的好青年听到我的这个不讲情面的问话，刷地满脸通红，直红到耳根。他好像对他的狼狈相很气愤。"你们当初就不该把她拉到你们拉丁跳舞学校去！"他说，同时愤愤地把他的刀劈进那片桃花心木薄板里去。

"你大概嫉妒了吧，克里斯多夫？"我问。

他没有回答，他半似自言自语地嘟囔了一句："除非她是我妹妹！"

这是我唯一的一次胜利，因为以后我怎么努力都没有再单独跟罗拉会面。整个夏天，有几个星期天下午，她在花园背后的人行道上碰到过我，但由克里斯多夫和他的妹妹陪伴着，而那个好青年又那样骄傲地走在她身边，好像愿意为了她跟全体拉丁人作对似的。每当我跟他们攀谈起来时，她自己也显然在寻找各种理由催促他人快走。

后来，在米迦勒节集市开始时，又搭起了旋转木马，我又一次大胆地抱定希望。每天晚上，黄昏一到，我就到广场去。我总找这样那样的借口丢开我的朋友弗里茨，结果弄得他非常不高兴。但在偶尔出现的那些女骑者中，我始终没有找到那个细高个儿的褐姑娘，我跑到这儿来原本就是为了找到她呀。我一个人穿过宫殿花园的一条条黑暗的小道，无精打采地重寻第一次溜走了的幸福回忆。

当我冬初遵照父命离开家乡的拉丁语学校，到德国中部的一所文科中学去深造时，这一切便突然结束了。我的捕蝶网是不是还在荒原边的那棵茂盛的树上挂着？我不得而知。我再也没有到过那里。那种黑莓蝶，直到今天我也没有捕到。

在大学里

从那时起，过去了好多年。

我离开那所隐修院式的学校的藩篱以后，才头一次回到家乡来消磨秋天的几个星期。我所有的同学中，只有克里斯多夫还留在家乡的小巢里。其余的人，包括弗里茨，都飞走了。有的去过快活的大学生生活，有的远涉重洋，有的坐在商人昏暗的写字间里，总之，都根据各人的志愿和情况决定了自己的去向。克里斯多夫已成长为一个粗壮的小伙子，他在准备外出。他已升为帮工了，正打算出去游历。但在此之前，我们又一起在他父亲的作坊里做了一次工。一个送给我上大学的很大的烟盒，便是我们的劳动成果。我从母亲那儿得知，那位精力充沛的波莱佳太太已于一年前暴病身亡，她的女儿不久后就迁到州立大学所在的小城一位未婚的老姑妈家里去，这位老太太已立遗嘱认她为一小笔财产的唯一继承人。那座窗前有菩提树的房子，母亲死后已卖出还债了。法国裁缝只好在另一家裁缝铺里当了一名伙计，日子过得倒也快活。一个星期天下午，我遇到他时，他正坐在教堂墓地一角的长凳上。他那突出的颧骨上的皮肤更黄了，他的黑头发几乎全白了，他有些咳嗽，但晒着太阳他好像感到很舒适。"喂，菲利普先生！"他认出了我，高声说着，把他那瘦长的手的两个手指伸给我，别的手指还握着那个老式的谁都熟悉的陶瓷烟壶。"当初——那是什么时代呀，菲利普先生！"他叹了口气继续说，"我的老伴，她已经带着她的五味瓶到那边的黑十字架底下去了。那孩子，那罗拉，"他吞咽了几次，又吸了一撮鼻烟——

"您一定听说过了！——她不愿意，她不愿意丢下她可怜的父亲一个人不管，我不得不用力把她搂住我的小手掰开。但又有什么办法呢！孩子应该有孩子的幸福啊！"他低下头，双手懒洋洋地放在膝盖上。"我可以把她的信拿给您看！"接着他又说，"您会看见，菲利普先生，您是一位有学问的人！那字迹那么可爱，所有的话语都那么亲切美好，就是一位侯爵夫人也不能写得更好了！"

就这样，他又说了一阵子，直到我离开他。

我没有再见到这位法国裁缝，因为几天后我就动身先到别的州的一所大学里去学习法律了。过了半年，我母亲写信告诉我（我曾把我看到裁缝的情况告诉过她）：波莱佳先生，路易十六宫廷暖炉火夫的孙子，也在黑十字架下面找到了永恒的安宁。

三年以后，我来到我们的州立大学，以便考试前在这里修完法定一年的功课。前一学期我在海德堡曾和弗里茨住在一起，他也想在明年秋天回去。但我的朋友克里斯多夫已经读完了他的"大学"，现在他是一个大家具店的领班工人。一天下午，我在公园里遇到他，他坐在那里好像是在想什么心事，面前摆着一大杯淡啤酒，香烟的烟雾在他周围缭绕。他那很重的金黄色的络腮胡子和漂亮的市民服装，使我很靠近他时才认出他来。当我一声不响地把手放在他肩上的时候，他急忙骄傲地转过头来看我。我没戴有颜色的帽子，但显然可以看出我仍属于他所不喜欢的"拉丁人"之列。不过他一认出了我，眼睛一亮，显得无比惊喜。"菲利普，是你吗？"他说，同时像一个女孩子忸忸怩怩地拉起我伸过去的手紧紧地握着。我们在一起谈了很久，谈我们的家乡、我们的父母和同龄人。当我后来回想起那次不幸的冰上滑行时，我也打听了一下我们小时候共同的恋爱对象。

莱诺拉还住在她的亲戚家里，那是一个年老的女裁缝，她跟着这个老太太到有钱人的家里去揽活。不过，克里斯多夫在回答这些问题的时候，越来越不爱开口，最后找了一个机会赶快转了话题。他似乎由于生性忠厚仍然没有摆脱那美丽姑娘的束缚，我则早已连同家乡的尘土都抖掉了。

我对他可能完全想错了。过了一些时候，我和一些相识的小姐太太，渡到一个海滨城市所在的海湾对面，去参观一个当时的名胜。下午过去了，我们从海滩走下去，想寻找一艘返程的船。两只船几乎都坐满了人，正准备启动。在离我们大约三十步远的一只船旁，站着一个非常美丽的姑娘，她身边是一个年老的跛足女裁缝，这个女裁缝我曾在我的房东的起居室里见到过。那姑娘已经把脚踏在船边，好像正想上船；但她忽然迟疑了一下，回过头来看我们。两只异国情调的黑眼睛，很像我好久没看见过但又似曾相识的眼睛，那目光和我的目光相遇了。现在我知道，那是莱诺拉·波莱佳。她长高了，褐色面颊闪着成熟少女的红晕，但她的举止仍然是那样的优美、随意，我的小孩子的心不是曾不自觉地被那优雅的举止所迷惑吗。我不禁心潮澎湃，几乎把身边的那些小姐太太完全忘记了，因为那对黑色的眼睛好像恳求似的凝视着我。我听见那年老的女裁缝在劝她，船家在很不客气地催她上船，但这位身材苗条的少女依然一动不动地站在那里，同做梦一样，眼睛总往我这边看。

好像冥冥中受了大自然威力的驱使，我朝渡船走了几步。但我控制住了自己，我想到了克里斯多夫，他那诚实的蓝眼睛好像突然望着我。"那里没有我们大家的位置了。"我对小姐太太们说。然后我就从侧面沿着水边向另一条船走去。但我还是禁不住又回头望了罗拉一眼。她使劲收着下颏低下头，慢慢地经过船沿走进船舱，那船在金黄色晚霞的映照下漂浮在一平如镜的水面上。

在返航行船中，我坐在船舵附近，内心很不平静，话也不多。前面的船离我们相当远，我的眼睛却不时地注视着那条船。那些小姐太太不论怎样逗我说笑，也没成功。

"您今天可真不中用！"她们当中的一位说，"我们的漂亮的女裁缝好像害你变成了一个哑巴！"

"罗拉是你们的女裁缝吗？"我半似默想地问。

"罗拉！您从哪儿知道她叫罗拉？"

"我们来自同一个城市。在舞蹈学校里，我的第一个玛祖卡舞就是跟她一起跳的。"

"原来如此！怪不得她现在还愿意跟大学生一起跳舞哪。"

我们关于罗拉的谈话到此为止。我现在算知道克里斯多夫为什么不愿意谈她了。

然而，整个冬天，我还是在公共场所多次遇到克里斯多夫和罗拉在一起，不过大都由瘸玛丽或一个老太太陪着，这个老太太可能就是留遗产给她的那位姑妈，就是她在可怜的裁缝死前不久把他的心肝宝贝诱骗去了。

一天晚上，大概在新年后的几个星期，我在屋子里听到大街上的喧闹声。我打开窗，在底下经过的人群中看到不时出现的大学生的红帽子，最后，借着路灯的光我认出了我们的一个校役。

"出什么事了，杜泽？"我朝楼下喊。

"打架了，博士先生。"杜泽称我博士先生，那原因只有我们俩知道。

"这么回事呀！大概又是在舞厅里吧？"我问。

"喏，还能在哪儿呢？"

这个舞厅是一个公共的跳舞场所，大学生和青年工匠由来已久的冤仇常在这里引发殴斗。这一次好像斗得更凶，因为杜泽做了一个用力高举拳头的动作。

"是谁挨揍了？"我又问。

这位老人把手拢在嘴前边，小声对我说："是一个该挨揍的人，博士先生。"一个经过这里的熟人听到了我们的谈话，他边走边说："是野伯爵。那些粗人把他痛打了一顿。"

所谓"野伯爵"，是一个漂亮而又放荡的青年人。他很少听教授讲课，相反常常出没在决斗场，定期参加大学生酒会。他属于这一类人：他们在大学里大出风头，离开大学也就销声匿迹了。他总是离间青年工匠和他们的姑娘的关系，青年工匠恨透了他，那些年幼的大学生却又怕他又佩服他。他进过好几所大学，后来又都离开了，有几次是被学校开除的。现在他又选中了我们的大学来读，不久，便有各式各样的流言传播开来，有的说他有大笔的汇款，有的说他有更大的债务。他带来的"野伯爵"这个头衔，倒也很适合他，因为他使人想起"拳头即公理"的时代，旧时贵族子弟任意欺压弱者的行为，他好像完全继承了下来。

我既不认识这个野伯爵，也对他这个人不感兴趣，于是我就关窗睡觉去了，不再去想这件事。

第二天下午，我不由得又想起了这件事。我刚喝完咖啡，正

坐在软椅里阅读《法学汇编》[1]中关于某问题的论辩，有人敲我房间的门。

听到我的一声"进来"，我的朋友——身材粗壮的克里斯多夫，小心翼翼地又略带迟疑地走进房间。

"你是一个人吗？"他问。

"正像你所看见的，克里斯多夫。"

他沉默了一会儿。"我要离开这里了，菲利普，"他说，"今天晚上就走。路很远，到莱茵河畔我舅舅那儿去。他身体衰弱，需要一个帮手替他照应一切。但我怕我的现钱旅途上不够用——一路乞讨，可不是我干得了的。"

我走到书桌前，数出一小笔钱放在桌子上。"够了吗，克里斯多夫？"

"谢谢你，菲利普。"他小心地把钱装进钱袋，里面已装有一些金币和银币。这时我才发现，他穿着黑色的礼拜日服装站在我面前。

"你穿着全套的礼服呀，"我问，"你究竟到哪儿去过？"

"喏，"他说，若有所思地摸着他的宽前额，"我刚从警察局来！"

"你拿到护照了吗？"

"是的。还拿到了我的解雇证书。"

我疑惑地注视他。

"这都是因为在跳舞厅里干的蠢事。"

---

[1] 《法学汇编》，古罗马皇帝查士丁尼于530年下令编纂的法学家著作节要，533年出版，共五十卷。

我心里一亮，全明白了。"是这样！那么你也在场了，"我说，"当时我没想到有你！"

"我当然在场了，菲利普。"

"莱诺拉大概跟你在一起吧？"

他点点头。

"你把那个野伯爵痛打了一顿？"

他的嘴角露出雪了恨的微笑。"他们都说是我打的。"他应答道。

这个中学时的老冤家说话的语调那样得意，我再也不能怀疑这个事实了。

我不禁大笑起来："那你就讲给我听听吧！这事到底是怎么发生的？"

"喏，菲利普——你知道我是跟罗拉一起去的。"

"你们俩见解相同吗？"

"可以说是这样吧，"他回答，"她是一个很能干的人。一旦老姑妈去世，她还能得到一小笔财产。"

我微笑着凝视他："喏，克里斯多夫，就是没有这样的优点和好处，她也是不错的。不然你也不会这么坚决地狠狠揍他！"

他出神地直视片刻。"我也弄不清了，"他说，"罗拉和我，我们站在一个行列里准备跳舞——我去跳舞，纯属想讨她欢喜——这时，这时，那个瘦长的苍白脸的家伙走过来了，他一直在打量她，同时跟另一个人悄声说话，他要专门跟她跳舞。"

"他对你的舞伴很放肆吗？"

"放肆吗？——他的表情是够放肆的了！"

"罗拉呢？"我说，两眼紧盯着我的朋友，"她愿意跟那个花花公子跳舞吗？"

他皱起眉头，我看到一片乌云遮住了他的眼睛。

"我不知道，"他轻声说——"当初你就不该拉她到你们拉丁跳舞学校里去凑数。"

他把手伸给我。"再见了，菲利普，"他说，"钱我会寄还你的，此外你不会听到太多关于我的消息。一年以后，上帝保佑，我再到这儿来，或是在家乡相见。"

他走了。我想继续进行我中断了的工作，但没有成功。我心中暗暗地产生了一种对我幼时伙伴前途的莫名的忧虑。对他没说出来的心事，我一清二楚：他的幻想里只有那个姑娘，这个精明人使出全副力量，在想方设法把他的生命和她的生命结合在一起。

不久，我下楼走进房东的居室，那时我是在房东家包午饭的。也许时间还早，其他房客都没有到。但在隔壁小屋里我遇见了那个矮小的女裁缝瘸玛丽，她正一个人默默地坐在一大堆白色衣服里缝着什么。因为我常看见她跟我此刻特别关心的那两个人在一起，所以我就对她讲述了昨天的事件，希望了解到更贴切的原因。

"这种事，我早就料到了！"她说，抿着两片薄薄的嘴唇，"木匠固然是个好人，但对她太迁就了——他干吗要跟她到舞厅去！"

我详细地询问下去。

她从椅子上拿开一批衣料，腾出地方给我坐。"您也许知道教士巷的那所小房子，"当我照着她目光的示意坐下时，她又开口说，"施密登老太太，罗拉的姑妈，几年前从隔壁的赁马人手里买下了这所小房，但卖主保留了房后的院子，因为他的生意需要大的空间，于是他就把这个后院跟他的院子合为一处了。只有中间的一小块草地容许老太太浆洗和晾晒衣服，不过也算是够用了。她跟我已故母亲是堂姐妹，我行过坚信礼以后，就常常跟着她出门做针线活儿。

"我记得，那是去年圣马丁节前不久。我刚吃过午饭便到施密登家里去，因为有一大批绸缎衣服要我们一起洗。半路，我碰到了木匠，那时他已经和罗拉有交往了。我们寒暄了几句，离去时他又笑着对我说：'晚上下班后，我来帮你们晾衣服！'我把这话告诉给罗拉，但她好像不怎么当回事。

"下午很晚的时候，在屋里干完了活儿，我们来到外面，想把绳子拴在圆形草地的木桩上。罗拉的裙子撩得高高的，半露着她的小靴子，黑发抹在耳后，利用一个小木梯，拴了这边，再拴那边。老姑妈坐在屋里靠背椅上打盹儿，我嘛——我个子太矮，也帮不上什么忙。"

这时，她站了起来，尽可能地伸直她那矮小的腰身让我看。

"我在一篮洗好的衣服旁边坐在一块路缘石上，看邻居的伙计在马厩前刷洗一匹金栗色的马——我是很喜欢马的，我跟您说，我父亲就是一个车夫——那是一匹标致的马。它把头从阴影里伸到阳光下，那皮毛像金属一样闪闪发光。但根据它腿上美丽的饰物我看出，那不是邻家用来出租的马。'这匹马是谁的？'我问罗拉，这时她正好把小木梯移到我身边最后一个木桩前。'这匹马？'她说，同时踮着脚把绳子缠在横木上，'这是一个外地大学生的，我不知道他叫什么名字。'我扬头朝她看，但她没有回头，还在缠那根绳子。我刚好有些不耐烦的时候，身后传来一个人的说话声：'行了，罗拉小姐！'

"我看见，她垂下胳膊，赶快把撩起的裙子拉下来。等我转过头来，那个脸色苍白的高贵的大学生已经站在我面前了。罗拉一句话也没说，跳下木梯，站在我身旁。那位少爷也站着不动，两眼死死地盯着罗拉，好像怎么看也看不够似的。'见你的鬼去吧！'我想，碰巧可以开始谈论这匹栗色马，于是我就说呀说呀，一直说到他搭腔为止。转眼间，我们三个人不知不觉地走到那边的院子里去了。那马用蹄子刨着地，两只智慧的眼睛凝视着它的主人。罗拉站在旁边，她好像非常羡慕似的，用手掌从上到下抚摩那匹马光滑的脖颈。'它像羔羊一样温顺，'那位少爷说，'您想不想骑，罗拉小姐，马厩里还挂着一副女人用的马鞍哪！'她摇了摇头，但我听见她呼吸急促，因为高兴她两眼闪亮。这位伯爵大概是明白了她的心思，因为他示意备好马鞍，装上马勒。罗拉目不转睛地看着，两只眼睛像着了魔一般。当用人给她送来踏凳备她上马时，那位少爷一脚踢开了踏凳。'嘿，不要，约翰！'他喊。好像不言自明似的，他一只手臂托住了罗拉的腰。'踩稳了！'他说，把另一只手举到她面前，同时用锐利的目光往上边看着她。好像他想怎样，罗拉就得怎样，她把她的小脚放在他的手上。我看得很清楚，她本有点犹豫，不过只有那么一刹那工夫，然后他迅速一推就把她送上了马。

　　"看上去，她有些慌乱。在上面坐好，她垂下眼帘，让他耐心地把缰绳缠在她的手指间。这匹红棕色的马摇了摇头，深深地打了一个响鼻。它的主人在它那绸缎般的皮毛上爱抚地摸了几下，然后他把一只手放在罗拉身后的鞍子上，用另一只手抓着马勒，牵着马慢慢地绕着圆形草地转。

　　"我得承认，他们确实是天生的一对。看见他们的人，恐怕谁也不会想到，这个美丽的姑娘只不过是一个贫穷的女裁缝，一个裁缝匠的女儿。

"不久，她就觉得马走得不够快了。她把手一抬，马就奔跑起来了。那位少爷退到圆形草地上去，但他的目光一分一秒也没离开她，马在跑，他也手拿鞭子跟着兜圈子。好像他给迷住了，他的目光跟着那姑娘飞来飞去，从她的飘摆着的黑发，一直到鞍镫上露在裙子外的小脚。他时而朝她，时而冲着马喊那么一句简短的话。那马越跑越快，喘着气，甩着尾巴。罗拉根本不管这些。她骑在马上，像飞起来了似的，微笑地瞅着那位少爷，仿佛他的目光把她固定在马鞍上了。

"就这样跑了一些时候。'老太太出来了怎么办？'我想，'那可要大闹一场了！'但她没有来。一群鸽子咕咕叫着从院落上空飞过去。马一惊，跳了一下。我想，罗拉可能掉下来了，但是没有，她还挂在马脖子上，只是她的脸色像死人一样的惨白。'嗬噢，贞女呀！'那少爷喊着，立刻跑到那边，抱住罗拉，仔细看了她一会儿，才让她轻轻地滑到地上。我还没来得及想，就听见院门开了。'是老太太来了！'我想，但回头看时，木匠已站在我面前。要是老太太来了，我还不至于这样慌张，因为他看上去简直像一尊石雕。'已经下班了，韦尔纳？'我高声说，但他根本不理我。'晚安，玛丽！'他声音沙哑地说，好像有话卡在喉咙里说不来似的。'我们到屋里去吧？'我又说。'我谢谢了，'他回答，'你们这里有客。'于是，他看都没看姑娘一眼，也没跟她说一个字，便转身穿过大门走到街上去了。

"罗拉站在那喘着粗气的栗色马旁边，动也没动。'这个人想干什么？'伯爵问。'是我的一个同乡，'她小声回答，'他是韦尔纳先生。'我说：'是一个大家具商店的工人领班。'因为这位少爷目送木匠时那嘲弄的面孔惹怒了我。"

玛丽做完了一项工作。她站起来，把衣料收拢到一起。隔壁的起居室里，其他的房客都来吃午饭了。

"这事引起了什么后果？"我还问。"引出什么后果？"她重复说，"我花了不少时间两边劝解，最后——木匠是不能丢开她的，她如果不是头脑发昏，也一定知道，她是多么喜欢他。那些漂亮的高贵的少爷毕竟不是为她而生的。"

我们去吃饭了。但瘸玛丽讲的事沉重地压在我的心头。罗拉和克里斯多夫！我想象不出这两个人怎么会密不可分。

一次散步

复活节过后不久，母亲突然生病。到了八月，母亲复原，我放心地把她交给父亲照料，让温柔的空气增强她的体力，这才回到大学里去。当初我动身回家时，大学城城外宽阔的海湾上还有没融化的冰，如今所有的道路上都是夏日繁茂的绿叶沙沙作响了。

那是我到校后的上午，我还没跟一个熟人说过话。我心事重重地站在我的寂寥的小房间中央，书桌上干涸的墨水瓶和落满灰尘的书籍很不愉快地凝视着我，地板上半开的箱子也没能使这气氛改变分毫。但是阳光透过玻璃窗照射进来，引诱我到大自然里去。很快我就走出去了，依着我少年时的爱好，我独自一人在宽广的榆树林荫道的阴影中游荡，林荫道有一段沿着海岸向前伸展的。

那些高大的树在我头顶上搭成阴暗的拱顶，而两旁的树叶和青草上，处处建在绿树丛中的花园别墅的窗子里，都闪烁着早晨明亮的阳光。透过树丛能看得见的地方，还有海平面的闪光映入我的眼帘。我慢悠悠地向前走，尽情呼吸着新鲜的空气，路上只碰到几个不相识的人，因为散步的时间还没有到。

渐渐地，花园也看不见了。这里路旁不再是榆树，而是耸入云霄的细高的榉树。再经过一段路，我便走进一个凉爽宜人的树林，左边是一个小山冈蜿蜒向上，向右透过树林我可以俯瞰大海。我前边，从密林里传来花鸡银铃般的鸣啭和山鸟的诱鸟的叫声，我时时听到头顶树叶飒飒，脚下涛声澎湃，像音乐夹在其间。我突然想起一所破旧的房屋就位于这个树林之中。几年前，还在读中学二年级时，我到大学城来访问一个亲戚家的大学生，曾经跟他一起到过那里。就我当时所知，那所房屋是一个做投机生意的酒店老板建造的，但他的投机生意失败了，他又没能把大量的客人吸引到这个偏僻冷清的地方来。他只好把房子卖了，新的房主当时把生意交给一名堂倌经营。

我非常清楚地记得那个身材细高、脸色苍白的堂倌，那所建在半腰上榉树林间的两层楼建筑现在又浮现在我眼前。在房子正面中央，那小的圆柱门廊下，我当时喝了我的第一杯啤酒。离开那里，我们从双扇大门走进高大阴暗的饭厅，这儿的窗户都是朝后对着树林开的。现在，我突然心血来潮，想再去看看这个冷清的地方。同时我也担心，这所房子现在是不是已经不存在了，或者我再也找不到了。

我正在这样想着的时候，抬头便发现一条狭窄的人行道，从大道左边经过林木间蜿蜒而上。我站了一会儿，那时我走的就是这条小道，然后我就慢慢地上山。走了一阵子，我看见前面树木之间露出一个灰色的石板屋顶，一个小的圆柱廊道的柱头和那两边窗户的上半部分也显现出来。再走几步，是一道石阶从树荫通向一小块平坦的空场。

这时，在我面前出现了那所小房子，它立在树林的中央，沐浴着静静的阳光。时间在这里似乎是完全静止的。四壁原来的粉红色墙灰泥和那时一模一样，就是在靠近地面处也没有剥落，到处都长满了绿色的苔藓，木头柱子的裂缝里则丛生着大量的褐色菌类植物。就是现在，半开的双扇门的两侧也还各放着一条墨绿色板凳。我坐在一条板凳上，从小树林的缝隙望着山下的海，海上正好有一只渔船在阳光中飞快地划过去。山上这个地方，好像没有人居住，没有一点动静，我背后的房子里也没有任何声音。只有一只野蜂嗡鸣着急速飞过去，两只黑蝴蝶贴着石阶边缘的青草翩翩起舞。

过了一会儿，我站起来，走进大厅。里边比我想象的还要阴暗，紧挨着窗户的那几棵大树好像把树枝伸到房顶上面去了。我用手杖敲击一张桌子，高高的天花板发出了回声，但没有一个人走来。我往左边一间侧室里看去，那里只有孤零零的一张台球桌。但对着大厅的另一面还有一扇门，我打开门，走进一个狭窄的过道里，穿过去又来到了空地。紧挨着房子有一个九柱戏的球道，我发现那旁边有一个中年以上的人，身上围着一条绿围裙，躺在草地上睡着了。实际上，那很像当时的那个堂倌！我用手杖一碰他，他就睁开眼睛，跳了起来。"请原谅，少爷，"他说，"夜里我睡得太少。"

我惊异地望着他。

"您不知道吗？"他继续说，同时从头到脚打量着我，"联谊会的大学生们，从复活节开始，就把团体酒会迁到这儿来举行。"

这我确实不知道，虽然我的大多数同学都属于这个团体。

我要了一杯啤酒，一片面包，我们同时也回到了大厅里。当白昼的阳光从打开的门照射进来时，才看见地面中央有一两块黑污渍，这使我毫不怀疑地想到，不仅大学生的晚上酒会，就连附属的"击剑场"也迁到这个偏僻的地方来了。"你们怎么不把这块血渍擦掉呢？"我问。

"请原谅，少爷，"那个脸色苍白的堂倌回答，"但那块血渍擦去后总又露出来，那还是从前发生的不幸事件留下的呢。那个慷慨激昂的少年中剑倒下，一动不动，脸色煞白，那情景可真惨啊。"

我立刻想起了那次事件，一个军官的贫穷的遗孀失去了她的独生子。那是我离开大学城不久之后发生的，它在短时间里激起了整个小州的同情。

我从大厅走出去，在一张绿板凳上坐下来，回想起那个可怜的热血少年，他的生命在这里留下了令人不快的痕迹。

过了一会儿，堂倌送来了我订的早餐。

"今天晚上，您可以吃到更好的饭菜，"他说，同时把酒杯和盘子放在我面前的桌子上，"我们有舞会。到时候，老板总要派他的厨娘到这儿来。"

"舞会？"我惊奇地问，"谁会到这森林里来跳舞呢？"

"喏，"他答道，多少有点轻蔑地望着我的不很时髦的服装，"这是那些高贵的大学生少爷安排的。"

我忽然想起一个朋友信中的一句话，那封信我是在家乡探亲时收到的。"我们把它叫做魔女之宴，一切简直发狂到了极点！"信里这样写道。我现在才明白那是指的什么，只是我忘记了地点。

不过，堂倌好像不怎么喜欢这个叫法。我正想再追问他几句，两个我不大认识的年轻大学生走到山上来了。他们没有注意到我，就坐在门那边那张凳子上，他们尖声高叫，凶相毕露地各要了一杯啤酒。然后，在堂倌离去的时间里，他们谈起了今晚的跳舞盛会，语句断断续续，因为时有口哨声和呵欠声穿插其间。其中的一个显然是刚入学的新生，他可能是通过另一个稍微年长的同学了解今晚的盛会。这个人给他简洁地描绘一个个舞伴的形象。先是舞蹈教师和醉鬼警官的女儿，这个舞会的筹办就是靠了教师和警官的帮助。她们之后，便是一群无亲无友的姑娘，她们都是白天靠自己的双手挣一点可怜的面包糊口。

我默默地吃我的早餐，不时地去喂一只花鸡，它在我旁边的瓷砖地面上转来转去，一点也不怕人，只是一口一口地啄食我扔过去的面包渣。

"你先得看一看伯爵夫人！"我邻座中那个年长的又开口说，一边捻着他的小胡子。

另一位提了一个奇怪的问题。

他的朋友嘿嘿一笑："那不过是一个女裁缝罢了，路德维希。但如果她乌黑的眼睛那么冷冷地凝视你——你简直会把她当做天上下凡的仙女！"

"你们为什么称她伯爵夫人呀？"

"喏，你瞧——她有野伯爵为伴啊。"

我不知道，为什么我听到这句话时大吃一惊。我很想从那个大吹大擂的人口里打听到一些详细情况，这时我想起：我出门时，看见瘸玛丽在我女房东的后屋里。

我立刻踏上归途。半小时后，我已经站在瘸玛丽身旁，跟她攀谈起来。

　　"您很久没看见罗拉了吧？"我问。

　　她沉默了一会儿。"我不再跟她来往了。"她说，看了一眼她做的活儿。

　　"你们不是很要好的朋友吗？！"

　　"以前是的！"她用手指甲在刚缝过的线缝上压了压，"自从她在外面跟大学生跳舞以来——她本来可以在她姑妈家里长时间住下去。如果有遗嘱，情况也就可能不同了。"

　　"原来是这么回事！"我想。克里斯多夫走后不久就把借去的钱寄还我了，简短的附言上说，他在舅舅家里受到了亲切的接待，两位老人和他们的已过中年的女儿对他都很热情，此外工作也忙得很。此后，我就没听到他和罗拉的消息了。

　　"但是，那是怎么开始的？"过了一阵子，我问，那个女裁缝正在细心地一针一线地继续做她的活儿。

　　"这个嘛！"她说，把针插在衣服上放了一会儿，"那是圣灵降临节前十四天，罗拉已经很长时间没好气了。起先我想，那是因为木匠一直没有写信来的缘故，但有时我又觉得，好像她的这个婚约使她很痛苦，又好像她心里左右为难似的。不管是对我还是对她的高贵的女友，她都三言两语地顶撞，对这个她还毫不在意。最糟的是她听到舞厅里传来音乐的时候，因为她一定是答应木匠不去跳舞了。一天晚上，我们坐在我门前的板凳上，我的外甥，那个昨天刚从外地回来的裁缝，跟其他几个伙伴到我们这儿来了。他是从莱茵河上游来的，还在沿岸的两三个城市里做过工，他也说了说城市的名字。别的人问起来，他就讲述。'那么说，你也见到克里斯多夫·韦尔纳了？'一个人说。'那个木匠，我当然见到他了。他交好运了。''究竟是怎么回事？'另一个人问。'怎么回事？他娶了那个师傅的女儿，她有——你明白我的意思！'他用手指做数钱的动作。听到这话，我吓得要命。'你不要头脑发昏呀，孩子，'我说，'你倒是胡扯些什么呀！''嗨，姨妈，我理智得很！'他高声说，'我亲眼看见，他把做新婚床的木板都刨好了！'罗拉听到这几句话，一声没吭，从板凳上站起来，拿起她的帽子，头也没回，就沿街走下去了。'她怎么了？'我的外甥还问哩。'我不知道，迪特里希。'我也真的不知道。她跟木匠之间的爱情，压根儿就不怎么热烈——因为他追了她很久，她慎重地考虑了两次，才答应他。我虽然知道她同那个高贵的大学生的事，但我万没想到他会使她那样神魂颠倒。

"我跟别人又坐了一会儿，听那个少年裁缝讲述他的游历。但我只是勉强听听而已，不一会儿，我就受不了啦，因为我很挂念她。

"于是，我随后跟着她沿街走下去。跟我想象的一点不差，我在她姑妈家里找到了她。她的东西都放在后面的小屋里。她站在屋中央，脸色惨白，咬得嘴唇往下巴上流了血。她把所有的抽屉和盒子都拉出来了，绢网和丝绦围着她撒了一地。'罗拉！'我喊，'你在干什么，罗拉？'但她好像没听见我的话。'星期天舞厅里有跳舞吗？''舞厅里？这跟你有什么关系？''我想去跟人跳舞！''你？你的心上人会怎么说呢？''我的心上人跟我有什么相干！'说话间，她已经戴上帽子，从五斗橱里取出她的头巾，然后打开她平时收藏积蓄的那个小箱子，因为她虽然为买服装已经花了不少钱，但她很高傲，总不能这样寒酸地进她这个未婚夫的家门呀。她撕开缠着什么东西的纸，散开的钱落在她的桌子上。

"'你愿意跟我一起去吗？'她问，'我必须去买东西。'我不知道她想买什么，但她引起了我的同情，我也就跟她一起去了，因为我还想劝劝她不要再去跳舞。对我的话她全然没有反应，她只在我身边匆匆地沿街走下去，既不回答我，也不看我。

"我们来到市场的绸缎商店，站在柜台前，她让店员给她拿来最厚的缎带和最时新的薄棉布，这些布料她过去只在为城里那些高贵夫人做衣服时见到过。那个店员另把一种衣料放在柜台上。'要是那位定做衣服的太太不在乎价钱贵，可以买这种的！'他说着，把一只手放在透亮的布料下边。'是的，'罗拉说，'她不在乎价钱贵。'我私下里轻轻碰了碰她，我知道她是要为自己缝制最昂贵的服装。'罗拉，'我悄悄地说，'我请你好好想一想，你买这么好的衣料干什么？'但她不听我的。她让店员剪了布，她把贵重的银币边数边放在柜台上，好像不知道得做多少天苦工才能赚到这么一点钱。'放开我，'当我拉她胳膊的时候，她说，'我也要风光些了，我并不比那些高贵的小姐丑！'

"然后，她就回家了，整整缝了一夜又一白天，直到把那件贵重的衣裙做好。"

"下一个星期天，"玛丽继续讲述，开口前先把一根线穿在针鼻里，"晚上，已经很晚了，她挑了一朵白色百合花插在她的黑发上，就到跳舞厅去了。"

"下边的事我是听我外甥说的，"她补上一句，"那是一个不大会跳舞的人。开头，她在一边坐了很久，那些青年工匠压根儿不敢请她，那些大学生她又一个个地拒绝了，几乎又快因为她发生骚乱了。那个脸色苍白的高贵的大学生，他们叫他什么哩？"

"野伯爵！"我说。

"当然，他也在场。但他好像根本没有把她放在心上。最后，他才不得不走过来，因为她看上去实在太美了。她好像来自东方，他们都这么说。当他向她的位置走来时，她刷地满面绯红，全身发抖。她站起身来，伸手给他，他仔细地瞅着她。我的外甥说，他好像要把她吞下去似的。她还没有跟任何人跳舞呢。一直到乐师收起他们的小提琴时，他们都没有离开舞池。"

瘸玛丽不说话了，她只说了两声"是啊，是啊"！好像在心里总结她故事里的道德教训。随后，她便比此前更热心地埋头工作了。

知道了这一切，我便决心去亲眼看看今晚"魔女之宴"的情形了。

在郊外林中

天已经黑了。当我登上山坡想要找到穿过树林的那条小道时，一股闷热的空气正笼罩着整个树林。

我登上石阶，身不由己地停住了脚步。我看见身旁有两个穿白衣裙的姑娘的身影穿过树林，随后从侧面走进一座房子。好像刚刚跳了一场舞正在休息，我听见灯火通明的大厅里琴师们调琴的声音，大学生和姑娘们热烈地交谈着经过敞开的双扇门走进去。我恨不得立刻走进去，这时，在我内在的眼睛里浮现了那个姑娘的童年时可爱的形象——我又看见她两手搂住她可怜的父亲的脖子；我想起，她那时如何顽固地回避我孩子气的爱慕。我心里突然感到十分痛苦，我不知道那是同情还是嫉妒。

我终于登上了那个柱廊的两个台阶，不为人注意地站在敞开的门柱跟前。休息仍在继续，但热闹的气氛并不因此而稍减。大学生们坐在两旁的桌子前或侧室里闲谈，碰杯喝酒，姑娘们笑语不断地走来走去，时而一声纵情的叫喊响彻整个大厅。

姑娘们中有几张面孔相当妩媚可爱，虽然在无忧无虑的享乐之余也有短暂的烦恼，但仍不失诱人的魅力。尽管她们贫穷，但穿着都很漂亮，衣裙是浅色的、透明的，一朵花或一个鲜花花环插在精心梳理的头发上。

她们的男舞伴，却跟她们的考虑完全不同。尤其是那些比较年轻的学生和几个被称为联谊会"首领"的人，他们在小姐们面前，个个不知羞惭地把腿舒舒服服地伸在桌子上和板凳上。

我瞪着眼睛寻找罗拉，不一会儿就找到了她。她坐在台球室对面两个比她略微年轻的姑娘中间，她们热情地跟她说着什么，而她却不动声色地直视前方。

她头发里插了一支白玫瑰，那在这个季节里真是罕见之物。但她面孔上的玫瑰时代已经过去了，在那温柔的苍白的面颊上再也没有红晕了。

野伯爵我也看见了。他好像很疲倦似的，跷着二郎腿，坐在大厅的另一边——我就站在他附近。乐师们一拿起乐器，一个低年级大学生就走到他面前。"让我请罗拉跳这个舞吧！"他怯生生地说。

"下一次吧，小同学！"野伯爵回答，把他的漂亮但苍白的头向后一仰，靠在墙上。

音乐开始了，只有他没有站起来去接他的舞伴。他懒洋洋地举起手，用手指做了一个招呼她的动作。我看见，她如何愤怒地瞥了他一眼，她没有站起来，而是把眼睛埋在支撑的手掌里。野伯爵皱了皱眉头，过了一会儿，他跳起来，大步流星穿过大厅，走到她面前站住。见她这时还不抬头，他就用手臂抱住她，一使劲把她拉起来搂在怀里。他好像很暴躁地甩出了几句话，我因为离得远，一点也听不清楚。然后，他便跟她一起走到其余各对跳舞者的前面，开始跳舞。

她已发育成一个丰满的大姑娘了，但个子不高，只到他的胸膛。我目不转睛地看了他们好长时间。她使劲向后仰着头，好像完全被他的胳膊架起来似的，只有脚尖接触地面。他从她上面低头长时间地盯着她看，就像猛禽的双眼盯住她一样，她合上眼睑把脸对着他。这一轮舞结束了，他把她送回她的座位，让她轻轻地从他的臂肘里滑到椅子上坐下。

这次休息，时间不长。不久，整个舞厅骚乱起来。音乐进入快速节奏，一对对跳舞的男女像冲锋似的排起队。

跳舞重新开始。哄笑声和无拘无束的喊叫贯穿整轮舞蹈。我看到那些纤巧轻盈的小脚越来越疯狂地从地板上那块暗黑污渍上滑过去。最后来了一个回旋舞，由于突然终止，那可怜的姑娘的整整一个行列都被带倒了。

随后，像有人暗示一样，音乐戛然而止。她们的男舞伴哈哈地笑着从她们身上跳过去，她们满脸通红地站起来，把头发从前额掠上去，或从她们精心缝制的华丽的跳舞衣裙上掸掉尘土。我不知道，这是孩子们破坏欲的残余呢，还是谁也无法摆脱其影响而要对之表示反抗的潜在冲动——好像是那些大学的青年人任意欺压妇女的勾当总也干不够似的。

我的目光始终没有离开罗拉，她孤单地坐在野伯爵送她过去坐的那把椅子上。她好像故意装出一副样子，使谁也不敢请她去跳刚才的那种舞。

紧接着，也许是为了与刚才跳的那种舞相对照，极其庄重地跳起了四组舞。这时，我跟一个熟人走进侧室。我遇到了好几个老大学生，我们每人面前摆上了啤酒杯以后，就大谈特谈起眼前考试的种种事情。

旁边大厅里的音乐停奏以后，又有几对跳舞的男女走到我们桌边来，野伯爵和罗拉也在他们中间。她坐在他身旁，他则在仔细地看着菜谱。不久，堂倌就拿来几盘菜肴和一瓶香槟酒放在他们俩面前。软木塞被小心地拔出来——野伯爵从不让香槟酒开瓶时发出嘭的一声响——泛着泡沫的酒流进了酒杯。其他订了普通饭菜的姑娘们，暗中用胳膊肘去碰她们的男舞伴。我的注意力不久也只集中在这一对男女的身上了——罗拉用一只手托着苍白的脸，另一只手却冷漠地停在盛满酒的玻璃杯底座上。野伯爵则津津有味地吃着他的云雀肉，默默地喝着他的酒。"你不想吃吗，罗拉？"他终于问了一声。

她摇了摇头。

他凝视她一会儿。"你不想吃吗？喏，"他心安理得地加了一句，"那是你的事！"然后就自己斟满酒，继续吃喝。

姑娘把她的酒杯举到唇边，像渴了似的一口把酒灌了下去。她仍然疲倦地用手托着她的头，现在她头也不抬地抓起酒瓶，让酒瓶悬在空酒杯上，让酒慢慢地往里流，渐渐地高脚杯里升起了泡沫。她的眼睛带着无望的表情，注视着杯里的泡沫，好像她在看她的生命从酒瓶里往外流。泡沫从酒杯溢到桌子上，再从桌子向地面流淌，她都没有注意到。只是她的另一只手仿佛越来越用力地往那乌黑发亮的头发里抓挠。

"漂亮的小姐！"一个漂亮的乳臭未干的少年小声说，同时像乞求似的把他的空杯子伸到她面前，"从您那过剩的酒里赏一滴给我吧！"

罗拉没有抬眼看他，但我看见她的嘴唇在急速地抽动。

"怎么回事，小同学，你想干什么？"一个老学生问，这个人原本只顾喝他的酒。"嗨，真够挥霍浪费的！"他突然大声说，把他的手放在姑娘的胳膊上。

当香槟酒在野伯爵身旁往地上滴的时候，他稍微往一旁移了移。"由她去吧，"他说，"那是她的天性。是不是，罗拉？"他转过脸对她微微一笑，补充说："我们俩，我们在豪华挥霍上也是心心相通的！"

她把酒瓶放在桌子上，深恶痛绝地瞥了他一眼。随后，她站起来，朝通向大厅的门走去。他也跳了起来，跟着她。由于切齿的愤怒，他那一向漂亮的面孔都扭曲了。"你想起了什么！"他小声说，使劲抓住她的胳膊。她站住了，没有露出要挣脱他的表情；唯有她的闪闪发光的黑眼睛疑惑地轻蔑地凝视着他。他容忍了，抽回他的手，同时勉强地一笑，回到桌旁，慢慢地从酒瓶里往外倒剩下的酒。我看见罗拉穿过大厅的门消失在跳舞的人群里。

我心里痛苦极了。我从我坐着的那个角落里把一切都看得清清楚楚。过了一会儿，我就起身走进大厅找她去了。

她不在跳舞的人群当中。等我从不停旋转的一对对舞伴中挤过去以后，我看见她站在一个窗龛里，似乎目不转睛地望着那乱纷纷的人群。她的脸色白得像她头发上的白玫瑰。

"您大概不记得我了吧？"我问，一边朝她走去。

她脸上泛起了红晕，红得发紫，但一现即逝。

"哦，记得！"她悄声说。

"我们跳舞吧，罗拉？"

她伸手给我，同时把头低下去，我连她的眼睛都看不见。但我看见她那雪白的牙齿怎样深深地咬着她的嘴唇。

我们就这样一起跳起舞来，但只跳了两三圈，因为她可能也感觉到我所关心的并不是跳舞。很快我们便并排站在出口处的大门前，两扇门全都敞着。我不自觉地往外看了一眼，外面漆黑一片，只能看见室内灯光照射得到的最近的几棵榉树的树干。阵阵夜风吹来，我们都觉得很凉爽。从那边轰轰然传来提琴的吱嘎声和跳舞者的嗡嗡声，同时我听到外面的树叶梦幻般的簌簌声响。

姑娘站在我身边，一声不响，两眼盯着地面——我鼓起勇气。"克里斯多夫怎么样了？"我问。

她全身一震，嘟囔了句什么，我一点也没听懂。但可以清楚地看见她苍白的双颊上有两块殷红的污渍。

"如果他在这里，"我继续说，"他会怎么说呢？"

我看见她呼吸有些急促，垂下的手痉挛地摸着裙子。"哦，请你，"她轻声地挤出一句，"别在这儿说，千万别在这儿说！"

"那么在哪儿呢？您愿意听我说吗，罗拉？"

她抬眼看了看我。"外边，"她低声说，"我就出来，让我们跳完这一圈再下去！我刚才看见您坐在侧室里，就想请您过来说几句话。"

我们又跳了一圈。跳完，我把她送到座位上，才穿过通向小柱廊的那扇门走了出去。远方雷声隆隆，我从通向空场的两个台阶走到下边去，在电闪雷鸣中，我一阵一阵地能够分辨出每一棵树干乃至海岸，还能看清下边海面的闪光。

我绕过这座房子，一直走到九柱戏球道，在那儿等她。不大工夫，我就看见一件白色衣裙映出的微光，听到那姑娘的轻盈的脚步声，她随即气喘吁吁地站到我面前——这样，我终于又单独和她待在一起了，在黑暗中，在夏夜里。但时代已经完全不同了，我还没来得及跟她说话，她就从口袋里掏出一张纸，闪电的光一照过来，我立即认出一封信的邮戳和封漆。

"这是克里斯多夫写来的信。"罗拉说，一边把那张纸塞到我下意识地伸过去的手里。

"克里斯多夫写来的！"我高声说，"您是什么时候收到的？"

"今天！"她小声回答。

"可您还是到这儿来了，是不是？"

她沉默不语。

"我可以看看这封信吗，罗拉？"

"我正是想请您看一看。"

我走到房后大厅的一扇有灯光的窗前——罗拉慢腾腾地跟着我，我觉得，在我读信时她的眼睛始终直勾勾地望着我。

这是一封长信；克里斯多夫说明他为什么一直没有写信。他已经接管了他舅父的买卖，但事情长久地悬而不决，因为一切都取决于表姐是否与一位富有的烟道清洁工结婚。从家乡来的一个好奇的裁缝访问他的时候，他正忙着为她打结婚用的家具，这时整个事情又一次出了问题。现在，一切终于安排就绪了，表姐已经举行了婚礼，他本人最近几天就要在外城市获得师傅的身份。然后，他邀请她去，因为他不能来接她。"我一接到你的回音，"信在结尾时写道，"我就把路费寄给你，钱已经如数封好了。那所房子你不费吹灰之力就会认出来，在房门前那条绿色板凳旁边有一棵菩提树，跟家乡你父母家房前一个样—— 一间我为帮工们盖的小房子，完全被遮在树荫里。"

我把信折叠起来，还给她，但罗拉摇了摇头。"请您给他写一封信吧，菲利普先生！"她说，同时眼泪一滴一滴地从脸颊上滴下来。她又小声地、吃力地补充说："他的心意是好的。"

"您不想亲自去吗？"我问。

她用那种恳求的、绝望的目光凝视我，我悔不该向她提这个问题。

"罗拉，"我说，"难道就没有人能帮忙了吗？"

她低下头，用前额抵住窗玻璃，那朵白玫瑰仍在她那乌黑油亮的头发上散发着香气。"他活着的时候，只不过是一个可怜的蠢人，"她说，强忍着抽泣，"他毕竟是我的父亲，没有一个人像他那样爱过我——哪怕是现在，他也不会嫌弃我。"

她说完这一席话，我们俩就都不做声了。不知怎么的，我竟抓住了她的双手，她任凭我握着她的手。这时，我听到，从房子另一边，从大厅那里，传来野伯爵呼唤她名字的声音。

她吓了一跳。"罗拉，"我说，"您就不能摆脱这个人吗？"她瞪大眼睛，悲伤地望着我。"哦，能够的！"她低声说，我觉得好像看到她的嘴角浮现一丝微笑，但笑里似乎含着一种诡诈。这时，又一次，多次地听到越来越近的呼唤她的声音。

她赶快擦干眼泪。"珍重，菲利普，再见！"她轻声说。我感觉到那双小手紧紧地握了握我的手。然后她就走了。

我不知道自己又在那几棵树下来回走了多久。当大厅里的音乐忽然停止，我听到大猫头鹰的叫声时，我才又清醒地意识到我周围的一切。

当我后来为了越过石阶走上人行小道，经过那所房子的正面时，我又一次看见了罗拉。她站在廊道下，一只胳膊搂着柱子，从树木之间的缝隙看着山下的海，那里正好有一道闪电的亮光划过水面。

在海滨

我躺在床上久久不能入睡，总思索着怎样找母亲帮忙为罗拉安置一个别的避难地，而最难的也许是我如何说服她接受这个计划。

第二天早上，我醒得很晚。醒时弗里茨"市长"——小时候我们习惯于这样称呼他——站在我床前，用他那双诚实的眼睛笑眯眯地看着我。很快我们就并排坐在沙发上，弗里茨兴高采烈地讲述了仍留在海德堡的我们共同的朋友。但我只用半个耳朵去听，我的思想仍萦绕在昨夜的经历上。

过了一会儿，经我提议，我们离开房子，沿着海岸并排走在那条榆树林荫道上。这时，我心上的重压减轻了一些，才把我所知道的关于罗拉的一切和我跟她的经历都讲给他听了。弗里茨默默地听着，只是有时半个嗓门嘟囔一句粗俗的骂人话，一边用脚把路上的小石子踢开，要么就挥拳一击，好像他手里握着一把剑。

这个动作并不只是挥挥而已。八天以后，他在决斗场上果真站在野伯爵对面。但野伯爵凶狠一击，弗里茨被刺伤了，这个伤疤现在还很清楚呢，他只要一生气，它就像一道红色闪电在他的额头上发光。

当我们走出林荫道，进入树林，快到蜿蜒向上即可通往跳舞厅的人行小路时，我们看到树丛的另一侧，有很多人站在海岸上。他们离水很近，好像在忙着把一个什么东西放在地面上——那东西是什么，我们一点也看不清。此刻，一个渔民装束的人走上来。"下面发生了什么事？"我边走边问。

"没什么好事，先生！"他回答道，"一个年轻的姑娘遭了不幸。"

"罗拉！"我喊道，不由自主地抓住我朋友的手。

他吓得大叫一声。"你说什么呀！"他抗拒地说。

我们怀着同样的心理，默默地穿过树丛，从山上走到海滨。路上，我听到下边的人在纷纷议论。"她可能是有什么病吧？"一个沙哑的声音说。"一定是位高贵的小姐！她穿着这么华丽的衣裙投水自尽。"随后归于沉寂。在晨风中，只听得到澎湃的涛声。

当我走出树丛时，强烈的阳光从辽阔的海湾照射过来，刺得我睁不开眼睛——她也就躺在这强烈的阳光下。我们走过去时，渔民们闪向两旁，我们不受干扰地仔细看了看她。毫无疑问，正是罗拉。苍白的面孔静静地挨在海岸的沙滩上，那双跳舞的小脚现在从裙下露出来，一动也不动，马尾藻和贝壳挂在那滴着水的黑发上。那朵白玫瑰已经不在了，它也许飘到大海里去了。

从那天早晨起，又过去了很多年。在大学城教堂墓地上，长着很高的杂草的一边，立着一块白色大理石墓碑。上面写着："莱诺拉·波莱佳——三个生活在德国不同地区的同乡立"。

关惠文 译

来自大洋彼岸

　　旅行箱已经装好，旅馆的房间并没有使人感到更加舒适。我的表兄，一位年轻的建筑师，两天来一直住在这里，现在他正抽着雪茄，默默地走来走去，像那种空虚地打发时光的人一样很不耐烦。

　　这是九月间一个温暖的夜，星光从敞着的窗子照射出来。下边的街道上，大城市的人声鼎沸和车水马龙的喧嚣声业已静息，只能听到从海港那边传来的夜风吹动船旗和船缆的猎猎声。

　　"什么时候动身，阿尔弗雷德？"我问。

　　"送我上船的小艇三点钟出发。"

　　"你不想再睡几小时吗？"

　　他摇了摇头。

　　"那我就在这儿陪陪你吧。我的觉明天可以在回家去的车上补。如果你愿意，你就给我讲一讲她。关于她，我一点儿也不了解。跟我说说，这一切是怎样发生的。"

　　阿尔弗雷德关上窗，把灯芯拧高，屋子里全亮了。

　　"你坐下耐心地听，"他说，"我把一切都告诉你。"

我们俩面对面坐下以后，他开口说：

我跟她一起住在我父母家里的时候，我十二岁，她可能比我小几岁。当时她的父亲还住在西印度的一个小岛上，在那里他由于运气好，在很短的时间里就从一个穷商人变成了一个富有的种植园主。几年前，他就把女儿送回德国学习家乡的礼仪习俗来了。但她此前一直在那里受教育的寄宿学校，因女校长的逝世而解散了。在没有找到新的寄宿学校之前，家人只好把她交给我的父母照料。在我亲眼见到她之前好久，我脑子里就想象她是什么样子了，等看到我母亲真的在父母亲卧室旁边为她准备了一个小房间时，我的想象就更加丰富了。这个小姑娘对我来说是一个秘密。这不仅因为她是来自世界的另一个大洲，也不仅因为她是一位种植园主的女儿。那些种植园主我在绘图儿童读物里看见过：他们个个富得流油，却无不极端残暴——我还知道，她母亲不是她父亲的妻子。至于这个女人的详细情况我就不得而知了。我最爱把她想象成一个皮肤像青檀一般油黑的漂亮的女黑人，头发中间绕着不少珍珠串，胳膊上套着闪光的银镯子。

二月里的一个傍晚，一辆马车终于停在我家门口的台阶前。先从车上下来一位矮小的白发老人，他是她父亲朋友的商号里的伙计，被差遣来把小姑娘送给她新的监护人。随后，他从车里抱下来一个被许多围巾外套之类裹得很严的小女孩，然后相当郑重地把她领进我们的住宅，说了几句措辞得当的话，便把小女孩托付给了我的父母——参议老爷和参议夫人。当她掀开面纱时，我是多么惊讶啊！她的皮肤不是黑的，连棕色的也不是，照我看，她比我认识的任何一个小女孩都更白。下一幕情景现在还浮现在我眼前：母亲帮她脱去带皮毛滚边的外套，她瞪着大眼睛东张西望。帽子和手套摘掉了，整个窈窕的身躯从杂乱的旅行服装里剥了出来，她把手伸给我母亲，怯生生地说：

"你是我的姨妈吧？"

我母亲把垂在她额头上的乌黑的鬈发撩上去，又把她搂在怀里亲吻。我惊异地看到那个小女孩对这种爱抚的反应有多么热烈。母亲接着把我拉到了身边。

"这是我的儿子！"她说，"燕妮，你好好看看他，他长得很俊，可他很野。现在他得到了一个小女孩做他的游伴，这真再合适不过了。"

燕妮回头看了一眼，把手伸给我，同时却朝我投来那么调皮的一瞥，似乎想说："我们会合得来，你好，朋友！"

随后的几天确实证明了这一点。这个苗条轻巧的女孩，多高的树也敢爬，多高的墙也敢跳，我们男孩玩的时候，她几乎总是跟着玩。渐渐地，她竟管起我们来了，我们也不知道是怎么回事。与其说这是由于她的勇敢，不如说是因为她的美丽。她时而引导我们"大闹天宫"，以致我的父亲也被我们的喧闹惊动，从他的办公室跑出来，严厉命令我们不得这样寻开心。燕妮和父亲始终没能建立起相互信赖的关系，和母亲的关系却越来越亲密了。父亲不懂得应该怎样对待小孩，他总是用充满疑虑的目光观察这个很有个性的女孩。同样，她也没有得到约瑟芬姑妈的爱抚，这位可敬而严厉的老处女总是采取令人讨厌的方式来关照我们完成学校的作业。燕妮却并没因此而更尊敬她，反而很快就对她发起了一场持久的小游击战——可敬的姑妈有时几乎走不了十步，就会遇到这女孩布下的恶作剧陷阱，被吓得心惊肉跳。

燕妮所干的不都是这类无理取闹的勾当，我们俩还能在一起聊天。她熟知形形色色的童话和故事，讲起来时总是眉飞色舞，手势不停。这些童话和故事可能大都是她在寄宿学校里听来的，我以为有的就产生在她以前的故乡。这样，在傍晚，人们就经常会在通向顶楼的楼梯上，或在大旅行柜里，发现我们俩在一起。我们讲故事的地方越隐秘，童话里所有古怪而又可爱的形象，如着了魔的巨人、白雪公主和霍勒太太，就越活生生地出现在我们的想象中。我们十分喜爱这类隐蔽的讲故事的地方，于是我们就不断去发现新的藏身所在。噢，我记得，我们最后选中了一个空的大木桶，那个木桶就放在离父亲办公室不远的那个包装车间里。傍晚，每当我补习功课回来，只要可能，我们就蹲在这个最神圣的地方。我预先找了一些蜡烛头，我们把我的小灯笼放在膝间，然后再把木桶上边的一块大木板拉过来盖严，这样，我们就像坐在一个与世隔绝的小屋子里一样了。那些晚上去见父亲的人，会听到从桶里传出去的低声细语，说不定还会看到从桶里闪出来的几缕光线。即使他们去问我父亲房间对面的那位老文书，老人也无法解释这种奇怪的现象。等我们的蜡烛头点完，或是听到女仆从庭院门口喊我们，我们才像黄鼠狼似的悄悄爬出大桶，趁父亲离开他的书房以前，溜到自己的卧室里去。

只是关于她的父母，特别是关于她的母亲，我们从来没有谈过，除了一个礼拜日的早上。那时我和我的小朋友们正在玩"强盗与士兵"游戏。在我家院落一旁，花园后边，从我祖父那时起就有一整排空置不用的厂房，那里还有很多黑暗的地下室、小房间和重叠向上的顶楼。在游戏中，我也是一个强盗，其余的强盗都已经钻进迷宫藏了起来，只有我一个人还站着犹豫不定。我想起了燕妮，通常她总跟我们一起玩，而且翻铁门爬屋顶她也不次于最野蛮的强盗，可是今天，约瑟芬姑妈却强制她留在屋里写作文了。我知道，她就坐在里边那间窗户朝花园开的小房间里。当时，我一边听着士兵的首领在院外的大门口对他的部下大谈战术，一边小心翼翼地沿着花园围墙走近那所房子，隐蔽在茉莉花丛下，往屋里看。

我看见她正一只胳膊肘拄在桌子上坐在那里，面前摆着作文本，但她的思想好像并不在功课上。她一只手插在黑黑的鬈发里，另一只手却在桌面上把那支可怜的鹅毛笔捣得稀烂。紧挨着她的文具，放着我们十分熟悉的约瑟芬姑妈的银制针盒，再远一些就是我的那块吸力相当强的磁铁。她无聊至极，朝那边瞟了一眼，突然从她那双黑眸子里射出一道放肆的光，仿佛她的小脑袋瓜里已经生出了利用针盒和磁铁这两样东西的主意。这时，怔怔出神的怠惰一下子变成了专心致志的工作。她把约瑟芬姑妈银制针盒里的那些宝贝东西都倒在了桌子上，然后拿起那块磁铁，细心地摩擦每一根针。她瞪着那双黑亮的眼睛，像一个美丽的小妖精似的坐在那里，她好像已经预先体会到了那位老处女惊愕的愤怒。因为当这位姑妈过后从盒里取她那些地道的英国针时，会莫名其妙地拉出吸在一起的一大团。燕妮越来越起劲地干她那幸灾乐祸的好事时，小脸上总是露出忍也忍不住的笑，就连她那一口细小的牙齿也从红红的嘴唇里闪出雪白的光。

我轻轻地敲了敲窗。这时院落里已经响起士兵出动的号角声。燕妮吃惊地跳起来。当她认出是自己的朋友时，朝我点了点头，迅速把那些纠缠在一起的东西装进约瑟芬姑妈的针盒。然后，她把乌黑的头发掠到耳后，踮着脚走到我站立的窗前。

"燕妮，"我小声说，"我们在玩'强盗与士兵'！"

她格外小心地推开窗，说："谁扮强盗，阿尔弗雷德？"

"你和我。别的人都已经藏起来了。"

"等一会儿！"说完，她就悄悄地溜回去，把通往起居室的那扇门的门闩推上。

"再见了，约瑟芬姑妈！"她又急匆匆来到窗前，轻轻一跳就站到了屋子外面。

那是一个美丽的春日，花园和庭院里艳阳高照。那些老梨树的枝条伸展在厂房的屋顶，树上开满白色的花，花间处处露出黄绿色的嫩叶，但在下边的小丛林里树叶刚刚稀疏地冒出芽来。燕妮的白裙子很可能让我们暴露。于是我一把抓住她的手，拉着她穿过灌木丛，紧挨着花园的围墙走。我们听到士兵踢踢踏踏的脚步声逐渐消失在前面厂房的一个通道里，就穿过一道园门，进了离得最远的那座附属建筑。我的鸽舍就建在这座建筑最上边的顶楼里。站到半明半暗的楼梯上，我们才松了一口气——我们顺利地逃脱了。我们沿着楼梯往上走，上了第二层顶楼，又上了第三层；燕妮在前，我几乎跟不上她。不过，使我感到高兴的是——我现在还清清楚楚地记得——她那双灵活的小脚，几乎无声地迈着安稳的步子，在我面前像飞似的走上那一级级梯阶。我们登上最高一层顶楼以后，就十分小心地把吊门放了下去，还把一根很长的粗圆木滚过去压在吊门上——天晓得是谁为了什么把这根圆木放在了这冷僻的阁楼上。霎时，我们听见了旁边鸽舍里的那些鸽子飞出飞进扑打翅膀的声音。后来，我们俩就一起坐在圆木上，燕妮默默地用手托着她的小脑袋，卷曲的头发垂在她的脸上。

"燕妮，你八成是累了吧？"我问。

她把我的手抓起来放在她胸口上，说："你瞧，心跳得多厉害！"

我无意中看了一眼她那攥着我手的细长白皙的小手指。不知怎的我觉得与我常见到的有些不同。想了一想，我突然看清了不同之处。她指甲根的那些小小的半月形，不像我们这些人似的更亮，而是微蓝，比指甲其余部分更暗。当时我还没有在书里读到：这是美洲国家那些往往很漂亮的下层人的特征——哪怕在他们的血管里仅有一滴黑奴的血，也会留下这样的印记。当时我感到十分诧异，所以一直怔怔地望着她的指甲。

她终于注意到了我，她问我："你为什么老盯着我的手看？"

我忽然醒悟过来，这个问题弄得我很尴尬。

"你仔细看看！"我说，同时把她的手指并排放在一起，那些粉红色的指甲聚集起来简直就像一个晶莹的珍珠串。

她不明白我的意思。

"为什么你指甲根部这些小月亮形的地方发黑呀？"我接下去问。

"我不知道，"她随后说，"在圣克罗伊克斯岛[1]上，大家都这样。我相信，我母亲的指甲根要黑得多。"

这时，我们听到，从很远的地方，从某一个隐蔽的地下室的深处，传来强盗和士兵的喧闹声。他们可能已经展开搏斗了，不过离我们的藏身之地还很远。我的思想又转到另一件事情上。

---

[1] 圣克罗伊克斯岛，是位于加勒比海东部的一个小岛。

"你为什么不留在你母亲身边？"我问。

她用手托住她的头。

"我想，是要我到这里来学些东西吧。"她冷漠地说。

"你在那边就什么也学不到吗？"

她摇了摇头。

"爷爷说，在那里他们说话不规范。"

在我们顶楼上，这时特别安静，而且十分昏暗，因为那些小窗都被蜘蛛网遮住了。只有我们前面被揭了一片屋顶瓦的地方透进几缕阳光，光线又必须通过那棵大梨树茂密枝丫的空隙才能射进来。燕妮一言不发地坐在我身旁，我看着她的小脸。她的脸很苍白，只在眼睛下边现出很深的奇异的暗影。

她突然动了动嘴唇，独自大声地笑了起来。我也跟着笑了，但我立刻问道："你究竟笑什么呀？"

"她容不得爸爸！"她说。

"到底是谁？"

"妈妈的长尾猴呀！"

"你爸爸对它不好吧？"

"不，很好！——我不知道。爸爸到我们那儿去时，这猴子老是偷他衬衫胸前的那个钻石别针！"

"难道你爸爸跟你们不住在一起？"

她摇了摇头。

"他往往只在晚上来，他住在城里的一栋大房子里。这是妈妈告诉我的，我没去过那里。"

"原来是这样！你们——你和你妈，住在什么地方？"

"我们住的地方，也很好。那是郊区，房子就坐落在花园里，大海湾旁边的高处，门前有带大圆柱的廊道。我和我妈经常坐在那里，我们能看见所有的轮船从海上驶来。"

她沉默了一会儿，骄傲地说："噢，我的妈妈，她很美！"随后她把声音放低，几乎是悲伤地补充说："垂在她额头上的黑黑的鬈发，真是漂亮极了！"刚一说完，燕妮就忽然伤心地哭了起来。

片刻，我们听到下边一片骚乱，还有士兵吹金属号角的声音。他们好像是停在第二层顶楼的楼梯口，商量对策。我跳起来，四下里张望。这里压根儿没有别的出口，事先我们根本没考虑到这一点。

"我们必须自卫了，"我悄悄地说，"我们已经落入罗网。"

燕妮赶快擦干眼泪。

"还不是没有出路，阿尔弗雷德！"她边说边指了指正对着我们的屋顶上的那个窟窿，"你必须从这里爬出去，然后顺着那棵梨树下到公园里。"

"不行，我不能抛下你不管。"

"噢！"她叫道，"他们抓不到我！"说着，她就仰头看着屋顶那个黑暗的角落，"赶紧的，帮帮我！让我坐到顶梁上去；这样我就能看见他们在下边怎样东奔西跑了！"

这个主意好。不大一会儿，她就在我的帮助下沿着房椽和木条爬上去，骑在暗处屋顶最高的那根小横梁上了。

"你看得见我吗？"我又站在地面上时，她高声说。

"是的，我看见了你的雪白的手了。"

"还看得见吗？"

"不，我什么都看不见了。"

"那你赶快走吧？"

可是那个窟窿太窄小。我又拆掉一块屋瓦，才把身子挤过去。这时，前来追捕的"士官"已经拥到我们顶楼的吊门下面呼号乱叫起来。我听见那根粗重的圆木已经动了。

事情怎么发生的，我再也不知道了。我几乎刚到外面，就感觉到，屋瓦在我身下往下滑，我也跟着滑动，树枝打在我的脸上，四周全是噼里啪啦的声音。所幸，就在不停地往下滑的时候，我抓住了一个树枝，靠着它飞快地下沉。这时正好有几块屋瓦从我身旁飞下去，我终于被结结实实地一撞，就倒在地上，几乎失去了知觉。

睁眼往上一瞧，我就看见在我头顶高处茂密的枝条之间有一双瞪得很大的惊恐不安的眼睛，看见那个漂亮女孩垂下来的黑色鬈发，她正用半个身体从破败的屋顶上朝我弯着腰看。为了表明我还活着，尤其为了显示我的勇敢，我使足气力大声笑了笑。但当我随后转过头来时，我看见了我父亲那张严肃的脸，他看着我时，似乎不是关怀，而是恼怒。约瑟芬姑妈也出现在稍远的地方，那随时带在身边的编织物停在她因为吃惊而一动不动的手里。我始终不明白，燕妮怎么会那么快就从屋顶上下来，跑到了我们身边。她伏在我身上，细心地把我的头发从脸上和太阳穴上撩开。但就在我父亲厉色向我伸出手来，想粗暴地把我从地上拉起来的时候，燕妮竟然猛地跳了起来。

"你，"她喊道，挺直那小小的身体，"不要碰他！"她把紧紧攥着的小拳头伸到父亲的眼前，而在她的眼里正闪着一种要喷射出来的火。

我父亲倒退了一步，像往常一样闭紧嘴唇，倒背起双手，随后转过身去嘟嘟囔囔地走回自己的书房。我觉得，他好像在说："这种状况必须结束了。"

这时，我母亲走进了花园，燕妮就朝母亲跑去。我看到这位宽厚的夫人怎样张开双臂，把这个非常激动的孩子那颤抖的小身躯紧紧搂在怀里，一边说了几句安慰她的话，声音低得我一点也听不清。

从这一天开始——我这么想——在我们俩心里就产生了一种无意识的休戚相关、相互信赖的感情。这样就播下了一粒种子，它沉睡了很多年以后，竟在月光下绽放出童话般蓝色的花，这花的芳香现在还让我陶醉。

要我如何为你描写这些难以捉摸的琐事呀！随后的几天，每当午饭时父亲命我拉铃唤女仆时，还没等父亲说完，燕妮必定先拉了铃绳。这只是为了不让我跛脚走路，免得大家想起我从屋顶摔下来那次倒霉遭遇。

但是美好的日子很快就过去了。

一个可怕的消息传来：已经给燕妮找到了一所寄宿学校，离别的日子很快就要到了。我还清楚地记得，我坐在我们的那棵大梨树上，模模糊糊地感到一种忧伤和怨恨，把没熟的梨一个又一个摘下来，掷向邻家顶楼那扇无辜的窗户，直到我下边的响声把我惊动，低头看见燕妮身穿南京产棉布旅行外套，攀着一个个树枝朝我爬上来。她上来后，就一只胳膊搂着一个枝干，然后从衣袋里掏出一枚小戒指，把它套在我手上。她一句话也没说，仅仅用那对大眼睛悲伤地瞧着我。我这个半大不小的少年就那样木然容许她给我戴上戒指。我正不大好意思地望着我那个戴了戒指的手指时，燕妮竟又悄悄地离去了，就像她来时那样。这时我才能飞快地从树上出溜下来，差一点儿又摔在地上。但是，我经过宅院来到街上时，马车已经离去，我只看见了一条向我挥动的白手帕。

我站在那里，突然深深地感到心头涌动着痛苦和眷念，一味地细看我手上的这个小小的纪念物。那是一枚镶嵌着玳瑁的金戒指。

当时我并不知道，燕妮给我的是她当时手中最心爱的东西。

在讲述的时候，阿尔弗雷德已经把雪茄搁在一旁了。

"你不吸烟！"他说，"我不能看着你这么干坐着呀，你总该有点什么事干，好打发这无聊的时光。"他边说边把立在旅行箱旁的一个小酒箱打开。于是，我的手里就有了一个斟满香喷喷红酒的玻璃杯。

"这是阿利坎特[1]葡萄酒！"阿尔弗雷德说，"这里还有麝香草裹着的无花果！我知道，你和那位原始医学发明家[2]都喜欢香甜可口的东西。这是燕妮的父亲送给我的礼物，我动身的前几天，是他亲手把这些东西装在箱里的。"

"你还没有提到你的哥哥。"阿尔弗雷德又坐在我身旁时，我对他说。

"我的哥哥汉斯呀，"阿尔弗雷德回答，"当时是在离家很远的一所农业学校里读书。可是他后来才认识了燕妮，因为他的妻子和燕妮在同一所寄宿学校里住过，燕妮完成学业后留在那里

---

[1] 阿利坎特，西班牙东南、地中海沿岸的城市，以盛产葡萄酒著称于世。

[2] 指希腊的希波克拉底（约公元前486—前377）。

了。我自己十年后才又见到她。

"那是在去年的六月。你知道，我为一位富有的伯爵夫人在她的村子里建造了一所小聚会堂，最后竟感染上了那里正在流行的伤寒病。我得到了很好的照顾，但我远离故乡，那个长臂骨瘦如柴的死神是那么急切地朝我挥过手呀！那时，我父亲留在家里由约瑟芬姑妈照顾，我母亲便到我哥哥的庄园看望他去了。她在那里也病倒了，不得不忍痛把儿子委托别人护理。现在，我们二人差不多都痊愈了，所以我想再过几天就动身返回家乡。哥哥的庄园我还没有去过。这个庄园他是在结婚前从一个人的遗产中购得的。那个人的先人是富有的法国流亡者，他不仅建造了这座庄园住宅，特别是还按照勒诺特尔[1]的风格布置了周围的庞大园林。母亲在信中说：园林的大部分，就是所谓的散心林苑，都保存完好。甚至在那些以路易十五宫中美女为模特儿的优雅雕像中，也总有那么一个雕像，在高高的树墙间和迷人的偏僻处，伫立在这里那里的池塘边和静悄悄的空场上。

"就在临行前，我那位性情开朗的嫂子寄来了一封信。

"'要是你很快到来，'她这样写道，'我们就能一起阅读儿童故事了。我的书里还有一些栩栩如生的画面，在一幅画上画着一个强盗的未婚妻，她脸蛋又白又美，头发乌黑。她垂着头，两眼盯着她的那只无名指，因为在那里曾有过一枚戒指，她把它送给那个不忠实的强盗了。'我手里拿着信，猛地跳起来，从我要带走的东西里翻寻，找出一个我用来保存各种小巧珍贵物品的象牙盒。燕妮送给我的那枚戒指也在小盒里。这枚戒指上挂了一条黑

---

[1] 勒诺特尔（1613—1700），法国园林艺术家。

绸带，不用说，在那些分别后最初的日子里，我总是私下里把它贴身戴在胸前。后来它就进了这个小盒，跟别的稀罕物件待在一起了，这个小盒我很早以前就得到了。这时，我又不由自主地做了我小时候做过的事：我面带微笑，自我解嘲地重新把那枚戒指挂在脖子上。"

"在回去的路上，"阿尔弗雷德中断回忆说，"你不要怕绕一个小弯！那座庄园离这里只有一英里远。汉斯对我说，你早就答应去探望他们了。你会亲眼看见那个庄园确实像我母亲信里写的一个样。"

去年六月的一天下午，我离开阳光曝晒的公路，驶进通往庄园的林荫大道的阴凉中。马车很快就停在一座城堡似的建筑前。那座建筑是按照所谓五斗橱风格修建的，由于装饰浮华而显得过于沉重，尽管如此，那鲜明的轮廓和极具立体感的浮雕还是使我想起已逝时代的富丽堂皇。汉斯和他的格蕾特在门前的台阶上迎接我。当我们穿过那宽大的前厅时，他们示意我要小声说话，因为我们的母亲还在睡午觉。

我们走进正对着房门的一间明亮的大厅。里边有两扇洞开的门通向露台，露台下边展现在眼前的是一大片草地，不管从哪个方向喊，必须大声吼，声音才能传到露台上来。在这片平原上，处处都是一丛又一丛高茎和矮茎的玫瑰，此刻正有各色鲜花在争奇斗艳，空气是那么芬芳馥郁。草地的后面，是一片灌木丛，丛林和草地一样显然都是近些时候培植起来的。在丛林的那边，相当远的地方，有一个与花园同等宽广的"散心林苑"，那是原来的创建者布置的，那里耸立着很高的树墙，树枝和树冠都修剪得很整齐。所有这一切都在午后阳光的照耀下呈现在我面前。

"对我们这个乐园，你有何感想？"我年轻的嫂子问。

"有什么可说的呢，格蕾特？你丈夫买到这座庄园有多久了？"

"我想，到今年五月，就两年了。"

"这位讲究实际的庄园主，会容许这么一大片土地闲置不用吗？"

"唉，你说哪里去了，不要装成只有你才懂得什么是诗的样子！"

我哥哥笑了，他说："不过，他是对的，格蕾特！事情就是这样，阿尔弗雷德，我无权损坏这些美景，这是合同上规定的。"

"感谢上帝！"

"我才不管呢。在一个小水池中间，如今还立着一个纯粹路易十五时代风格的维纳斯雕像。本可以重金把它卖出去——像刚才说过的，不行啊！"

就在这时，格蕾特抓住了我的手。

"你回头看哪！"她大声说。

我背后的门槛里，站着一位身穿白色夏裙的少女，她，我当然不会认不出。还是闪烁着西印度植物园主女儿的那双异样的眼睛，向来那么不服帖的黑发，现在却盘成了一个光亮的发髻，那发髻在她那细小的脖子后似乎显得有些沉重。

我迎面朝她走去，但我还没来得及开口说话，我那位爽朗的嫂子就快步走到我们俩中间了。

"等一会儿！"格蕾特喊道，"我从你们的嘴唇上已经看到了'您'和'燕妮小姐'以及一切不太合适的称呼。这样就失去我们的家庭气氛了。我看，你们还是想一想那棵老梨树吧！"

燕妮一只手捂住她女友的嘴，另一只手伸给了我。

"欢迎你，阿尔弗雷德！"她说。

她的声音我已经很多年没有听到了。她喊我名字的特有语调和当初喊我时一模一样，因此我非常感动。

"很感谢你，燕妮，"我说，"你的声音跟小时候完全一样，不过，这个名字想必你很久都没叫过了吧。"

"我向来没遇到过另一个阿尔弗雷德，"她回答，"你又老躲着我。"

我还没来得及应对她的指责，格蕾特就把我们俩分开了。

"好了，"她大声说，"现在嘛，燕妮，你来帮我煮咖啡。他是经过长途跋涉的。我们的母亲就要过来了。"

话音刚落，母亲就走进门来。和母亲重逢，是一件激动人心的事。她本来以为已经失去了这个儿子。现在她把儿子紧紧地搂在怀里，亲他，像对小孩子似的抚摩他的面颊。我站起来，想把母亲扶到一把安乐椅那里去，这时，我看见燕妮脸色苍白，泪水盈眶，靠到一个柜子上了。当我们从她身边经过时，她冷不丁一惊，手里端着的一个陶瓷碗就掉在地上摔碎了。

"请原谅，原谅我，亲爱的格蕾特！"她边喊边搂住她的女友。

格蕾特温柔地把燕妮领出房间。

我的哥哥微微一笑。

"她怎么会这么激动！"他说。

"她是很有同情心的，汉斯！"我们的母亲深情地目送她走后这样说。

格蕾特又走进房间里来。

"我们让她一个人待一会儿吧，"格蕾特说，"这个可怜的孩子原本就心绪不宁。她的父亲写信来了，说近几天就会到这里来，然后让她跟父亲一起到皮尔蒙特[1]去。"

这时我才了解到，这位富商现在已经没有自己的产业了，正准备在去温泉休养之后迁进新建的住宅，并把他的女儿领过去管理家务。看来，格蕾特跟他并不十分友好。

"这是燕妮的父亲，"她说，"不过——噢，我真恨他呀，这个人！他为自己的女儿可以大把地花钱，对女儿人格的培养却不肯付出万分之一。是吧，汉斯，"她继续说，她丈夫正打趣地抚摩她的头发，好像让她消消气似的。"你只要读一读燕妮收到的任何一封回信，就会明白。至少我看不出那和收据之类的东西有什么区别。"

我母亲拉起我那年轻嫂子的双手。

"哎呀，我们格蕾特也是太冲动了，"她说，"我早就认识这个人了，就是说，那是很多年以前。但他不得不与生活的艰难困苦作斗争。所以，我们的性情仍然是温和的，他的心却变得冷酷了——情况大概就是这样。"

后来，我们就坐在一起了，我不得不根据我的亲人的问话，再把我在信中已说过的一切讲述一遍。这时，燕妮也又回到我们这里，静静地坐在格蕾特身旁。

晚上，在亲切的谈话后，汉斯领我进入楼上的卧室。他走后的很长时间里，我都没有入睡，但我躺在枕头上内心很平静很愉快。在窗前花园的树丛里，夜莺总在唧唧喳喳地鸣啭。

我一觉醒来，夏日清晨的阳光已经照亮了我的房间。一种一

---

[1] 皮尔蒙特，德国北部汉诺威西南的一个疗养地。

天天健康和生命力充沛的感觉流过全身，这几乎是我从未有过的体验。我穿好上衣，打开窗户——下边柔嫩的草地上还挂着湿漉漉的露珠，玫瑰花的芳香迎面扑来，是那样令人感到清爽宜人。我的表指向六点，离共用早餐还有一个钟头。于是我再一次环顾我的房间，听格蕾特戏谑地对我说，这里从前是我的那个扮过强盗的未婚妻的闺房。一点不假，我把梳妆台的一个抽屉抽出来一看，那里还有一小块玫瑰色的绸子，绸子里裹着一缕缠得很紧的乌亮的长发，我费了好大的劲才完好无损地把它解开了。随后，我在床上方的一块吊板上找到几本写着燕妮名字的书，就开始翻阅起来。头一本是少女一般都有的纪念册，里边写满了杂七杂八的诗行，全没有什么充实的内容。但在无特色中也有很具特色的东西，正像无害的苜蓿也是杂生着带刺的蓟草。这时，头一棵蓟草映入了我的眼帘：

> 我是一朵玫瑰花，快快把我采摘；
> 我的根儿已经露在外，风雨好厉害。
> 不，你走吧，请把我放开；
> 我不是花，不是一朵玫瑰。
> 风儿抓住我，我的短裙在飘摆；
> 我只是一个远离家乡没娘的女孩。

在最后一行下边画了两道线。同样意思的诗行，纪念册里还有很多。

我把纪念册放下，拿起另一本书。我不禁大吃一惊，那竟然是西尔菲德的《种植园主的生活》，那一部分正好是对有色女人生动的描述。作者几乎不认为那些造物是纯粹的人，但在他的笔下她们被描写得极其美丽诱人，在欧洲移民眼中简直就是邪恶的人精。书中的个别地方也画了一些铅笔道，有时笔道很重，以致书页都被划破了。我突然想起很多年前我和小燕妮关于这个问题的一次谈话，那时在她的幻想中那么愉快地保存着的一切，如今想必已经留下了一道无比痛苦的印痕。

我站起身来，从窗口往外眺望——这时，她正走在下面花园里的那条宽阔的碎石路上。她像昨天一样身穿一条白色的裙子，在那几天里，除了白裙，我就没看见她穿过别的衣服。

片刻后，我也来到了花园。她就在我前面的那条宽阔的路上走着，那是一条从露台起围绕着草地的路。她快步地朝前走，好像内心很不安，同时晃动着她那拴着绸带的草帽。我停住脚步，从后边看着她。当她不一会儿走回来时，我就迎面朝她走去。

"请原谅，如果我打扰你了，"我说，"那个小燕妮我并没有忘记，现在我更心急火燎地想跟这个大燕妮结识呀。"

她立刻睁大她那双乌黑的眼睛，注视着我。

"已经发生了很不理想的变化，阿尔弗雷德！"她答道。

"我希望根本没有发生变化。昨天你已经暴露了。你完全还是从前那个热心的爱激动的燕妮，我觉得，就连你黑黑的头发都会从发髻里跳出来，又变成了不服帖的发卷儿围着前额飘动。还有，"我继续说，"让我跟你直说吧：你的同情心在无意中的表露，让我多么感动呀。"

"我不懂得你的意思。"她说。

"唉，燕妮，当我的母亲拥抱她的儿子的时候，你端在手里的碗摔到了地上，那不是同情心又是什么呢？"

"那不是同情心，阿尔弗雷德。你把我想得太好了，我可没那么好。"

"那到底是什么呀？"我问。

"那是嫉妒。"她冷淡地说。

"你说什么呀，燕妮？"

她没有回答。但当我们俩并肩往前走的时候，我看见她抿着她那小红嘴唇把那光亮的牙裹在嘴里。但不大一会儿，她就憋不住了。

"嘻，"她高声说，"这你哪里理解呀。你现在并没有失去母亲。而且——啊，我失去这位母亲，她还活在世上！我曾经是她的孩子呀——想到这儿，我就头晕，因为这一切现在就埋在我的心底。我一再使劲地想啊想，想从我模糊的忘却里唤回她美丽的面容，但我总也办不到。我只能想起她那可爱的身影跪在我儿时小床旁的情景：她哼着一支奇怪的歌，用温柔的黑天鹅绒般的眼睛望着我，直到睡意不容抵抗地把我压倒。"

她沉默不语。我们转身又朝那所房子走去，我看见我嫂子正站在露台上摇着手绢招呼我们。我抓住姑娘的手。

"你认为你还了解我，是不？燕妮！"我问。

"是的，阿尔弗雷德，而且在我心目中，这不能不说是一种幸福。"

我们走进露台，格蕾特伸出手指，微笑着指点着我们。

"如果你们还需要人间的饮食，"她说，"那现在就坐到茶桌前边去！"她就这样把我们赶进了前厅，我们发现母亲和哥哥正在那里交谈。在这种亲切融洽的氛围里，燕妮年轻的脸上刚才还罩着的阴影，很快就消失了，或者说，至少这些阴影无人觉察地从表面退到了她的内心。

下午，我找到机会和燕妮回忆我们童年在一起的故事，她又开怀大笑，笑得那么爽朗了。有好几次我都试图把话题从谈我的母亲转到谈她的母亲，但是，她要么是突然一声不响，要么就是去谈别的事情。后来，烈日的灼热减弱时，我哥哥喊我们和他妻子到大草地上去打羽毛球。这是他礼拜日的消遣，他总是严格遵守，从不懈怠。他命人把一个软垫安乐椅搬到露台上，让母亲坐在上面看我们打球。

打羽毛球正是燕妮的长项。她瞪着那双机灵的大眼睛追逐羽毛球，时而后退，时而跑向侧面，她的脚轻盈地移动飞也似的掠过草地。在恰当的一瞬间，她会把小手一挥用球拍击中急速下落的球，让它像长了翅膀一般飞回空中。有一次，她球兴甚高，竟把球拍甩了出去，立时大声呼叫："它飞了！快追上它，快追上它！"她自己追过去，还用手打着拍子，仿佛在跟谁打招呼。或者，当她弯下腰去接球，或者当球被我哥哥强有力的手臂击中，飞过她的头顶——你就一定会看到：她把她那长满乌黑油亮头发的脑袋怎样往后一仰，她那柔软的臀部怎样轻捷地跟着美丽的头颅转动。我目不转睛地看着她，在这有力而又如此优美的动作中，确实有点什么东西使人不自觉地想到原始的野性。我那心地善良的嫂子似乎也被这野性迷住了。就在燕妮追球的时候，格蕾特跑到我面前，悄悄地说："你在看着她呢吧，阿尔弗雷德？你睁大眼睛看了吗？"

我回答道："噢，我的眼睛都瞪圆了，格蕾特！"

她十分亲切地笑了笑，看着我，很神秘地说："我只把她许给一个人，你听着，只许给世上唯一的一个人！"

接着，母亲喊我们，说："孩子们，就玩到这儿吧！"燕妮跑过去跪在她面前，老太太抚摩着她热乎乎的面颊，唤她"我的心肝宝贝"。

晚饭后，点亮了大吊灯。母亲进去休息以后，我跟这两位年轻的女子坐在客厅一个昏暗角落里的拐角沙发上。我哥哥回自己的房间处理某些事务去了。通向露台的那两扇门大开着，晚风习习吹来，在座位上我们能透过昏暗的树丛看见暗蓝夜空里的星星。

格蕾特和燕妮沉浸在她们寄宿学校的回忆中，她们谈得津津有味。我只需一旁倾听就行了。我们就这样坐了很长时间。但在格蕾特喊了一声"那的确是一段幸福的时光"时，燕妮却一声不吭地垂下了头，那头垂得那么低，连她光亮头发的分缝我都看得清清楚楚。

然后，她站起来，向敞着的园门走去，到门口她停住了脚步。这时，我哥哥把他妻子叫到隔壁房间去了。我于是走到燕妮跟前去。在外面，月夜已把花园裹在它柔和的香气里。在草地上，这里那里往往会有一枝玫瑰从朦胧的光照中显露出来，它们的花萼对着刚刚升起的月亮闪着光辉。小树林那边，现出林苑高高树墙的一部分，披着淡蓝色的光，而通向那里的条条小径则黑沉沉的，神秘莫测。不论是燕妮，还是我，都不想说话。然而，就这么默默地站在她身边，望着那埋藏着不祥预想的月夜，我也觉得心里很甜。

还是我先开口说了一句："我发现，你身上少了一样东西——你那恶作剧的偏爱哪里去了。"

她答道："是的，阿尔弗雷德。"从她的声音中我听出她正在微笑，"要是约瑟芬姑妈在我们这里，该多好！说不定，"她突然严肃地添了一句，"我会动脑筋干点儿别的。"

　　我没有回应她。像昨夜一样，远近都有夜莺在啼鸣。当它们陡然都一声不响时，我觉得连露珠从星空落在玫瑰上的声音，我都听得见。这样持续了多长时间，我说不清。突然，燕妮挺了挺腰板说："再见，阿尔弗雷德！"同时把手伸给我。

　　我本想留住她，嘴里却说："那就再握一次手吧！不，这里，握我左手！"

　　"你已经握过了。为什么要握左手呢？"

　　"为什么，燕妮？左手我是没有必要给别的人握的。"

　　燕妮走了。而在树丛里，夜莺还在不停地啁啾鸣叫。

　　那些像一串珍珠那样美好的日子被打断了。下一天对我而言至少是黯然无光的，因为——燕妮一走，我的心绪向来如此。她说过，她早就想到邻近的一个庄园去做客了。一大早，她就乘坐路过我哥哥庄园的那辆邮车走了，预计当天很晚才能回来。

　　上午，我在母亲的房间里，平心静气地跟她交换了思想，谈了谈我未来的计划。下午，我随哥哥去看田地、牧场、荒野和泥灰岩矿，后来格蕾特对我讲述了他们的那段有趣的订婚故事。夜色越浓，我就越发不安，无法静下心来倾听他们的讲述。等我母亲一回卧室以后，我就倚在开着的园门上，立在昨晚我和燕妮并排站过的地方。这时，我的目光又越过草地，望到小树林那边，遥远的林苑树墙雾蒙蒙地显现在淡蓝色的月光中。由于碰到一些偶然的情况，至今我都没有进过这个林苑。但是现在这浓浓的阴影比昨晚更让我着迷，正是因为有这些阴影映衬，园门的各个入口才隐约可辨。我觉得，那树叶和阴影的迷宫里，必定隐藏着这夏夜的最诱人的秘密。我回头，看客厅里有没有人注意我。然后，我轻步走下露台，进了花园。月亮刚刚从橡树和栗树的树梢后面升起，照不到树梢的东边。隐没在阴影中的这一侧，围着草地走，顺路摘下的一枝玫瑰已经湿漉漉地挂着露珠了。我走进正对着住宅的那座小树林。一条条宽阔的小路看似毫无规律地盘绕在灌木丛和一块块不大的草地之间，有些地方，不时从黑暗中闪现出一枝开着白花的茉莉。过了一会儿，我出了小树林，走上一条横在我面前的宽广的大道，道路的另一侧庄严地耸立着古老园艺风格的树墙，披着朗月的光辉。我站在那里，仰头往上看，每片树叶都能看清，不时会有一个大甲虫或一只蛾子从杂乱的叶丛里飞到明亮的月夜中，在我头顶的上空嗡嗡作响。我的对面，是一条通向林苑深处的小路，我不能断定，它是否就是刚才引诱我走出露台进入它的暗影中的那一条路，因为树丛遮住了我的视线，回过头来再也看不见庄园的住宅了。

我走过的小路，寂然无声，我心中每时每刻都充满噩梦般的恐惧，好像我已经无法找到返回的路了。两侧的树墙那样厚，那样高，我仿佛困在井中，抬眼只能看见一小片天空。

当我在两条道路的交叉处，踏上一块空旷地段时，我总会坠入梦幻：好像我回到了一七五〇年，看见一个身穿钟式裙和坎肩，头扑发粉的美女，挽着一个时髦男人的手臂，从对面小路的阴影里走到月光下。但在现实中，一切依然是那么寂静，只有夜风吹动树叶，在那里低语。

经过几条纵横交错的小路，我来到一个水塘边。从我站的位置估测，那个水塘长不过百步，宽也就是五十步光景。不过，这里只有一条宽路和岸上疏疏落落的树木把水塘与四面围抱的树墙隔开。深水塘暗绿的水面上，处处都有白色的睡莲闪着微光。在睡莲之间，水池的中央，一个刚高出水面的基座上，孤独而沉默地伫立着维纳斯的大理石雕像。这个场所，静得一点儿声音也没有。我沿着水塘边信步走去，一直走到离雕像最近的对面才站下。这显然是路易十五时代最美的立式雕像之一。两只赤脚有一只伸了出来，悬浮在水面上，好像正准备浸入水中。一只手扶在一块岩石上，另一只则在胸前把那件敞怀的衣服拽在一起。我从那里看不见她的脸，因为她是把头转向后面，似乎想在她裸露的身体跳进波涛之前，确信没有不速的过客偷看。

那动作表现出如此迷人的生命力，同时她的形体的下部又有隐影遮盖，月光则温柔地把她那大理石的肩头照亮，这一切竟使我真的觉得，我仿佛进入了一个严禁踏入的圣地的深处。我背后的树墙旁边，放着一张木长椅。我又坐在长椅上朝那个美丽的神像观察了很长时间。我不知道，是不是看得太出神，竟被她的美迷了心窍，结果我每看她一次，心里总是想到燕妮。

最后，我站起来，又在一条条黑暗的小路上随随便便转悠了一阵子。在我刚刚离开的水塘的不远处，我发现，在一片长满低矮灌木丛的地方有一个大理石基座，那上边还留着第二个雕像的残肢。那是强壮男人的一只脚，很可能是波吕斐摩斯[1]的脚。那位语言学家表兄的话也许并没有说错，据他说，那个雕像是伽拉特亚[2]，她为躲避一个粗野的海神之子的追求而跳进了大海。

---

[1] 波吕斐摩斯，古希腊传说中的独眼巨人。

[2] 伽拉特亚，古希腊传说中的一位海中神女。

这个雕像在我的心里活现出来了。是伽拉特亚也好，是维纳斯也罢，我都想靠自己去弄清楚。因此我就打算再回去细看一番，不像此前那样精神恍惚地注视。但我选了好几条路，总也不能再次来到那个水塘边。最后，我从一条侧路走出来，拐进一条宽阔的林荫小道，这时我看见同一条路那头有水塘的闪光，于是我便以为我已到了我头一次来过的那个水塘的岸边。奇怪，我可能走错了地方。我简直不敢相信我的眼睛了。在这个池塘中央，虽然也有高出水面的基座，也有睡莲在暗绿的湖面上闪光，但是，曾经立在这里的大理石雕像却不见了。我弄不清这是怎么回事，我怔怔地凝视了半晌那个空空的基座。我的目光顺着池塘长的一边，朝对面望去；我看见对岸的高大树墙的阴影里有一个穿白裙的女人身影。她靠在池畔的一棵树上，像是在俯视水中。这时，想必是她动了动，因为刚才她还完全隐没在阴影里，现在却是月光在她的白色衣裙上戏耍。这是怎么一回事？是上古的神出来巡视了吗？这种情况是很可能在这样的夜里发生的。星光在水中白色睡莲之间辉映。在叶簇里，露珠从一个叶片滴向另一个叶片。那露珠也不时地从塘畔的那些树上滴到池里，发出轻微的声响。从花园那边，仿佛是从很远的地方，传来夜莺的鸣叫。我沿着阴影的一侧围着池塘转。当我走近时，那个女子抬起头来，原来转过头来朝着我的竟是燕妮美丽而苍白的面孔。那张脸被月光照得很亮，连她那红红嘴唇间的牙齿上闪着蓝光的珐琅质都看得一清二楚。

"是你呀，燕妮！"我失声叫道。

"是我，阿尔弗雷德！"她答道，一边迎面朝我走来。

"你是怎么到这里来的？"

"我是在花园的后门口下的车。"

"我曾想，"我小声说，"该不是那个女神从那边的基座上走下来了吧。"

"她大概很久以前就走下来了，或是说老早就倒下去了，我从来就没有在那里见到过她！"

"但就在一刻钟之前我还见到过！"

她摇了摇头，说："你到达的是那边的另一个池塘边，那座雕像现在还立在那里呢。这里没有神，阿尔弗雷德，这里只有一个需要帮助的、可怜的人。"

"你，燕妮，你需要帮助？"

她用力地点点头。

"如果你，像你昨天所说的，还相信真的了解我，你就跟我直说，你究竟需要什么？"

"我需要钱。"她说。

"你，需要钱？燕妮！"我惊奇地注视着这个富翁的女儿。

"不要问我干什么用，"她应答道，"你很快就会知道。"随后，她从衣袋里拿出一个手帕，从手帕里取出一个首饰。当她把那个首饰伸向月空下时，我看见那上面精工镶嵌的一些绿宝石在闪闪发光。"我没有卖掉它的机会，"她说，"你愿意明天为我去试一试，把它卖掉吗？"我稍一犹豫，她便赶快加了一句："这不是礼物，更不是遗物。这是我以前用攒下的零花钱买的。"

"但是，燕妮，"我憋不住地对她说，"你为什么不去找你父亲呢？"

她摇了摇头。

"我想，"我接着说，"他是非常关心你的。"

　　"是的，非常关心，阿尔弗雷德，他是为我花了很多钱。"她很激愤，声音透露出很深的苦楚。她补充说："我不能去求这个人。"

　　她往后退了一步，坐在我们背后树墙边的长椅上，然后垂下头，让两手捂住脸。

　　"难道完全有此必要吗？"我问。

　　她抬眼望我，不无庄重地说："我必须去履行一项神圣的义务。"

　　"就没有别的办法了吗？"

　　"我认为没有。"

　　"那就把首饰交给我吧。"

　　她把那首饰递过来，我极不情愿地接在手里。燕妮一声不吭地靠回椅背上。一缕月光照着她那放在怀里的纤巧的小手，像很多年前一样，我又看见她指甲根部的那些暗色的小月牙。我不知道我为什么这样吃惊，竟不眨眼地怔在那里了。燕妮一发现，就悄悄把手缩回阴影中去了。

　　"我还有一个请求，阿尔弗雷德！"她说。

　　"尽管说，燕妮！"

　　她稍稍低下头来，开口说："几年前，我们还都是孩子，在告别时我给了你一枚戒指，你还记得吗？"

　　"你怎么能怀疑我会忘记呢？"

　　"要是还记得这个小钻戒，"她继续说，"尽管你因为很重视它，还保存着它，那我也请你把它还给我！"

　　"如果你要我把它还给你，"我答道，同时不无愠色地瞥了她

128

一眼，"那我也就无权继续把它留在我手里。"

"你误解我的意思了，阿尔弗雷德！"她高声说，"唉，那是我母亲留下的唯一的纪念物！"

我把拴着戒指的那根小绸带从我的围巾下面拽出来。

"戒指在这儿，燕妮。可是——请你原谅我，无论如何，这样做，我很难过！"

燕妮站起身来。我看到，在她那美丽的面颊上刷地泛起了淡淡的红晕。随后，她仿佛下意识似的把手伸过来，抓住那枚戒指。我无法控制我的感情，不能轻易地把戒指交出去，所以我就紧紧地握着它不放。

"前不久，"我说，"在我看来，它还只不过是一个使我想起童年时美丽游伴的纪念物。现在情况完全变了，从我住在这里的第一天起，它对我的意义一天天变得更加重要。"

说到这里，我沉默了，因为她在怔怔地望着我，好像我给她造成了极大的痛苦。

"你不要这样对我说，阿尔弗雷德。"她说。

我不理解她说的这句话，我抓住她静静地放在我手里的手。

"把戒指拿去吧，燕妮，"我说，"但为此，你要把你的手给我！"

她慢慢地摇了摇头。

"这可是一个有色人种少女的手啊！"她几乎不出声地说。

"这是你的手，燕妮。别的与我们有什么相干！"

她一动不动地站在那里，她留在我手里的手在微微颤抖，从这里我感觉到她还是活着的。

"我知道，我很美，"她接着说，"迷人的美，就像我们人类的原罪一样。但是，阿尔弗雷德，我可不想迷住你啊。"

说是这么说，当我默默地把双臂张开挨近她时，她却猛地扑在我的胸前，两只手紧紧地搂着我的脖子。她抬头望着我，她那闪亮的大眼睛简直是深不可测。

"是的，燕妮，"我觉得好像有一股寒气从树林中吹来，冷透我的心脾，"你真是美得迷人，就是从前那个使人迷乱而忘记他们从前所爱的一切的魔女，也没有这么美！也许你就是那个魔女吧，你在这幸福的夜里来到人间，赐福给信仰你的人。不，你不要挣脱我的怀抱。我知道，你也像我一样是尘世凡人，一样被你自己的魅力所束缚，就像那夜风从树林之间吹过——你也是来无声息，去无踪影。不过，不要责备那使我们拥抱在一起的神秘力量。尽管在这里，我们不得不听凭天命摆布，接受了我们未来生活的基础，但是这基础上的大厦如何建造取决于我们自己。"

我轻柔地让她的双手从我的脖子上松开，用一只胳膊搂着她的腰。接着，我扯下拴戒指的绸带，把戒指戴在她的手指上。她像一个得到安慰的孩子靠在我身上，静静地任凭我领着她离去。过了一会儿，当我们走到另一个池塘边时，那座维纳斯雕像果真依然矗立在雪白的睡莲中间，这时我才清楚地知道，我手臂里搂着的是一个人间的女子。

踌躇片刻，我们最后还是离开了那一条条树墙阴影中的小路，走进小树林。从小树林里走出来，便踏上了住宅正面的空旷地。越过草地，通过敞着的两扇门，我们看见我哥哥和嫂子在灯火通明的大厅里走来走去，像是亲密无间地谈着什么。

出乎我的意料，眨眼间，燕妮一俯身，就从我的手臂中挣脱出去。但她又同样快地一把抓住我的手。

"去办答应我的事吧，阿尔弗雷德，"她说，"其他的一切，"她接着用低得几乎听不见的声音对我说，"全忘掉！"

格蕾特走出敞着的门，向黑夜里喊道："燕妮，阿尔弗雷德，那是你们吗？"

这时，燕妮急切地恳求我说："不要说那件事，对你母亲也不要说。我们不该让她不快。"

"我不明白你的意思，燕妮。"

她只使劲地握了握我的手。随后她就离开我，跑到露台上，站在格蕾特身旁。我们都进了明亮的大厅以后，格蕾特默默地摇着头，看了看燕妮，又看了看我。

第二天一大早，我骑马进城，去实践我的诺言。在城里，我找两个珠宝商分别估了估首饰的价钱。它值很多钱。但当时我的钱箱装得满满的，我本人有能力为燕妮保存这件首饰，于是就用我带来的现钱换了一卷与首饰等值的金币。事情办成后，我又在美丽的码头闲走了一阵子。在港口外的停泊处，在阳光照耀下的渺茫的远方，停着一艘大船。一个水手告诉我，这艘双桅帆船，已经张起风帆，准备开往西印度群岛。

"是去她的故乡啊！"我想。接着，惦念她的思绪袭上我的心头。我十分不安，便又踏上了归途。

快到中午的时候，我走进了园林住宅的大厅，那里还没有人。但我从门里往外看见，只见燕妮和一位瘦瘦的已不年轻的先生站在公园里稍远的地方。紧接着，他相当郑重地伸出胳膊，领着她走进这座房子。当他们走近时，我才看清这个男人的头发几乎全白了，但在那张鳖黑的脸上却闪着两只盛气凌人的眼睛，脑袋的短暂摆动，说明他已经习惯于发号施令了。白色的围巾和衬衫胸前的那个大的钻石别针，自然是他身上不可缺少的东西。我立刻也就弄清了：这是燕妮的父亲，那位富有的种植园主，我至今未曾见过的表叔。但不管现实中他是什么样子，他倒很符合我童年时的想象。这时，我听到了他那异样的声音，他是用我听不懂的令人生厌的语句跟他女儿说话，燕妮只是闷头听着。

我觉得我还没有作好精神准备，不能立刻走过去跟他见面。所以，赶在他们俩来到露台前，我离开了大厅，走到楼上去。燕妮房间的门是开着的，我走进去，按照我们的约定把卖首饰应得的钱放到房门上边的一个壁橱里。随后，我走进自己的房间，兴奋却又疲惫地倒在沙发上。

也就是几分钟的工夫，我便听到从楼梯上传来的脚步声，很快就有两个人走进与我的房间毗邻的那间大屋子。有一扇可以进入我的房间的门，正对着我的座位。此刻，那扇门虽然是锁着的，但它的一扇玻璃窗却被那边的一个白窗帘遮得很严。

从声音上我听得出，进去的人是燕妮和她的父亲。他们可能是位于房间的另一端，所以我听不清他们谈话的内容。当他们走近时，我就打算悄悄地离开，但清楚地传进我耳朵里的头几句话，对我发生了影响，我只好忘记一切，一动不动地留在原来的座位上。

"你不能留在那里！"我听见她父亲操着前边提到的那种讨厌的腔调说。

"为什么不能？"燕妮问。

这时我听到他慢慢地走了几个来回，才停住脚步。

"那你就听着吧，"他说，"这可是你逼着我说的。你因为有你母亲的血缘关系，永远也进不了你父亲的社会。"

"也因为我自己的血缘关系，"燕妮加上一句，"这我明白。"

"你明白？这些事是谁告诉你的？"

"没有人告诉我，我是在书里看到的。"

"那么，你也明白我为什么一定要把你送到欧洲来了。我觉得，你应该感激我。"

"是呀，"她说，"就像我感谢你给了我生命。"

她父亲没有吭声。但，只听得有一扇窗被推开了，从声音上我察觉，他是把头探出窗外，极度不安地清着嗓子。燕妮背靠着那扇把两个房间隔开的门。我从挂着窗帘的玻璃窗看见她的头影，听到她的衣裙窸窣有声。

片刻后，她父亲好像是又回到了屋里。

"我为你做了我能做的一切，"他又开始说，"当然，你从来没有提出过违抗我意愿的愿望，可是我也不知道你到底还有什么愿望。"

燕妮站起来，慢慢地朝他迈了一步。

"我母亲在哪里？"她问。

"你的母亲，燕妮！"那个人嚷道，似乎他宁愿听到其他一切问题，也不愿听到有关她母亲的这么一个问题，"你是知道的，她活着，她是得到了照顾的。"

"那么，"少女毫不退让地继续说，"等你的那座新的大房子造完布置好，你打算让妈妈过来，跟咱俩一起生活吗？"

我听见，她的父亲迈着很重的步子在那间大屋子里走来走去，随后又走到女儿跟前。

"你是一个孩子，"他压低声音说，但语气却很严厉，"你不了解你出生的那个国家的情况，你也用不着去了解。"于是，这位老商人好像突然沉浸在回忆中，继续说："那个女人，真是说不出有多么美！当头顶有蔚蓝的天空，脚下有沐浴在阳光中的港湾，她身穿白色的衣裙躺在红树绿阔叶中间的吊床上悠荡的时候，当她跟她的小鸟戏耍，或是把那些金球抛向空中的时候，她确实是令人难以置信的美！但你可不要听她说话，嘴是那么美，却笨拙地说着黑人的不流利的语言，活像婴儿的咿呀学语。那个女人，燕妮，如果你想成为你所变成的现在的样子，她就不能跟你在一起生活。"

她又靠在门上了。

"为了这个，"她说，"你就从母亲身边夺走了孩子。当你从母亲怀里把我抢走，跑上跳板，带到船上的时候，她是在哭叫。噢，她是在没命地哭叫啊！这就是我从母亲嘴里听到的最后的声音。我已经忘了好久了，因为从前我是一个糊里糊涂的孩子。让上帝宽恕我的愚钝吧！但是现在，每一天夜里，我的耳边总是响着这喊声。是谁给了你权利，让你用我母亲的痛苦换取我的未来！"透过窗帘我看见她说这几句话时，腰板挺得很直。

父亲好像抓住了她的手。

"你好好考虑考虑，燕妮，"他说，"我只能在你和她之间选择——不过，你是我的女儿呀。"

他在说最后一句话时用的温柔乃至体贴的语气，似乎没对女儿产生影响。

"你还没有回答我的问题呢，"她说，"你付出的代价，不是我的，也不是你的。只要现在还有可能，就必须偿还这代价。回答我，偿还，还是不偿还，我母亲会跟我们一起住在那所新房子里吗？"

"不，燕妮，这办不到。"

这句话说完以后，便是死一般的寂静。在这短暂的瞬间，少女的内心有什么活动、举止表情如何，我就不得而知了。

"我还有一个请求。"她终于开口说。

"尽管说，燕妮，"父亲连忙回答，"尽管说，只要我能办到，一切我都答应！"

"那我请求你，"燕妮说，"在你去皮尔蒙特疗养期间，允许我留在这里——我的朋友们身边。"

他沉默了片刻。

"要是你，"随后他说，"你不认为陪在父亲身边更合适，我也不表示反对。"

她没有答话，只问了一句："现在我可以走了吗？"

"要是你再也没有什么话对我讲了，我跟你一起下楼。"

然后，门开了，我听到他们的脚步声在廊道里向楼梯移去。我在自己的房间里一直待到午饭时被人叫下去。

我哥哥把我介绍给燕妮的父亲时，他迅速打量了我一眼，我觉得我这个人已被粗略地估价过了。接着他顺便问了问我的学习和旅行的情况，问我是否有机会把我的知识用在家乡的建设上。这一系列问话，可以说与考试没有什么两样。最后，他很有礼貌地请我在他去温泉疗养回来以后，到他新建造的住宅去，从行家的角度对它作出评价。刚才和女儿之间谈话的情绪，现在从这个男人的外表一点儿也感觉不到。

进餐的时候，他坐在我母亲身旁，总是热情周到地取悦于她。当母亲把话题引到他们共同度过的少年时光时，他甚至还很会说说笑话。他让母亲回忆起他们在故乡城里那个音乐厅多次跳舞的情景，在壁毯上绣着一个和真人大小一样的胖乎乎的小爱神。

"那些年轻的女士，"他说，"在爱神面前是那样的害羞，结果跳舞的队列一走到那里总会出现女士离队造成的缺位。"

"不过您，表弟先生，"我母亲应答道，"却热衷于一再把您的女伴引到那个被谴责的神像前面去。"

他彬彬有礼地向母亲欠了欠身。

"我知道，表姐夫人，"他说，"您在我面前，是不怕那个爱神的。"

我看见，听到这话，我母亲那仍然很美的脸上掠过了淡淡的红晕。我不由自主地想，是不是和现在他们的孩子一样，当年他们也因彼此爱慕而愿意相互接近。燕妮坐在那里，一直没有参与的表示，而且连吃的东西也几乎一点儿都没动。听到这话，她也抬头看了看，也许她从来都没有听见父亲谈过这样令人愉快的往事。她父亲没有跟餐桌对面的女儿说一句话，而是又同我哥哥谈起人与人的种种交往情况来。后来，喝咖啡的时候，我听到他对母亲说："承蒙您的孩子们的好意，燕妮还要在这里待一段时间。我明天独自去旅行。我们相识已经有很多年了，表姐夫人，您要是有机会，就给她讲讲我们相处的那个时候的事。过不多久，她就要跟我这个老年人一起生活了，让她事先了解我年轻时候的一些情况，也许不无好处。"他站起来跟他少年时代的女友握手，同时补充说："这样您就真的帮了我一把呀，表姐。"

一天过去了，我总也找不到机会跟燕妮单独相会。看得出，她是在躲着我。

格蕾特大多时候是在忙她的家务。

第二天早晨，在我们的客人动身以后，她走进花园，来到我身边。她两臂交叉放在胸前，深深地叹了一口气，微微一笑说：
"这会儿，我们俩又单独待在一起了！"

立刻，我惊愕地得知，燕妮当天上午就要到城里去住一些日子，为的是和她父亲的女管家在新建的房子里，搞我说不上来的什么布置。

我正一个人站在露台上，她身穿旅行装朝我走来。她把手伸给我，但现在她就要离我而去，我很生气。

"你为什么要这样对待我，燕妮？"我问，"难道这些布置就这么急吗？"

她摇头，同时睁大眼睛，安静地看着我；我只能说，她眼里流露着一种高尚的热望。

"你果真要走？"我又问，"而且偏偏在现在？"

"我不愿意骗你，阿尔弗雷德，"她说，"不是因为那个缘故。但我必须走，没办法呀。"

"那我就天天进城去帮你。"

她显然大为吃惊。

"不，不！"她高声说，"你不可以这样做！"

"究竟为什么不可以？"

"我不知道，别问我！噢，尽管相信我就是！"

"燕妮，是不是你不相信我？"

她突然发出一声哀叹，那痛苦的声音是我从来没听见过的。随后，她向我伸出手臂，全然不顾有人看见——像以前在那个神秘的夜里一样，我在光天化日下把她搂在怀里。

"那就别待得太久！"我恳求她说。

"我的父亲盼望我回到他身边，我待在这里的时间到头了。"

我看了看她那张美丽而苍白的脸，她默然不语。她闭上了眼睛，好像她想就这样把头靠在我肩上休息。

只过了一小会儿，她就从我怀里挣脱了。于是，我们就走到房子的正面去，马车已经等在那里了。她上了车，这时我还听到我母亲握着她的手说："别哭了，孩子！你都哭成个泪人儿了！"

尽管随之而来的日子总是阳光普照，但对我来说却是灰暗的时光。幸运的是，我哥哥拉我为他绘制一套新的管理大楼的设计图，忙得我喘不过气来。把他的那些实用方面的要求与我不愿意忽视的艺术方面的要求结合起来，实在不是一件容易的事。他常常拿起铅笔无情地在我绘制的很美的图纸上乱画，于是我们便你一句我一句地争论起来，直到最后把我的母亲和嫂子请出来作定论。

那是燕妮走后的第四天，我坐在我的房间里做这项工作。但今天干得并不顺当。我把事情的不顺归罪在那支可怜的鸭嘴笔上，就站起来，打算从箱子里取出另一支笔。当我把箱子里的衬衫拿出来时，一个折在一起的纸包掉到了我的手里，上面写着"燕妮赠"几个字。纸包里是那枚不久前我戴在她手指上的小玳瑁戒指，戒指上还缠着一缕长长的油黑油黑的头发。

我的第一个感觉是喜不自胜，是一种所爱的人就在身边的感觉，然后就有一种莫名的忧虑油然而生。我翻过来掉过去仔细察看这张纸，但那上边没有任何字迹，也没有任何符号。

我试图重新工作，但怎么也工作不下去。我下楼走进大厅，在那里碰到哥哥和嫂子正在谈燕妮。

"她那双眼睛里总有点什么！"我一进门，就听到格蕾特这么说。

她的丈夫好像跟她作对似的，开玩笑说："你认为这两只有野性的眼睛不美吗？"

"野性，汉斯？不美？当然，你说得对，这两只眼睛很美，以至引起了异议。这——"她顿了一下，又抬起眼来，面带怜悯的微笑看着她的丈夫。

"这是什么呀，格蕾特？"

"这无非是自卫的开始。坦率地说，汉斯，你已经感觉到了她对你有多么危险！"

"是的，假如我没有你！"

"哦，即使你有我也一样。"

他笑呵呵地向她伸出双手。

"快抓紧它们，"他说，"这样就不会有美丽的魔鬼来诱惑我了。"

然而他的妻子不认这一套。

"魔鬼在你们男人心里！"她叫道，"这到底是怎么回事，现在你老是找这个善良姑娘的茬儿，从前你可是时时都护着她呀？"

"往常，格蕾特，是那样。可是她现在变了！"他沉思一会儿说，"有的话我都有点儿说不出口。但这是千真万确的，作为商人的女儿，她身上的商人本性还是露了出来——她变得吝啬起来了。"

"吝啬！"格蕾特大声说，"这真太讨厌了！燕妮过去在寄宿学校里由于受到严格禁令的约束，才没把衣服脱下来送人！"

"现在她不再把衣服送给别人了，"我哥哥回答，"她把那些衣服卖给旧货商。我还要告诉你，她是很会讲价钱的。"

我没有加入他们的谈话，只是在全神贯注地倾听。听到最后这一句，我突然如梦初醒，明白了一切。我很快作了决定。

　　"我可以用一用你的马吗，汉斯？"我问。

　　"当然可以。你究竟想到哪儿去呀？"

　　"我要进城。"

　　他的妻子走到我跟前，说："你不能多忍耐些日子吗，阿尔弗雷德？"

　　"不能，格蕾特！"

　　"那你就代我问候燕妮吧。最好能把她带回我们这边来！"

　　我什么也没说，很快就骑马走了。一小时后，我到了城里，立刻进了我很熟悉的那条大街，燕妮父亲的新住宅就在那里。很容易就找到了那所住宅。我拉了好几次铃，一个老妇人才走出来打开那座华丽建筑的门。我问起燕妮小姐，她冷冰冰地说："小姐不在这里。"

　　"不在这里？"我重复说。可能是在我听到这句话时，我脸上露出了惊愕的表情，她便询问我的名字。当我告诉她，我是谁、从哪里来时，她厌烦地补充说："那您怎么还来问我？小姐第二天就回到你们那里去了。"

　　我不再去理老妇人，立刻从一条街跑进另一条街，一直跑到港口。太阳快落山了，远在港口外的停泊处，披着一层浓浓的夕阳的紫光。那里前几天还停着一艘双桅帆船，现在已经不见了，再也看不到一艘船了。我试着跟站在四处的工人攀谈，打听到了船主和帆船的名字，而且知道这艘船三天前就出海了。除了船长住宿的地方，其他情况他们一概不清楚。我立刻动身奔到那里，并且探听到，有一位满头黑发的年轻貌美的姑娘也在船上。随后我又去了船主的账房，在那里意外碰见那位老账房先生正坐在写字台前，但他也不能给我更详细的答复，因为有关乘客的事宜由船长一个人管。

我回到旅馆，让人为我备马，我骑着黑马以高于我哥哥所允许的速度向家飞奔。已经是夜里了，天空布满了浓云。当夜风在黑暗中从我身边呼呼地吹过时，我的思想也在随风飞翔。像鬼怪似的，那艘把她带走的船出现在我眼前——一个很小的白点在大海上飘荡，越过张着大口的无底深渊，周围全笼罩在茫茫大海上的黑夜中。最后，庄园的灯光终于从我面前的树影中闪现。

到了家里，我发现人人都很悲伤，很惶惑。那里有一封燕妮从"伊丽莎白"号双桅帆船上发出的信。她走了，到大洋彼岸她母亲那里去了。正如她曾经告诉过我的，如她在信中重复的：她是为了履行一项神圣的义务。她用最真挚最甜蜜的语言，请求所有的人原谅。在信里她没有提我的名字，但我已暗暗地得到了她的问候。她的父亲她也只字未提。

第二天，我和我哥哥又到城里去了，不过只在那里得到这样一个准确的讯息：你无法再赶上"伊丽莎白"号了！

随后，我没跟哥哥回家，而是直接到皮尔蒙特去了。到达那里不长时间，我就站在燕妮父亲的面前，告知他燕妮逃走了。我原以为，听到这个消息后老人会突然晕过去。但从他眼里流露出来的，并不是痛苦，而是狂怒。他把放在桌上的手攥成拳头，指节骨都突现在外，破口大骂他的女儿。

"她是哪儿的，就让她去哪儿好了！"他喊道，"这个种族是改造不过来的。该死的，这一天终于来了，这我早就料到了！"

接着，他突然默不做声了。他坐下来，一只手支着头，仿佛自言自语地说道："我究竟说了些什么呀！这孩子是我的亲骨肉，都是我的错。孩子有什么过错。她是想到她母亲那儿去。"

说到这里，他伸出双臂，怔怔地直视前方，大声喊道："唉，燕妮，我的女儿，我的孩子，我把你怎么了！"他好像是忘记我就在面前，我也不想打扰他。"我们都是人啊，"他继续说，"你该原谅我才是，但我不知道该怎样说。总是这个样子，我们走不到一起。"

就在这时，我壮起胆来，让他注意到我，并且告诉他，我和燕妮已经相爱。那个身心交瘁的男人，这时好像抓住了一根救命的稻草，请求我为他把孩子找回来。

还有什么好讲的呢！第二天，我又踏上了旅途。动身前他交给了我一封写给女儿的信，那是他在夜里写的。请你相信我，这一次可不是一张收据。我们在长夜中坐在一起时他所表述的愤怒和慈爱、责难和宽恕，在这封信里全有。

其余的情况——阿尔弗雷德就此结束他的故事——你都了解。现在，我站在这里，有她父亲的允诺和处理一切的全权，正静静地等候钟声敲响，去作我迎接新娘的旅行。

我和阿尔弗雷德在一起又待了大约一小时。后来教堂尖塔的钟敲了三响。一个搬运夫进来把阿尔弗雷德的箱子搬到了下边的码头上。

我伴送我年轻的朋友去乘小艇。那是一个冷丝丝的夜，强劲的东风吹来，海水不停地激荡，小艇被抛向岸边，发出砰砰的声响。阿尔弗雷德登上小艇，把手伸给了我。

"阿尔弗雷德，"我用一句玩笑掩饰着离别的心绪说，"要么同燕妮在一起，要么就永远不在一起，不是吗？"

"不，不！"他大声回答，那时小艇已经驶入黑夜，"同燕妮在一起，无论如何也要一起回来！"

那夜以后，过去了半年多，我还没到庄园去。不过，恰在此时，正当五月的和风从敞着的窗口吹来时，我又收到了邀请。这一次我不会再辜负主人的一片好心了。我面前放着两封信。两封信都是从圣克罗伊克斯坦的克里斯蒂安城发出的。其中一封信，是燕妮写给阿尔弗雷德的，因为收信人不在而被他嫂子给拆开了。信上写道：

　　我找到了我的母亲。没费什么劲儿，因为她在码头附近开了一家大旅店。她仍然很漂亮，精力十分充沛。虽然她的面貌轮廓我还认得出来，但我已经找不到我多年来一直渴望见到的神态了。我必须把一切都告诉给你，阿尔弗雷德，情况跟我想象的完全不同。我很害怕这个女人，一想到头一天吃午饭时她把我这个女儿介绍给好多先生的情景，我就不寒而栗。把我介绍完，她立刻就使用一切现行语言的杂七杂八的话，大肆炫耀她少年时代的故事——这一切都暗暗地一点一点地啃着我的心，我恨不得把这一切都隐藏在黑夜之中。大多数旅客和包饭者属于有色人种，但是其中的一个有钱的混血儿，好像在掌管全部店务。他对母亲的态度格外亲切，为此我的脸都一阵阵地发热。就是这个人——像狗一样龇牙咧嘴的人——要娶我为妻，阿尔弗雷德。我母亲也逼我嫁给他，她时而百般地爱抚我，弄得我透不过气；时而当着生人的面尖声大吼，呵斥我、威胁我。有时，我精神恍惚地看着她的脸发愣。我觉得，我注视的是一个面具，必须把它扯下来，才能重新看见底下的那张在我童年时俯视过我的美丽的脸；也许在扯下面具以后，我才有可能重新听到她那伴我入睡哼唱的、像蜜蜂采蜜发出的甜甜的嗡嗡声。噢，在这里，我周围的一切，都很可怕！大清早，由于我的卧室朝着码头，当工人和搬运夫的黑人的喧嚷就把我吵醒了。你们那边的人是体会不到这种声音的，它像吼叫，像动物的狂嚎。一听到这种声音，我就吓得发抖，赶紧把头埋到枕头底下。在这个地方，我也属于那个种族——我和他们血统相同，这根血缘的链条一环套一环从他们那儿连到我身上。我父亲说得对——不过……我一往这个深渊里看，我就头晕目眩。我要投进你的怀抱，阿尔弗雷德，帮帮我，啊，帮帮我吧！

救星已经不远了。

另一封信是阿尔弗雷德写给他嫂子的，发信日期仅仅比那一封晚几天。他踏上旅途时的乐观和自信，帮他在大洋彼岸取得了成功。

一下船——他这样写道——就有人告诉我燕妮母亲的住处。我进屋后在廊道遇到的头一个人，就是燕妮。她高兴地喊着，跑过来跟我拥抱。从这时起，我对她的母亲才算有了充足的认识。她是十分丰满，仍然很美的女人，她身穿窸窣作响的蓝色绸裙走来，嘴里说着一种难以想象的话。不论是对待客人，还是对待雇工，她说话都是有时柔声细语，有时大喊大叫。谈到燕妮的父亲，她总带着感激和尊敬的神情，称他为"那位高贵的好心的先生"，正是由于他的慷慨好施，她才有现在这种舒适的生活。她从来也没想过要离开她的故乡，更没想过跟自己女儿的尊贵的父亲结婚。她在这里是适得其所，生活得很安逸。不过，燕妮看到这一切只能感到非常失望。燕妮本来以为母亲生活在苦难之中，于是她挣脱了与旧大陆的一切联系，想来解除母亲的苦难，然而她发现的却是这样一个压根儿产生不了高贵人的苦难的卑贱的所在。尽管如此，女儿的到来还是给这个活泼的女人带来了极大的快乐，她经常当着我的面，用一种狂热的、在我看是天然的柔情，来爱抚自己的女儿。因为她总想在客人面前夸耀这美丽的姑娘，她就不断地想方设法打扮女儿。为了摆脱母亲为她挑选的花色刺目的衣服，燕妮真是费尽了周折。这还不够，她竟在旅店的客人中选了一个有钱的人，让女儿嫁给他。我觉得，这个人的身上，明显地流着那种遭人唾弃的血液。燕妮母亲已经为这桩婚姻认真地着手准备了。这时我插手进行了干预，是那位"高贵的好心的先生"的意志和全权轻而易举地打消了燕妮母亲为女儿谈婚论嫁的念头。

我感觉到，燕妮迎接我时的那一声叫喊，表示的不仅是高兴，而且是解脱。这样也好，她是需要有这样的经历，因为有了像现在所发生的一切，她才能真正成为我的人。只要她不回首往事、留恋以前的家，她才会得到一个丈夫——让他骄傲而幸福地同她一起建立一个新的家庭，看到他们的后代繁衍成长。这封信我是在我们结婚的当天写的。在主持婚宴时，这位精明而好动的妇人，身穿闪闪发光的绿绸裙，周旋在旅店老顾客之间，为自己的无比美丽的女儿和她的女婿——这我也不否认——感到骄傲，操着三种语言，发表不可思议的祝酒词，为她的女婿祝酒，——这一切情景你们要是能亲眼看见该多好啊！我们希望，一开春就到你们那里去。如果我告诉你，燕妮刚才小声对我说"唉，阿尔弗雷德，帮我回到父亲那里去吧"，格蕾特，凭着你对我们的友谊，你不会嫉妒吧！

这两封信是附在汉斯夫妇的邀请信里的。

"您来吧，"最后这几行是格蕾特的笔迹，"燕妮的父亲已经在这里了；阿尔弗雷德的父母今天就到；连约瑟芬姑妈也来，虽然她对那个小女孩狠命糟蹋过她的英国缝衣针有时还耿耿于怀。我们已经从冬天的住屋搬回到明亮的花厅。五月百合花的芳香，通过敞着的两扇厅门，从草地上飘过来。在那边的林苑里，塘里立着维纳斯石雕的四周池畔，已经开满了蓝色的紫罗兰。"

下面是我的朋友汉斯的遒劲的笔迹："'伊丽莎白'号双桅帆船已于上星期日经过里斯本，燕妮和阿尔弗雷德都在船上，他们几天后就能抵达我们这里。现在正好是顺风，它就要把他们二人和他们的幸福带来了。"

关惠文 译

三色紫罗兰

一座巨大的宅子里静悄悄的，但就连在走廊里也能闻到鲜花花束飘逸的香气。一个衣着整洁的年老女仆从那对着宽阔楼梯的双扇门里走了出来，又从容自得地将身后的门拉上，随后又让她那灰色的眼睛沿着墙壁扫视过去，好像还在最后检视一遍，要把这儿的任何一粒灰尘寻找出来似的，但接着赞许地点点头，又瞟了一眼古老的英国产座钟——座钟的钟琴刚第二次敲过音乐。

"已在半路上啦！"老女仆喃喃地说道，"教授先生来信说过，他们夫妇八点钟就要到家啦！"

之后，她便伸手到兜里去掏那一大串钥匙，并走进后间消失不见。于是这里又恢复了静寂，只有座钟钟摆的滴答滴答声响穿过宽敞的走廊，传到楼上。一缕夕阳从门上面的窗户里投射进来，照得钟座上的三个镀金的圆顶闪闪发光。

后来，一阵轻慢的小脚步声从楼上移动下来，一个约摸十岁的小姑娘出现在楼梯平台上。她也穿上了簇新的节日盛装，那红白条纹的衣服跟她那带棕色的小脸蛋儿和乌黑发亮的辫子倒十分相称。她把手臂放在栏杆上，小脸蛋儿又贴在手臂上，就这样任其徐徐地滑下来，而她的那双莹黑的眼睛则梦幻似的瞅着对面的房门。

她站在走廊里侧耳谛听了一会儿工夫，然后轻轻地推开房门，从两幅沉甸甸的门帘缝里钻了进去。室内朦胧昏暗，因为这间深长房间的两扇窗户朝着大街上的一幢高大房屋，只有旁边沙发上面的一块墨绿色挂毯上的一面威尼斯镜子闪着惨白的银光。在这寂寂寥落的地方，这面镜子仿佛为此映现出沙发茶几上那插在大理石花瓶中的一束鲜艳的玫瑰。但一会儿在镜面上又多了一个乌黑头发的女孩小脑袋。小姑娘踮着足尖越过柔软的地毯走了过去。她一边转过头来冲房门那儿瞟了一眼，一边慌慌忙忙地将纤细的手指伸到花枝中间去。她终于在花束里折下了一朵刚刚绽放的玫瑰。只是她在折花时没有留神花茎上的刺，给扎了一下，一滴鲜红的血落到她的手臂上面，还差一点儿滴到了贵重台毯的图案上，她赶忙用嘴把它吸掉。随后，她拿着折下的一朵花，像进来时那样，又悄悄地从门帘缝里钻出去，来到走廊上。她在这儿又侧耳谛听了一下，之后便从刚下来的原路，飞也似的奔上了楼，继续沿着一条楼廊，跑到最后一间的房门口才停住脚步。她又透过一扇窗子，瞥了一眼在夕阳中往返飞掠的燕子，随后便转动门把手，推门进去。

这是她父亲的书房。平日，父亲不在书房里，她总是不进来的。此刻，她独自肃然置身于这些堆满书籍、放在墙边的高大书架中间。当她犹豫地掩上身后的房门时，左边窗下有一只狗发出很响的猛烈扑击声响。女孩那神色极其严肃的脸庞上掠过一丝微笑。她快步走到窗口，向外面张望一下。窗下便是家里的一座大花园，而自家的这幢屋子又坐落在一块开阔草地的矮树丛里。她的四只脚朋友已跑向别处去了。她十分仔细地窥探一番，没有发现任何动静。孩子的脸上又渐渐地罩上了一层阴影。她可是为了一点别的事情上这儿来的，这会儿尼罗[1]干吗袭击她！

在她进来的那扇房门对面，房内还有一扇朝西的窗子。窗户旁的墙边放着一张大书桌，迎着光线，桌上放着研究古代文化的博雅学者所具有的一切实物：什么古希腊罗马的青铜器和陶罐啦，古希腊罗马的神庙啦、房屋的小模型啦和从历史废墟挖掘出来的一些玩意儿啦，几乎堆满了桌面。书桌上面的墙上挂着一幅和真人一般大小的一个少妇的半身像，她那盘在额上的金黄色发辫有如青年人的顶冠，她好像是从醉人的春风中款款地走来。从前，当她含笑刚走到门口向来客问好的时候，她的朋友们总是惊叹地夸奖她道："真迷人啊！"现在画中的她垂着眼睑从墙上俯视着房内的一切，还是那双带有稚气的碧蓝眼睛，只是唇边浮现一丝痛楚的神色。别人由于在她生前未见到过她有如此愁容，便对画家大加指摘。后来，她离开了人世，这好像倒很合适了。

这黑头发的小姑娘无限深情地凝视这幅美丽少妇的画像，并且轻轻地走到画像的跟前。

"母亲，我的母亲！"她轻轻地叫了两声，就好像要挨到她身边去似的。

这美丽少妇的容貌依旧，只是没有表情地从墙上望着下面，小姑娘像猫一样灵活地从放在前面的椅子上爬到了书桌上，这会儿执拗地撅起了嘴巴站在画像前面，用抖动的小手设法把摘来的玫瑰插放在金画框下面的边框里。她放好玫瑰后，便迅即爬了下

---

[1] 狗的名字。

来，用揩布小心翼翼地擦掉桌面上的小脚印。

现在，她可以离开这刚才战战兢兢地走进的房间了，但她没有挪动脚步，却是在向门口走过去几步后，又频频回首——看来这西窗旁边的书桌对她具有巨大的吸引力。

这窗户下面也有一座花园，更确切地说是一座荒芜的花园。繁茂生长的灌木丛虽没有完全覆盖这座荒芜的花园，但留下的空间也很窄小了，不过从各个角度还可清晰地看到高大的围墙。窗子对面的花园那边有一间破烂的芦苇小屋，眼看就要坍塌。屋前有一条长凳，但几乎全被葛藤所编织的绿网卷绕着。小屋对面，过去必定是一块玫瑰花圃，现在这些玫瑰枯枝还恋恋不舍地留着一些苍白的花萼，而在这其间，无数株玫瑰遮盖下的百叶蔷薇却向四处的杂草丛里飘落花瓣。

小姑娘的双臂支着窗台，双手托着下巴颏儿，眷恋地望着下面的花园。

一对燕子从对面的破屋里飞进飞出，大概忙着在里面筑巢，别的鸟儿都上别的地方去栖息了，只有一只小红胸鸟还在那凋残的金链花的顶枝上尽情啭鸣，并且瞪着两只乌黑的小眼珠瞅着小姑娘。

"莱茜，你到底藏在哪儿呀？"老女仆温和地问，并将一只手爱抚地搁在小姑娘的头上。

老女仆是悄悄地溜进来的。小姑娘掉过头来，神色疲乏地望着她。"安妮，"小姑娘说道，"我要能再走进外祖母的花园就好啦！"

老女仆没有回答她，只是抿起了嘴唇，点了几下头，仿佛表示赞许的样子。"走吧，走吧！"接着她说道，"瞧你这种样子！

你的父亲和你的新母亲，他们就要到了！"老女仆为此拉住小姑娘的手臂，替她捋捋头发，拉拉衣服，"不行，不行，小莱茜！你可不好哭鼻子啊，她是一位心地善良的太太，而且很漂亮。莱茜，你要高高兴兴地会见这位美人儿呀！"

就在这一刹那间，大街上传来了马车的辚辚声响，女孩惊恐地吓了一跳，但老女仆牵着她的手，迅即一起走出了房间。她们还是提前来到了门口，等待着马车驶来，两个女仆已打开了大门。

老女仆的一番介绍看来得到了证实。一眼就可以看出那个约摸四十岁、举止端庄的男人便是莱茜的父亲。他扶着一位年轻漂亮的太太下了车。她的头发和眼睛几乎都跟女孩的头发和眼睛一样乌黑，她已成了小姑娘的继母。只要对她匆匆一瞥，就可以看出她是个端庄的女人，但年纪并不太轻。她以辨认的目光环顾四周，并且亲切地一一致意问好。她的丈夫领她进了屋，进了房间，她在这里闻到了鲜艳玫瑰的扑鼻花香。

"我们就在这里共同生活，"他一边将她按到一张柔软的沙发椅上，一边说道，"别离开这间房间，在你的新家庭里再也找不到比这儿更好的休息地方啦！"

她抬眼深情地望着他："但是你……你不想跟我一起留在这儿吗？"

"我去把家里的心肝宝贝领来。"

"对，对，鲁道夫，你的阿格妮！方才她究竟待在哪儿啦？"

他走出了房间。在他们到达的时候，莱茜藏在老女仆安妮的背后，所以父亲没有注意到她。这会儿他看到，莱茜迷惘地站在外面走廊里，于是把她高高地举了起来，并且这样托着她进了房间。

"这就是你的莱茜！"他一边说着，一边将莱茜放到她继母脚前的地毯上，随后便转身出去了，好似要去安排一些其他的事情，其实他是想让她们俩单独待在一起。

莱茜慢慢地站了起来，默默地站在这位年轻夫人的面前。她们彼此以困惑而又打量的目光对视良久。最先开口的人大概总是设想，她当然会得到亲切的回答。她终于抓住小姑娘的手，说道："你一定知道，我现在已是你的母亲啦，难道我们不要相互热爱吗，阿格尼？"

莱茜的目光避向一边。

"但我可以叫你妈妈吗？"她胆怯地问。

"当然可以，阿格尼，你愿意喊妈妈还是母亲，听你喜爱！"

女孩不知所措地望着她，并且惴惴不安地回答道："我还是叫妈妈为好！"

年轻的夫人迅即向她投去目光，她那乌黑的眼睛盯着女孩乌黑的眼睛。"是喊妈妈，而不是喊母亲吗？"她问。

"我的母亲已经死了。"莱茜小声地说。

年轻的夫人不由自主地推开孩子的手，但立即又一把将她拉了过来，猛地将她搂在自己怀里。

"莱茜，"她说道，"母亲和妈妈是一回事啊！"

莱茜一声未吭，她只叫死者母亲。

谈话结束。莱茜的父亲又走进房间。他看到年轻夫人把小女儿搂在怀里，满意地微笑了。

"现在去走走吧，"他高兴地说着，并向年轻夫人伸去了手，"你是这座屋子里所有厅、室和财产的女主人啦！"

他们一起走出房间，看了楼下各个房间，看了厨房和地窖，

152

然后从宽阔的楼梯爬上楼去，进了大厅，到了楼梯两边朝着宽敞走廊的斗室和小间。

天色渐渐昏暗，年轻夫人沉重地挽着丈夫的胳膊。走到哪儿，门都敞开在她的面前，这几乎是卸去了她肩上的一项新的重担。他高兴得脱口而出的问话，得到的回答却越来越简短了。最后，他们在他的工作室门口停住了脚步，这时他也默默无语，托起那无言倚在他肩上的美丽面庞。

"你怎么啦，伊莱丝？"他问道，"你不高兴？"

"哦，我很高兴！"

"那进去吧！"

他推开了房门，一缕柔和的光线投到他们的身上。夕阳的余晖把一层金黄色染在小花园那边的灌木丛上，又透过西边的窗户辉映到房里。在这柔和的光线中，墙上那画像里的俊美死者低垂着目光，在她下面那暗淡金光的框边里插着一枝像是盛开着的鲜艳的红玫瑰。

年轻夫人不由自主地将手按到胸口，目瞪口呆地定定望着这幅栩栩如生的妩媚少妇的画像。但这时她的丈夫紧紧地拥抱了她。

"她是我往昔的幸福，"他说道，"而你是我现在的幸福！"

她点点头，但默默无语，只是急促地呼吸着。唉，这位已故夫人倘若还活着的话，那这座屋子的空间便容不下他们两个啦！

像先前莱茜待在这儿时的情况一样，此刻，北边大花园里，一条狗又在猎猎狂吠。

她丈夫温存地把她拉到好张望到那儿的窗口："你瞧瞧这儿下面！"

在下面那条环绕一块大草坪的小径上蹲着一条黑油油的纽芬兰长毛警犬，莱茜站在它的旁边，用自己的一条黑辫子在狗的鼻子上不住地画着小圆圈儿。接着，这条狗便掉转头去，大声吠叫起来。莱茜乐得咯咯大笑，并又去逗它。

看到这孩子的顽皮，父亲不由地微微一笑，但他身旁的年轻夫人脸上却无一丝笑容，好像掠来一片乌云遮没了她。"倘若她是孩子的母亲就会笑了！"他心里这样思量，但高声地说道："这就是我们的尼罗，你也得认识一下。伊莱丝，这狗和莱茜是要好的伙伴，这只庞然大物甚至还为她拉玩具小车呐。"

她抬起头来望着他。"这儿的事情是这样的繁杂，鲁道夫，"她心不在焉地说道，"我若能理出个头绪来就好了！"

"伊莱丝，你精神有些恍惚！这家庭就是我们和孩子，是再简单不过的了。"

"再简单不过吗？"她轻声重复着这句话反问道，并将她的目光去紧紧追随那个正在和狗绕着草坪奔跑的小姑娘。之后，她惊恐万分地抬眼望着她的丈夫，猛地搂住他的脖子，央求说："帮助我，支持我！我觉得担子很重。"

几个月时间过去了。年轻夫人似乎并未忧心忡忡。她主持家务井井有条，她那和善而又高尚的品质使仆人们都乐于听从差遣，来访的任何人也都觉得，现在主人又有一位能力不相上下的贤内助了。就她丈夫锐利观察的目光来说，却是另有看法。他十分清楚地看出，她跟家里的小姑娘相处，有如跟与自己毫不相干的外人打交道一样，而她作为具有责任心的继母本当格外细心地照管这个孩子。她有时无限深情地投入他的怀抱，好似她不得不明确肯定，她是属于他的，而他又是属于她的——这也使富有阅历的丈夫心情不能平静。

莱茜也没有产生亲切的感情。自从她的继母进入这座屋子后，她如此明显地保持着对自己母亲的怀念。一种怜爱和明智的心声要求年轻夫人跟这女孩谈谈她的母亲。这幅美丽的画像也确实存在呀！它挂在她丈夫书房的墙上，但她甚至避免它在自己脑际闪现。她也曾多次鼓起勇气，双手将女孩拉向自己身边，但她的嘴唇偏不听她使唤，不吐一言。莱茜在她做出这样热情的举动时高兴得乌黑的眼睛闪闪发光，但之后便沮丧地走开了，因为她并不怎么期望获得这位漂亮夫人的慈爱。像孩子们惯常的情况那样，她的确是默默敬重夫人的。但夫人每次都不知道谈话从何谈起，每次都缺乏打开由衷交谈之门的钥匙，她总是觉得这一桩事情不好说，那一桩事情又不能谈。

伊莱丝也感觉到这是最后一道障碍，看来好像很容易消除，故而她总是想到这个问题。

有一天下午，她和丈夫坐在起居室里，呆望着茶壶咝咝冒着水汽。

鲁道夫刚读完报纸，抓住她的手："你是这样的安静，伊莱丝。今天，你可一点儿也没有干扰我！"

"我本来是有点儿事要谈谈的。"她从他的手里缩回了自己的手，迟疑地说。

"那么你就谈谈吧！"

但是，她又沉默了一会儿。

"鲁道夫，"她终于说道，"叫孩子喊我母亲吧！"

"难道这孩子不叫人？"

她摇摇头，并跟他说了她刚来那几天的一段情况。

他平静地倾听着她讲述。"这倒是一个解决的好办法，"接着他又说道，"这孩子的心底里倒是天真无邪地想出了这个解决的办法。难道我们不要感激地赞同这种解决办法吗？"

年轻夫人没有回答他的问话，只是说道："这样孩子便永远不会亲近我啦。"

他要再握住她的手，但她把手让开了。

"伊莱丝，"他说道，"你不可要求违背天性的东西。莱茜不是你的孩子，她本来不是你生的，你也不是她的母亲啊！"

她眼里流出了泪水。"但我应该是她的母亲。"她几乎激动地说。

"她的母亲？不，伊莱丝，这不应该是你。"

"那我到底应该算什么呢，鲁道夫？"

眼下，对于这个问题，倘若她明白这个不难理解的答案的话，那她也就心悦诚服了。他觉察到她此刻的心情，沉思着凝视她那双眼睛，好似他一定要在那里找到具有说服力的话语。

"你认个不是吧！"她误解了他的沉默，并说，"你是没法回答这个问题。"

"啊，伊莱丝！"他大声说，"若是你自己亲生的孩子才偎依在你的怀里啊！"

她做了一个持有不同看法的手势，但他又接着说道："这个日子会来的，到那时你就会感到，你眼里迸射出欣喜若狂的光芒，逗起你的孩子的第一次微笑，还有那幼小的心灵对你的神往。你那极度幸福的目光也就会这样明亮地投到莱茜的脸上，于是她那细小的手臂便会一下子搂住俯向她的脖子并喊道：'母亲！'眼下她不能再喊世上别的人这一声，你可别生她的气！"

伊莱丝几乎没有倾听他说这番话，她心里总有一个解不开的疙瘩："既然你能说，她不是你的孩子，那么，你不妨干脆地说，你不是我的妻子！"

她依旧是这种情绪，但他说的这番道理对她关系可大啦！

他将她拉到自己身边，想竭力安慰她；她吻他，并透过迷糊的泪水微笑地瞅着他，但这些对她都无济于事。

鲁道夫离开她以后，她也走出房间，踏进大花园。她刚进花园，便瞧见莱茜手里捧着课本绕着开阔的草坪漫步，于是，她避开小姑娘，转向身旁那条沿着花园围墙延伸开去的小径。

女孩匆匆瞥了继母一眼，并没有注意到她那美丽眼睛里的沮丧神色，却像给磁石吸引住一般，又继续看她的课本，并朗读课文，但也渐渐拐进了小径。

伊莱丝刚好站在高大围墙下面的一扇门前。门几乎已被一根藤类攀缘植物所覆盖。伊莱丝的目光停留在这扇门上。当她看到女孩迎面走来时，便想默默走开。

现在，她站住了脚步，问道："这是一扇什么门，莱茜？"

"通向外祖母家花园的门！"

"通向外祖母家花园的门？可你的外祖父母早就离开了人世啦！"

"是的，他们早就、早就离开了人世。"

"那现在这花园到底是属于谁的呢？"

"我们的！"女孩脱口说道，仿佛这是不言而喻的。

伊莱丝把自己美丽的脸庞抵到矮树下面，抓住门上的铁把手使劲地推了一阵。莱茜默默地站在一旁，好似等待着她把门打开。

"门锁上啦！"年轻夫人喊着，放开了手，又用一块手帕擦着沾在手指上的铁锈，"这就是从你父亲书房里看到的那座荒芜的花园吧？"

女孩点点头。

"鸟儿在那花园的上边鸣唱得多么好听啊！"

这当儿，老女仆也走进了花园。她听到从围墙那边传来两人的谈话声，便走到她们跟前。"家里来客人啦。"她说。

伊莱丝亲热地把手放在莱茜的面颊上。"你父亲是个糟糕的园丁，"她一边走一边说道，"我们两个还得来这儿，好好修整修整。"

鲁道夫在屋里迎着她走了过来。

"你知道，米勒四重奏小组[1]今晚要演出啦，"他说道，"医生们来啦，会怪我们没留神这桩事情。"

他们走到室内客人们的面前，便对音乐热烈地展开了一场长时间的讨论。之后，便是一些还得处理的家务事。修整荒芜花园的事情，今天也被置诸脑后了。

当晚，音乐会开幕。那些伟大、杰出的已故音乐家海顿[2]和莫扎特的曲子逐一在耳畔回响，场内一片静寂，只有乐声时而昂扬，时而低落。等到贝多芬的c小调四重奏的最后和弦刚刚消逝，大厅里心驰神往的听众顿时响起了嗡嗡的交谈声。

鲁道夫站在他妻子的坐椅旁。"结束了，"他俯身向她说道，

---

[1] 米勒四重奏小组，由不伦瑞克宫廷剧院的四名乐队成员组成。施托姆曾促成该四重奏小组于1868年到胡苏姆巡回演出。

[2] 海顿（1732—1809），奥地利作曲家。

"难道你还想听点什么吗？"

她仿佛屏气凝神地在静听着音乐，一动未动，一双眼睛依旧定定地望着指挥台，那台上现在只有一个空乐谱架。这会儿，她把手递给丈夫，站了起来，说道："我们回去吧，鲁道夫。"

他们走过自己家庭医生的门口，给医生夫妇留住了。这对夫妇是伊莱丝迄今唯一亲密交往的挚友。

"怎么啦？"医生问道，并且由衷高兴地频频向他们点头，"跟我们进去吧，在半路上歇歇脚，进屋去一起坐一会儿，再聊聊今天的演出。"

鲁道夫已高兴地要表示同意，觉得自己的袖子给轻轻地拉了一下，并看到妻子向他丢了个急切央求的眼色。他立即领会了她的意思。"我得呈请上级准假。"他戏谑地说。

伊莱丝知道医生是不那么轻易可以婉拒的，便答应明晚再来。

他们终于在朋友家的门口跟医生夫妇握手告别，这时伊莱丝舒了一口气，如释重负。

"你干吗今天拒绝我们亲密的医生朋友的邀请？"鲁道夫问。

伊莱丝紧紧挽着丈夫的胳膊。"这无关紧要，"她说道，"但今天晚上是多么美好啊，我必须跟你待在一起。"

他们加快脚步向家里走去。

"你瞧，"他说道，"楼下卧室里已上灯了。老安妮已沏好了茶。你说得很对，待在家里比待在别人家里更加惬意。"

她只是频频点头，并且默默地握住他的手。之后，他们便走进了自己家里。她敏捷地打开房门，拉开了窗帘。

在那张放过插玫瑰的玻璃花瓶的桌子上，此刻一个青铜底座的高大台灯大放光明，照亮了一个枕在瘦小手臂上、沉沉睡着的乌黑头发的孩子脑袋，和那压在臂下的一本图书所露出的一角。

年轻夫人发愣地在门口打住了脚步。女孩酣然睡熟了。她那美丽的唇边留着一丝痛苦失望的线条。"你……这个莱茜啊！"在她的丈夫把她拉进房内的时候，她激动地喊出了声，并且说道，"你还待在这儿干什么？"

莱茜给喊醒了，一下跳了起来。"我要等你们回来。"女孩一边说着，一边略有笑意地用小手揉着惺忪的睡眼。

"这是安妮不好。你早就该上床睡觉啦。"

伊莱丝转过身子，走到窗口。她觉得，自己的眼里涌出了泪水，百感交集：什么乡思啦、自我怜惜啦、对自己心爱丈夫的孩子表现冷淡的一种后悔啦，全都涌上了心头。她自己也闹不明白，此刻怎么一起向她袭来，但是——她那一种冀求欢乐而却受到不合理对待时的情绪在心里嘀咕着——情况的确是，她的丈夫已不是青春年少，而她还正当妙龄！

当她转过身来时，房内除了她已别无他人。她曾快乐向往的美好时刻在哪里？但她没有想到，她已将他们吓走了。

女孩用几乎惊吓神色的目光瞅着眼前的一幕情景，困惑不解，并且给她父亲悄悄地领出去了。

"忍耐点儿！"他抱着莱茜上楼时这样自言自语，并且又产生另一层想法，接着说道，"她确实还是这样的年轻！"

他的脑海中浮起一个又一个念头。他机械地打开了莱茜和老安妮的卧室房门。老安妮在房内等着他们的到来。他吻了一吻莱茜，说道："我还要去跟你妈妈说声晚安。"之后，他便朝他妻子那里走去，但他又返转身子，走到走廊的尽头，进了自己的书房。

书桌上放着一盏庞贝[1]出土的青铜底座小灯。这是一盏他新近买来并已注上半盏油在试用的灯。他端下了灯，将它点上，并又放到死者画像的下面。接着，他又把书桌上的插满鲜花的玻璃花瓶移到灯旁。他这样做几乎是下意识的，只不过他心里这样琢磨，他的双手就得这样去做罢了。之后，他便走到旁边的窗户前，打开了两扇窗子。

天上布满乌云，月亮没法洒下清辉。窗下小花园里的茂盛灌木有如一团黑影，只有那黑压压的塔松丛里、通向芦苇小屋的一条小径上的白砾石有点儿闪现的光点延伸开去。

这个孤寂的男人倚窗俯视下面，恍惚看见一个业已不在人世但依然风姿绰约的形影在那条小径上游荡，又仿佛觉得自己走在她的身旁。

"你要深深记住我的爱情！"他说着，但是亡灵并没有回答，她低下俊美而又苍白的面庞，垂下目光。他悚然而又陶醉地觉得她在近旁，但是她却一声不响。

他突然想到，此刻自己仅仅独自一人在楼上。他以为，前妻生前端庄文静，但她那个时代已经过去了，不过他下面那座她父母的花园依旧存在。他的目光离开书本，透过窗户，首先瞧见那花园里有个十五岁光景的小姑娘。这个不苟言笑的男人对结着金黄色发辫的姑娘动了心，而且一往情深，越来越心迷意乱，终于将她娶回来作为妻子。于是幸福和快乐的岁月随她同来。在她父母早年离开人世时，他们便将那所房屋卖掉了，但留下了这座小花园，在界墙上开了一扇门，使这座小花园跟自家的大花园连在

---

[1]　意大利古城，79 年因维苏威火山爆发而被毁。

一起。当年，他们便听任那些疯长的灌木枝叶遮没了这扇小门，夏日，他们钻过这扇小门待在灌木丛下面惬意地纳凉，就连亲友他也难得让他们进去。往昔，他从自己的窗户里偷偷窥视年轻的情人在芦苇小屋里做学校的作业；现在，芦苇小屋里，一个若有所思、乌黑双眼的孩子坐在金黄色头发的母亲的脚边。当他放下工作掉过头去时，那目光总是饱含着对于生活感到的幸福。但这时死神已暗暗地向里面播下了不幸的种子。六月初，他将患有重病妻子的床从毗连的卧室里搬到自己的书房里。她要呼吸从书房打开的窗户里透进来的那座幸福花园的空气。窗口的那张大书桌被搬到一边去了，这时他的全部精力都倾注在她身上。窗外已是一派春光，一棵樱桃树上缀满了雪白的花。他情不自禁地将妻子的瘦弱身体轻轻托起，抱到窗口："啊，你再瞧一瞧，这世界是多么美丽啊！"

但是，她微微地摇摇头，说道："我再也瞧不见这些景致啦。"

一会儿工夫，他便再也听不清楚她嘴里在喃喃呓语些什么。她眼里的微光越来越暗淡，只是嘴唇还微微有一点痛苦的动意，激烈挣扎地喘息着，但越来越微弱，越来越微弱，直到最后低得像蜜蜂嗡嗡的飞鸣声。之后，她眼睛张得大大的，在眼珠神光散去的时候，又哼了一下，随后竟是去了。

"晚安，玛丽！"但是她再也听不见了。

次日，这位高贵妇人的遗体业已宁静地躺在昏暗大房间里的一具棺材里。家里的仆人们悄没声儿地站在四周，他也肃然站在其中。老女仆安妮拉着小女孩的手站在他旁边。

"莱茜，你真的不害怕？"

女孩看到了遗体的隆起部分，回答道："不害怕，安妮，我在祈祷。"

之后便是起灵，这是他最后一次陪她同行。按照她生前的两项愿望，没请牧师，也没有撞钟，而是在圣洁的黎明时分动身，这时最早出林的云雀刚巧直刺云天。

丧事已经过去了，但她依旧存在于他悲痛的心里；即使他再也见不到倩影，但仿佛她还和他生活在一起。不过这种感觉也不知不觉地消失了，于是他便忐忑不安地寻觅她，但他日益清楚难以发现她的踪迹。此刻他才感到这座屋子阴森森的空虚寥落，四角一团昏暗，而早先并不是这般情况，但他的周围确是除此再无其他，她的确是不在了。

月亮从乌云里跳出来，下面荒芜的花园沐浴在朗朗清辉里。他仍旧站在那儿，头抵住窗户的十字樘架，双眼再也不瞧窗外的景色。

这时，他身后的房门被推开了，一个浓艳的少妇走了过来。

她走过来时衣衫窸窸窣窣的声响已传到他的耳朵里，他掉过头，向她投去审视的目光。

"伊莱丝！"他脱口而出地喊了一声，但没有迎着她走去。

她停住了脚步："你怎么啦，鲁道夫？我让你大吃一惊？"

他摇摇头，勉强一笑。"走吧，"他说道，"我们一起下去吧！"

他拉住她的手，这当儿她的目光却落到了那幅给灯光照亮的画上，落到了插在它旁边的玫瑰上。她的脸上掠过一种好像恍然大悟的神色。"待在你这儿倒像是在小教堂里！"她冷冷地、几乎含有敌意地说。

他一下子全都明白了。"唉，伊莱丝，"他高声说道，"你对死者也不敬重啊！"

"死者！谁对死者不敬重？不过，鲁道夫，"她的双手簌簌发抖，她的乌黑眼睛闪着激动的光。她把他又拉到窗户跟前，说道："你跟我——你现在的妻子说说，你为什么把这座花园锁上，不让人进去？"

她用手指指窗子下面，那条被黑压压的塔松相夹的白砾石小路幽灵般泛着微光，一只大夜蛾刚好从上面扑扑飞过。

他默默地俯视下面。"那里是一座坟墓！伊莱丝，"这时他开口说道，"或是你倒更加喜欢这过去岁月的花园。"

她激动地望着他："我以为这比人家更加清楚，鲁道夫！这是你眷恋她的地方，你们在那条白砾石小路上一起散步；因为她并没有死，刚才，在前一个小时里，你就向她数落我、你现在的妻子。这是不忠实的行为。你使我的婚姻蒙上了一层阴影！"

他默默伸出胳膊揽住她的腰肢，带点儿勉强地挽着她离开了窗口。之后，他举起了书桌上的灯，照着墙上的那幅肖像画："伊莱丝，你瞧瞧她吧！"

画像里的死者低垂目光，纯洁无邪地对着她，这时她扑簌簌地掉下了泪珠："唉，鲁道夫，我体会到了，我不对！"

"别这样流泪！"他说道，"我也有不对的地方，但你对我也要有点耐心！"他拉开书桌的一个抽屉，拿出一把钥匙，"你去打开花园的门吧，伊莱丝！当然，若是你进去一趟后还要再进去的话，这将使我感到幸福！也许在那儿，她的灵魂和你相遇，她那温和的双眸定定地期望着你，直到你姐妹一般去搂住她的脖子！"

她呆呆地望着一直搁在自己手心里的钥匙。

"怎么，伊莱丝，难道你不愿收下我给你的这把钥匙吗？"

她摇摇头。

"还不能收下，鲁道夫，我还不能收下，再隔些时候……再隔些时候。以后我们要一起进去的。"她一边将钥匙轻轻地放在书桌上，一边抬起美丽的乌黑眼睛央求地望着他。

种子已经播下了，但还有很长一段时间才会破土发芽。

十一月份，伊莱丝终于确定自己快要做母亲了，快要成为自己亲生孩子的母亲了。她心里高兴极了，但随即牵动了另一种想法。这像是阴森森的黑夜使她忐忑不安，从暗地里闪现的这一念头有如一条毒蛇缠成一团，昂起了头。她竭力去排除这种想法，撇开它去思念自家所有善良的先辈，但这种想法紧紧纠缠着她，一再在脑际闪现，并且越来越占上风。难道她不是像一个陌生人从外面闯进了这个家庭吗？这个家庭没有她之前就已具有完美的生活。这是第二次结婚——但到底有没有这样的一次结婚呢？这必定是原配的，那唯一的妻子离开人世后，他们双方的婚姻关系还继续存在吧？到死也没有结束啊！而在继续下去……继续下去，绵绵没有尽期！要真是这么回事呢？她脸涨得通红，异常痛苦地心里嘀咕着恨透了的话。您的孩子，只不过是闯进他自己父亲家里的一个外来人，一个庶子罢了！

她像毁了一样在房里走来走去，她独自尝着这青春的欢乐与痛苦的滋味。但要是那个最亲近的、拥有权利的人来和她共享欢乐、分担痛苦，那她又会极度恐惧地咬紧嘴唇，惴惴不安而又困惑不解地瞅着他。

他们的卧室里，沉甸甸地垂落着窗帘，月光只从窗帘的一条缝隙里向室里投进一缕清辉。伊莱丝在焦虑中沉沉入睡，进入梦乡。这时她意识到，自己无法待下去了，必须离开这个家，只要随身带着一只小包袱便走开，远远地走开……回到自己母亲家里去，永远不再来！出了花园，走出那作为背部屏障的松树丛，跨出小门，便走入了野外。她已把钥匙放在口袋里，她要走开了，即刻就要走开了……

月光缓缓移动，从床边爬上枕头，此刻淡淡的银光照亮了她那美丽的面庞——这时她坐了起来，悄没声儿地下了床，一双赤脚套进跟前的一双鞋子里。现在她穿着一身洁白的睡衣，站在房间正中央，她那乌黑的头发仍旧保持着昨晚梳成的两条长辫子垂在胸前。但她那平素灵活的体形此刻却显得慵懒，好似昏昏然还没有睡醒。她伸出双手摸索着，轻轻地穿过房间，但没有挎着小包袱，也没有拿着钥匙，手里空无一物。当她的纤纤手指轻轻触到那件披在椅子上的丈夫的衣服时，却又踌躇了片刻，好似她的脑际又别有想法，但随即又举步轻轻走了，并且毫不迟疑地跨出了房门，下了楼。一会儿工夫，院门上的锁给打开的声响传向走廊，一阵寒冷的气流向她扑面袭来，夜风掀动了她胸前的沉甸甸的辫子。

她已穿过了昏暗的树林，现在已将它甩在后面，但她对这树林却恍惚而未觉察，此刻，她听到灌木丛里四处发出响声，追赶的人跟踪而来。面前显现出一座大门，她竭尽全力用小手推开了一扇门，一片茫茫无边的荒原展现在她的眼前，蓦地一群大黑狗飞奔着向她追来。她还看见这群狗张着大口，扑哧扑哧地喘着粗气，伸出血红的舌头。她听到这群狗的吼叫声越来越近了，狂吠声越来越逼近了……

这时她睁开快闭上的眼睛，才渐渐地稳住了神，辨认出此刻自己站在大花园里，她的一只手还握住栅栏门的把手。晚风戏弄着她那轻飘飘的睡衣。栅栏门两侧的菩提树落下的枯黄的树叶，在空中打着旋转，飘落到她的身上。没错——这是怎么一回事？她无疑像先前一样听到，冷杉丛里传来一条狗的吠叫声，她又清晰地听到什么东西穿过干枯树枝发出咔嚓咔嚓的断裂声。这使她突然感到极大的恐惧。骤然吠声又起。

"尼罗，"她说道，"这是尼罗！"

但是她跟这条看守屋子的狗从来就不亲密。一个粗暴的人领着这条气势汹汹的狗一起向她奔来。此刻她看到这条狗从草坪那边朝自己蹦跳而来离得更近了，它终于俯伏在她的脚前，快活地发出呜呜声，并用舌头舔她的一双光脚。同时，院子里传来了脚步声，一转眼，她的丈夫已紧紧抱住她，她感到有了依靠，将自己的头偎依在他的胸前。

他给狗的吠叫声惊醒了，侧过头看到原先睡在自己身旁的人不见了。蓦地一惊，他骤然想到那一片黑沉沉的湖面。这湖在他的花园后面，相距千余步，坐落在赤杨树丛中，旁临一条田野小路。像几天前一样，他仿佛和伊莱丝又站在那绿莹莹的岸边。他瞧着她钻进了芦苇丛里，并捡起脚前路旁的一块石头，将它扔到湖心里。"回来吧，伊莱丝！"他大声喊道，"那里很危险。"但是她依旧呆呆地站在那儿，并将忧郁的目光徐徐离开镜子似的黑沉沉的湖面，发愣地投向周围的环境。"这湖大概是深不可测吧？"在他终于将她抱走的时候，她这样问道。

他急匆匆地下了楼，往院子那儿冲去，这时所有的杂乱念头都掠过了他的脑际。先前他们一起穿过屋前的花园，此刻他又在这里找到了她。她身上的衣服薄如蝉翼，她那美丽的长发已被树上滴落下来的露水沾湿。

他用下楼前披在自己身上的一件方格花呢大衣轻轻地把她裹住。"伊莱丝,"他的心怦怦乱跳,大声地脱口问道,"这是怎么一回事?你怎么上这儿来了?"

他们相互瞠目而视。

"我也闹不清楚,鲁道夫……我只是要走开……我梦见了,啊,鲁道夫,这简直是太可怕了!"

"你是在梦中吗?确实,你是在梦中啊!"他长舒了一口气,像是如释重负。

她只是不住地点头,并像孩子一样,听任他把自己抱回屋里,进了卧室。

他进了卧室,温存地把她放下来,这时她问道:"你这样沉默不语,肯定是生气了吧?"

"我怎么会生气,伊莱丝!我只是为你担忧。你早先也做过这样的梦吗?"

她摇摇头,但又想了一下:"有过……有过一次,只是没有这样吓人。"

他走到窗口,拉开窗帘,月光流泻进整个房里。

"我得看看你的容貌。"他把她轻轻放到床边上,自己坐在她的身边,说道,"你愿意跟我谈谈过去做过的迷人的梦吗?你不用大声讲述,在这如水的月色中,最轻微的声音也能传到我的耳朵里。"

她把头偎依在他的胸口,仰起脸来望着他。

"要是你想知道的话,"她沉思片刻后说道,"我记得,是在我十三岁生日的那天,我十分喜爱一个小孩,那个小耶稣,我便不再喜欢我的那些玩具娃娃啦。"

"喜爱上小耶稣，伊莱丝？"

"可不是，鲁道夫，"她像睡了一样紧紧躺在他的怀里，说道，"我的母亲送给我一幅圣母玛利亚抱着小耶稣的画像。之后，这幅画像装上了漂亮的框子，挂在我卧室的书桌上方。"

"我看到过这画像，"他说道，"它依旧挂在那儿，你母亲把它保留在那儿，好常常勾起对你幼年的回忆。"

"啊，我亲爱的母亲！"

他更紧地搂着她，接着说道："我可以听你讲下去吗，伊莱丝？"

"当然可以！不过我有点害羞，鲁道夫。"接着，她犹豫了一下，便小声地又往下讲，"那一天，我只是瞅住这个小耶稣，下午，我的女游伴们来到我这儿，我也是瞅住他。我蹑手蹑脚地走过去，隔着玻璃吻了一吻他的小嘴——我竟完全把他当做是个活生生的小孩啦。我恨不得像画像中的圣母一样能把他搂在怀里。"她说到最后声音低得几乎听不见了，并到此默然不语。

"后来怎样啦，伊莱丝？"他问道，"你跟我讲得这样心慌意乱！"

"不，不，鲁道夫！那天夜里，我必定是在梦中站起来过，因为第二天早上，家里的人发现我躺在床上，双手抱着这幅画像，而头却枕在压碎的玻璃上睡得正甜。"

房内，沉寂了片刻。

"那么眼下是怎么回事呢？"他突然问道，并且深情地盯着她的一双眼睛，"今天是什么把你从我的身边撵往黑暗的地方？"

"眼下吗，鲁道夫？"他触觉到，她的全身在簌簌发抖。蓦地，她搂住他的脖子，抽抽噎噎地说了一通恐惧不安而又含混不清的话，这些话的意思使他全然不能理解。

"伊莱丝，伊莱丝啊！"他喊着，并用双手捧着她那美丽而又愁容满面的脸庞。

"啊，鲁道夫！让我死去吧，但不要厌弃我们的孩子！"

他屈膝俯下，吻着她的一双手。他没有听懂她诉说的朦胧话语，但获悉了一个喜讯，这驱散了蒙在他心上的全部阴影。他充满希望地仰起脸来望着她，轻声地说道："现在一切的一切都得变化啦！"

时光流逝，但冥冥中的魔力仍未被征服。伊莱丝在现有的莱茜婴儿时的衣物基础上增添了一些东西，颇不乐意，终日默默不语，辛勤地忙着针线活儿，不免在小帽子和小衣服上要留下一些滴落的眼泪。

莱茜一点儿也没有觉察到即将发生的不寻常的事情。楼上那间朝着大花园、往常存放莱茜玩具的小房间，现在突然被紧紧锁上。她从锁孔往里面窥探了一番，房内好像一片昏暗，又异常静寂。她的玩具小灶被人扔到了走廊上，多亏老安妮帮她从地上把这玩具捡了起来，这时她便四处寻找她那挂着绿色塔夫绸罩帐的摇篮，一向记得它是放在这儿斜天窗下面的，但现在却不见踪影。她到处都寻遍了。

"你像个监督员似的转来转去干什么？"老安妮问。

"嗯，安妮，我的小摇篮放在哪儿啦？"

老安妮诡谲一笑，瞅着她。"要是鹳鸟[1]给你送来一个小弟

---

[1] 德国童话中给家庭送婴儿来的鸟。

弟，"她说道，"你以为怎么样？"

莱茜吃惊地仰起头来看着老安妮，她觉得这种说法有损她这十一岁人的体面。"鹳鸟？"她鄙夷地反问道。

"那当然啦，莱茜。"

"你不该对我编这样的话，安妮。小孩子才会相信这种说法，我完全明白这是胡说八道。"

"是这样吗？爱逞能的小姐，你要更清楚地知道，若不是鹳鸟把这些已被照料千年的小宝贝送来的话，那他们又是从哪儿来的呢？"

"他们是亲爱的上帝送来的，"她神色庄严地说道，"他们便一下子出现了。"

"上帝仁慈地保佑我们！"老安妮感叹道，"如今的毛孩子有多聪明啊！莱茜，你说得对，那你肯定懂得，鹳鸟是按照亲爱的上帝的嘱咐这样做的。我认为，它是可以独自执行这项任务的。小莱茜，不过眼下，要是一下子出现的话，你是更喜爱要小弟弟还是小妹妹呢？这会使你感到高兴吗？"

老安妮坐在一只箱子上，莱茜站在她的身旁，这会儿神色庄严的小脸蛋上露出微笑，接着好像在心里琢磨着。

"怎么，小莱茜，"老安妮再次探询地问道，"这会使你感到高兴吗，小莱茜？"

"可不是，安妮，"她终于开口说道，"我还是喜欢有个小妹妹，父亲也准会高兴，不过……"

"那好，小莱茜，但你为什么还要说'不过'呢？"

"不过，"莱茜又重复了一遍，接着又中断了一会儿工夫，好像在苦苦思索，"这孩子往后可没有母亲啊！"

"什么？"老安妮大吃一惊，吃力地从箱子上站了起来，"这孩子没有母亲？我感到你懂得的事情真是太多了，莱茜。走，我们下去吧！你听到了吗？钟已敲两下了，现在你要上学校去啦！"

初春的风暴在屋子四周呼啸。分娩的日子近了。

"要是我没有熬过来，"伊莱丝心里思忖，"那他是否还会怀念我呢？"

她从默默等待命运降临的房间的门前走过，目光流露出胆怯，轻轻地爬上了楼，好像生怕惊醒屋里什么人似的。

婴儿终于在屋里呱呱坠地，第二个姑娘出世了。嫩绿的新枝在外面敲打着窗子，但是室内的年轻妈妈脸色苍白，模样变了，双颊的炽热红晕已全然退去，形体枯瘦，只是一双眼睛里燃烧着火焰般的光芒。鲁道夫坐在床边，握住她的一双骨瘦如柴的手。

这时她艰难地转过头来，对着那只由老安妮守着、放在房间另一边的摇篮。"鲁道夫，"她有气无力地说道，"我还有一个请求！"

"还有一个请求，伊莱丝？我还有好多事请求你呐。"

她悲伤地瞅着他片刻工夫，随后又匆忙将目光掠向摇篮。

"你知道，"她越来越气急地说道，"我还没有一幅画像！你总是想，这只好由一位杰出的画家来画……可我再也没有耐心等待大师了。你可以请一位摄影师来嘛，鲁道夫。这本是一桩烦琐小事，但我的孩子，她将来会不认识我的，她得熟悉她母亲的相貌。"

"再稍等一等！"他竭力以安详自若的语气说道，"眼下，这会使你过分激动的。再等一等，等到你的脸庞恢复丰润再说吧！"

她用双手梳理着自己那蓬乱而又乌亮，但快要披落到被子上的长发，并且用慌乱的目光向室内四处张望。

"镜子！"她一边说着，一边身子离开枕头完全坐了起来，"拿一面镜子给我！"

他想劝阻，但老安妮已拿来一面带柄的小镜子放在床上。病妇急忙一把抓住它，但当她在镜子里看到自己容貌时，脸上露出了极其惊恐的神色。她用头巾把镜面擦了又擦，但镜里映现的容貌依然没有改变，总是一张憔悴的面庞直愣愣地望着自己，越看越觉得陌生。

"这是谁？"她骤然失声尖叫起来，"这可不是我！啊，我的上帝，不能给孩子留下这样的画像，不能给孩子留下这样的影子！"

她放下镜子，用枯瘦的双手敲打自己的脸庞。

一行泪水淌到耳边。那个还不懂人事的、躺在摇篮里熟睡的孩子不是她的。莱茜悄悄地溜了进来，站在房间当中，一边向继母投去极其忧郁的目光，一边抽抽噎噎地吞咽着流到唇边的泪水。

伊莱丝发觉了她。"你在哭吗，莱茜？"她问。

但是莱茜没有回答。

"你干吗要哭，莱茜？"她激动地又问了一遍。

莱茜的脸色越发阴沉。"为了我的母亲！"这句话几乎是无所畏惧地从她的小嘴里冲了出来。

病妇愣了一下，但随即从被里伸出了双臂，小姑娘不由自主地挨近过来。这时伊莱丝猛地将她拉过来，搂在自己的怀里。

"啊，莱茜，别忘了你的母亲啊！"

这时莱茜的两条细小手臂也抱住了她的脖子，对她充满理解地小声喊道："我亲爱的好妈妈！"

"我是你的亲爱的妈妈吗，莱茜？"

莱茜没有回答，只是在枕上激动地点着头。

"那么，莱茜，"病妇高兴极了，用亲切的小声说道，"也别忘了我！啊，我是不愿被人忘怀的呀！"

鲁道夫在旁边目瞪口呆地看到了这一幕，他不敢稍加干扰，半是极度恐惧，半是暗自高兴，但主要还是担忧。伊莱丝又躺回到枕头上，不再说话，顿时睡着了。

莱茜蹑手蹑脚离开床边，屈膝俯伏在小妹妹的摇篮前，十分惊奇地端详着那双伸出来的小手。这红润的小脸蛋儿撇出怪相的时候，便笨拙地轻轻发出人的啼哭声，这使她心醉神迷，两眼闪光。鲁道夫悄悄地走过来，深情地把手搁在她的头上。她转过身，吻了一吻父亲的另一只手，随即又掉过头去看着小妹妹……

一个小时一个小时过去了。外面，中午的阳光明亮耀眼。窗帘给拉得严严实实。他再次坐在爱妻的床边，神色阴郁地守候了好长时间。思绪翻腾，往日的情景周而复始地在脑际闪现——他对这些未加理会，而听任其穿梭般时闪时灭。往昔发生过的情况有如眼下的情景一样，突然一阵恐惧感紧紧抓住了他，他觉得，好似再次身临其境。他看到那棵枯树又复亭亭如盖，枝叶枝蔓，阴沉沉地遮蔽了他的整个家屋。他胆战心惊地看看病人，但她已平静地微微睡了，她的胸部一起一伏，均匀地呼吸着。窗下，盛开的丁香花丛中，一只小鸟在不住地啭鸣。他无心倾听清脆悦耳的鸟语，而在竭力排除此刻跟他纠缠不清的胡思乱想。

下午，医生来了。他朝睡着的病人俯下身去，拉出她在被子里的一只热乎乎、汗津津的手。鲁道夫紧张地观察着他朋友脸上露出的惊讶神色。

"别担心我！"他说道，"告诉我全部情况！"

医生握了握他的手。

"已有起色啦！"他只听清楚了这句话，并且突然闻得鸟儿在歌唱——突然，万物都起死回生。"已有起色啦！"他曾认为，她难以熬过漫漫长夜；他曾以为，破晓的激烈躁动必然促其殒命，然而"她将逢凶化吉，拉着身子往上攀"[1]！

他以诗人[2]的这些诗句概括了他此刻沉浸在幸福里的整个心情。这些诗句像音乐总是在他耳畔回响。

病人还一直在沉沉酣睡，他也一直坐在床边守候。房内，此刻只有一盏灯忽明忽暗的。花园里，晚风絮语代替了婉转的鸟鸣，有时一阵风刮过，有如悠扬的琴声，吹得树上的新枝轻轻地叩敲着窗户。

"伊莱丝！"他小声地唤道。"伊莱丝！"他情不自禁地呼喊着她的名字。

她睁开眼睛，久久地凝视着他，好似她的灵魂得从沉睡的深谷升上来，才能到达他的身边。

"你，鲁道夫？"她终于开口问道，"我又一次醒过来啦！"

他目不转睛地望着她，贪婪得没有个满足。"伊莱丝，"他几乎是用苦苦哀求的语调说道，"我坐在这儿，像头上顶着沉甸甸

---

[1] 此系席勒的叙事诗《潜水者》第一百三十二行。

[2] 指德国戏剧家和诗人弗里德里希·席勒（1759—1805）。

东西一般，拼命托着幸福已有好几个钟点啦，伊莱丝，帮我托一把吧！"

"鲁道夫啊！"她猛地坐了起来。

"你没有生命危险啦，伊莱丝！"

"这是谁说的？"

"你的医生——我的朋友这样说的。我知道，他可从来没有误诊过。"

"能活着啦，啊，我的上帝！活着，就为我的孩子！就为你！"她突然像是想起了一件事，猛地两手抱着她丈夫的脖子，把他的耳朵按到自己的嘴边，小声地说道："并且为了你的——你们的，也是我们的莱茜！"随后，她放开他的脖子，紧紧地握住他的双手，温柔而且深情地说道："我现在觉得心情非常愉快！我完全不明白，为什么平常什么事都要那样感到心情沉重！"接着又冲他点点头说："鲁道夫，你瞧，幸福美好的日子来到啦！不过……"她抬起头来，用自己的一双眼睛紧紧盯着他的两只眼睛，"我得分享你过去的欢乐，你得把全部幸福跟我谈谈。还有，鲁道夫，你应当把她的那幅惹人喜爱的画像挂到我们两人的卧室里。在你跟我讲述过去的事情时，她也一定要在场！"

他像是端详一位享受永恒幸福的殉道者那样地打量着她。

"对，伊莱丝，她应当在场！"

"还有莱茜！我要把从你这儿听到的她母亲的事情，再讲给她听听。她这么大了，也该知道这些啦，鲁道夫，只是这孩子……"

他只是默默地点着头。

"莱茜在哪儿？"接着，她又问，"我还要祝她晚安，吻她一吻！"

"她已睡了，伊莱丝，"他一边用手抚摩着她的前额，一边说道，"现在已是午夜啦！"

"午夜啦！那你现在也得去睡啦！不过，鲁道夫，别见笑，我可是饿了，得吃点儿东西！鲁道夫，随后，还要把摇篮放到我的床前，紧紧地靠着我的床！随后，我还要再睡一睡。我自己会料理这些事情的，肯定没问题，你尽管放心去睡吧。"

他还是坐着没有挪动身子。

"我还得看到一件高兴的事情才走！"

"一件高兴的事情？"

"是啊，伊莱丝，一件新的令人高兴的事情：我要看着你吃东西！"

"唉，你这个人啊！"

他亲眼看她吃完东西后，和女看护一起把摇篮搬到床前。

"好，现在祝你晚安！我觉得，仿佛又在享受我们的新婚之夜。"

但她只是幸福地微笑，指指摇篮里的孩子。

一会儿工夫，一切都静悄悄了。一片漆黑，枯树的枝丫已无阴影遮盖屋顶。远方，金黄色的成熟的庄稼地里，瞌睡的红罂粟在微微摇曳。可收割的作物一望无际。

又到了玫瑰花开的时候。小伙伴们在花园的宽阔道路上嬉戏。尼罗显然被派上更大的用场了，眼下给套上的可不是玩具车，而是一辆真正的婴儿车。当莱茜收紧系在它结实脑袋上的扣环里的最后一根带子时，它驯服地站着动也不动。老安妮冲着车篷俯下身子，把车里的垫子拉平——这家人家的第二个、还没有起名字的女儿睡在上面，睁着一双大眼睛。这时莱茜已吆喝起来："嗬！嗬！老安妮让开！"于是，这一小队人马浩浩荡荡地踏上他们天天如此兜风的旅途。

伊莱丝的容貌比从前更加美丽动人，她挽着鲁道夫的手臂，站在一旁观看。夫妇俩的脸上都挂着微笑。接着，他们两个便自己去散步。他们沿着花园围墙，拨开灌木丛向边上走去，一会儿工夫，便走到那一直还锁着的花园小门前。这儿的矮树的枝叶不像通常那样依依乱舞，而给一座骨架托住，使得他们像穿过一条浓阴匝地的棚下小路。一眨眼，他们听到树上的群鸟鸣噪——鸟声唧唧啾啾，打破了这儿异常的寂静。伊莱丝的小手使劲地开着锁，锁舌发出嘎吱嘎吱的声响弹开。园里的鸟儿一下子停住了鸣叫，一切又复宁静。花园小门给推开巴掌大的一条缝，就给里面满地疯长的葛藤绊住了。伊莱丝使出全身气力推门，门后的葛藤发出咯吱咯吱的撕裂声，但那扇小门一点儿也推不动了。

她哧哧地笑着，抬起头来望着她的丈夫，终于说道："你一定推得开！"

鲁道夫用双手强行打开了通道，随后小心翼翼地把那些扯断的葛藤扔到身子的两旁。

面前的一条白砾石小路给明亮的阳光照耀得闪闪烁烁，让人觉得仿佛置身于月夜一样。他们缓缓地穿过青翠欲滴的针叶树丛，经过杂草丛中灿然怒放的百叶蔷薇，终于走到了芦苇小屋前白砾石小道的尽头，屋前的花园坐椅已完全被蔓生植物所缠绕。跟去年夏天一样，燕子已在屋里营巢，匆忙地飞进飞出，一点儿也不胆怯。

他们待在一起说些什么呢？对于伊莱丝来说，此刻是到达了圣地——他们时时沉默不语，只听到昆虫飞舞在弥漫芳香的空中的嗡嗡声。多年前，鲁道夫就听见过这样的嗡嗡声——它一直依然存在。人物全非，难道这些小音乐家倒是永生的吗？

　　"鲁道夫，我发现一个情况！"伊莱丝现在又打破沉默说道，"你把我名字的第一个字母移到字尾拼拼看！它读什么来着？"

　　"莱茜！"他微笑着说道，"这真是不可思议。"

　　"你想想看！"她接着说道，"莱茜的名字原来就是取自我的名字。那现在我的孩子就以她母亲的名字来取名，这难道不是公平合理吗？就管她叫玛丽！这名字既好听又文雅。你知道，孩子起这个名字的还实在不少呐！"

　　他沉默了片刻。

　　"我们不好拿这些小姑娘开玩笑！"他随后说道，并且深情地望着她的一双眼睛。"不，伊莱丝，我可爱的小宝贝的容貌也不会使我觉得是莱茜的母亲情影再现。别为了我，而按照小宝贝的母亲的愿望把这孩子叫做玛丽或莱茜吧！而伊莱丝对于我来说世上只有一个，那是绝不好重复的。"他停顿了一下，接着又说道："你现在会说，我是一个固执己见的丈夫吗？"

　　"不，鲁道夫。不过你确是莱茜的当之无愧的父亲！"

　　"那么你呢，伊莱丝？"

　　"只不过是有耐心。我会成为你的当之无愧的妻子！但是……"

　　"难道此刻还要说一个'但是'吗？"

　　"这可不是恶意，鲁道夫！到了这一天——终要到达终点的——当我们大家都到了那儿，你不相信这些，但也许怀有一种期望——她可是比我们已先到了那儿，那时候……"她仰起脸来望着他，用双手搂着他的脖子，又说道，"可别甩开我！不要有这种打算，鲁道夫！我绝不离开你！"

他紧紧地抱着她，说道："我们要面向现实。一个人最要紧的是能加紧自我努力，并好好学习别人的优点。"

"那现实是什么呢？"伊莱丝问道。

"活着，伊莱丝，尽可能长久而美好地生活！"

这时从花园小门那边传来了小孩子的喧嚷声。那个婴儿咿呀咿呀，没有一个完整的字眼，噪音并不扣人心弦。莱茜大声吆喝："嗬！嗬！"在老安妮的照管下，忠实的尼罗驾着小车，将这家人家未来的欢乐拉进了荒芜的花园。

江南 译

双影人

几年前的夏季，每天烈日当空。我到了耶拿，就像从前马丁博士[1]一样投宿古老的熊罴旅店。我在旅客登记簿上写了自己的姓名、职业和居住地，也就是我的出生地，并跟店主闲聊了一阵风土人情。

到达耶拿的次日，我登上了"狐塔"，还攀上爬下地游览了一些别的名胜古迹。下午，我才回到旅店里的那空落落的大开间客房里。溽暑倦人，我坐到一把颇深的安乐椅里，面对一瓶英格海姆饮料，背临一只冷炉子。时钟滴答滴答，几只苍蝇贴在窗玻璃上嗡嗡哼唱，老天爷发慈悲，这些轻声低吟催我入眠，我呼呼大睡。

首先惊动我的梦乡外的人间事，是一个男人响亮而又温情的说话声音，他像是在跟另一个人话别，那么关注地再三叮嘱。我略微睁开惺忪的睡眼，看到在那张离我安乐椅不远的桌子旁边坐

---

[1] 马丁博士，指马丁·路德（1483—1546），德国宗教改革家。1522 年 3 月，他从瓦尔特堡赴维滕贝格，途经耶拿，在这家古老的客店投宿。

着一位稍上年纪的先生，我从他的装束估量他是个总林务官。他正向对面的一个也穿绿上衣的年轻人谆谆嘱咐。这时，玫瑰色的夕阳余晖映红了房内的墙壁。

"而且你还要时刻记住，"我听见那位老人说道，"你这个人喜欢幻想，弗里茨，你甚至还写过一首诗呐。到了老爷子那儿，可别再写这样的玩意儿啦！好，走吧，代我问候你的新主人！到了秋天打猎的日子，我将来了解你的情况！"

之后，这个年轻人便离开了，我也完全清醒过来。老人站在窗口，前额抵着窗玻璃，像是再次目送着远行的人渐渐离去。我喝掉瓶里余下的英格海姆饮料，这时总林务官转过身子朝向房里。我们打了个照面，点头致意，好像都了结了一桩事情。房内只有我们两个人，不多会儿，我们搭讪上，坐下聊起天来。

他五十岁光景，身材魁梧，花白头发，络腮胡子，一双眼睛和蔼可亲地瞅着你，顿时便开起玩笑来——他那具有幽默感的语言显出他是一个心情开朗的人。他握着一个猎人用的短柄烟斗，旋即将它点上，便娓娓叙谈起来：他对这小伙子已抚育多年，现在把这小伙子推荐到自己的一个老朋友也是老同事那里去深造。我想到他方才对于年轻人的告诫，便问他为何这样厌恶抒情诗人，他微微一笑，摇摇脑袋。

"根本不是这么一回事，亲爱的先生，"他说道，"恰恰相反！我的父亲是个乡村牧师，他就有一些诗人气质，少说也写过一首赞美诗，还曾印成传单广为散发。这首赞美诗至今还在我们家乡农村里传诵，人们在唱完《你指引道路》后便接着唱这首诗。再说我自己，甚至还在少年时代便能滚瓜烂熟地背诵乌兰德[1] 的一大半诗歌，尤其是在那一年的夏天……"他蓦地伸手去抚摩自己那羞得有点儿发红的面庞，随即悄悄地转换了话题，说道："闻到那树林边上的香忍冬可比哪一年都香啊！但因此也使一头牡狍从我的枪口下逃掉了！还有一次简直难以宽恕，溜走一只鸨，一种难得碰到的猎物！眼下，小伙子可没有这么糟糕。我们要是偶尔唱起了'万岁，大地上的万木欣欣向荣地披了绿装！'那对面的老爷子就会大发雷霆啦。您一定熟悉这支美妙的歌[2] 吧？"

我熟悉这支歌。弗赖利格拉特[3] 不也是借无关紧要的事物发泄其忧国忧民的愤懑情绪吗？我这时觉得，老人突然感情激动起来，这引起我的注意。"后来的几年，香忍冬还是这样香气袭人吗？"我小声地问。

这时，我的手给他一把抓住，并给使劲地握了一握，使我强忍住一声喊叫。"这是不会从人间消失的，"他犹豫片刻，把身子挨过来，又小声地说道，"芬芳香气常在……只要她活着！"接着又给自己斟满了一杯淡酒，一仰脖子干了。

我们又闲谈了一会儿。我听他讲述了一些富有神奇色彩的林区生活和打猎故事，从他的一些谈话中，我还判断他恬静地过着严肃生活。暮色已经四合。房内已坐满了旅客，灯也点上了。这时总林务官站起身来。"我很想再坐一会儿，"他说道，"但我的妻子已在等我回家啦，眼下家里就我们两口子，儿子在鲁拉林学院读书。"他把烟斗插进兜里，喊了一声那条没有给我发觉、躺

---

[1] 路德维希·乌兰德（1787—1862），德国诗人，后期施瓦本浪漫派的代表。

[2] 指德国后期浪漫派诗人威廉·缪勒（1794—1826）创作的一首歌。

[3] 弗赖利格拉特（1810—1876），德国政治诗人。

在房间角落里的棕色短毛大猎狗，又跟我握了握手。"您打算什么时候离开这儿？"他问。

"我打算明天走！"

他目视前方怔了一会儿。"您不认为，"他没有用目光对着我，问道，"我们刚结识，还可以再来往来往吗？"

他的这种想法正合我的心意。在我长达两周的旅途中，今天，我首次跟一位萍水相逢的人倾心交谈。不过我没有立即回答他，而在心里琢磨着他的意图。

但他又接着说道："让我坦率地跟您说吧，您的性格给我留下了良好的印象，除此还有您的口音，或者更确切地说你那讲话的语气，这激起了我心里的这种愿望。我觉得，这使我感到非常亲切，确实……"他没有明确说下去，却蓦地抓住我的一双手。"您这样做，我将会感到高兴，"他又说道，"我的林区住所离这儿只有一个多小时路程，在橡树和冷杉树丛中——可以允许我告诉我亲爱的老伴，几天后将有客人光临吗？"

老人向我投来的目光是那样恳切，使我高兴地答应他明天便去拜访。他笑嘻嘻地一个劲儿地摇着我的一双手，说道："就说定啦！好极了！好极了！"他打了一个呼哨招呼猎犬，再次向我挥了一挥插着鹞鹰羽毛的帽子，之后便跳上了一匹黑马，奔驰而去。

他走了，旅店店主走来向我说道："总林务官为人正直，我就料到你们会结识的！"

"那您怎么会料到的呢？"我针对他的话问。

店主笑了起来："哟，你这位先生自己还根本不明白吗？"

"那就请您告诉我吧！我该明白些什么呢？"

"啊呀，您和总林务官太太是同乡啊！"

"我和总林务官太太是同乡？这我怎么一点儿也不知道。我可没有跟总林务官谈起我是什么地方的人啊，这还是听您说才知道的。"

"嗯，"店主说道，"您当然没有谈起过，他也没有翻阅过旅客登记簿。但这也不是什么新闻啊！"

我思忖了一下，原来是这么一回事！难道我的乡音是这样浓重，竟丝毫没有改变？不过，近三十年内，我们家乡所有像我们这样人家的姑娘我都认识，我可从未听说过有个姑娘出嫁到这么远的南方来。"您恐怕是弄错了。"我对店主说道，"总林务官太太做姑娘时叫什么名字？"

"这就说不上了，先生。"他回答道，"但我觉得，总林务官的父母、年老的牧师夫妇在世的时候，当年他们带着一个八岁光景的小姑娘走过我这儿门前的情景，就好像在眼前一样。"

我不想再追问下去，谈到这里算了，只叫他仔细地向我指点一下上总林务官家去的路。

次日黎明，树叶上还沾着点点露珠，路边灌木丛里的雀儿才开始聒噪，我就上路了。走了一个小时光景，最后沿着一座橡树林的边缘，按照店主的指点，我便向左折入一条绿荫覆盖的宽阔大道。一踏上林荫大道，那座新朋友的住屋已遥遥在望！又继续走了约莫一刻钟时间，迎面传来的嘈杂声便打破了林区的寂静。绿荫如盖的树木到此终了，眼前展现出一个明晃晃的池塘，塘那边便是一座巨大的古老住宅。它沐浴在朝霞里，大门敞开，门上有一只粗大的鹿角，门前有好多级台阶。一群猎犬猞猁吠叫，少说也有大小六七条。蓦地，一声尖锐的呼哨，它们便都安静下来了。

"您好，非常欢迎光临！"一个我已熟悉的男人声音高喊着。这时他已亲自迎出门来，下了台阶，绕过了小池塘，但出来迎接的不只是他一个人，还有一个少女般风姿绰约的女人。她挽着他的手臂，走到跟前，才使我看清她已近四十岁光景。她几乎重复了一遍她丈夫已说过的一番话，欢迎我的来临。她那微启的唇边流露的一丝亲切感依然留在她娴静的脸庞上，没有消失，这可叫人完全确信她的真情实意。随即，我们一起进了屋，此刻我才注意到她时时让丈夫的胳膊托住身子，好似在向他表示："我的生命依托在你的身上，你也高兴地负荷着我的生命，你我幸福与共！"

走进了一间中产人家陈设简单的房间，我们落了座，喝早晨的一道咖啡，他们为了等我而把喝咖啡的时间推迟了。总林务官将身子舒适地靠在安乐椅上。"克里斯廷欣，"他一边说着，一边用戏谑的目光向我和他的妻子扫了一眼，"我给你邀来了一位可亲的客人，虽然我还不了解他的姓名和身份，但他在告别的时候会告诉我们，好让我们再去寻访他。有机会接触一位可亲的人，而不总是跟枢密顾问大人或是少尉交往，这真叫人快慰。"

"那我就自己介绍一下吧，"我笑嘻嘻地说道，"我不用隐瞒。"在我接着介绍自己是个普通的律师和姓名时，那位夫人猛地一怔，转过脸来瞅着我。我感到，她的目光久久地停留在我的脸庞上。

"你怎么啦，夫人，"总林务官大声说道，"我觉得律师也不错啊！"

"我也这么看。"她说着，递了一杯咖啡给我。咖啡四溢的香气使我对什么都无异议。这位夫人站起身来，走到窗口，向窗外撒了一把面包屑，之后又回来坐到她的座位上。外面，一群鸽子像雨点似的从屋顶上疾飞到地上，再加上从屋前菩提树上唧唧喳喳飞来的麻雀，真是一番乱哄哄的皆大欢喜景象。

"它们乐坏了！"总林务官冲窗子那边歪歪头示意，笑着说道，"打我们的保罗上鲁拉以后啊，她便情不自禁地经常给饿汉施舍面包屑。不论是孩子，还是贪吃上帝马槽里饲料的小偷都一视同仁！"

这位夫人平静地将杯子就到嘴边，说道："难道孩子是孤独的吗？我想上帝与他同在！"

"得了，得了，老伴，"总林务官喊道，"我确实感到，你比我聪明得多。我们不要再争执啦。"

我们又聊了一会儿天。这位夫人每次转脸对着我的时候，我总是不失时机地竭力想在她的面庞上寻觅熟悉的特征。虽然有几次，从她的面庞上好像突然使我依稀认出早年一个小姑娘脸蛋的痕迹，但我还是不得不心里跟自己说："你不认识她，你可从没有看到过她呀！"我也细心地听了一听她讲话的口音，她也不像我们家乡人把那些近似的元音和辅音发得含混不清，不过只有几次把别的一个辅音前的"S"尖声发了出来，而对于我来说这是早就已解决的问题。

上午，我由总林务官陪着去看附近的森林。他还领我去参观了主要采伐区，那里有古老的橡树，也有手指粗的幼树。他向我详细讲述了一套森林学的知识。我们看到一头十六叉角的牡鹿和几只狍子。甚至还有一头雄野猪从沼泽里伸出长满鬃毛的黑脑袋来，眯缝着眼瞟我们。我们没有带猎狗。"只管不动声色地往前走，"总林务官关照我说，"我们便好平安无事地回家。"

午饭后，总林务官把我领到后楼的房间里。"您要想写信，"他说，"这儿笔墨纸张俱全！这是我儿子过去的房间，凉快而又清静！"他又把我拉到敞开的窗户前："您可以往下看到花园的一角地方，它后面为一泓池水环抱，往那边便是绿茵茵的草地，再往前便是苍郁的高大森林……这儿使您远离尘世的一切喧嚣！您一路上走来也累了，好好休息休息吧！"他说完话，便跟我握手告退。

他离去了，我按他方才的一番介绍领略着这儿的风光。从打开的窗口传来了花园里篱雀的啾啾声、黄鹂的啭鸣，还有附近森林的树梢上蓝天里盘旋的鸢鹰的鼓翅鸣声。这一切声音越来越远，越来越模糊，之后便什么也听不见了。

我终于醒了过来，我已睡了好长时间，我那怀表上的时针已指到五点上，得赶快写信，六点钟有一个仆人进城，好让他带走。

这样我便很晚才下楼去，我发现总林务官夫人坐在菩提树荫下的长凳上做着针线活儿。"这是给我们保罗做的！"她好像表示歉意似的说道，并把活计推到一边，"这孩子穿衣服很容易破损，他还年轻又大大咧咧，满不在乎！您睡得好熟，太阳都要西下啦！"

我问到她的丈夫。

"他得跑开一会儿工夫，去处理些业务上的事情。但他叫我向您问好，还关照我，我们正好进一步聊聊，再穿过冷杉林往那边山路上去转转，是上午您和他没有去过的那一边，过一会儿他会来找我们的！"

她接受了我的请求，又继续尽母亲的心意，为她儿子做衣裳，接着我们又聊了一会儿工夫。这时总林务官还没有回来，她便站起身来。"去走走吧！"她一边说着，一边脸上泛起了红晕。

这样我们便并肩漫步在高大冷杉林里的小道上，一缕夕阳渲染得半边明亮。我们渐渐地中止了谈话。我时时一瞥她的侧面轮廓，但这并没有使我多看出点儿什么名堂。

"尊敬的夫人，请允许我，"我终于说道，"干扰这树林里的寂静气氛，我迫切地要向您说起一桩事情，向您提出一个问题，您肯定理解，一个漂泊异乡的人总是多么怀念故乡！"

她点点头。"请只管说吧！"她说。

"我相信自己看得很清楚，"我开始说道，"我在今天早上介绍自己姓名的时候，您好像怔了一下。您过去听到过这个姓？我的父亲，至少在家乡还是大家都熟悉的。"

她又频频点点头，说道："是啊，我回想，在童年时代听到过您这个姓。"

随即，我便告诉她我家乡的地名。她一听愣住了，睁大一双眼睛定定地望着我的眼睛，接着便眼里流出了泪水。

我有点慌了。"我可没想到这会引起您伤心，"我说，"是熊罴旅店的店主看了旅客登记簿后，说我们两个是同乡的。"

她长叹了一口气。"要是您真是在那个地方出生的话，"她说，"那我们就确实是同乡啦。"

"可是，"我略为迟疑了一下后说，"当年家乡的每户人家我自以为还是知道的，但不了解您是哪家的？"

"您过去是不会熟悉我们家的。"总林务官夫人说。

"这恐怕不见得！您是哪年离开家乡的？"

"来这儿都快三十年啦。"

"噢，那时我还在家乡嘛，后来我们好些人才不得不远走他乡。"

她摇摇头。"不是这个意思。我的摇篮……"她犹像片刻，接着又往下说道，"我大概也没有睡过摇篮。我出生在一个穷苦工人租借的一所茅屋里。我是一个穷工人的女儿。"

她抬起明亮的眼睛瞅着我。"我父亲叫约翰·汉森。"她说。

我竭力搜索记忆，但没有一点印象。我们那儿姓汉森的人多得如海滩上的沙子。"我认得不少工人，"我回答道，"我小时候甚至是一个工人家的每周常客。我直到今天还对他们感到非常亲切，对他和他那性格随和的妻子十分感激。但您也许说得对，您父亲的姓名对我却是陌生的。"

"您若了解他该多好啊，"她感叹道，"您要是了解他，那您就会深深喜爱这些被称为小人物的人啦！我没到三岁就失去了母亲，这时父亲是我唯一的亲人，但在我八岁的时候，他又突然离开人世，撇下了我。"

我们走了好大一会儿工夫，谁都没有再说话。我们用手拨开那些在我们前面张舞的树枝。之后，她抬起头来，好像想要说什么，终于迟疑不决地讲道："我的同乡，我现在还想再告诉您一些情况。这可真有点儿奇怪，并且又在我的脑际一再闪现。我常常觉得，在我母亲在世的时候，我过去还有个亲父亲。我很害怕那个父亲，他对于我、对于母亲不是大声咒骂便是出手殴打，我总是远远地避开他。但另有个亲父亲也是不可能的啊！我麻烦人去查阅过教区记事录，母亲就嫁过一个男人。我们共同在苦难中煎熬，一起忍受饥寒，但从未缺少疼爱。我还清晰地记得一个冬日夜晚的情景。那是一个礼拜天，当时我约莫六岁光景，我们把中饭凑合过去了，晚饭却没着落啦，我饿得要命，炉子也差不多冷啦。这时父亲睁着一双动人而又乌黑的眼睛瞅着我，于是我冲他张开小手臂，随即我就被他用一条旧毯子裹了起来，搂在他那坚实而又温暖的胸口。我们穿过一条又一条乌黑的街道，但天上繁星闪烁。我瞅着一颗又一颗的星星。'谁住在那上面？'我终于问道。我父亲回答说：'不会忘记你的上帝住在上面！'我又瞅瞅星星，它们忽闪忽闪地朝下面的我眨着眼睛，那样脉脉含情而又和蔼可亲。'父亲，'我说道，'求求上帝今天晚上给我们一块小面包吧！'我突然觉得一颗热乎乎的泪珠滴到我的脸上，我思忖，这大概是仁慈的上帝掉泪了吧！我还清楚地记得，后来我饿着肚子爬上了自己的小床，却是安安静静地睡着了。"

她沉默了片刻。我们缓缓地在林中小径上继续走着。

"但在我母亲在世的那一段时间里，我却无法把握住我父亲的形象，我只记得他那个粗暴而又吓人的面目，这使我百思不得其解。"

蓦地，她屈膝跪到那些繁生在贫瘠沙地上的千日红跟前，采了一把淡红色的小花。之后，我们又往前走去，她手上一边用这些小花编着花环。

我琢磨着她刚才说的话，在我的脑际浮现出一个粗暴的年轻人形象。我很熟悉这个人，但他可不叫这个名字啊。我的目光跟着她那灵巧的手指移动着，并终于说道："孩子也常会想到隐隐出现的鬼魂，害怕得用双臂紧紧抱住亲人的啊。再说，不管什么地方穷人家孩子的父亲通常都是那副饱受折磨的模样，那您也一定是很熟悉的嘛，这就会使您幻想出在那记忆空白的年代里有那么一个怪影。这并没有什么奇怪啊！"

但这位尊贵的夫人莞尔一笑，摇摇头。"琢磨得好，"她说道，"不过我可没滑入到这幻觉的想象里去，而且在我父亲去世后，领养我的人却是出乎我期望的心地善良。他们就是我后来丈夫的父母亲，当时他们去海滨浴场，在我们家乡逗留了几天时间。"

这时，我听到后面泥土路上的脚步声，回头一看，总林务官已快赶上我们了。

"您瞧，"他冲我大声喊道，"我可找到您啦！但是克里斯廷欣，你……"他握住妻子的手，侧头瞅着她的一双眼睛，"你好像在苦苦沉思以往的事情，到底是怎么啦？"

她微微一笑，倚着他的肩膀，说道："是啊，弗兰茨·阿道夫，我们谈到了我们的家乡，已经可以肯定，他是我的同乡，但我们当时在家乡相互并不认识。"

"那我们请他上我们家来做客，就更叫人高兴了，"他边握着我的手，边回答说，"但过去的事情早就过去啦！"

她好似有所领悟地点点头，挽起他的手臂，我们又往前走了几百步路，来到林中一口池塘前，塘边黄色的蝴蝶花怒放，我生平还从未见过这样鲜花盛开的景象。

"这是你最喜爱的花朵啊！"总林务官叫了起来，"你站到那儿去会弄湿鞋子的，我们两个男的给你去采一束美丽的花好吗？"

"这一次不麻烦你们两位骑士辛苦啦，"她姿态优美地向我们弯腰行了个礼，"今天我跟孩子们待在一起过，知道有一处地方可以采到更美丽的花朵，能使我编出一只十分出色的花冠！"

"那我们在这儿等你。"总林务官冲着他妻子的背后大声喊着，并且深情而又十分疼爱地目送她走向附近的树林，直到她消失不见。

　　之后，他蓦地转过身来对着我。"要是我请求您别再跟我妻子谈论她父亲的事情，"他说道，"您不会见怪吧。我在松软的泥沙小路上已跟你们走了好长一段时间，夏日的清风将你们谈话内容断断续续地传到我的耳朵里，有些没有听到的话我也能琢磨出来。请原谅我的坦率，要是我事先知道你们是这样知情的同乡的话，那我也就不会高兴地邀请您来做客啦。我说的是高兴，不过现在这样当然更好，我们彼此已经了解啦。"

　　"但是，"我有点惊愕地辩解道，"我可以向您保证，在我的记忆中对于约翰·汉森这位工人确实毫无印象。"

　　"但您会恍然大悟的呀！"

　　"我想不可能。但不管怎样，尽管我不了解其中原委，您可以放心，我将保持沉默。"

　　"原委嘛，"他回答道，"我愿简扼奉告：我妻子的父亲确是叫约翰·汉森，但后来人们都管他叫约翰·交运城。这是因为他年轻的时候在交运城这个地方的监狱里坐过牢，但我妻子既不知道她父亲的这个绰号，也不知道他给起了这个绰号的原委。我想您会同意我的看法：我不愿她在某个时候再知道这些情况，不然就会使她童年所尊敬的父亲跟她那幻觉中一再出现的怪影重叠，但遗憾的是这个怪影并非纯属幻觉。"

　　我情不自禁地握了握他的手。过了一会儿，我们便转身走回家去。一幕一幕往事涌现到我的眼前，当我再抬起头来时，总林务官夫人已走在我的旁边，又在编结花冠。"请原谅，"我说道，

"我经常会在骤然牵动思绪时对眼前的现实熟视无睹。小时候在父母身边，哥哥看到这种情况便会想起民间一种古老的迷信说法，并说：'别打扰他，他的那只老鼠从他嘴里往外蹦啦！'不过我向您保证，往后我当更加看守好老鼠。"

总林务官冲我投来充分理解的目光。"我们这个地方也有这样迷信的说法，"他说，"不过您现在是跟朋友在一起，尽管是新朋友！"

这样我们又闲聊起来。高大的冷杉树向路上投下了阴影，大气里弥漫着湿热的暮霭，这当儿我们已渐渐快走到总林务官的住所。几条猎犬一声没有吠叫，但都撒欢地向我们跳跃奔来。雾霭从池塘后面的草地里冉冉升腾起来，那里时时传来鹌鹑的咕咕叫声。四处都像家乡那样一片恬静气氛。

夫人先进了屋里。我和总林务官在大门台阶旁边的长凳上坐了下来，便接连有人过来向他报告或是听取他对明天工作的指示。达克斯狗——短毛大猎犬，在一条善于跟踪野兽血迹的赤褐色良种猎狗的带领下，紧挨着人们的脚转来转去。这时我们再无机会谈话。之后，我的女同乡出现在门口，请我们进去用晚餐。我们坐在一间舒服的房间里，喝着一瓶陈年哈尔特酒，这时总林务官便谈起他那条赤褐色爱犬的来历：他是向一个输光的赌徒买来的，那时它还是一条不大的狗，它现在已能凶猛地对付本地那些胆大妄为的偷猎者了。接着我们又沉浸在一个又一个的狩猎故事里。在一次谈话中断的空隙里，克里斯廷欣夫人像是从陷入久久的沉思里醒了过来，说道："大路尽头的一所小屋大概还在那儿吧？晚上，我总是透过门上的一个节瘤眼儿往外面张望：父亲下工回来没有？我真想再上那儿去看一看！"

她直勾勾地瞅着我，但我只回答说："您会发现那儿已经大变样啦！"总林务官抓着她的一双手，略微摇了一摇。

"醒一醒，克里斯廷欣！"他大声喊道，"你干吗要上那儿去呢？我们的客人不也远游他乡吗？待在我的身边吧，这儿是你的家。还有八天光景，你的孩子便回来度暑假啦！"

她抬起头来，用含有幸福神色的眼睛瞅着总林务官。"我只不过是随便说说，弗兰茨·阿道夫！"她小声说。

走廊里的挂钟敲打十点了。我们都站起身来。总林务官点上蜡烛，跟下午一样，将我送到后楼的房间里。

"怎么样，"他把烛台放到桌上后说道，"我们眼下已取得一致看法了吧，对不？您理解我吗？"

我点点头："那还用说。现在，我当然也清楚约翰·汉森是谁啦。"

"是啊，是啊，"他大声说道，"过去，我亲爱的双亲给我从积有尘土的路面上捡了个小姑娘；现在，我每天早上醒来，一眼便瞧见她甜美地睡在我的身旁，还有她那恬静的面庞，或是她在枕头上向我微微点头致意问好，这时候我真是感激我的父母。好吧——晚安！让以往的事情也沉睡吧！"

我们握了一握手，随后我听到他穿过楼上的走廊走下楼去。但我脑际以往的旧事并不想沉睡。我走到开着的窗户前，俯视那个池塘，还有那些点缀在镜一般乌黑水面上的睡莲。塘边的菩提树已满枝繁花，晚风吹来，香气袭人，间或森林里传来不知什么鸟儿的声声啼鸣。但这浓郁的夏夜并未使我沉醉，而两个荒凉的地方却交替出现在我的眼前：在我家乡城市的近郊一片原野里，过去有一所作为病畜剥皮作坊的小屋，那儿有一口废井，我幼时曾独自到那里扑过蝴蝶，曾被那里的荒凉景象吓得目瞪口呆。接着又涌现另一景象，北大街尽头的一所特别小的屋子，茅草屋顶上杂草丛生，房顶矮得伸手都可够得到，而且只有一间斗室和极其狭小的灶屋，整座房子行将倒坍。少年时代，我从田野转悠一阵后于回家途中，便默默地站在那所小屋前胡思乱想，要是能住在这所小人国[1]的屋子里，没有父母和老师的管束该多好啊！之后，在我已是文科中学六年级学生的时候，那儿又出现新情况，小屋里常有人吵吵闹闹，使得我也多次和过路的行人一样站下来倾听，只听到一个男人破口大骂，气势汹汹地打人，还有摔碎瓶子杯子的声响，间或也似乎听到一个女人在抽抽噎噎哭泣，但从未高声喊叫过救命。后来，一天傍晚，一个粗野的小伙子从屋内冲出敞开的大门，满脸涨得通红，几绺乌黑的鬈发披落到前额上。他转过那张有鹰钩鼻子的脑袋，不吭气地打量围观的路人，并冲我瞪了几眼，使我仿佛听到他在大声吼道："你这衣着华贵的家伙，给我滚开！我揍老婆，关你屁事！"

这就是约翰·交运城——我高贵女主人的父亲啊；今天我才知道他的原名叫约翰·汉森。

约翰·汉森是我的邻村人。他在服役期间是个好样的士兵。在刚当兵的时候，要不是他的一个战友用胳膊使劲挡开的话，他差点用刺刀把那个喊他"德国二狗子"的丹麦人捅个窟窿。他服役期满离队，终日懒散，浑身的蛮劲要有个使处，但打长工也不是马上好找到的，只好进城，在一家地下室酒店的老板那儿混口饭吃。那里来来往往的外地人形形色色，一伙建筑水闸的工人也

---

[1] 指英国作家斯威夫特小说《格列佛游记》中的小人国。

在那里歇宿。

其中有个工人因贪杯已被解雇，虽还待在酒店里，但仍狂饮买醉，挥霍手边还有的一些先令。他和约翰都无所事事，于是这两个便厮混在一起。他们有时仰卧在远处的堤岸上，有时躺在地下室的小间里。这个外地人向他讲述盗贼干的五花八门勾当以及行凶抢劫的行径。他知道的坏事实在不少，其中多半自己也参与，而且所有的结局又总是让人兴高采烈。

他们有一次躺在远郊堤岸的青草上，这里西风呼啸，海鸥尖叫。这时小伙子蓦地来了劲儿，也打算铤而走险，他伸伸结实的胳膊，挥挥拳头，眼里露出粗野的目光。"见鬼！"他大声喊道，"找不到正当的工作，那也只好干这买卖啦。"

那个坏蛋讲述那些勾当时，仰视着天空移动的云朵，又歪过头来瞅瞅约翰。"你真打算干吗？"他诡谲地说道，"行，干这买卖可带劲啦！"

约翰没有答话，这时堤上从远处走来一伙工人。这个外地人站了起来，说道："走吧，约翰，他们认识我们，我们跟他们一起回去！"

次日下午，约翰寻找工作的希望再次成为泡影，这两个人又躺到昨天待的地方。外地人一声未吭，约翰连根拔起青草，往掠过的燕子掷去。

"你拿堤坝出气，不过你除此也没别的什么好干的啦！"

约翰狠狠地咒骂了一声："昨天你不是想讲什么吗，文策尔？"

文策尔漫不经心地眺望着远处海上缓缓移动的一点船帆。"我？"他说，"这有什么好讲的呢？"

"你自己清楚，这可是挺带劲的。你是这样说的。"

"是这样！我知道，不过这买卖危险的程度大于开心噢。"

约翰凄然一笑。

"笑什么？"文策尔说，"这可是玩命的事儿！"

"我只觉得，这倒是很带劲的！"

外地人站起身来："你的脑袋就这样不值钱？"

"不是不爱惜脑袋，文策尔，不过我认为，脑袋长在我头上还很结实呐，你就谈谈，怎么好好地捞一把吧！"

他们相互更加挨近身子，低声细语地合计着。间或还有一个人站起来，跑上堤岸，观察四周的动静，但没有发现一个人影。夜幕已经低垂，两人才摸黑走回酒店，进了地下室，那里顾客都已有了几分酒意，一片喧哗声。

又过了三天，便发生了一起破门抢劫的空前大案，全城为之震惊，警察全都出动了，忙得团团转。现场是大市场旁一座凸出楼房里的参议员克万茨伯格家。家里除了他还有一个老仆人。后来才发现，这位瘦弱的老人给捆绑起来，用布团塞住他那没牙齿的嘴巴，扔在床旁边。之后，这位老人几个星期都没有走出家门，穿过巷子，按时去散步，这使得许多孩子都闹不清时间，因而不是过晚就是太早去上学。等到老人恢复散步时，腋下已不再夹着那把红绸雨伞，而且那顶戴在他那红假发上的高大毡帽子总是筛糠似的抖动着。老尼古劳斯的遭遇最惨，脑壳给敲了一下，昏了过去，差点儿灵魂离开肉体，丢掉了老命。

这桩事情，使好样儿的士兵约翰坐了六年大牢，并得了个约翰·交运城的绰号。古怪的是，在宣布判决后，城里的一些德高望重的绅士竟对被判刑的人动了感情。他们不无赞赏地看到，第二天约翰就把从参议员那儿抢劫来的一只金表送给了乡下的堂弟，作为他接受坚信礼的礼物。不消说，首先就是因为这个线索才把他缉捕归案的。"这小子真可惜，"有个人议论说，"竟成了个强盗！他看上去可不是这号人，倒是日后会成为个将军的人才啊！"而另一个人则搭话说道："那还用说，不过他比绿林好汉还够意思，这些人捞一把倒是次要的，主要是为了显显本领。"

尽管有这些说法，但约翰还得去坐牢，而且没有多久也就被遗忘了。

六年徒刑终于服满。他可是实实在在地蹲了六年牢，这段时间里，国内既无国王加冕登基，也未诞生王子。像服役期满一样，这次刑满出狱他也拿了一张表现良好的证明书，再次进城去寻找工作，但谁也不愿雇用一个坐过牢的人，加上现在他那对乌黑的眼睛闪烁着怒火和倔强的光芒，这就更够呛了。"这个家伙看上去很危险，"有人说，"但愿我别在黑夜里单身撞上他！"

他最终还是找到了出路。上面谈到过，在北大街向北伸展开去的地方，旁边有块未立界标的大片荒地，那里远离城区，原是几百年前支过三脚绞架的刑场。它紧挨着路得恩市长的鱼塘。城里的一个富商雇了些人在这块地上种植菊苣。五六十个妇女和姑娘正在这大片土地上的作物间锄草，她们喊喊喳喳扯着闲语，汇成一股像是磨坊小溪的哗哗声响，传到沿城的大道上，间或还爆发出一阵银铃般的响亮笑声，但随后却突然鸦雀无声；因为这时监工又出现在她们面前，又站到先前站的大田那头。他没有吭声，但用严峻的目光扫了这群女人一眼。

这个监工就是约翰·交运城。人们认为，叫他干这种差事再适合不过了，而且把他放在城外的田野上也不会带来危害，再说，现在的事实证明，安排是恰当的，眼下清除野草又快又干净，这是过去从未有过的情况。

这群姑娘中有个少女的笑声也如银铃般清脆。我过去常常看到她在我家前廊的地窖阶梯旁边求乞。我偶然从房间里走出来时，她便张大一双褐色的眼睛直勾勾地瞅着我，默默无言，而又充满乞求。我只要口袋里有一个先令，也准会掏出来放到她手上去的。我还清楚记得，在碰到她那只小手时便有一种舒服的感觉——尽管小姑娘已默默离去，但我还是久久地木然站立，心醉神迷地瞅着她刚刚站过的阶梯旁边的地方。

这个小姑娘眼下就在约翰的手下勤快地干活。这个严峻的监工也许不无和我相仿的感觉。他突然间发觉自己总是贪婪地瞅着这个十七岁的姑娘，而忘了去巡视那些偷懒的娘儿们。而她或许也向他默默投去火热的目光，因为在这群女人中也只有她毫不畏惧约翰。这个脸上流露痛楚神色的男人也许对这样的姑娘是十分危险的。

但还得再说明一点。在那远郊的田地东边，已完成作业的地方，有口废井，井旁原有的一所剥病畜毛皮的小屋已不知在哪一年杳无影踪，三根木桩上还粘住的几块腐朽的木板，已起不了挡护作用。约翰·交运城清楚了解，这口井的井口狭小，井壁长满青苔和杂草，挡住视线，看不到井底。但这口井却是很深的，因为有一个晚上，约翰越过田地，经过井边时往里面扔了一块石子，好大工夫才听到石子撞底的声响。"天晓得下面是些什么玩意儿，"他咕哝说，"井水肯定已经干涸，也许只有蛤蟆和丑怪的东西！"于是他不由自主地加快脚步赶回家去。

一天早晨，他上大田去，这时大多数女工已聚集在他的对面，乌鸦哇地叫了一声才惊醒了他昨夜延续到今晨的沉思。他走到井旁的腐朽栏木前，惊得栖息在上面的乌鸦扑棱扑棱飞起。约翰抬头眺望，一眼瞧见那个棕色皮肤、瘦弱的姑娘惊恐万状地向着枯井冲去，而后面则有一个宽肩膀、生过三个私生子的女人紧紧追赶过来。那个女人取笑姑娘向仪表堂堂的监工丢媚眼，大概会把他钓上钩的。这引得别的娘儿们放声大笑。"弗里施，你这个婆娘，上去给这丫头一个嘴巴！"因为姑娘气坏了，揭了这女人的底，她就拿起一把除草锄头疯狂追赶这行动机警的姑娘。

面色阴郁的约翰看到拼命奔逃的姑娘向废井冲去，便迅即跳到那行将倒塌的井栏前面。"她要打死我啦！"姑娘大声喊叫着，并猛地扑到他的怀里，撞得他差点儿仰面跌倒。

"好了，姑娘，难道咱俩要在这儿一起投井吗？这也许是再好不过啦！"他大声喊着，并把她紧紧搂在自己的胸前。

她想挣脱他的搂抱。"放开我！"姑娘叫道，"你想对我怎么样？"

他环顾四周，现在只有他们两个人。那个身材高大的女人看到监工便立即溜走了，别的娘儿们都在大田的很远两头干活，于是他把目光又移向怀里的姑娘。

姑娘用小拳头擂着他的面庞："放开我，我要大声喊啦，你不要以为好欺侮我！"

他沉默片刻，接着两人的目光对在一起。"我想你怎么样？"他说道，"那我是不会欺侮你的——但你要是愿意的话，我想跟你结婚！"

她没有回答他，但没有多大工夫，她便像瘫了似的偎依在他的胸脯上，他觉得，她的肢体渐渐地不再挣扎了。

"你不想回答吗？"他温情地问。

她突然双手紧紧搂住他的脖子，使得这个结实的汉子几乎透不过气来。"嗯，我愿意，"她大声喊道，"你可是个最好的人啊！快离开井边！你可别掉下去，躺在我的怀里倒更好啊！"她一个劲儿地吻着他，吻得自己也上气不接下气。

　　"你听我说，"她接着又说，"你搬到我们家来吧，搬到我的，我妈妈的那所小屋来吧，你付一半房钱！"她再次瞅着他，又再次吻他。随后，她把乌黑头发的脑袋往后一仰，这时从她那鲜艳的嘴唇里纵情地迸发出一阵清脆的笑声。"好吧，就这么说！"她大声说道，"现在我先跑，但你跟着就来，你再瞧瞧清楚，在这群女人中可数我最俊俏啦！"

　　姑娘朝大伙儿锄草的地方奔去，他如醉如痴地跟在她后面跑着。这时，谁要瞧见他，想跟他交个朋友，谁就会身不由己地投到他的怀抱里。这个危险人物此刻简直变得像个孩子。那个姑娘则好像是一只飞着的小鸟，在他前面的田野上往那儿飞跑而去。他伸开双臂，又徐徐地再把它们合拢到胸前，仿佛一定要好好搂住那年轻姑娘带给他的幸福。"干活，"他伸伸两条结实的胳膊，大声喊道，"对于我们来说，可耽误不了干活！"

　　他奔到大伙儿锄草的地方，那个身材高大的女人总是躲躲闪闪地避开他，但她也还是瞧见那监工向她粗俗面孔投来的目光里含有笑意。"别总是瞅着我！"他自言自语道，"你这条狗，你可没有想到竟把幸福撺到我的怀里来啦！"

　　这皮肤黧黑的年轻姑娘可心里清楚，她的目光总是一再撞上自己的情人投来的脉脉含情的目光。"笑吧！你干吗不笑呢？"她小声地跟他说着，并且用自己含有笑意的乌黑眼睛接待他投来的目光。

"我闹不清楚，"他说，"那口井……"

"那口井怎么啦？"她问。

"我想，把它填平才好啦！"他过了一会儿又说道，"汉娜，你那么疯疯癫癫的，早晚总会在那儿掉下去的——不能让它就这样一直敞着井口。"

"约翰，你这个傻子，"姑娘小声地对他说，"我怎么会掉下井去呢？要不是这些蛮婆娘就在身边的话，我真恨不得吊到你的脖子上！"

约翰若有所思地从她那儿走开了。在收工的时候，他走过空旷的田野，不能就这么无动于衷地便从井边擦肩而过，他在这口井前停住脚步，又往井里投了一粒小石子，便屈下膝盖，弯腰俯伏在井上专注地听着，好似井里隐藏着一种可怕的神秘东西，得听听撞到这东西发出的响声。

晚霞已从天边消失，他慢腾腾地迈步进城，往雇主住所的那条大街上走去。次晨，地里多了个木匠，这使女工们大为惊奇。木匠围着这口古井搭了一圈粗陋的却十分牢固的木板篱栅。九月里的一天，傍晚时分，在巨大仓库的一号堆场上，在庆祝菊苣啤酒的投产，下午就已开始热闹了。酒厂里的车夫、伙夫、酿制工以及所有干其他活的人全都到场了，济济一堂。屋梁上到处挂着花环，有的是用紫菀与黄杨枝叶编结的，有的是用秋天的其他花儿与枝叶结成的。大伙儿都已坐在桌旁，痛快地喝过了咖啡。在花环中间吊着的各式各样的灯也已点亮。在嗡嗡的低语声里，响起了那些妞儿们期待已久的、一支黑管与几把小提琴的悠扬乐声。

约翰亲热地搂着年轻的妻子起舞，心花怒放地朝黑压压的人群扫了一眼，但他们跟他有什么相干？这时他与自己的舞伴撞到一张突出到跳舞人群中的沉重橡木桌子的角上，痛得她尖声叫了起来。这本不是什么了不起的事情，但约翰还是向一个年轻而又身体结实的伙夫喊道："弗兰茨，来帮我把这张桌子搬开！"

弗兰茨假装没有听见，这时约翰一把拉住他的袖子。"干什么？"伙夫略微转过头来喊道。

"有点小事情，"约翰说，"这张桌子得搬到那边角落里去！"

"嘿，你自个儿背过去吧！"这小伙子一边说，一边挤到一些工人中去了。"他要你干什么？"这群工人中的一个人问。

"我不懂为什么就应该帮他干这种事情！他乐意干就自个儿去干吧！来这儿不是干活的，不然就走啦！"

这群工人放声大笑，四散开去，各自寻找舞伴。约翰从一些话里也听懂了什么意思，于是抿紧嘴唇，只管揽着他年轻的妻子又去跳舞，一直未再邀请别的女人伴舞。

在大家尽情欢乐的当儿，主人也和他的几位朋友来到联欢的堆场，其中也有当年对约翰判刑表示过同情的市长。此刻，市长的目光跟着这对年轻夫妇移动着。

东家太太的妹妹站在市长的旁边。她年纪已不算轻，尚未结婚。"您瞧，"她用指头指指这对年轻夫妇，低声说，"十个月前，他还在监牢里纺羊毛，可眼下却已揽着幸福翩翩起舞啦！"

市长点点头，说道："嗯，嗯，你说得对……不过，他本人可没有走运，而且也永远不会走运。"

这位老处女凝视着他："你这句话我完全不能理解，这种人对事情的感触跟我们可不同。当然喽，您确是一个顽固不化的光棍！"

"我说的可是正经话，亲爱的小姐，"市长回答道，"我对这类人是同情的，他搂着幸福倒也是千真万确，可这对他无济于事。因为他内心深处有个疙瘩，不论他现在搂着的幸福，也就是您说的那个可爱的孩子，还是他搂着的别的什么人，都无法帮助他解决心里的疙瘩。"

老处女懵住了，抬起眼来望着他，但终于说道："那他丢开这伤心事不就得啦！"

"他不可能。"

"为什么不可能？他那副样子还很神气呢！"

"他是装着这样，"市长沉思着回答道，"他甚至会因为这种心病而发疯，也许还会成为罪犯。他心里的疙瘩是：怎样才能恢复丧失了的名誉？这是他永远也解决不了的问题啊。"

"嗳！"她说，"市长先生，你什么时候的想法都与众不同，但我的想法是，我们眼下对此议论得够多了。这些花环散发的香气又是如此强烈，而这些挂灯又冒着腾腾烟雾，我的头发和衣服都得好几天沾有气味。"

这些人都走了，留下的穷人们还在纵情欢乐，只有市长还迟疑不决地多待了几分钟。这当儿这对年轻夫妇跳着舞从他身旁过去，这个年方十七的女人一双含笑的眼睛凝视着她男人的眼睛，他也是这等模样，好像要把一切都沉入到她的眼睛深处去，从而会把什么都忘怀得干干净净似的。

"这种情况还会延续多久呢？"市长喃喃自语，并去追上那些已走开的人。

这种日子倒也过了相当一段时间，因为这女人尽管是在贫困的境遇中长大，但年轻美貌，心地纯洁。他住在城外向北延伸的大道尽头的一所小屋里。屋前的一间斗室归他们夫妇用——她的母亲成全他们，在狭小的厨房给自己搭了个铺。老东家清楚，约翰干活比别人多辛苦一半还不止，再加上市长替他说情，因此不论别的人有多少次劝这个东家辞掉这个坐过牢的人，但他还是把约翰留下来了。这样约翰也就经常有活可干，他的妻子也是如此，这家小户人家倒也不担心会饿肚子。屋旁有个小花园，园里常绿灌木的茂密枝叶伸到后面的大路上。夏日黄昏，妻子多半坐在园里等候丈夫下工归来。她守到他走来，便飞也似的冲他奔去，硬要他在长凳上坐下。但约翰坐在她旁边不能自已，便把她当做孩子似的抱到怀里，紧紧贴在自己的胸前。"只管贴着我，"他说，"我并不那么累；我得把你全都搂在怀里。"有天晚上，他又说这番话时，她用凝滞的目光瞅着他，抚摸他的前额，仿佛要用手指擦掉他额头上的什么东西。"这越来越深啦！"她说。

"汉娜，你说什么呀？"

"是说你额上的皱纹……不，不说这些了，约翰。这我能想象得到，那些搭桥的工人今天聚餐联欢，别的人都去了，可就是没有请你。"

他额上的皱纹蹙得更深了。"别去管它！"他说，"别说这些啦，我本来就不会去的。"于是他更紧地搂着妻子。"就让我们俩待在一起吧，"他说，"这最美好。"

又过了几个月，孩子就要出世了。心地善良的老妪四处张罗，忙得头昏脑涨。她一会儿给产妇把小钵放到炉上，一会儿又把一些粗劣的小衣服抖开来瞧瞧，这是她花了几个星期时间给期待着出世的外孙用旧棉布缝制的。年轻妇人总是躺在床上，丈夫坐在她的旁边，他把干活撇到一边，只听着他的妻子紧紧抓住他的手不停地呻吟。"约翰！"她大声喊道，"约翰！快点儿，你快点儿去请格里泰尔姥姥，马上回来，别在外面耽搁太久！"

约翰愣住了。再过一些时候他就要做父亲啦，他不禁打了一个寒噤，觉得自己突然又套上了囚衣。"对，对，"他大声说，"我快去快回！"

这是黎明时分。接生婆就住在他们的同一条街上。他飞也似的奔去，冲进接生婆家里。他跨进小房间的时候，这个胖老太太正在喝早晨咖啡。"哦，是你啊！"她没好气地喊道，"这种气势，我还以为起码也是个地方长官呢！"

"可我的老婆也不见得不比他重要啊！"

"你老婆怎么啦？"接生婆问。

"就别问啦！跟我走吧，我老婆已来阵痛啦，我们需要您帮忙。"

胖老太太打量着这个情绪激动的男人，好似她在心里盘算，如果不叫他们吃亏的话，她这趟接生好挣几个先令："你只管先走一步吧！我得先喝喝咖啡。"

约翰站在房门口，拿不定主意。

"只管去吧！"她又说，"孩子会很快生下来的！"他恨不得一下掐死她，可是他老婆得依靠她呀，于是他只好咬紧牙齿："格里泰尔太太，我只求您别慢腾腾地喝！"

"嗯，嗯，"接生婆说，"我爱怎么喝就怎么喝。"

约翰先走了，他已看出自己说的话引起了她的反感。

他发现妻子在床上辗转呻吟："约翰，是你吗？把她请来了吗？"

"还没有来，她马上就来。"

这"马上"都半个小时了，约翰呆若木鸡，坐在痛苦喊叫着的产妇身边，而老妪已为要来的格里泰尔姥姥再喝咖啡作好了准备。"好让她随时都可喝上咖啡，"老妪自言自语，"一定要热情接待她啊！"

"约翰啊！"年轻的妻子在房里大声喊叫，"她始终没有来啊！"

"还没有来，"他说，"她得先喝喝咖啡。"他咬得牙齿咯咯作响，蹙紧眉头，"你要是个地方长官的妻子就好啦！"

"约翰，啊呀约翰，我都快疼死啦！"她突然大声喊叫起来。

约翰猛地跳起来，冲出家门，终于在大街上撞上了那个胖老太太。"怎么啦，"她高声问道，"孩子已生下来了吗？你上哪儿去？"

"上您，上您格里泰尔太太那儿去，好使我老婆不要丢了性命。"

胖老太太咯咯地笑了起来："别担心，你们这样的人不会就这样丢掉性命的。"

她拉着他往他的那所小屋走去，她一跨进小房间便瞧见产妇。"你老妈妈呢？"她问道，"你们什么都没有准备吗？"于是她便逐一列举普通人家为接生需要准备好的各样东西。于是他们就把所有准备的东西拿出来给她。

约翰抖抖索索地站在床头。孩子终于呱呱坠地了。接生婆转过脸来，冲着他说："你添了一个往后不用当兵的丫头！"

"一个囚犯的女儿啊！"他喃喃地说，并在床前跪了下来，"但愿上帝把她再收回去吧！"

世态炎凉，约翰面临日益增加的敌意，当他需要别人的时候，当他跟别人商量问题的时候，人家对他的回答总是斥责他过去做了丢人现眼的事情。没有多久，他又听到了一些闲话，一些换了别人就忍受不了的闲话。也许会有人问他："你有两条结实的胳膊，拳头又很厉害，干吗你忍受这些凌辱，干吗你不用自己的胳膊和拳头叫他们闭上嘴？"有一次，一个出言不逊的水手骂他的老婆是女叫花子，约翰一下把他摔倒在地上，几乎都要打碎他的脑袋。水手已打算控告他，幸亏那位对他颇有好感的市长煞费苦心出面调解，才平息了双方的这场纠纷！

确实约翰的情况也与众不同。当一只残忍的手触向他生命中的创伤时，或是他自以为有只手伸来时，他那条结实的胳膊就会软弱无力地垂下来，这时他再也不能奋起自卫，也就更谈不上复仇了。

尽管如此，在这穷苦的人家里，幸福还始终和他在一起；即使他面带愁容，少言寡语，使幸福惊恐地飞走，但幸福毕竟会随时飞回来，和这对年轻的夫妇一起待在婴儿的小床旁边，朝他们微笑，悄悄地拉着他们的手。幸福确实没有完全消失。婴儿日益长大，老外婆为照料女孩也日益忙碌。汉娜又常常出去干活，挣点儿钱贴补家用。但不知是谁的不是，幸福却越来越频繁地飞走了，使得他们越来越长久地缺少欢乐的伙伴，索然无味地坐在冰冷的四壁围住的斗室里。是女的一味任性，还是他俩沉睡已久的躁性子在放纵的爱情欢乐之后又从深处爆发出来，越发不可收拾？抑或这男人心里的一种无可抵赎的负罪感突破禁锢，吐出郁积的肝火？难道确是因为前些时候老东家突然离开了人世，在痛苦与忧伤中仅仅为了抑制住难受的心情，他此刻终于坐在路边，敲着石子？

一个秋天的傍晚。那周岁光景的孩子睡在小床上，额上滴下了汗珠。这张小床是在孩子出世后不久父亲亲手给她做的。汉娜面有愠色，坐在小床旁边，伸出了一双瘦小的脚，而一条臂膀则懒洋洋地搭在椅子靠背上。这孩子还是一直不睡。汉娜的老妈妈平素为她辛勤操劳，眼下痛风病发作，又躺在床上。她男人刚下工回来，筋疲力尽，把工具放到屋子角落里。汉娜便冲着她男人大声喊道："你本该做一只摇篮的啊！"

"怎么啦？"他问道，"孩子都在小床上睡了一年啦。当初我做好这张小床，你不也很满意么！"

"可眼下她不肯凑合着睡啦。"她回答说。

"孩子可是睡着啦！"

"嗯，可我为她睡着已累了一个半小时啦！"

"咱们俩都在干活嘛。"他挖苦了一句。

可她不会闭着嘴巴不吭声，于是便你来我往地争吵起来，相互的语言越来越尖锐，越来越不像话。

"明天或是后天会睡得好些的，"男人起先还是语气缓和地说，"要真是还睡不好，那我们再做个摇篮吧！"

"拿什么东西做呢？"她问，"当初你有好木料的时候，就该做只摇篮！"

"唉，那就把床腿锯掉，"约翰说，"并在下面装上两根摇轴，不就成摇篮啦！"

但这年轻女人只不过是拿摇篮问题挑刺儿，发泄心里的怨气。她那娇美的嘴唇上露出一丝苦笑，说道："难道只该我独自来照料这个怪东西吗？"

约翰昂起头来："臭娘们，你要挖苦我吗？"

"怎的不是！"她大声喊了起来，并且撇着嘴，冲着他露出一排洁白的牙齿。

"那老天保佑你吧！"他大吼一声，举起了拳头。

她这时方才看到他的眼睛里闪着怒火。她一下子吓坏了，逃到房间角落里，瘫倒在地上。"可别打我啊，约翰！"她高声喊道，"替你自己想想，也别打我啊！"

但他向来出手就快，再说正在发火的时候，那就更不用说了。这女人惊恐万状地望着他，双手捂住乌黑头发遮掩的太阳穴。他一挥手轻轻擦过她的额头。她一声未吭，但他仿佛听到了一声刺耳的叫喊："你完啦，你砸碎了自己的幸福啦！"

他跪到她跟前，自己也不清楚说了些什么。他苦苦哀求她原谅，并且拉开她捂住脸的手，吻她。可是他的女人一点儿也没有回答的表示，却像疯子急中生智偷偷觑了那敞开的房门一眼，便猛地挣脱他的拥抱冲了出去。他只听到，她带上门的一声响。

接着，他转过身子，看见孩子端正地坐在小床上，用两只小手拖着褥单往嘴里塞，并瞪着一双大眼睛瞅着他，他情不自禁地挨近过去，孩子霍地将小脑袋和两条小手臂都往后面一缩，失声哭了起来，声音震动了整个房间，好似无法忍受地要大声宣告遭到了不幸。他突然一惊，自己哪里还有时间管这些事情，眼下这孩子对他有什么要紧。他冲进黑魆魆的花园，奔出了大门。"汉娜！"他叫喊着，而且越来越大声地叫喊道，"汉娜！"但他只听到两下钟声在附近一带各家花园里树木梢头引起的沙沙声，和那背后传来的城里各种各样车辆的喧嚣声。他突然恐怖地想到了那口井。"她要是寻短见就糟了！"他沿着伸向大田的道路冲去，脚给绊了一下，并听到了一声呻吟。"汉娜！"他叫了起来，"汉娜，你还活着吗？谢天谢地，你还活着啊！"他想对着黑夜大声欢呼，但是他的心脏剧烈跳动得都要炸开了，喊不出声来。他把她当做孩子般地抱了起来，这时雨下得更大了。他脱下上衣把她裹好，温存地把她贴在自己的胸前，冒着瓢泼大雨慢慢地走回家去，好像初次与这年轻的女人单独待在一起似的。

她像死了一样，听任摆弄，直到她男人扑簌簌掉下的热泪滴到她的脸上，她才伸出一只手来，温存地拭掉他脸上的泪水。

"汉娜，亲爱的汉娜！"约翰大声呼喊着。这时她又伸出了另一只手，用两条胳膊搂住了他的脖子。

于是幸福又悄悄地回到了他们的身边。他总算没有把幸福撵走。

谁都清楚，我们所说的那些做工的人，他们生活里的灾祸就是自己的一双手造成的！在情绪激动的时候，笨嘴拙舌说不清楚，就不由自主地出手了，好像事情就得靠拳头来解决似的，于是一些无谓的小事便会酿成大祸。这种事情开了头就一发不可收拾。这些人绝大多数恰恰不是坏人。他们平平淡淡地过日子，目光只看到今天和明天，但并不拿发生过的事情引以为戒。

约翰也就是这样一种人。在没有活干、挣不到钱的日子里，穷极无聊，或者情况总是这样那样的，这就触痛他的神经，那双容易闯祸的手便会伸向他的老婆，而他的女人也不见得比他冷静。这样街头巷尾的淘气鬼和小伙子也就常常会挤在他们家的门前，拿这屋里发生的不幸事情当热闹看。只有一个老邻居木匠心怀善意，走进这所小屋里去，有时劝劝这对夫妇别再争吵，有时便径自抱起小声啼哭的孩子走出门去，并且跟孩子说道："这跟你毫无干系，你是个小天使，跟我走吧！"于是他就把孩子抱到自家屋里去，他那年龄相仿的老伴便疼爱地把孩子接了过去。

小房子里那对夫妇争吵得筋疲力尽后，却又会投入对方的怀抱，使劲搂紧和亲吻，好像他们都想这样窒息而死似的。"啊，汉娜，我们都死掉吧！"这粗暴的男人有一次大声地喊道。而妻子从红润的嘴唇里便发出一声叹息，冲着情绪激动的丈夫投去陶醉的目光，一把扯掉那雪白胸脯前已经撕破的、但还挂在肩上的紧身胸衣。"好，约翰，"她喊道，"你只管拿刀从这儿捅进去吧！"

　　他审视着她说的这句骇人听闻的话是否出于真情，这时她又突然大声叫起来："不行，不行！不能这样干，不能这样干！约翰，我们还有孩子呢！这就罪孽深重啦！"并且慌忙捂住自己袒露的乳房。

　　约翰则慢腾腾地说道："现在我可明白啦，我是个窝囊废，又一次拿你出气啦！"

　　"你没有欺侮我，你没有欺侮我，约翰！"她高喊道，"是我太凶啦，是我惹你发火的，总是找你的岔子！"

　　他更紧地搂住她，用自己的嘴唇压在她的嘴唇上，不让她再说下去。

　　她嘴唇上的压力松动了，她又好呼吸了，这时轻轻地道："约翰啊！你打我吧，约翰！确实很疼，尤其是心里难受，可是之后你吻了我，要是你使劲把我吻死了该多好啊！挨揍是疼，但给吻死了却很甜蜜！"

　　他怔怔地望着她，看到她是这样的娇美，不禁全身颤抖起来：这可是自己的妻子啊，不是别人的老婆，是他唯一的心爱的人呀！

　　"你尽管挑刺儿吧！"他说，"我可再也不打你啦！"他那含有负疚心情的目光怜爱地落在她身上。

"不，约翰，"她深沉地吐着充满感情的嗓音央求道，"你可以打我！只是求你一点，你昨天这样做了，今后可不能再这样啊！你不可打我们可怜的孩子啊！那我会恨你的，约翰啊，这可叫人揪心啊！"

"我不打人啦，汉娜，也不打孩子！"他梦呓般地说。

于是汉娜低下头去，吻了一吻他那方才搂过她的手。

他们的这一幕情景，谁也没有瞧见，但是他们双双离开人世后，却为人们传说着。

尽管家境清寒，债台高筑，但这所小屋可一直是他的家，一直是他的城堡，这屋里的母女俩是不会去触动他的创伤的。

这并非出于对他的体谅，而是她们并未想到这一层，或是这个男人在青年时代的过错，在她们看来主要是一种不幸，并非犯罪，因为就是在她们的生活中，也常常会碰到说不清是非的事情，是和非几乎扭在一起，都是碰着瞧的事。老妇人在孩提时代有过一个心地善良的朋友，他也由于犯了类似的过错而服劳役，有好几年时间总是带着镣铐推小车。但他跟这个小姑娘讲述自己的经历并不当回事，就像别人闲聊自己的冒险事迹一样。那时他就住在邻近的一个村庄里，经常赶着一匹瘦弱的白马往城里运送沙子，要是待在家里便做木屐或是镰刀的长柄。他常常经过她家门口，总会像祖父般跟坐在门槛上的天真活泼的小姑娘搭上几句话。渐渐地，每当白发苍苍的老人从大路上赶着破车进城的时候，小姑娘便提起了精神。当年，老人给小姑娘带来的一双小木屐还放在小顶楼上，新近才为了自己的孩子又把它翻了出来。

"老爷爷现在到哪儿去啦？"老妇人一边拭着小木屐上的灰尘，一边自言自语地说道。"之后他就再也不来啦！"说完这话后，她又小心翼翼地把小木屐并排摆好。

这样一位平静地活到高龄才去世的老人，竟然过去也是一个囚徒，但不仅是他本人，而且她也并未因此感到不安。

尽管如此，出了一桩事情，也就使一切的一切都骤然告一段落。

有一段时间，挣的钱还可以，但汉娜的母亲卧病在床，不久便去世了。汉娜失去了母亲，悲痛欲绝，哀号哭泣，约翰勉强办了丧事，这样也就把挣的钱都用光了，还欠了一点儿债。在小屋的院子旁边有一棵枝叶繁茂的老椿树：过去多少年来，这对年轻夫妇常在礼拜天的早上在浓密的树荫下坐坐。但在一年多前困难的日子里，约翰砍倒了这棵树，打算拿这根好木料卖点儿钱。这棵树，老妇人讲起过，还是她丈夫生前栽下的呐。那令人凉爽的浓荫也随之消失了，只有那根树干还一直横在园里，眼下正好派用场，邻居木匠拿它为老妇人打了一口高盖棺材。老妇人弥留时还为自己的后事忧虑，现在总算像样地睡上了棺材入土了。

办丧事的费用多半还未付清，好些别的债务又压得透不过气来，而随后的一段时间几乎又无指望有活干。

一个礼拜天的早晨。汉娜给已经三岁的孩子穿上了一件漂亮的单衣服。约翰坐在桌前，双肘支着桌子，面对一杯早晨喝的咖啡，一只手搔着乌黑的鬈发，另一只手捏着一小截粉笔在桌面上算账。

过了片刻，他又用手指将这一截粉笔掐断，并且捏碎，心不在焉地直勾勾地望着自己的老婆和孩子。"你此刻要干啥呀，汉娜？"他终于问道。

汉娜听到他的语气是这样的生硬，便掉过头来说道："不干啥！"她又用同样的语气说："已给孩子穿好衣服啦。"

"过去你和你母亲两个人在家的时候，也没有给孩子穿衣服打扮，你到底要干啥呢？"

"我进城讨饭去！"她顶撞说，"这总比现在这样好些啊！你也清楚，你娶了一个女要饭的做老婆啊。"

"那你就不感到害臊吗？"他奚落说。

"不害臊。"她顶嘴说，并用直勾勾的目光逼视他的脸。

"你干吗没有学会洗华贵的衣服呢？你母亲就能干这种活儿，在东家家里当用人。不然，眼下我们就好靠这挣钱了，这总比懒散地到处流浪好得多啊。"

汉娜沉默不语，她可从来没有想到过这个主意。她那面孔娇美的头脑里翻腾着，不知如何回答。她男人的目光紧逼着她，好像要把她完全压到地底下去似的。但这时她闪过一个念头，不过这念头使她倒抽了一口冷气，可她还是忍不住说了出来。"还可以干别的活儿挣钱嘛！"她看见男人没吭声便又往下说，"我们可以纺羊毛，你可是干过六年这种活儿，还可以教我嘛！"

约翰觉得，他的脑袋给猛击了一下，脸色倏地变了，吓得孩子用两条小胳膊紧紧抱着妈妈。

"你这婆娘！汉娜！"他猛地吼道，"这是你跟我说的话吗？是你说的吗？"

这时，汉娜面如土色，把脸朝向约翰。他一下子捏住她的双肩，把她拉了过来，好似一定要亲自端详端详她是不是汉娜，接着猛地把她一下推开。那张在汉娜旁边的椅子给撞翻了，孩子发出一声刺耳的尖叫，汉娜跌跌撞撞地摔到火炉上，随后微弱地哼了一声，便滑到了地上。

约翰看到造成的后果，一时不知所措。他稍稍抬眼瞧见火炉上一颗凸出的螺钉——上面原有的黄铜螺帽已给孩子拧下来拿去玩了——上面颤动着一滴鲜红的血。他跪下去，用十指箍他妻子的浓厚头发，寻找伤口。他的手指突然摸到了黏糊糊的东西，一下子缩了回来。"血！"他大声叫了起来，惊恐万状地审视着自己的手，随即他又用手去摸了一下，慌慌张张，喘着粗气。他终于摸到了，发出一声哀号。在这儿，在这儿，在这给螺钉扎过的地方正往外流血。扎得很深，但他也不清楚究竟有多深。他就着她的耳朵小声地呼喊道："汉娜？"接着又提高嗓门喊了一声："汉娜！"

这时终于有反应了。"约翰！"她从嘴唇间吐出了一声，但微弱得像是从遥远的地方传来的声响。

"汉娜！"他再次小声地喊道，"别走啊，啊，别撒手走啊，汉娜！我去请医生，我就去就来！"

"什么医生也不会来的！"

"会来的，汉娜，医生会来的呀！"

她伸出一只手摸索着抓到了他的手，像是要把他拉住。"别去，约翰……什么医生也别请……你没有过错……哎呀……他们会把你关进牢里去的呀！"

蓦地，她的身子剧烈地滚动起来。"吻吻我吧，约翰！"她极度恐惧地喊道。当他把嘴唇贴到她嘴唇上的时候，她已断了气。

孩子胆怯地挨到他的身边。"妈妈死了吗？"孩子隔了一会儿工夫问。她在父亲点点头后又问道："那你干吗不哭呢？"

这时约翰双手抓住惊恐失色的孩子，把她紧紧搂在自己的胸前。"我不会！"他嗓子嘶哑地结结巴巴说道，"我把她……弄死了。"他还想说下去，但有人敲门。

他转过头去，看到邻居木匠进屋来了。老人听到隔着单薄壁板那边的喧闹声，是出于对汉娜的同情——她再也不需要同情了——过来看看的，但一眼瞧见汉娜已咽了气，吓得目瞪口呆。

"这是怎么啦！你们这儿是怎么一回事？"他慌乱地问。

约翰把小孩移到地上，站起身来。"这又得做口棺材了，"他低声说道，"可我再也没有桦树树干了，我是个穷鬼啊，邻居！"

老人默默地透过他的圆眼镜打量了约翰好大一阵子，随后说道："我很清楚，你是没有福分有这个老婆的。你也不用解释啦……但这儿的不幸事情是怎样发生的呢？"

约翰讲述了事情的经过，讲得非常详细，但干干巴巴，好似在讲述第三者的事情一样。随后他又伏到死者的身上，畏惧地端详着她的面貌，她好像睡着了一样躺在他的面前。他伸出自己的一只粗大的手，像是会触犯戒律般轻轻地抖抖索索地抚摩着她那了无生气的脸庞。"多么美，啊，多么美！"他喃喃地说道，"可是她要像穷苦人那样给光滑的薄板盖住啦！"

老人了解约翰这个人，也相信他讲述的情况。他都清楚了，不需要再谈这件事。他对约翰有点儿同情，但更多的是怨恨。"别激动，约翰！"他几乎气呼呼地说道，"像当年给你妈妈做的那口棺材一样，我也替你妻子做一口。钱嘛，等你有了活干，你有能力时再还给我好啦！"

这时内心痛苦的约翰站起身来："谢谢，邻居！但这钱我是一定要还您的，一个先令一个芬尼也不能少，因为我一定要用自己的钱安葬她，不然上帝得惩罚我入地狱啦！"

孩子吓了一大跳，一松手，放脱了她一直抓住的她父亲的上衣衣角。

"这几天，"木匠问道，"用得着我老伴为您照管孩子吗？您这儿缺乏人手啦。"

"缺乏，缺乏人手。"他向站在自己身旁的孩子投去请求体谅的目光，"请您问问她本人吧，邻居！"他一边说着，一边将脑袋低垂到胸口。他蓦地发觉下面有一只小手向他伸了过来。于是他一下子把孩子举了起来，让孩子的小脑袋紧紧贴着自己的面颊，像是有一股生活勇气的激流往心里倒流回来。"不啦，邻居，"他说，"非常感谢您！但我的孩子可不愿离开我啊！她知道，这样并不合适，那就完全孤苦伶仃啦。"

之后，老人走开了，这时约翰泪水夺眶而出。他跪在死者面前。"帮助帮助我吧，我的孩子！我要活下去是多么困难啊！"他大声呼喊着。孩子抬起头来，瞪着一双大眼睛望着他。

约翰埋葬了妻子，独自回家，没有人陪他同行。老木匠给死者做了口棺材，又把她送到了墓地，之后便回去了。

约翰站在房间里，环顾四壁萧然，这里一片宁寂，可是幸福在哪儿？在另一些餐具旁边，小钱箱上面放着两只粗糙地描绘着玫瑰花的杯子，这是他在几年前新婚那天早上买来的。此刻，他望了一眼杯子，仿佛当年洒在宽阔大道上的秋日阳光又闪现在眼前，他摇摇头，这早就消逝了。屋外，巷子里是一如既往的商贩叫卖声，但他的这间斗室里却死气沉沉，连那边角落里挂着的印花布帘子也一动不动，好似一切都沉寂了。他受不了这寂静的气氛，便走上去，拉开帘子，这使汉娜亲手挂在那儿的一件紧身胸衣掉到了地上。他在拾起这件紧身胸衣时，感到一阵揪心的痛楚。他头晕眼花地坐到一张椅子上，双手捂住自己的脸。

这时那虚掩着的房门嘎吱一声给推开了，他的小女儿从半开的门里挤了进来，高兴地拿着一只玩具小娃娃给他看。在安葬汉娜时，老木匠的妻子把孩子接了过去，送给孩子这个玩意儿。此刻孩子的心情再也不能平静，她穿过花园，从后门奔了进来，向父亲显示自己的宝贝。

约翰迷惘地凝视着她，但在女儿期待着站在他面前的时候，他把她抱了起来，竭力克制自己的感情："你这会儿怎么啦，克里斯廷欣？这是谁送给你的？"

女儿还没有回答他之前，已有人用拐杖叩房门，一个老妇人往房里探进个白发苍苍的脑袋，张着没有牙齿的瘪嘴，一双小眼睛总是流露着快活的神色，冲他们父女俩点点头。

约翰熟悉这张面孔。她是屈斯特尔－玛利肯老太婆，一个在我们家乡常常可以看到的那种衣着整洁的讨饭女人。她的父亲是乡村教师。她年轻的时候在城里当女用人，后来在那里跟一个小手艺人结了婚。丈夫死后，她诚实地劳动糊口，苦了多年，但较早就衰老和陷于贫困。她艰辛地为自己积攒了一笔棺材钱，放在一只小皮夹子里贴身藏着，那是怎么也不能动用的。至于充饥的食物，她总是天天去向从前的东家或是他们的子女以及乐善好施的人们乞讨。约翰遇上她去要饭时，总是好意地退到旁边让她先走。

这时，他也亲切地冲她点点头。"原来是穷人来看穷人啊！"他说，"玛利肯，你找我有什么事吗？"

但这个老太婆始终只向房里探进头和伸进拐杖柄。"约翰，"她说，"你用得着我这个老太婆吗？我倒想占用你这张空床呐！"

"床上的被子、褥单都卖掉啦，玛利肯。"约翰回答说。

"不，不，约翰，我自个儿有被子、褥单，这你就不用操心啦！"

"您要这空床干什么？"

"唉，"老太婆回答道，"那我得原原本本说清楚啦。你是知道的，我早先住在屠夫尼森家的一个小房间里，走过来走过去就只有六步宽，但雅致而且整洁，谁都上我那儿去！"

"怎么，"约翰打断她的话说，"眼下他们已把您赶出来了吗？"

老太婆一脚跨进了房，脸露微笑，提起拐杖来吓唬人："根本不是这么回事！不过那座破房子就要拆啦，而新房子嘛，就轮不到我们这种人去住啦。约翰，这样我就想到了你这儿的地方！他们虽然不信任你，可我却很了解你！你给我提供个安身的地方，我替你把这儿的房间收拾得跟自己的房间一样整洁，在你出去干活的时候，我替你照管克里斯廷欣。"她用自己的指头比画成个小兔子，朝被她吸引住的小女孩和蔼可亲地点点头。"只不过，"她接着又说，"我只是借一角可以躺下休息的地方，再无别的需要。你可是了解的，充饥的食物，我会自己去解决的！"

约翰点点头，说道："嗯，我知道，你在讨饭。"接着又低声并且悲伤地自言自语道："我老婆在童年的时候也同样讨过饭啊！"

但老太婆却大声喊道："约翰，你说什么？"并且用拐杖击地："这可不是讨饭！这可是我早先的东家和他们的那些朋友理应给我的，我是他们的老用人，他们总不能看着我饿死！"

约翰若有所思地瞅着老太婆。小女孩从他的怀里滑下来，把自己的玩具娃娃举起来给她看看。"你瞧！"她说，"这是我的！"并且接连点了几下小脑袋来加强语气。

屈斯特尔－玛利肯顺着自己的拐杖弯下身去，蹲到站在地上的小女孩的跟前。"嗨，可了不得！"她说，"这大概是普梅菲娅公主！没错，我认得出来，当我在你这么小的时候，就看到过她的祖母。只要你父亲不把我这老太婆撵走！我就可以给你讲讲她的故事！"

"你别走，你留在这儿！"小女孩大声喊道，并伸出小手去拉老太婆的干枯手指，玩具娃娃差点儿都掉了。

约翰冲他的孩子点点头，说道："克里斯廷欣，你要想留她，那你就跟她说，明天来好了！"

事情就这样定下来了。"这小姑娘真讨人欢喜！"老太婆絮絮叨叨地夸奖着，并跨出屋子，拄着拐杖，沿着狭长的街道朝她的住所走去。

这样小屋里又住上了三个人，但屋里是那样宁静，那些走过小屋的捣蛋鬼和游手好闲的人，再想等在那儿看什么热闹那就是白费时间了。只是在夏天，有时在那儿可以看到一个颇为漂亮的小姑娘，但这已不足以使他们停下脚步了。这是一个衣衫破旧但整洁的小女孩，她坐在门槛上玩布娃娃或是别的什么玩具，阳光照得她的褐色头发闪闪发亮。每当中午城里钟楼上传来钟声，小姑娘便急急忙忙把布娃娃搁在门槛上，按照老玛利肯允许她走动的范围，朝城里的方向走过几家门口，伸出小脑袋向前张望，又不断扭过头来往后面瞧瞧，于是又小心翼翼地折回来，漫不经心地拿起布娃娃。但过不了多久又跳了起来，终于盼到了，发出一声孩子感到无比幸福的欢叫，朝下工回来休息的父亲飞奔过去，投入他的怀抱。接着父亲就一把托着这慰藉自己心灵的小不点儿，经过几家门口，向自家小屋走去，这时老太婆眼里闪着快活的光亮，倚门等候着他们父女俩走来。"约翰，快进屋！快进屋！"她大声喊道，"我已给你们煮好马铃薯了，从邻居面包师家拿来的一小罐牛奶也放上桌了！"之后，她便系上一条干干净净的围裙，拿了一只瓦罐，进城去赶上人家吃饭的时间了。

约翰从钱箱抽屉里拿出一个黑面包，接着，便和他的克里斯廷欣坐到桌旁。他把黑面包切下两片，撕成小块，放到两只盛牛奶的小木碗里。最后他们把冒着热气的马铃薯蘸点儿盐吃了起来。邻居木匠家的花猫跑进来了，在小姑娘的小腿上蹭来蹭去，克里斯廷欣扔给它一个蘸了盐的马铃薯，但猫只是闻了一闻，舔了一舔，就在室内用小爪子把马铃薯拨来拨去，逗得这父女俩笑了起来。"猫是不爱吃马铃薯的，"约翰说，"这是只嘴刁的东西！你觉得它味道怎么样，克里斯廷欣？"

小姑娘津津有味地吃着，频频点头，这时约翰又从抽屉里拿出东西来。"瞧！"他喊道，"现在上最后一道甜点心啦！"这道甜点心就是用刀尖挑出的一点儿黄油，此刻他把它抹到女儿的盘子上。"好，"他说，"现在把它抹到你最后一个马铃薯上吃吧！"于是小姑娘的眼睛里闪着快乐的光亮。

门铃发出叮当叮当的响声，玛利肯拎着瓦罐回来了，于是约翰抓起帽子，又去上工了。

有一天，克里斯廷欣跑进厨房，一眼瞧见老太婆坐在炉边，十分惬意地从罐里舀着一勺一勺的汤在喝。厨房里飘浮着浓郁的诱人香气，在凑合吃过一顿午餐后，小姑娘的脸上明显地流露着垂涎欲滴的神色。

老太婆放下手里的汤匙。"过来，孩子，也来喝一点儿！"她大声喊道，"这对你的身体有好处！"

但是克里斯廷欣往后一退，摇摇小脑袋，说道："我和父亲已经吃过啦。"

"那可不是参议员夫人给的礼拜天的汤啊！"

"我不可以喝。"孩子小声说。

"什么？"老太婆喊道，"是谁不准你喝这汤的？"

"我父亲。"孩子说话的声音轻得几乎是从唇缝里吐出一点气息。

老太婆气得顿时脸红脖子粗。"是这样，是这样！"她一边说着，一边将那抓汤匙的手撑在自己的膝盖上。"对，对，我也认为你不应该喝乞讨来的汤！"但她把一些已到嘴边的话又吞了回去，这是不好让孩子听到的。"走，"她边说边把自己的罐子往边上一搁，"我也够了。我们上花园里去，说不定我在那儿能给你采到几个醋栗。你真是个听话的孩子！你什么时候都要这样听父亲的话，这会使你上进的！"

老太婆和小姑娘一起走进了花园，但没有采到醋栗。老太婆讲述着那个全然淡忘了的、临时编造的普梅菲娅公主的祖母的故事，她也闹不清楚，小姑娘怎么连东西也不想吃了。

这是铭记在孩子心里难以忘却的时光。今天的总林务官夫人对于她孩提时代以前的一切情况都朦朦胧胧，夫人今天还同我说，这是她童年的美好时光。

约翰履行了对木匠邻居许下的诺言，还清了他年轻妻子的棺材钱——他总算是自己安葬了妻子。

这个讨人喜爱的孩子突然失去了母亲，现在每天下午由老太婆领着走街串巷去炫耀一番，这引起了城里人对小姑娘的同情，这种同情尽管不会延续多久，但对孩子的父亲找工作倒是起了作用，而以往他是很难找到活干的。他现在多半搞承包，由于他在行，干活熟练，因而挣的钱不算少。孩子已五岁多了。夏季，一天傍晚，约翰收工回来，坐在桌旁点一个礼拜挣的钱。之后，他划出一部分钱来预备交房租，这当儿老玛利肯站在旁边，瞅着桌上的许多先令，说道："也给我一点儿！"约翰抬起头来惊异地望着老太婆，这时她笑眯眯地又补充说道："约翰，你认为，我也会求你施舍吗？"

"不，玛利肯，但你想干什么？"

"只要八个先令，去买一块黑板和一本插图课本。"

"您还想学习识字和写字吗？"

"不，感激上帝和我已过世的父亲，我凑合学过！但克里斯廷欣已到了要学习的时候了。我这个老太婆可以教教她。我早年可是我父亲的一个优秀学生。"

约翰给了她所要的钱："您说得有道理，玛利肯。"

这样，克里斯廷欣比一般穷苦人家的孩子提早了几年学习，而且也方便得多。现在，在这所小屋门前停下脚步的人已不是往昔那些人，而是有所思考的路人，退休的教师，还有老奶奶，他们脸上都抚爱地流露出夸奖的神情，瞧着坐在门槛上用功学习的那个小女孩。她不顾自己的褐色鬈发从前额垂落到眼前，依然低着个头看插图课本，忘掉了周围的一切，把自己的小食指从一个字移向另一个字，小嘴巴响亮地拼着那些铅印的黑色字母的语音。

　　每当她父亲收工回家，小姑娘便认真地指给他看她今天在黑板上或是插图课本上学会了多少字。之后，他们就一起去吃粗劣的晚饭，饭后父亲便带着她走出小屋去大路上走走，外面满天繁星，如果那里依然人声鼎沸，他们便到小花园里去，要不就走向那远处伸向大田的小道。而后，约翰常常抱起自己的女儿，跟她讲自己白天的情况，或是自己在干活时想到过些什么。她有些听得懂，有些并不理解。可是他再无别的亲人，一个人始终沉默不语该是多么难受。小女孩间或扭过小脑袋来冲着他笑嘻嘻地点点头，但有时她却感到惊愕，恳求说："别说这些啦！哎呀，别说这些啦，父亲！"他并不清楚，这个女儿是他的新的幸福，是他失去希望的唯一慰藉。因为对于死去的妻子总是深感内疚和充满眷念，这使他的心都碎了。妻子早已不在，但她那绰约风姿还在他梦中出现，这使他猛地从梦境中坐了起来，冲着黑魆魆的小房间呼喊着她的名字，直到自己终于意识到这已是逝去的往日情景。有时小女孩在半夜里叫喊母亲，哭哭啼啼地向他伸去细小的手臂。次日晚上，约翰抱着小女儿，穿过寂寞的小巷，跟孩子说，他在梦中感到多么甜蜜，而在醒过来的时候却是多么惊恐万状。

　　之后，孩子哆嗦地问道："夜里，妈妈在你那儿吗？"

　　"没有，克里斯廷欣，这不过是一个梦啊。"

　　于是孩子接着问道："妈妈漂亮吗？"

　　约翰把女儿紧贴在自己的胸前，说道："对于我来说，她是世上最漂亮的人啦！难道你再也记不得了？她离开人世时，你已三岁啦！"他说了最后一句话，突然停住了，感到四肢发冷。难道他能这样平平淡淡地讲述她的死亡吗？可他又不愿欺骗自己心爱的孩子。小女孩好一会儿没有做声，这时却难过地说道："父亲，我可再也记不得母亲的容貌啦！"

"我们可从来没那份钱去画一张像，我们也没有想到过死神啊！"约翰声音颤抖地回答道，"可是死神却是一直在我们的身边，只要伸一伸指头，他就来啦！"

小姑娘吓得毛发直竖，把小脑袋贴到父亲的胸口。"不，不，"他连忙说道，"不是这么一回事！你完全可以伸出两只小手祈祷！上帝管着死神，上帝也答应过，我们可以重新见到所有的死者，但你得等到那一天。"

"嗯，父亲，"孩子把小嘴贴到他的嘴上，说道，"但你一定要留在我这儿。"

"听任上帝决定。"

他们回到家里的时候，老玛利肯还没有睡着，或者她是给门铃声又吵醒了，接着她就责备约翰一顿："深更半夜啦，孩子吃不消，你这样是要送掉孩子的命的。"

但她却是多半针对着自己说道："早日离开人世倒更好，省得多在世上活受罪。"

四十年代里，那灾难性的寒冬 [1] 来临了。飞鸟冻死，从天空掉下来；狍子冻僵了，躺在给大雪压弯了的树丛里；穷人饿肚子，为了不同样遭到被冻坏的厄运，就钻进单薄的被子里，天寒地冻没有活儿可干，也没有能力在屋里生火取暖。

---

[1]　指 1812 至 1813 年间的冬季。

约翰把孩子搂在怀里，默默寻思，在这时刻人们为什么不同情穷人，给他们一些活干！他不了解，人们对他的同情早已消失。他那好久未修剪的长发披散在深陷的脸颊上，他用两条胳膊紧紧抱着女儿。桌上的一只盐瓶旁边的瓦盘里只有马铃薯的皮，这说明中午已凑合充过饥了。窗玻璃上厚厚地覆盖着一层冰花，几乎使目光都透不过去，屋内朦胧昏暗，格外清冷。"稍睡一会儿吧，克里斯廷欣！"约翰说，"睡睡觉好，再没有什么比睡觉更好的啦，夏天还会再来的！"

"可不是！"小女孩低声回答说。

"等一等！"他拿来汉娜早先围过的羊毛头巾盖在孩子的身上。"这是你母亲的头巾，"他说，"你的一双小脚都冻得这样冷啦。"

这使小女孩非常高兴，她把身子紧紧偎依着父亲。约翰希望孩子好好睡着，但束手无策。他把最后三块泥炭放进小火炉里，小心翼翼地点着，但这也无济于事，还是冷得要命。这时门铃响了，隔了一会儿工夫，老玛利肯已走进房里。屋里昏暗，她用手揉了揉自己的细小眼睛，之后才冲着他们父女俩点头打招呼。"我以为，"她说，"你们父女俩偎紧一点儿可以互相暖和些！像我们这样的人日子可不好过啊。约翰，我不懂得有孩子的事。我只生过一个死胎，这不能算数。"

约翰没有抬头看她。"那你今天也只好独个儿挨冻啦。"他一边说，一边用自己的一双大手握住孩子的一双冰冷的小脚。

"好了，好了，"老太婆回答道，"我会有办法的，你不用为我担心，约翰！老参议员夫人很爱听从前哥萨克冬天的故事，这就帮了我的大忙啦，约翰！他们今天给我喝了三杯热咖啡，我又能顶住啦，冬天只要身子暖和就行！"她咯咯地笑着说道："你们父女俩好跳跳舞啊！早先我就常常用这个办法来取暖的，只是我的腿已不听使唤啦。"

这时，孩子从盖着的头巾里伸出小脑袋来说道："爸爸，明天可是圣诞节啦，屋里总该暖和一点儿了吧？"

约翰向她投去阴郁的目光，老玛利肯则蹲到了小女孩的旁边。"孩子，上帝的小天使啊！"她一边喊着，一边用自己的一只温暖的手抚摩着小女孩的前额和面颊，而另一只手却伸进口袋里，摸着几个先令——这是参议员夫人除了请她喝咖啡外，另给她的一点儿节日赏钱，而她刚才并未谈起这桩事情。"对，对，克里斯廷欣，你别担心！我们的救世主当年也是躺在温暖的马槽里的呀！"约翰依然没有吭声，女儿的话像是一把利剑刺到他的心上。此刻，他的脑际突然浮现出田地里那口孤零零的枯井，他好像看到那木板搭成的井栏在冰冻的大地里闪光。同意他搭这井栏的老东家已去世多年了，汉娜也不在人世了，就是为了她才请求搭这井栏的，不然，当年他还会去关心别的什么人呢？那时，这些木板保护过他妻子的安全，现在，这些木板也可以使孩子感到温暖啊！他感到血涌上了头顶，心突突地跳动。

孩子的脑袋贴在他的胸口，这时听到了他的心在剧烈地跳动。"父亲，"她问，"你肚里什么东西跳得这样厉害呀？"

"是一颗心！"他吓得跳了起来。可谁也没有说这个字眼，但他耳朵好像清晰地听到了这声喊叫。

"我冷死了！"小女孩又叫了起来。

这时约翰的眼前又浮现出那口枯井。"你钻到我的被子里去暖和一会儿！"他急忙说，"你在那儿会睡着的，待一会儿我再喊醒你。"

"对，对，克里斯廷欣，"老玛利肯大声说，"我守在你旁边，只管睡吧，孩子，这世上确实太寒冷啦！"约翰冲出了小房间，向园里的低矮棚屋奔去。他进了棚屋，闩上门，在黑暗中锉小锯子，又在磨刀石上磨斧头。

过了午夜，温度计的水银柱又下降了好多度。白雪封盖的大地映着抖索的繁星，荒野一派寒光。尽管如此，那些城里北大街上睡在朝着花园的卧室里的病人和辗转尚未入眠的人，却听到了死一般寂静的远处荒原里传来了斧子砍木头的声响。也许他们当中有人下了床，贴着冰霜闪烁的玻璃窗想眺望窗外的情况，可是白费气力，但谁也没有再去管究竟谁此时在野外如此卖力地干活。

次日晨，老玛利肯醒得很晚。这时她在床上瞧见炉子里噼噼啪啪作响，火烧得正旺——她也没有必要再去花掉那几个先令了。房内，约翰站在小女儿旁边，默默地瞅着她惬意地穿衣服，不时地伸出小手到炉壁上去拍拍。"啊，"她高兴得喊了起来，并迅即缩回了手，"它烫得我好厉害啊！"

之后，日照时间越来越长，积雪也渐渐融化；雪莲花开了，紫罗兰绽出了蓓蕾；鸟儿和形形色色的流浪汉都一起来了，其中自然有些不受欢迎的人。

约翰在城里的一座菜园里干活。一天晚上，他扛着铁锹从一条小巷子里出来，走上宽阔的大街，由此取道回家去。他心里只是想着孩子，她总是在此刻来迎他的，尽管不像早先那样高兴地蹦蹦跳跳，因为秋天她已七足岁了。这时背后传来了一阵像是要赶上他的脚步声。约翰不禁愣了一下。"是谁这样赶来？"一段毛骨悚然的往事又袭上心头，但他还未完全勾起回忆，他只是觉得，仿佛有什么灾祸在跟踪他。他没有回头看一眼，只是加快了自己的脚步，因为这时路上还十分明亮，可是紧紧跟着他的那个人，也加快了脚步。约翰苦苦寻思，这可能是谁呢？这当儿，一只瘦削的手臂已挽住了他的胳膊，一张短发、没胡子的苍白的脸瞪着一双小眼睛向他投来了冷森的目光。

约翰一下吓得浑身都凉了。"文策尔！"他冲口叫了起来，"你是从哪儿来的？"

"从你也在那儿待过六年的地方来的呀，约翰！我又干过一趟啦。"

"别缠住我！"约翰说，"我可不能让人家瞧见我跟你在一起。生活给我的打击已够沉重的啦。"他又加快脚步走了，但文策尔却始终跟随在他的旁边。

"那就陪你走一段这向上的路，"文策尔说，"你这会儿肩上可扛着诚实劳动的标记啦，它也许会使我获得好名声啊！"

约翰停住脚步，从他面前往后一退，说道："你替我往左拐弯走，不然我就在这儿把你摔倒在地上！"

约翰的勃然大怒吓住了这个身体虚弱的囚犯，他提了一提自己的旧帽子，冷笑说："再见，约翰先生！你今天对老伙伴可不够意思啊！"他双手往裤兜里一插，便穿过市政厅的拱门，往城外走去。约翰怀着不可名状的恐怖心情又往前走了。他觉得，自己的一切全都崩溃了。在自家前面几家人家的地方，孩子冲他迎了过来，吊在他的胳膊上。她走了几步路后，问道："你怎么一声不吭呀，爸爸？有点儿不舒服吗？"

他摇摇头，说道："嗯，孩子，只求过去发生过的事情别再一直纠缠我们就好啦！"

小姑娘不知内情，但充满同情心，温情地抬眼望着她的父亲。"那仁慈的上帝不是能保佑吗？"她胆怯地问。

"我不清楚，克里斯廷欣，但我们要向上帝祷告！"

次日，约翰没有撞见那个使他心惊胆战的人。他没有径直穿过城里，而是沿着好些花园从后面绕过去，上他干活的地方去，并又循着这条路走回家来。但在第二天晚上，他在这条路上又看见文策尔迎面向他走来，他一眼便明白无误地认出了那张今天已冒出胡子茬儿、但依旧苍白的囚犯面庞。

"哎，约翰朋友，"文策尔冲着他大声喊道，"我料到，你要竭力避开我。难道你还真的这样跟我生气吗？"

约翰站了下来。"你这张脸并不使我感到愉快。"他说。

"也许倒是因为这个缘故吧？"文策尔一边说，一边从兜里掏出几个马克。"我想在你家的房间里待一个星期，约翰！我要找到一个住宿的地方可实在困难啊！"

"你上魔鬼那儿租房间去吧！"约翰说。他一抬头，瞧见一个乡村警察从一条小路上朝他们走来。约翰指指走过来的乡村警察，文策尔却说："我可不怕他。我有证明，没有事。"

还没等到这个乡村警察走到他们的跟前，文策尔便掏出一个小本子递给他。乡村警察摆出一副官架子仔细审视小本子里写的内容。文策尔又伸出手要取回小本子，乡村警察却漫不经心地把它放进兜里。"还没有上警察局去报到过嘛，"他干脆地说，"跟我走！"又向约翰扫了一眼，手按着刀把，押着囚徒走开了。

市长在市政厅里。乡村警察走进他的办公室，向他报告囚徒文策尔释放出来的情况。

市长微笑着说："一个老相识！"

"我是在牧牛的山间小道后面撞见他的，那个约翰·交运城待在他旁边。"乡村警察陈述道。

市长思索片刻后说："嗯，嗯——约翰·交运城，这是可以料想得到的。"

"那当然，市长先生，我觉得他俩混在一起形迹可疑，再说又是在城外，并在人家关门上锁的时刻，那儿可是个不大有人走的地方。"

"你说什么来着，洛伦茨？"市长问道。"这个约翰·汉森现在品行端正，跟他的小女儿诚实地过着艰苦的日子。"

"您说得很对，市长先生，但他两个早先一起坐过牢，眼下又马上在那儿混在一起，这可能有鬼。"

但市长摇头。他冬天借过一点钱给约翰，约翰开春就还给他了。"不，洛伦茨，"他说，"你别替我找这个人的麻烦，我比你了解他，而且他眼下又有活儿干，才不会把活儿丢了去冒险。那好吧，去把文策尔带来！"

"是。"他一边说着，一边军人式地转了个身，走了出去。但他对约翰·交运城的那种结论遭到驳斥，他心里窝火。于是，他这一天就跟碰到的一些工人和小手艺人绘声绘色地讲述了这件可疑的事情，这些人又讲给一些仆人听，这些仆人又讲给他们的东家听。这样很快就闹得满城风雨，说什么文策尔又跟约翰·交运城勾搭，准备为非作歹了。虽然次日文策尔就被释放，之后又给一处一处的地方当局赶出境，当地再也见不到他的人影，但这样一来确实使约翰蒙受了不白之冤。约翰指望在那下边城里的大菜园里干一个夏季的活儿，甚至指望在往后的几年都能留在那儿，因为东家总是夸奖他干活勤快而又利落，可是眼下主人叫人来通知他别再去了。他到别的人家去找活干儿，也都遭到拒绝。他好不容易在邻村找到了工钱很低的田里的活，但没有干多久就结束了。他情绪低落，尤其是女儿的气色更使他心情沉重。穷得小屋里已差不多家徒壁立，还亏机灵的老太婆总是想出新的借口，把讨来的残羹分一部分给小姑娘充饥。

这样混到了八月底，有一天晚上，眼看家里次日再也没有什么东西好吃。约翰坐在孩子的床边上，呆望着孩子那倦得要睡的讨人喜爱的小脸蛋儿，他坐在那儿一声不吭，恐惧得不知打什么主意才好。在孩子睁开眼睛瞅着他的时候，他突然脱口喊道："克里斯廷欣！"但他又停顿了一下，接着又说："克里斯廷欣，你可以讨饭去吗？"

"讨饭！"孩子给这个字眼吓慌了。"父亲，你是说讨饭？"接着她又追问，"你说什么来着？"孩子睁大眼睛激动不安地紧紧瞅着他。

"我是说，"他缓慢但非常清晰地说道，"我是说上陌生的人家去，乞讨一枚六先令的角子，或是更少一点儿，一枚三先令的角子，甚至一块面包。"

小姑娘簌簌流下了泪水。"父亲，你怎么会问我干不干这种事情呢？你可是一直说，讨饭是可耻的呀！"

"但有的时候，可耻还算不上是糟糕的事情啊……不，不！"他随即大声叫喊起来，并且猛地把女儿搂到怀里，"别哭啦，唉，别这样哭啦，我的孩子！你不该去讨饭，你永远不该去讨饭，我们情愿再少吃一点！"

"还要吃得再少一点儿，父亲？"小姑娘迟疑地问。

约翰没有回答。但当他把脑袋沉到她的瘦小身体里时，她觉得，父亲好似冲着她啜泣。这时她擦掉自己脸上的眼泪，躺在那儿考虑了一会儿，之后把自己的小嘴挨着父亲的耳朵。"父亲！"她小声地喊。

"嗯，我的孩子！"他抬起头来望着她。

"父亲，我认为，我完全可以去讨饭！"

"不行，不行，克里斯廷欣，别再去动这个脑筋啦！"

"嗯，父亲，"她用细小的手臂紧紧搂住父亲的脖子，"但你要是闹病了和肚子饿的话，我可是要去讨饭的！"

"好了，孩子，你是清楚的，我的身体还挺健壮！"

女孩目不转睛地望着她的父亲，他看上并不十分健康，但他倒是笑嘻嘻的。"好啦，睡觉吧！"他边说边温和地把她的小手臂从自己的脖子上拉开，把她抱回到床上。女儿装作获得了安慰的样子，合上了眼皮，不久便渐渐地睡着了，只是她的小手还紧紧地握着父亲的手，直到后来她的小手指才慢慢地松开。平稳而又均匀的呼吸说明她已睡熟了。

约翰依然坐在那儿，一弯新月升起，向屋里投下淡淡的光。他凝视着女孩，陷入绝望之中：他该怎么办呢？上储蓄银行去贷款？但谁会替他担保呢？去找市长借一点儿钱？但谁在盛夏季节就去借钱呢？再说他在冬季就去借过钱了，他还清楚记得，那是在井栏的木板已经烧光、房内又复砭人肌骨的日子里。当时市长是借了钱给他的，但这位老人向他投来的锐利目光是那样不寻常。"借给你钱，你别再约束不住自己啦，约翰！"市长说。这使约翰的两条腿突然哆嗦起来。他心里思忖，莫非市长知道了那件事情。这使他心头一沉，他可是个蹲过监狱的人，什么坏事都会猜疑到他的头上。从发生那件事情后，他因此就一直没有找到工作！他感到，人们对他的怀疑像是一片黑沉沉的乌云浮在他的头上。他虽然已还清了借款，但不行，可不好再去找市长啦！在隔壁木匠家的花园里还有几畦马铃薯，好像已给人忘了。但他使劲咬了咬牙齿：他可是在木匠的帮助下才能把死去的妻子安葬的啊。刹那间，好些感触闪过他的脑际，并交集到那放置火炉的地方，交集到那闪烁着淡淡月光的黄铜螺帽上。"汉娜！"他喃喃地呼喊道，"你倒是死了啊！"他陷于难以名状的贫困之中，往前伸出一双叉开指头的手。多少景象在脑际交替闪现，但饥饿难熬的景象压倒一切。蓦地，眼前展现一片广阔的马铃薯地。野外，那口被他偷偷撬去栏板的枯井，如今已淹没在高高的成熟庄稼里。井旁那片地里的马铃薯，给别的地里的活儿耽误了时间，还没有收。"只刨几小堆！"他自言自语地说，"能混饱一下肚子就行！"他突然出现一种遭到排斥者的对抗情绪："明天会有活儿干的，如果还是没有，那我就得看看亲爱的上帝是否灵验啦！"

他依然坐在那儿，坐了好几个小时，一直坐到月亮落下去了。他相信，所有的人都已睡熟了，这时他便蹑手蹑脚地走出房间，走出家门。空气潮湿闷热，只间或吹过一阵风，大地一片漆黑，几乎什么也看不见。但约翰经常走这条道，终于小腿擦到了茎叶，使他觉得自己已走到了马铃薯地里。他钻了进去，因为他感到好像四处都有目光盯着自己。他时而弯下腰在一簇簇茎叶丛里刨地，时而又吓了一跳，把手缩了回来。但这些只不过是钻在叶丛间的小东西，一条千足虫啦、一只青蛙啦，从他的手上溜过。他带来的小口袋已装了一半。他站起身来，掂了一掂小口袋的分量，够啦；但是……他把口袋倒提起来，要把袋里的马铃薯全都倒回到地上，只是一只手还拉紧袋口的绳子。他觉得，脑袋里像有架天平上下摇摆不定，之后他慢慢地说道："我没有法子呀，亲爱的上帝！我的孩子！孩子会钉上十字架的，让我救救她吧！我可只是一个普普通通的人啊！"

他站在那儿，侧耳倾听，在夜色中好似天上有一个声音传下来。之后，他拎起口袋，只是往前奔跑，一个劲儿地往前奔跑。此刻，高大麦秆上那扎人的穗秀刺着他的脸，但他几乎也感觉不到，没有一点星光给他照亮道路。他转来转去没有跑得出去。他突然想到自己在十年前当监工的时候走这条道是多么熟悉。那时，有一天他的妻子，一个十六岁的姑娘投向他怀里的地方，离这儿不会太远呀！在惊恐又甜蜜的心情中，他继续往前疾走。他每跨出一步，都使麦秆发出有规律的沙沙声。一只鸟儿、一只山鹑或者一只黄鹂，刷的一声从他的前面飞起，但他几乎没有听见，只管一个劲儿地往前走，好像要永远这样走下去。

这时，辽远的地平线那边，闪了一下微光，看来雷雨要来临了。刹那间他停住了脚步，想了一下。黑暗中他看到了乌云，他顿时分辨出了东西方向。于是，他掉转身子，加快了脚步，他要迅速回到家里去，回到孩子的身边去。这时，脚前有个什么东西绊了他一下，他还没有闹清楚是怎么回事，便又跨出了一步，但这一脚没有落到土地上……一声尖锐刺耳的喊叫划破了夜空，之后便好似大地把他吞咽下去了。

两只鸟儿惊得飞上了天空，接着一切又复沉寂。现在，在庄稼地里再也没有脚步声了，只有麦秆发出的单调的声响以及无数小虫近乎不出声地啃咬着作物根茎的声响。天气越来越闷热，窒息得令人喘不过气来，一场暴风雨爆发了——这时，雷声隆隆，大雨哗哗，淹没了大地上所有其他的声响。

这当儿，在北大街尽头的一所小屋里，一个可怜巴巴的女孩从睡梦中醒来。她在梦中捡到了一个面包，但一口咬下去却是一块石头。在睡意蒙眬中，她伸手去抓墙边大床上父亲的手，但抓到的只是枕角，之后，她又睡着了。

约翰·交运城再也没有回到家里，再也没有回到他孩子的身边。各个警察局都在寻找他的踪影，但白费气力。好多天，小城里的居民都在纷纷议论他失踪的事情。有一些人认为，约翰·交运城已潜逃他乡，和文策尔会合，并随他越过海洋去往盗贼享用的地方——关于横渡海洋的旅费，他们在去汉堡的途中是会有办法弄到手的，至于小女孩自有老玛利肯很好地照管。而另一些人则以为，他已在水闸外面的堤坝上、那曾与文策尔策划干坏事的地方自尽，并给落潮的海水带进了深海。

在一次宴会上，这两种意见相持不下。"那么，您，市长先生，"那位由市长邀请来的前啤酒厂老板的大姨子问市长，"这件事情您怎么看？"

市长直到现在还没有说过一句话，这时从容不迫地吸了一撮鼻烟。"哼，"他说，"我该说什么呢？这个约翰依法服刑以后，就像通常的情况那样，落入听任他亲爱的同时代人追猎的境地。他们如今已把他逼迫致死，这是他们毫无怜悯之心的结果。对此还有什么好说的呢？如果还要我说什么，那就是你们现在让他安息吧，因为他如今已归彼岸的法官审理了。"

"可真是，"老姑娘感到惊讶不已，"你对这个约翰·交运城的看法总是很特别！"

"是约翰·汉森！"市长严肃地纠正说。

我逐渐清醒过来，此刻自己站在林务官家打开着的窗口前，这儿远离故乡。月亮已爬上对面森林的树梢，向房舍洒下清辉，我又听到了长脚秧鸡在草地里啼叫。我掏出怀表看了一看，已深夜一点多钟！桌上的蜡烛已快烧尽。如此情况，自青年时代起便深深印在我的脑际，眼下，我在朦胧状态中，那个人的一生及其结局又在眼前一一映现。当时的这些情况，对于我来说始终是个谜。现在，我全明白了，我清楚地认出了那个在阴森森的深井里蜷缩着的不幸者的尸体。今天，在我知道女主人的姓名之后，此刻我也清楚，过去有一次，有个人听到过从那葬身的阴暗的深井里传来的一声凄厉叫声，不过那时那听到这叫声的人只是个十四岁的孩子。在这可怜的人失踪的晚上，我跨进一个朋友家里的时候，他的儿子吓得面如土色拿着扑蝴蝶的网兜奔进房间里。"鬼出现啦！"他喊叫着，并且环顾四周，好似家里也不十分安全。"你们不要笑，我可是亲耳听到了鬼叫！"他待在剥皮作坊的那口枯井旁边的马铃薯地里，捕捉黄昏时分飞出来的骷髅蛾，这时突然听到离他不远的麦田里传来一声喊他的名字："克里斯蒂安！"他生平还从未听到如此沉闷而又嘶哑的喊声，于是吓得拔腿便跑，还仿佛有什么东西在后面紧紧追赶着他，想抓住他。

在这三十年之后，现在我一下子全明白了：他所听到的那声喊叫可不是"克里斯蒂安"，而是落入井底的约翰在绝望之中呼喊着他所眷恋的女儿"克里斯廷欣"！我还弄明白了一件事情：几天之后，一个工人——我孩提时代的一个朋友，在那口枯井旁边的地里帮人家割麦。"过一会儿，我们可以在那儿逮到一只老鹰啦！"一天晚上，他跟我说。

"一只大老鹰？"

"这简直叫人难以相信！这只老鹰将一段身子冲进那口剥皮作坊的枯井里。天知道，那井底下有什么玩意儿。那只老鹰拼命挣扎，在狭窄的枯井里扑动翅膀，竟挣脱不出来。我们只是手边缺少一根粗短的棍棒去敲打它，同时那儿也冒出一股叫人恶心的臭气。这只老鹰好像已在井里啄食过腐尸！"

当时，我听了这番话并未引起注意，此刻突然想到这段往事，不禁毛骨悚然。温湿夜风吹拂，我感到舒适，首先因为这是今日之风，而不是当年之风。我知道，那口井在几年前已给填平。"睡觉吧！"我轻声地自言自语，"鬼魂啊，你也好安息啦！"

我吹灭了蜡烛，但让窗户仍然敞开着，好让一切生机盎然的气息向我流来。出乎我的预料，我随即睡熟了。梦中只有一个欢乐的景象，我梦见了沐浴在晨光中的故乡的大道，听到一辆马车铿铿驶来，还看到小克里斯廷欣坐在两位可亲的老人中间的宽阔座位上，她亲切地朝我点点头，经过我的身边，越过青格尔[1]，向乡村驶去。

我没有继续去想老玛利肯。我知道，在好多年前，她已在圣乔治养老院里悄然离开人世。

次日早晨，我很晚才下楼进屋，这时那条棕色猎犬从起居室门前的垫子上爬起来，摇着尾巴向我这个客人表示亲热。但我走进屋里，却不见一个人，只有侍女推开一扇边门探进头来瞅了一

---

[1] 施托姆家乡胡苏姆城里的一条大街。

眼，便转身跑开，好似遵照吩咐，等我来了去通报一声。我在这当儿便观看墙上挂着的一些油画，从这些油画上可清楚辨出两代人：一面墙上挂的是施特费克[1]与老里丁格尔[2]画的狩猎图和动物画；而在对面沙发上面的墙上，我却发现了鲁本斯[3]绘的那幅将基督尸体从十字架上取下的油画，在这幅画的两侧分别挂着路德与梅兰希顿[4]的肖像。在沙发一侧窗户旁背光的墙角上挂一帧已经发黄了的照片，像是蒙在逝去岁月的阴影里。一只像是昨天我们散步时由约翰的女儿采撷的蜡菊编结的花环围绕在黑色的镜框上，这说不定就是她编的那只花环。

　　我近乎胆怯地走到照片前，这是一帧身着制服的士兵照片，跟农村小伙子在服役期间拍了寄回家去的照片并无两样。照片上这个人的头部还凑合可以看得清楚，我认出这就是工人约翰·交运城的面貌。我过去虽然只见过他一面，但这模样却镌刻在我的记忆里，只不过这张照片的脸上还毫无忧伤和内疚的表情——在那轻狂的鹰钩鼻子下面蓄着两撇黑色小胡子，而一双眼睛则流露着诚挚的目光，蛮有把握地直视人世。这不是约翰·交运城，而是一直活在他女儿心中的约翰·汉森，是他女儿昨天采撷不易枯萎的蜡菊编成花环献给他的那个约翰·汉森，这个约翰跟那个面目酷似的人的影子毫无联系。我禁不住要向高贵的女主人高声大喊："消除这萦回于你脑际的幻影吧！这个幻影和你亲爱的父亲就是一个人啊！他是一个人，他曾误入歧途，又曾在苦难中煎熬过！"

---

[1]　卡尔·施特费克（1818—1890），德国画家。

[2]　约翰·埃利阿斯·里丁格尔（1695—1767），德国画家。

[3]　彼得·保罗·鲁本斯（1577—1640），佛兰德斯画家。

[4]　菲利普·梅兰希顿（1497—1560），德国新教神学家。

我听到了主人夫妇俩说话的声音从背后的花园园门里传进屋里。我从挂着花环的镜框转过身来迎向他们，他们问我早上好，并取笑我睡懒觉。

我们在一起度过了春光明媚的一天。晚上，我又和总林务官以及他那条忠实的狗在树林里散步。我沉默片刻后便将昨夜回忆所及和心中顿悟的一切以及各个细节都讲给总林务官听了。

"嗯，"这位审慎的总林务官哼了一声，以真诚的目光久久地注视着我，"这可是一篇诗章。您不仅仅是一位律师啊！"

我摇摇头："您一直管它叫诗章吧，您也可以管它叫爱和同情，这我很快就在我的女主人身上发现了。"天黑了，什么都看不见了，但是我觉得，他好似向我投来真挚的目光。"亲爱的朋友，我很感激您，"他接下去又说，"当然，我很少听到我妻子的父亲的情况，他在我的心目中从来不是这样的形象。"

"那么在您的心目中是什么样子呢？"我问。

他没有回答我，我们默默思索，并肩走到了家门口。

"你们两个可走得太慢啦。"克里斯廷欣太太迎向我们，"你们可把我全给忘了！"

次日晨，我离去的时候，他们夫妇俩陪我走了一段林中小道，把我送到公路上。"我们要给您写信的！"总林务官说，"平常我是不爱写信的，但我准定给您写信，我们一定要把您紧紧抓住，使您再次踏上来看望我们的道路！"

"是啊，您再来吧！"克里斯廷欣太太大声喊道，"答应我们这个要求吧！这样握别才不会使我们忧伤！"

我快活地答应了他们，接着他们夫妇俩便跟我握手告别。我站在那儿，望着他们离去：她紧紧挨着丈夫的身体，他则温情地搂着她的腰肢。之后，他们拐过一个弯道，便消失在我的视野之外。

"再见啦，约翰·交运城的女儿！"我小声喊道，"就让那绰号的第一个音节——'交运'这两个字眼留在你的身边吧！它是忠诚的，因为它也待在恰当的地方啦！"

十四天后，总林务官寄来了第一封信，使我在看公文的间隙中花了很大工夫去读它。"我还不得不解除您许下的诺言，"他在信中写道，"就在我们话别的那天晚上，我便把克里斯廷欣父亲的往事，照您给我讲述的内容，详详细细地都讲给她听了。您说得不错，这是他早先的形象，之后他才成为迄今在他女儿心中的那另一种慈祥样子的。即使夫妇之间也不该保守秘密啊。虽然这首先使她号啕大哭了一场，吓了我一跳，生怕她父亲的气质在我温柔的妻子身上迸发出来了。但是，她一会儿又恢复了自我。而现在——我的朋友，树林边缘的香忍冬又开花了，散发着在我看来从未有过的芬芳。约翰·交运城相片的镜框上，眼下挂上了一个玫瑰花环，现在，他的女儿对于他有了更多的了解。不仅仅是个父亲，而且是一个完整的人。克里斯廷欣叮嘱我转达对您的感谢与问候，但我知道自己无能以女性的方式将此表达于纸上。我只请求您理解这是最真诚的表示。"

当年，总林务官的信里就是这样写的。虽然每年我们都有几次书信来往，但我没有再去那儿。然而此刻在我书房左边墙角的两只椅子上已放上了两只收拾好的旅行皮箱。外面篱笆旁边的香忍冬又开花了。为了离家一周，屋里的一切都已收拾干净，因为我决定明天去看望我的朋友——约翰·交运城的女儿与正直的总林务官。他在知道我要去看望他们的消息后，便兴高采烈地回信给我："我们愉快地等候着您，您来得正是时候，我们的孩子也带着成绩报告单回家了。他妈妈深情爱他，仔细端详他的脸，总要在他这张脸上找到他父亲的一点新特征。您来吧，我们现在只缺您这位朋友啦！"

当然，当明天上帝的阳光叫醒我时，我就来啦！

江南 译

骑白马的人

　　我想讲的故事，整整半个世纪以前，我在我的曾祖母——参议员费德尔森老夫人家里时就知道了，那时我坐在她的靠背椅上阅读一本蓝皮平装杂志。我记不得那是《莱比锡诗文选》，还是平装《汉堡诗文选》。当时这位八十高龄的老夫人用左手间或无限爱抚地抚摩她重孙的头，我现在还似乎感到心有余悸呢。她本人连同那个时代早已被埋葬了。从那以后我再去追究那些文字也是白费气力，因此我也就很难保证这故事是真实的，遇到有人对此提出质疑，我也无力为它抗辩。我只能保证：虽然没有任何外部的原因使我回忆起这故事，但从那时起，这故事我从来也没有忘记。

　　那是本世纪三十年代，十月的一个下午——当时讲故事的人就是这样开头的——那时我冒着急风暴雨在北佛里斯兰的一个堤坝上骑马前行。走了一个多小时了，左边一直是荒凉的不见任何牲畜的低地，右边，就在令人不快的近处，则是北海的海边浅滩。虽然都说从堤坝能看见堤外小岛和其他岛屿，但是，我只看见那黄褐色的波浪不停地怒吼着冲击堤坝，间或把肮脏的泡沫喷向我和我的马。那后边是寂寥的暮色，天与地难以分辨。半月高悬在天空，大多时间被飘动的乌云所遮盖。地冻天寒。我的手冻僵了，几乎连缰绳都握不住。乌鸦和海鸥不停地吱吱呱呱地叫着被暴风雨赶到陆地上来，我并不责怪它们。夜幕降临了，我已无法准确地辨认出马的蹄印。我没有遇见一个人影。我什么也听不见，只有群鸟用长翅膀几乎擦着我或我忠实的马时发出的啾啾叫声，以及风雨狂吼的喧闹声。我不否认，我有时也很希望找到一个安全的住地。

这恶劣的天气现在延续到了第三天。我的一个亲戚在紧北方的一个村庄里拥有一个庄园，他对我特别好，我就这样被他过分热情地留在这个庄园里了。但今天不能再待下去了，我要到城里去办事，城市位于南方，离我的住地大概还有几个小时的路程。尽管我的表兄和他的妻子千方百计地挽留我，尽管可以品尝自家栽培的佩莉奈特和格拉德－里夏德品种的好苹果，我还是在下午骑马离开了这里。"等你到海边来，"他站在家门口从后面向我喊道，"你要再来呀，你的房间给你留着！"

果不其然，过了一会儿，当一块黑色的云层上来把我的周围变成一片漆黑，同时那呼号着的凶风恶雨企图把我连同我的马从堤坝上推下去时，我的脑际真的闪现过这样的念头："别傻了！回去坐到你朋友的暖窝里去吧！"随后我又突然想到，回去的路程比去我的目的地的路程还要长呢。于是我便骑马继续疾行，把我的大衣领子拉起来挡住耳朵。

现在倒是有个什么东西在堤坝上迎面朝我走过来了。我什么也没听见，但影像越来越清晰，半月洒下微弱的光时，我以为认出了一个黑色的人影。不一会儿，他来到近前，我看到他骑着一匹马，一匹瘦削的高头白马，一件暗色的大衣围着他的肩头忽拉拉飘动，在疾驰过去时，苍白面孔上的两只炯炯发光的眼睛扫了我一眼。

这是谁？他想干什么？现在我想起，我没听见马蹄声，没听见马的喘息声——骏马和骑马的人确确实实从我身旁驶过去了！

心里想着这个现象，我骑马继续往前走，但我没想很长时间，就有个什么东西又从我背后驶了过去。我觉得，好像那飘动的大衣擦着了我，而这幻影像头一次一样，无声无息地从我身边飞奔而过。接着，我看见他在远处，在我眼前更远的地方，随后，我突然看见他的影子在堤坝的内侧向下走去。

我犹犹豫豫地骑着马随后跟了过去。到达那个地点以后，在下边的围海造成的田里，紧挨着海堤，我看见一个巨大的海湾池塘的水闪着光亮——那里的人管它叫低湿地，是海啸时海水冲进陆地造成的。这些低湿地后来大都作为深底的小池塘留了下来。

尽管有防波堤，这水还是地地道道的不流动的水。那个骑马的人可能不曾把它搅浑，我再也没看见他的什么了。但我看见了别的东西，对此我兴高采烈地表示欢迎：在我前面，下面的造田地区有一片分散的火光向上朝我闪烁，它们好像来自那些纵向延伸的佛里斯兰人的住房，那些房子都各自独立地坐落在高低不平的造田区的土丘上。紧靠我跟前，在内堤的半高处，就有一所同一式样的大房子。在南侧，房门的右边，我看见所有的窗子都亮着灯光。我觉察到窗户里面有人，尽管有风暴，我相信我还是听到了人声笑语。我的马自动迈步向下，踏上海堤边那条把我引向那所房屋门前的路。我清楚地看到，这是一个客栈，因为我发现在所有窗户的前边都有所谓的"拴马桩",就是两根立柱的横梁上钉着大铁环,用来拴那些在此停留的家畜和马匹。

我把我的马拴在一个大铁环上,然后把它交托给一个仆人,我进去时他正在过道里迎面走来。"这里是在聚会吗?"我问他,这时从那小房间的门里清楚地传来嘈杂的人声和玻璃器皿的碰撞声。

"有人在那里,"那仆人操着北德方言——后来我才知道,一百多年以来,此地除了佛里斯兰语,还通行北德方言——回答,"是堤防督办、堤防代表和其他有关的人!因为水涨得太高了!"

我走进屋,看见大约有十一二个男人坐在一张顺着窗户摆的长条桌旁,桌上有一个装潘趣酒的大肚瓶,一个身材魁梧的人好像在领导着他们。

我问候过他们以后,便请求允许我跟大家坐在一起,他们当即欣然接受我的请求。"你们是在这里守卫吧!"我转身对那个人说,"外面天气糟透了!海堤随时都有危险啊!"

"是的,"他应答着,"这里是东侧,我们相信现在是没有危险的;只是那边,那一侧,不安全,那边的海堤大多是按照老的模式修的。我们的主堤在上个世纪又整修过。刚才在外面我们觉得很冷,您呢?"他补充说,"也同样感觉冷吧。但我们必须在这里坚持几个小时,外面我们有可靠的人,他们会随时向我们报告情况。"我还没来得及向旅店老板订房间,一杯热气腾腾的饮料已经端到我面前。

很快我就知道了:我的友善的邻座是堤防督办。我们攀谈起来,我开始向他讲述我在堤坝上的奇遇。他特别留心地听我讲,我突然发现，四下里的一切谈话都沉寂下来了。"骑白马的人！"这伙人当中的一个高声说，其余的人都很惊恐。

堤防督办站起身来。"你们不必害怕，"他隔着桌子说，"这事不单单跟我们有关。在这十七年间，对那边的人来说，这也十分重要，但愿他们做好一切准备！"

随后，我心里也很害怕。"请原谅！"我说，"骑白马的人是怎么回事？"

在旁边那个炉子后面，略微弯着腰坐着一个干瘦的矮小的男人，他穿了一件破旧的黑外衣，一个肩膀好像有点畸形。他没有参加别人的谈话，他的头发稀疏灰白，可眼睫毛却是黑的，从他的眼睛可以清楚地看出，他不是坐在这里睡觉的。

堤防督办向这个人伸出手去："我们的教师。"接着又提高声音说："关于我们这里的事他会绘声绘色地讲给您听。自然只是按照他的讲法，不是完全照着家里我的老管家安佳·佛尔莫斯的说法。"

"您是在取笑吧，堤防督办！"教师多少有点虚弱的声音从炉子后边传过来，"您竟把我和您的那个愚蠢的泼妇并列！"

"是的，是的，教书先生！"另一个人接口说，"不过，在泼妇那里，这样的故事保存得最好！"

"当然！"那位矮小的先生说，"我们在这方面意见并不完全一致。"随后就在他那细腻的脸上滑过一丝高傲的微笑。

"您看见了吧，"堤防督办对着我的耳朵悄声说，"他向来有些自负。他年轻的时候研究过神学，只是由于失恋，他不得不留在家乡当教师了。"

这人此刻从他的炉子角落里走出来，在那张长条桌前我的旁边坐下。"讲吧,只管讲吧,教书先生。"这伙人中比较年轻的一两个高声说。

"当然要讲,"这位老者把脸转向我说,"我很愿意遵命。但这里有许多迷信成分,能抛开迷信的东西来讲这个故事,那可真是一门艺术。"

"我请求您不要把迷信成分删去,"我接口说道,"尽管相信我,我自己会把糠秕与麦粒分开的!"

老人面带会心的微笑看着我。"那好吧!"他说,"在上个世纪中叶,或者准确点儿说,在中叶前后,这里有一个堤防督办,他很懂得如何修堤建闸,比农民和庄园主要高明得多。但这点知识是绝对不够用的,因为那些有学问的专家写的东西他读得很少。他的知识是从小自己揣摩出来的。您大概听说过,先生,佛里斯兰人都善于计算。您大概也听人讲过法雷托夫特的汉斯·蒙森吧,他是一个农民,但他能做罗盘、航海时钟和望远镜,还能做管风琴。喏,后来的堤防督办的父亲也是这样的人,只不过略逊一筹罢了。他在围海造田区里拥有一两块以沟渠为界的低地,在那里他种油菜和豆角,还喂了一头牛。秋天和春天,他时常出去丈量土地;到了冬天,当刮起了西北风,把他家的护窗板吹得噼啪山响时,他就坐在自己的小屋子里又画又算。他的男孩通常也坐在那里,抛开他的启蒙课本或《圣经》,目不转睛地看他父亲怎样测量和计算,还用手去搔他的金黄色头发。一天晚上,他问他父亲刚写的东西究竟为什么必须是这样的,而不能是别样的,接着就对此提出自己的看法。但父亲不知道如何回答,摇摇头说:'这我不能告诉你。只要知道应该是这样,而你自己弄错了,就够了。如果你想知道得更多,那你明天就到放在阁楼上的

箱子里去找一本书，是一个叫欧几里得[1]的人写的。这本书会告诉你这方面的知识！'

"那男孩第二天跑到阁楼上，很快就找到了那本书，因为在这个家里根本就没有多少书。当他把那本书放在父亲面前的桌子上时，父亲笑了。这是欧几里得的书的荷兰文译本，荷兰文虽说可算是半德语，但父子二人全都不懂。'是的，是的，'父亲说，'这本书还是我父亲的呢，他懂荷兰文。难道就没有德文译本吗？'

"这个沉默寡言的男孩安静地望着父亲，只说：'我可以保留这本书吗？德文译本那里没有！'

"当老人点头应允时，他又拿出另一本撕掉一半的小册子。'还有这本也行吗？'他又问。

"'两本你都拿去吧！'泰德·海恩说，'它们对你不见得有多大用处。'

"但这第二本书是一本简明荷兰语语法，因为冬天还有很长时间才能过去，这倒给了这个男孩很大的帮助，当花园里的醋栗又含苞吐艳时，这本当时流行甚广的欧几里得的书他几乎全读懂了。

"在关于汉斯·蒙森的传说里也讲到这个情况。"讲故事的人中断了自己的叙述，"先生，这我并非不知道，但是在他出生之前，在我们这里就已经在讲豪克·海恩的事了——这是那个男孩的姓名。您大概也知道，只要出现一个更了不起的人物，他的前

---

[1] 欧几里得（活动期约公元前 300 年）：古希腊数学家，以《几何原本》一书闻名于世。

辈们曾经在危难中或他人咒骂中所做的一切，就都加到他的身上去了。

"当老人看到，这个男孩子既不懂养牛羊，也几乎不知道豆子开花是每个围海造田人的欢乐。他进而考虑，这一小块地适合于农民和小伙子，但不适合半瓶醋学者和雇工，此外，他本人也永远不会飞黄腾达，便把他的大孩子送到堤坝上去，要他从复活节到圣马丁节和其他工人一起用板车推土。'这会使他摆脱欧几里得的。'他自言自语道。

"然而，板车这少年在推，但那本欧几里得的书他却无时无刻不放在口袋里。每当工人吃早点或吃午饭的时候，他就手里拿着那本书坐在他的翻转过来的手推车上。当秋天潮水上涨，不得不多次停工时，他不跟别人一起回家，而是留下来，双手抱着膝盖，坐在朝向海水的堤坝斜坡上，几小时目不转睛观看那浑浊的北海的波浪怎样越来越高地向上拍击堤岸的草皮。倘使海水漫过他的脚，水的泡沫喷到他脸上，他才往高处退几英尺，然后再坐下来看。他既听不见海浪的拍击声，也听不见海鸥和其他海鸟的叫声，这些鸟围着他或在他头顶上飞翔，几乎用翅膀擦到他，用闪闪发光的黑眼睛望着他。他也没看见夜幕怎样在他眼前降落，遮在广阔而狂暴的海洋上空。他独自在这里看到的，是海水的汹涌澎湃的边缘，当潮水上涨时，这海水的边缘一再顽强地撞击同一个地点，在他眼前把倾斜的堤坝上的草皮冲刷掉。

"在长时间的凝望之后，他慢慢地点了点头，要么就连头也不抬，只用手在空中画一条柔和的线，好像他要给堤坝修一个缓坡。到了天全黑下来，地上的一切东西都看不见了，只有潮水还隆隆响着冲击他的耳鼓时，他才站起来，半湿着身子一路小跑回家。

"一天晚上，他就这样进了房间，朝他父亲走去，父亲正在擦他的测量用具，气哼哼地说：'你在外面折腾什么了？这样你会被淹死的。今天水要啃大坝了。'

"豪克倔强地看着他。

"'你听见我说的话没有？我是说你会被淹死的。'

"'听见了，'豪克说，'我没有被淹死啊！'

"'不，'过了一会儿，老人接着说，心不在焉地看着他的脸，'是这一次还没有淹死。'

"'不过，'豪克又说，'我们的堤坝根本不中用！'

"'你说些什么呀，孩子？'

"'我说的是堤坝！'

"'堤坝怎么啦？'

"'这些堤坝没有用，爸爸！'豪克答道。

"老人朝着他的脸嘿嘿地笑了起来。'到底怎么了，孩子？那么说，你是吕贝克的神童喽！'

"但这少年并没有被搞蒙。'靠水的那一面太陡了，'他说，'一旦潮水涌来，像以前多次涌来时那样，就连堤坝后面我们这里也会淹没的！'

"老人从口袋里掏出他的嚼烟，拧下一点儿推到他的牙齿后边。'你今天推了多少车土？'他生气地问。他看得很清楚，就是堤坝上的劳动也没能迫使这孩子不去动脑筋。

"'我不知道，爸爸，'那孩子说，'跟别人干得一样多，也许还多几车呢。但是——堤坝必须改个样子！'

"'喏，'老人说，突然笑了起来，'你可以把这个想法说给督办听一听，然后把堤坝改修成另一种样子。

"'好的，爸爸！'男孩答道。

"老人看着他，吞咽了两口烟，然后就走出门去。他不知道该怎样回答孩子。

"当十月底堤坝工程告一段落，往北朝着海走，成了豪克·海恩最好的消遣。万圣节前后常有秋分时的风暴，谈到这个节日，我们说，佛里斯兰对它都要抱怨，而他盼望万圣节就像今天孩子们盼望圣诞节一样。如果朔望潮即将发生，人们也会感到很安全。他不顾凄风苦雨，孤身一人来到远处，躺在堤岸边。每当海鸥吱吱地鸣叫，每当海水对着堤坝狂吼，在回卷时把堤岸草皮的碎渣涮到大海里去，人们总会听到豪克的愤怒的笑声。'你们一点儿也不对，'他朝着喧闹的浪涛喊道，'别人也做不成什么！'最后，往往是在漆黑的夜晚，他才离开广阔的荒野沿着堤坝走回家去，直到他那细长的身影到达他父亲草屋顶下的矮门，穿过这小门溜进那个小房间。

"有时，他带回来满满一把黏土。到家就坐在老人身边，老人现在也不干涉他了。他凑在细小的牛油蜡烛的微光下把黏土捏成各式各样的堤坝模型，然后把模型放在盛了水的平底容器里，试着在那里边模仿波浪的冲击；要么他就拿出他的写字石板，根据他自己的看法在上面绘制堤坝面向海水一侧的断面图。

"他从来没有想到过要与那些跟他一起念过书的人交往，好像他们也不把这位梦想家放在心上。又到了冬天，严寒闯入人间，他就更远地漫步到他从前没到过的地方去，走出堤坝，直到无边无际的海边浅滩冰冻的平野展现在他的眼前。

"在二月持续的严寒天气里，人们发现了漂浮的尸体，这些尸体横卧在公海边的外面冰封的海边浅滩上。一个年轻的女子当时也在场，当人们把她带到村里时，她站在老海恩面前没完没了地说：'你们不要相信，他们看上去像人。'她高声说，'不，简直像鲅鳒！头都这么大，'她伸出双手远远相对地比画着，'黝黑发亮，像新烤的面包！螃蟹咬过他们了，孩子们见了就大叫大嚷！'

"对老海恩来说这算不得什么新鲜事儿。'他们大概从十一月份起就漂在海里了！'他不动声色地说。

"豪克默默地站在旁边，但只要他抓着机会，就悄悄地跑到大坝上去。不消说，他是想要寻找其余的死者，或者说他只是被那现在被冷落的地点正孕育着的恐怖事件所吸引。他走得很远很远，一直走到荒无人烟的地方才孤单地站住，那里只有狂风在大坝上空呼啸，那里除了疾飞而过的大鸟怨诉的声音没有任何别的声响。他的左侧，是广阔的空荡荡的围海造田区；另一侧，是一望无边的海滨，海滨的浅滩地带现在仍在冰封中闪烁着微光，好像整个世界都卧在白色的死寂中。

"豪克在大坝上边停住脚步，他的锐利的眼睛四下里张望，但没有再看见死人，只是某处有看不见的酸砂流在下面涌动，冰面在这急流涌动的路线上时起时伏。

"他跑回家去。但在以后的一个晚上他又跑到这个地方来了。在那个地点，现在冰已经裂开，从裂缝里有类似烟云的东西向上升腾，在浅滩盐碱地带的上空织成一张气和雾的网，与晚霞奇妙地混成一气。豪克瞪大眼睛呆呆地朝上望着。在这片雾里有一些黑色的形象走来走去，他觉得他们像人那么高大，个个威风凛凛，但又带着奇异可怕的姿态：个个长着长鼻子和长脖子。他看见他们远远地在冒着烟气的裂缝旁边慢悠悠地走来走去。突然，他们便开始像小丑似的很不自在地来回走个不停，高的压在矮的上面，矮的对着高的走，随后，他们扩展开来，失去一切形状。

"'他们想干什么？这就是那些被淹死的人的阴魂吗？'豪克想。'嚯咿嚯！'他扯着嗓门对着黑夜喊。但外面的那些东西没有理睬他的叫喊，而是继续作他们古怪的活动。

"这时，那些可怕的挪威海怪浮现在他的脑海里，那还是一个年老的船长给他讲的呢。这些海怪都没有脸，脖子上托着一团无光泽的海草。但他没有跑掉，而是把靴子的后跟紧紧地拧进堤坝黏土里，呆呆地凝视那个滑稽的怪物，它在苍茫暮色中当着他的面继续表演。'你们也在我们这里吗？'他以强硬的声调说，'你们是赶不走我的！'

"当黑暗遮没一切时，他才迈着僵硬的缓慢的步子往家走。从他身后传来翅膀的沙沙声和震耳的叫喊声。他没有回头去看，但他也没有加快脚步，很晚才回到家。关于这一切，他从未向他的父亲讲，也没向别的人讲。后来他有了一个傻女孩子，那是上帝加在他身上的负担。许多年以后他在同样的季节同样的白昼带着他的傻女孩子到大坝上去，据说那同一个怪物也在这个时间出现在浅滩盐碱地带外面。但他让她不要害怕，说这只不过是苍鹭和乌鸦，它们在雾气里才显得有这么大，这么可怕，它们是从敞着的冰缝里捉鱼。"

"天晓得，先生！"教书先生暂停了一下，"世界上什么事都有，这些事能把一颗虔诚的基督徒的心搅乱。但是，这个豪克既不是傻子，也不是笨蛋。"

因为我没有应声，他便想继续讲下去。但是，在其余的旅客中突然起了波动，这些人一直在默默地倾听，只是不断地使这低矮的房间充满浓重的烟雾——先是个别人，接着几乎是所有的人都转脸对着窗户发怔。外面——人们从没有窗帷的窗户可以看得一清二楚——风暴在驱赶乌云，亮光与黑暗乱纷纷地相互追逐。但是我也觉得，好像我看见了那个瘦长的人骑在他的白马上奔跑过去。

"稍等一会儿，老师！"堤防督办小声说。

"不必害怕，督办！"这位矮小的讲述者回答，"我没有中伤他，也没有理由中伤他。"他抬起头来，用他那双充满智慧的小眼睛望着他。

"是的，是的，"另外那个人附和着，"请把酒杯再斟满吧。"这个插曲发生之后，听故事的人大都脸上略有窘色，他们又把脸转向他以后，他才继续讲他的故事：

"就这样独来独往，顶多只跟风与水交往，只跟孤独的景象在一起，豪克长成了一个细长的小伙子。他行坚信礼已经一年多了，这时他的情况突然发生了变化，这起源于那只白色的老安哥拉雄猫，这只猫是特里娜·扬斯老太太的，是她的那个后来不幸遇难的儿子从前去西班牙航行时带回来的。特里娜住在大坝外很远的一个小茅屋里。每当老太太在家里忙这忙那的时候，那只奇形怪状的雄猫通常都坐在她家的房门前，进入夏天，就向那飞掠而过的凤头麦鸡眨眼观看。如果豪克打这儿路过，那只雄猫便冲着他咪咪叫，豪克则向它点点头——双方都知道他们相互有些来往。

"但有一次在春天，豪克依照习惯常常躺在外面大坝旁边，更远地在接近水的堤坝底部，在海滩石竹和水苦艾之间，一任强烈的阳光照射。他前一天便在那上面的海岸高燥地区搜集了一口袋鹅卵石。退潮时，浅滩盐碱地带露了出来，那些灰色的小海鸟低鸣着从上边飞掠而过，他就突然掏出一块小石头，抛向那些飞禽。抛石子他从小就练过，大多数情况下总要把一只鸟打落在海边淤泥里，常常无法过去取回来。豪克早就想把这只雄猫带走，当做叼取猎获物的猎狗来训练。但是这里处处都有坚硬的地面或沙层，遇到这种场合他就跑出去，亲自取回猎获物。如果那只雄猫在他归来时还坐在家门口，那么这动物就会出于毫不掩饰的掠夺欲而叫个不停，直到豪克扔给它一只猎获的小鸟才肯住声。

"当他今天肩头上搭着上衣往家走的时候，他带了一只不知名的鸟，羽毛好像五彩绸和金银丝一般，那只雄猫看见他走过来便像往常一样咪咪地叫。但这一次豪克不愿意把他的猎获物——这可能是一只鱼狗——给它，也不把它的贪欲放在心上。'轮流！'他朝它喊道，'今天的给我，明天的给你。今天的这一只可不是雄猫的食物！'但是那只雄猫蹑足潜行过来，豪克站住看着它，那只鸟就悬在他的手上，而雄猫抬起前爪停在那里。这小伙子好像还不完全了解他的猫朋友，在他转过身，背对着它，刚想朝前走的时候，他感觉到突然一下子他的猎获物被夺走了，同时一只利爪啄进他的肉里。一种猛兽般的狂怒在这青年人的心头燃起，他发狂地左拍右打，终于掐着脖子抓住了那个强盗。他握住拳把这凶猛的动物举起来，掐得它几近窒息，它的眼睛都从它的粗糙的皮毛里鼓出来了，却没有注意到那两个刚劲的后爪抓破了他的胳膊。'嚯咿嚯！'他喊着，更紧地抓住它。'咱们就看一看，谁坚持得最久！'

"突然，那只大猫的后腿松软地耷拉下来，豪克向后退了两步，对着老太婆的茅屋把死雄猫掷了过去。见它不动弹了，他便转身，继续登上他回家的路。

"但是，这只安哥拉雄猫是女主人的珍宝。它是她的伙伴，是她当水手的儿子留给她的唯一的纪念物。在一次暴风雨中，他想要帮助他母亲捕捉海蟹时在这海边突然遇难。豪克向前走了还不到一百步，边走边用一块手帕擦伤口往外冒的血，从那个小茅屋就传来刺耳的哭喊和咒骂。这时，他转身看见那个老妇躺在地上，苍白的头发迎着风在她的红头巾周围飘来飘去。'死了！'她喊着，'死了！'同时举起她干瘦的胳膊对他威胁着说：'你是该诅咒的！是你把它打死了，你这个无用的滨鹬，你连给它刷尾巴都不配！'她扑到那头动物身上，用围裙爱抚地擦去它的鼻子和嘴还在往外流的血，接着，她又破口大骂起来。

"'你有完没完？'豪克对她喊道，'你听我说：我一定给你弄一只雄猫来，一只能捉老鼠的雄猫！'

"随后，他便继续向前走，似乎什么也没去注意。但那只死猫却把他的脑里搅得乱糟糟的，因为他来到他家那些房屋前面时，竟从他父亲的和其余的房前走了过去，走了很长的一段路又往南在大坝上向城里走去。

"就在同样的时间，特里娜·扬斯也在同一条道路上朝着同一方向慢腾腾地走。她抱着一个装在蓝方格旧枕套里的重物。她小心翼翼地搂着它，好像那里是一个孩子。她的苍白的头发迎着轻柔的春风飘动着。'你抱着个什么呀，特里娜？'对面走来的一个农民问。'比你的家和你的农庄还要值钱呢。'老妇答道，然后又奋力往前走。当她走近坐落在下边的老海恩的房子时，便走上那条小路，这在我们那里都叫做放牧人行小道，这些小道都是倾斜地沿着大坝的侧面通上通下的。她沿着小路向下朝着那簇房舍走去。

"老泰德·海恩正站在门前看天气。'喏，特里娜！'当她站在他面前掸土，把她的拐杖使劲往地里戳的时候，他问道，'你口袋里带着什么新鲜玩意儿？'

"'先让我进屋吧，泰德·海恩！你会看见的！'她看着他，眼里闪着奇特的光。

"'那么你就进来吧！'老头说。那愚蠢的老妇的目光与他有何相干。

"两个人都进了屋，她开口说道：'你把桌上的旧烟盒和文具都拿走——你老写什么呀？对，就这样，现在你把桌子抹干净！'

"那老人怀着好奇的心理照她说的做着一切。接着，她捏着蓝枕头的两角，把雄猫的尸体从里边抖到桌子上。'我的雄猫在这里！'她嚷道，'你的豪克把它打死了！'随后，她就伤心地哭起来。她抚摸着那只死猫的厚厚的毛皮，把它的前爪收拢在一起，然后低头使自己的长鼻子斜对着它的头，在它耳边悄悄地说着不可理解的温婉的话。

"泰德·海恩瞅着死猫。'原来是这么回事，'他说，'是豪克把它打死了？'他拿这个号啕大哭的老太婆一点办法也没有。

"老妇一脸怒气地朝他点着头：'对，对。上天作证，这是他干的！'她用她那只因痛风而变了形的手擦去泪水。'没有孩子，什么活东西也没有了！'她抱怨说，'你当然知道得很清楚，万圣节一过，夜里在床上我们老人的腿就会感到寒冷，我们睡不了觉，只听得西北风在我们的百叶窗前怒吼。我可不愿意听狂风呼啸，泰德·海恩，这西北风是从我儿子陷进烂泥的那个地方刮来的。'

"泰德·海恩点了点头，老妇抚摩着她那只死雄猫的毛皮。'但是这只猫,'她又开始说,'每到冬天我坐在纺车前的时候，它就坐在我身旁，喉咙里呼噜呼噜响，还用它那双绿眼睛盯着我！当我觉得冷，爬到床上去，不一会儿，它就跳到我身边，躺在我的冰冷的腿上，我们就这样暖暖和和地一起睡觉，好像床上还睡着我年轻的爱人！'这个老妇好像在这回忆中寻找同情似的，用她那闪闪发光的眼睛看着站在桌前她身旁的老人。

"泰德·海恩却从容不迫地说:'我倒对你有一个建议，特里娜·扬斯,'他走向他的收藏贵重物品的小匣子，从抽屉里拿出一枚银币——'你说豪克夺走了你的这头动物的性命，我相信你说的是实话。这里有一枚克里斯蒂安四世的加冕塔勒，用它你可以买一张鞣制好的羔羊皮保护你的寒腿！等我们的猫以后下崽时，你可以从这里挑一只最大的，这加在一起总可以补偿你的老弱的安哥拉雄猫了吧！现在你就拿起这动物，看在我的面上把它送到城里的屠户那里去。不过你要守口如瓶，不要说它曾在我的干净的桌子上放过！'

"他还在说话，那老妇就已经把那枚塔勒抓起来，藏在裙子下边的一个小口袋里。然后，她又把那只雄猫塞到枕套里，用她的围裙擦掉桌上的血渍，大踏步走出门去。'别忘了给我小猫崽！'她回过头来喊道。

"过了一会儿，老海恩正在狭小的房间里踱步，豪克走进来，把他的五颜六色的鸟扔到桌子上；当他看见擦净的桌面上还能辨认出来的血渍时，他随随便便地问道:'这是什么？'

"父亲停住脚步，说:'这是血，是你让它流出的血！'

"小伙子的脸轰地一下子发起烧来:'难道特里娜·扬斯带着

她的雄猫到这里来过？'

"老人点点头：'你为什么打死她的雄猫呢？'

"豪克撸起袖子露出血迹斑斑的胳膊。'就是因为这，'他说，'它先抢走了我的这只鸟！'

"老人没再说什么；有一阵子，他又踱起步来。后来，他站在小伙子的面前，像不在意似的朝儿子看了片刻。'跟雄猫有关的这件事我已经给了结了，'他说，'不过，你瞧，豪克，这个茅舍太小了，两个大人坐都坐不下——现在是时候了，你得找个事做了！'

"'是的，爸爸，'豪克回答，'我也这么想过。'

"'为什么？'老人问。

"'是的，如果一个人不能在适当的地方安静地工作，他会很苦恼的。'

"'原来如此？'老人说，'就是因为这个你才把那只安哥拉雄猫打死的吗？情况很可能变得更糟！'

"'您可能是对的，爸爸。但是督办已经把他的小雇工赶走了，我可以顶替这个位置！'

"老人又开始走来走去，一边把嚼过的黑色烟渣吐出来：'督办是一个笨蛋，像大雁一样笨！他当督办，只因他的父亲和祖父都是督办，还因为他有二十九方以沟渠为界的人造田。每当圣马丁节来临，紧接着必须清理防务账目时，他就往教书先生的肚子里塞烤鹅肉、蜂蜜酒和麦圈饼。他坐在一边不住地点头，那教书先生则用他的羽毛笔不停地写下那些数目字。督办说：是的，是的，教书先生，上帝赐给你这个本领！你能计算什么？一旦教书先生不能算，或者也不愿意算，他就只好自己坐下来干，写了又

涂地计算，他那大笨脑袋急得红一阵白一阵的，两只眼睛像玻璃球那样鼓出来，好像这样就会憋出点智力似的。'

"小伙子碰巧站起来面对父亲，对父亲所说的话感到惊讶，这种话他还从来没有听他说过呢。'上帝宽宥！'他说，'他固然很笨，但他的女儿艾尔克数学好！'

"老人目光严厉地望着他。'嗨，豪克，'他高声说，'你知道艾尔克·佛尔克茨什么情况？'

"'一点儿也不知道，爸爸，老师只对我谈起她罢了。'

"老人没有回答这个问题，他只是在嘴里把烟草结从这边的腮帮子推到那边的腮帮子。

"'你想，'他随后问，'你将会在那里一起计算。'

"'哦，对，爸爸，这是很可能的。'儿子答道，他的嘴很严肃地颤动着。

"老人摇了摇头：'不，但是为了我的缘故，你就碰碰运气吧！'

"'谢谢了，爸爸！'豪克说，登到阁楼上他睡觉的地方；到了上边，他坐在床边想，他父亲为什么那样喝问他关于艾尔克·佛尔克茨的情况。他当然认识她，那个身材苗条的十八岁少女，瘦削的面孔略带褐色，倔强的眼睛和细长的鼻子上方是两道几乎连成一线的黑眉毛。不过，他几乎还没有跟她说过一句话，现在他到老泰德·佛尔克茨那儿去，倒想好好看看这姑娘究竟是什么样子。他恨不得立即就去，免得别人从他手中夺走这个位置。趁现在天还没有黑就去。于是，他便穿上他的节日上装和他的最好的靴子，信心十足地上路了。

"督办的那所长条形的房子，由于坐落在人工田的高高的土丘上，由于有全村的最高的树——一棵巨大的桦树，老远就能看见。现任督办的祖父，这个家族的第一任督办，年轻的时候就在这所房子的门东边栽了这样一棵树，但是那两棵最初栽种的树死了，后来他又在他结婚的那天早上栽了这第三棵树。这棵树现在枝叶越来越繁茂，树冠越来越大，在这里它在不停歇的海风吹拂下沙沙作响，犹如轻声讲述着往事。

"过了一会儿，这个瘦高的豪克爬上了高土冈，两边种着萝卜和卷心菜，这时他看见主人的女儿正站在低矮的房门旁边。她的一只略瘦的胳膊轻松地下垂着，另一只手好像在背后抓着一个铁环，门两边在墙里各有一个铁环，谁骑马来到房前都可以在这儿拴马。那姑娘的目光好像从那里越过海堤投向大海，在这宁静的傍晚时分太阳刚刚落入海里，同时，那褐色脸膛的少女在太阳的余晖中浑身闪着金光。

"豪克放慢脚步向那土岗攀登，心里想：'她长得很精神！'然后，他就到了上边。'晚安了！'他边向她走去边说，'你瞪着大眼睛看什么呢，艾尔克小姐？'

"'看每天黄昏在这里发生的一切，'她答道，'但在这里不是每天的黄昏都可以看见。'她松手放下那个铁环，铁环撞在墙上发出叮当的声响。'你有什么事吗，豪克·海恩？'她问。

"'但愿你反对这件事，'他说，'你父亲把他的小伙计辞退了，我想在你们这儿干活。'

"她从上到下打量了他一番，说：'你还这么瘦弱呢，豪克！'她说：'但在我们这里干活，有两只坚定的眼睛，比有两只结实的胳膊还要好！'她同时阴沉着脸看着他，但豪克勇敢地面对着她。'那就来吧，'她接着说，'主人在房间里，我们一起进去吧！'

"第二天，泰德·海恩带领他的儿子走进督办的宽大的房间。四壁装饰着涂釉的瓷砖，那上面，这里是一只鼓满风帆的船或一个坐在岸边的垂钓者，那里是一头躺在一所农舍前反刍的牛，给观赏者以快慰。这个连续的壁画被一个现今带拉门和壁橱的大壁床所打断，从壁橱的那两扇玻璃门可以看到各式各样的陶瓷和银制器皿。在通向隔壁起居室的门旁，有一个荷兰造报时钟嵌在墙里一块玻璃后面。

　　"这位强壮的患有轻度中风的主人，在收拾得干净明亮的桌子的一端，坐在靠背椅里彩色的羊毛料软垫上。他把他的手叠放在肚子上，瞪圆眼睛满意地呆呆地望着一只肥鸭的骨架，刀叉放在他面前的盘子上。

　　"'您好，督办先生！'海恩问，那位被问候的人慢慢地转过头和目光对着他。

　　"'是您吗，泰德？'他应声说，从他的声音中可以听出，那只肥鸭已经被吃光了，'坐吧，从您那儿到我这儿来，要走好长一段路啊！'

　　"'我这次来，督办先生，'泰德·海恩说，同时面对角落里的督办在墙边的凳子上坐下来，'是因为您的小伙计使您很伤脑筋，您答应让我的孩子顶替他。'

　　"督办点了点，说：'是的，是的，泰德。不过——你说的伤脑筋是什么意思呀？我们围海造田的人，上帝保佑我们，有办法对付伤脑筋的事！'他拿起放在他面前的刀，爱抚地敲了敲那可怜的鸭子的骨架。'这是我要终生享用的家禽，'他满意地笑着补充说，'它是我亲手喂养的！'

"'我想，'老海恩说，他没听到最后一句话，'那野孩子可能在你的牲口棚里惹了什么祸。'

"'灾祸？是的，泰德。自然，灾祸够多的！这个矮胖小子不给那些牛犊水喝，他倒烂醉如泥，躺在贮存草料的顶棚上睡大觉。小牛渴得叫了一整夜，弄得我睡到中午才把觉补回来。这样就没法做事了。'

"'不，督办先生，要是换了我的孩子，就不会出差子。'

"豪克两手插兜，站在门柱旁，朝后仰着头，细心琢磨他对面的那些窗框。

"督办抬眼看了看他，朝那边点了点头：'不会，不会，泰德。'他现在朝老人点了点头：'你的豪克不会搅扰我夜间休息。教书先生事先跟我说过，他喜欢坐在黑板前面，不喜欢坐在一杯烧酒前面。'

"豪克没去听这句好评，因为艾尔克走进屋里来了，她轻轻地撤走桌上的剩菜，用她那双黑眼睛飞快地扫了他一眼。这时，他的目光也正好落在她身上。'上帝和耶稣保佑，'他自言自语，'她看上去很动人！'

"姑娘走了出去。'您知道，泰德，'督办又开口道，'我们的上帝拒绝给我一个儿子！'

"'是的，督办先生，但愿这没使你伤心，'对方回答，'因为到了第三代，家族的智能就可能衰微。您的祖父，我们大家都还记得，他是一个保护过这片土地的人！'

"督办想了一阵子，一脸十分惊呆的样子。'你说这话是什么意思，泰德·海恩？'他说，在靠背椅里坐直身子，'我就是第三代！'

"'是这样！别见怪，督办先生，这只不过是一种不可信的传言！'这个干瘦的泰德·海恩以多少有些幸灾乐祸的目光凝视着这位年老官员。

"但督办毫不在乎地说：'您不应该听信那些老太婆的诸如此类的蠢话，泰德·海恩。您不了解我的女儿，和我相比，她不知要聪明多少倍呢！我只想说，您的豪克除了在地里干活，还要在我的这间屋子里写写算算，干什么都给工钱，他不会吃亏的！'

"'是的，是的，督办先生，他会这样做的。您完全正确！'老海恩说，然后就要求在雇工契约方面再给几项优惠，这些他儿子头天晚上是没想到的。他提出，豪克除了工钱以外每年秋天还可以得到一件亚麻布衬衫，八双毛袜子。他自己还希望春天时豪克能有八天帮他干活，诸如此类的还有一些要求。而督办则对一切都有求必应，他觉得，豪克·海恩是合适的小长工。

"'喏，上帝保佑你，孩子，'他们刚刚离开那所房子，老人说，'他会使你懂得人情世故的！'

"但豪克平心静气地答道：'您尽管放心，父亲。一切都会成功的。'

"豪克果然干得很好。他在这个家里待的时间越久，他对这世界，或者说他对这世界于他有什么意义，就了解得更清楚。越少有高明的见解帮助他，而让他越多地依靠自己的力量，他就会懂得越多——不管什么事，他向来都是独立解决的。这个家里当然也有一个人对他看不上眼，这就是工头奥勒·佩特斯，他是一个精明的工人，一个能说会道的家伙。在奥勒看来，从前的那个懒惰、愚蠢而结实的小雇工要好得多，他能放心地把一桶燕麦放到那个小雇工的背上去，他还能随心所欲地把那小雇工赶来赶去。对这个更沉着的但智力远远超过他的豪克，他的这些招子就行不通了，他总是用一种奇特的目光注视他。尽管如此，他还是成心挑一些对豪克未长成的身体有危险的活儿给豪克干。当工头说：'你应该看看胖子尼斯怎么干活！'他就使尽全身力气去干，虽然很费劲，却也把活儿干完了。豪克很走运，总有艾尔克或者通过她父亲巧妙地为他解围。可能有人会问，究竟是什么把两个完全陌生的人连在一起？也许因为他们俩都是天生的算术高手吧，也许是因为那姑娘不忍心眼看着她的同伴毁在粗活里。

"到了冬天，这时圣马丁节已过，各种各样的坝防账目都送来审核了，工头和小长工之间的冲突也没有转机。

"那是五月的一个夜晚，但出现了十一月的天气，从屋子里就能听见外面堤坝后波涛澎湃震耳欲聋的声音。'嗨，豪克，'主人说，'进来，你可以试一试，看你会不会算账！'

"'我的东家，'豪克回答——因为这里人们都这样称呼他们的主人，'我正要喂小牛呢！'

"'艾尔克！'督办高声喊道，'你在哪儿，艾尔克！到奥勒那儿去，告诉他，小牛由他喂，豪克要算账！'

"艾尔克跑到牲口棚里，向工头传达父亲的吩咐，他正在忙着把一天所用的马辔头挂在原来的位置上。

"奥勒·佩特斯用小勒辔打了一下他身旁的那根柱子，好像他想把它折断似的：'让这个该死的录事小工见鬼去吧！'

"她再次关上牲口棚的门之前，听到了这句话。

"'怎么？'当她走进房间，老父亲问。

"'奥勒已经在办了，'女儿说，她轻轻地咬着嘴唇，坐在豪克对面一张粗制的木椅上，那些椅子都是冬天的晚上当地人在家里制作的。她从一个抽屉里取出一只带红色飞鸟图案的白袜继续织，上边的长腿飞禽可能是苍鹭和鹳。豪克坐在她对面埋头计算，督办本人一动不动地卧在自己的靠背椅里，昏昏欲睡地斜眼瞅着豪克的羽毛笔，如同一向在督办家中一样，桌子上燃着两支牛油蜡烛。在那两扇带铅框的窗户前边，百叶窗是从外面附加上去，从里面用螺栓拧紧的——风想怎么呼号就怎么呼号好了。豪克不时停下工作，抬头看看那飞鸟图案的袜子，或是瞧瞧那女孩瘦削的安静的脸。

"这时从靠背椅里突然发出一阵很响的鼾声，于是在两个年轻人之间便有目光和微笑飞来飞去，随后又渐渐恢复平静的呼吸。他们可以闲聊一会儿了，但豪克不知道说什么好。

"当她把那编织物举高拉长，现出飞鸟的全身时，他隔着桌子小声说：'你是在哪儿学的，艾尔克？'

"'学什么？'姑娘反问。

"'编织鸟的图案。'豪克说。

"'这个吗？是在大坝外面跟特里娜·扬斯学的。她什么都会编织，早年我爷爷在的时候她在这里干过活。'

"'那时候大概还没有你吧？'豪克问。

"'我想没有，但她后来常到我们家里来。'

"'她喜欢这些鸟吗？'豪克问，'我以为她只喜爱猫呢！'

"艾尔克摇摇头，说：'她还养鸭子卖呢。但是去年春天，你打死了那只安哥拉雄猫以后，她的牲口棚后面就闹起了老鼠。现在她想在房前再盖一个牲口棚。'

"'是这样，'豪克说，从牙缝里挤出一声低低的哨音，'她从高土坡拉来黏土和石头，原来为了这！随后她就要进入内地道路

上来！她有政府的许可吗？'

"'我不知道，'艾尔克说。但他说最后一句话时声音很高，把督办从瞌睡中惊醒。'什么许可？'他问，几乎是粗暴地看看这个又看看那个，'要什么许可？'

"但在豪克向他报告了事情的原委以后，他笑着拍了拍他的肩膀，说：'唉，什么呀，内地道路有的是。上帝保佑堤防督办，他连鸭子都得管！'

"这事压在豪克的心头：是他使老太婆和她的小鸭子遭了鼠害，他得接受这个抗议呀。'但是，咱们的主人，'他又开口说，'这个也好，那个也好，总得有人挨骂。如果你不愿意自己去管，那么就让堤防代表去受罪好了，他有责任管理堤防秩序！'

"'怎么，这个小伙子说什么？'督办挺直腰板完全坐了起来，艾尔克撂下她的手织袜子，侧过耳朵来听。

"'啊，咱们的主人，'豪克接下去说，'您已经进行过春季视察了，但彼得·汉森那块地上的杂草到今天还没有除。到了夏天，金翅雀又要在那儿围着红蓟草花唧唧喳喳地飞来跳去！紧挨着那旁边，在堤坝里靠近外侧，有一个像摇篮似的凹槽，我不知道那属于谁。晴天时，那里躺满了小孩子，他们就在那里边打滚。但是——上帝保佑我们免遭洪水淹没！'

"老督办的眼睛瞪得越来越大。

"'以后——'豪克又说。

"'什么以后，孩子？'督办问，'你还没有说完吗？'听那声音，他似乎嫌他的小长工的话说得太多了。

"'是啊，以后，咱们的主人，'豪克继续说，'您认识那个胖姑娘佛里娜，她是堤防代表哈德斯的女儿，她老把她父亲的马从

沟渠田里牵出来——只要她骑在那匹老黄马上用她那圆圆的小腿肚一撞，喊一声"嘚！"那马就从堤坝的斜坡跑下去！'

"豪克这时才注意到，艾尔克那双聪慧的眼睛正盯着他看，还轻轻地摇了摇头。

"他不做声了，但是老人一拳打在桌上的声音震得他耳里轰轰地响。'五雷轰顶的东西！'他高声说。忽然又起的虎啸般的声音把豪克吓得要死：'要惩罚！给我记下来惩罚这个胖子，豪克！这个丫头去年夏天从我这儿偷走了三只小鸭子！对，对，尽管记下来。'见豪克有些犹豫，他重复道，'我甚至想，那是四只！'

"'嗳，爸爸，'艾尔克说，'不是水獭把那些鸭子叼走了吗？'

"'是一个大水獭呀！'老人粗声粗气地高声说，'这个佛里娜和一只水獭，我分得清！不，不，是四只鸭子，豪克——此外你所聊的事，在春天，总督办和我，我们在我家里一起吃过早饭以后，乘车路过你所说的野草地和那个大窟窿，什么都没看见。但是你们俩，'他几次意味深长地对着豪克和他女儿点头，'感谢上帝，你们不是督办！一个人只有两只眼睛，但要用一百只眼睛去看。好好算账吧，别管刺绣，豪克，好好审阅一下，那些人算账往往马马虎虎！'

"随后，他又靠在他的椅子上，挪动几次他那沉重的身体，很快便无忧无虑地打起盹来。

"这样的情况又在几个晚上重现过。豪克目光敏锐，什么都看在眼里。只要他们坐在一起，他就把堤防事务方面的这个或那个有害行为或过失摆在老人面前，因为老人不可能总不采纳这些意见，所以在管理工作上便出人意料地出现一种更活跃的局面。那些过去按照旧例继续作恶的人，现在竟意外地感到他们的罪恶的或腐败的手指遭到了打击，他们气愤而惊诧地四下里寻找，想弄清这些打击究竟来自何处。而奥勒，那个工头，则把这事揭露出来，竭尽全力广为传播，借此在这个地区挑起一次对豪克和他的无端成为同谋的父亲的反感。但其他那些没有被点到的人或关心此事的人都在笑，都因为这小伙子确已带动了老人而感到喜悦。'遗憾的是，'他们说，'这小子脚底下没有多少田地。这通常又会产生一个督办，像从前曾有过的那样。不过，他老子的这么两块田是造就不出督办的！'

　　"到了第二年秋天，地方长官兼总督办大人来视察，老泰德·佛尔克茨请他进早餐时，他从头到脚打量了老泰德一番。'真的，督办，'他说，'我想过了，您真的变得年轻了十几岁。这次您提出了不少建议，我听了心里热乎乎的，我们今天就把一切都讨论完得了！'

　　"'可以，可以，总督办先生阁下，'年老的督办微微一笑，回答道，'这儿的烤鹅肉可是能壮力的呀！是啊，感谢上帝，我无论何时都是健康的，精神饱满的！'他在这个房间里四下观察了一番，看豪克是否也在近旁，然后，他惊人平静地补充说：'因此，我希望上帝赐福，能恩准我再行使几年职权。'

　　"'那么为此，亲爱的督办，'他的上司站起来接口道，'让我们干了这一杯！'

　　"在两个酒杯相碰发出清脆的响声时，艾尔克摆好了早餐，正笑呵呵地走出房间。随后，她从厨房里拿了一碗残羹剩饭，穿过牲口棚，想在外门前扔给鸡鸭。豪克·海恩正站在牲口棚里用木叉往牛食槽里塞草料，因为天气恶劣那些牛不得不给牵到上边来。当他看见姑娘走来，便把叉子摔在地上。'喏，艾尔克！'他说。

"她停住脚步，朝他点头：'嗳，豪克，不过刚才你应该待在屋里！'

"'你这么想？究竟为什么呀，艾尔克？'

"'总督办老爷称赞主人了！'

"'主人？这跟我有什么相干？'

"'不，我认为，他是称赞你这位督办！'

"这个年轻人的脸上泛起一片很重的红晕。'我知道，'他说，'你这话是指什么！'

"'不要脸红嘛，豪克，总督办称赞的实际就是你！'

"豪克半带微笑看着她。'也有你呀，艾尔克！'他说。

"但她摇摇头：'不，豪克。我一个人当助手的时候，并没有受到过称赞。我不过只会算账而已，你能看到督办自己应该看到的外面的一切。你顶替我了！'

"'我从来没想到过会是这样，至少不想顶替你。'豪克怯生生地说，他把一头母牛的头推到一边，'来，红花牛，你别咬我的叉子，你的草还有的是！'

"'不要去想我有多么遗憾，豪克，'姑娘想了一会儿说，'这本来就是男人的事！'

"这时，豪克冲她伸出胳膊：'艾尔克，把你的手放到我的上边来！'

"一片颜色很深的红晕飞上姑娘的脸颊。'为什么？我不说谎！'她高声说。

"豪克想要答话，但她已经跑出牲口棚了。他手里握着细叉站在那里，只听见外面的鸡鸭围着她喔喔地啼、嘎嘎地叫。

"那是豪克当雇工第三年的一月，正要庆祝一个冬天的节日，在这里都管它叫做'冰弹节'，在海岸的风停息时，持续的严寒用坚实的水晶般的冰面把围田的所有沟渠都覆盖起来了，使得被切割的小块土地成了一条抛掷铝心小木球的宽阔轨道，小木球就沿着这条轨道击中靶子。天天刮小东北风，一切都已就绪。那些住在东边人造田上方建有教堂的村子里的高地人去年胜了，现在对方邀他们竞赛，他们已接受了挑战，每方各设九个投掷者，首席裁判和裁判员也选定了。裁判者的职责是共同处理竞赛中有争议的投掷，因此被选为裁判员的总是那些善于作出公正说明的人，最好是那些既有健全的智慧又能谈笑风生的男青年。首屈一指的合适人选便是奥勒·佩特斯——督办的那个工头。'要像魔鬼那样投掷，'他说，'这话我不白说多少次了！'

"节日前一天的傍晚时分。在高地上面教区小酒店的侧室里来了数不清的投掷者，为的是对几名最后才来报名的人的录取作出决定。豪克·海恩也在这几个人之中，虽然他对自己练过投掷的腕力很有把握，但他开始并不想参加，他害怕在比赛中担任要职的奥勒·佩特斯拒绝他，他不想碰这个钉子。但艾尔克在最后的时刻扭转了他的想法。'他不敢这样做，豪克，'她说，'他是一个短工的儿子，你的父亲是有牛有马的，此外他又是全村最聪明的人！'

"'但是，他要是忍心这么干了呢？'

"她半带微笑地从她那双黑眼睛里凝视他。'那么，'她说，'那他就休想晚上跟他主人的女儿跳舞！'这时，豪克勇敢地向她点了点头。

"这时，那些还想参加竞赛的年轻人站在教区小酒店门前冻得直跺脚，他们抬头望着巨石建造的教堂尖塔的顶端，小酒店就坐落在旁边。牧师的鸽子，夏天总在村庄的田地里啄食，现在刚刚从农民的庭院和谷仓飞回来，这个季节它们只能在这些地方觅食，然后就都钻进尖塔屋顶木板条下的鸽子窝里去。在西方大海上，一抹灿烂的晚霞染红了天空。

"'明天是好天儿！'这群小伙子里有一个人边说边开始急躁地走来走去，'但是冷！冷啊！'第二个人看见没有鸽子再飞了，就走进屋里，在小房间的门边停步侧耳倾听，这时从房间里传出很热闹的七嘴八舌的说话声。督办的小长工也来到他身旁。

"'你听，豪克，'他对后来的人说，'现在他们在谈论你呢！'可以清楚地听到奥勒·佩特斯粗声粗气的说话声音：'小长工和徒工不在此列！'

"'过来，'那个人说，并且想拽着豪克的袖子把他拉到房间门口，'在这儿，你可以了解到他们对你的估计有多高！'

"但是豪克挣脱了，又走到这所房子的大门口。'他们并没有把我们拒之门外，我们何苦去听！'他回身高声说。

"在房门口站着第三个报名者。'我担心我有麻烦，'他迎面对他说，'我还不满十八岁，要是不要求看洗礼证书该多好！至于你，豪克，你已经被你的工头排除了！'

"'嗯，排除！'豪克嘟嘟囔囔地说，一边用脚把一块小石头踢到路上去，'只不过是没有被选进去！'

"房间里的嘈杂声越发响了，随后又渐渐安静下来。外面的人又听到从教堂塔尖突然刮起的东北微风。那个偷听的人又走向他们。'他们在里边都说到了谁？'那个十八岁的人问。

"'说到了他！'那人说，指了指豪克。'奥勒·佩特斯想把他算做孩子，但所有的人都反对。他的父亲有牲口有地，耶斯·汉森说。对，有土地，奥勒·佩特斯高声说，那点地用十三辆手推车就能拉走！最后奥勒·亨森来了，"静一静！"他喊道，"我想向你们说明，说说看，谁是村里的第一号人物？"他们先是沉默，好像是在思考，接着，一个声音说："当然是督办了！"所有其他人都高声说："嗯哪，我们看也是督办！""那么究竟谁是督办呢？"奥勒·亨森又高声说，"现在你们可要想清楚了！"这时有一个人笑起来，接着又有一个人笑到最后整个房间里的人都大笑了起来。"那么，你就喊他来吧，"奥勒·亨森说，"你们可不要把督办推出门去哟！"我想，他们还在笑，但再也听不到奥勒·佩特斯的声音了！'那个小伙子就此结束了他的报道。

"几乎就在此刻，在这所房子里，那小房间的门打开了，大声呼叫'豪克！豪克·海恩！'的声音愉快地传入这寒冷的夜。

"这时，豪克快步走进这所房子，没听见人说究竟谁是督办的话。他脑子里在想什么，此时大概是没人知道的。

"当他过了一会儿走近他主人的那所房子时，他看见艾尔克站在下边斜坡栅栏门旁，月光在一望无边的蒙了一层白霜的牧场上空静静地闪烁着。'你在这儿站着呢，艾尔克？'他问。

"她只点点头，'结果怎样？'她问，'他敢那么做了吗？'

"'他什么做不出来呀！'

"'那么，后来呢？'

"'好了，艾尔克。我明天可以去试试！'

"'睡个好觉，豪克！'说完她就飞也似的跑向土坡，消失在那所房子里。

"他慢腾腾地跟在她后面。

"牧场在东方沿着堤坝的陆地一侧延伸，下午人们看见在这广阔的牧场上有一片黑压压的人群一动不动地静静地站着。这时，地上的冰霜已被白昼的阳光晒化了，在一个木球从这片土地的上空飞过去以后，这人群又从后面一长排低矮的房屋继续向下移动。掷球员站在场地中央，周围站着老人和小孩双方，凡是跟他们在一起的人，都是住在后面房子里的，或者高地上有住宅或落脚点的。年长的男人都穿着长袍，他们若有所思地从短烟斗里喷着烟云；妇女都戴着头巾，身穿短外衣，也有牵着孩子手的或抱着孩子的。下午太阳的苍白的光线透过尖尖的芦苇梢头，与人群逐渐走过的冰封的沟渠相映生辉。天气非常冷，但比赛却不间断地往下进行，一双双眼睛紧紧地盯着那飞在半空的木球，因为今天全村节日比赛的荣誉全取决于这个小球。比赛双方的裁判员都手持带铁尖的标杆，低地人是白色标杆，高地人是黑色标杆。每当木球跑完它的全程，就用标杆往冰冻的土地里戳一下，不过往往是在有人默认或被对方讥笑之后。谁的球首先击中靶子，谁就算在这场竞赛中获胜。

"观众里很少有人说话。只在有人投得极好时，才能听到年轻男女的欢呼声；或是一个老年人从嘴里拿开烟斗，一边敲敲投掷者的肩膀一边说几句赞美的话：'这才是投掷呢，查哈里斯说，把他的女人从天窗抛了出去！'或者说：'你父亲也是这样投掷的，上帝保佑他永垂不朽！'或者说些别的中听的话。

"豪克第一次投掷时，运气不佳：当他刚刚把胳膊甩到身后准备把球抛出去的时候，一朵本来遮住太阳的云彩移开了，这时整个太阳的光线正好对着他的眼睛照耀，他投得太近，球落在一个沟里，塞在停在那儿的冰块里。

"'不算数！不算数！豪克，再来一次。'他的伙伴们喊道。

"但是，高地人的裁判员跳出来反对：'应该有效，投了就是投了！'

"'奥勒！奥勒·佩特斯！'低地造田的青年喊道，'奥勒在哪儿？真见鬼，他跑到哪儿去了？'

"但他来了：'别这么喊！要豪克补投！我考虑过了。'

"'嗳，什么，豪克必须再投一次？现在你要说句公道话！'

"'我会很公道的！'奥勒喊着，朝高地人的裁判员走过去，彼此说了一大堆毫无意义的话。但他平时说话的那种讽刺尖刻这一次却一点也没有。那姑娘费解地皱着眉头，用愤怒的目光严厉地望着他，但她不能说话，因为在比赛中女人没有说话的分儿。

"'你说的全是废话，'另一个裁判员喊道，'因为是你的感官不听使唤了！太阳、月亮和星星对我们大家来说都一样，什么时候都在天上。这次投掷是很笨拙的，然而所有笨拙的投掷都有效！'

"他们就这样相互争了一阵子，但最终还是按首席的决定不准豪克再投。

"'继续进行！'高地人喊，他们的裁判员从地里拔出那黑色的木杖，投掷者按照喊号就位，往前投球。当督办的工头想要去看投掷时，他不得不从艾尔克·佛尔克茨面前经过，'你今天这么理智地对待豪克，是为了讨好谁呀？'她小声对他说。

"他在那里几乎是怒气冲冲地注视着她，所有的兴致都从他

那宽脸上消失了。'为了讨好你呗！'他说，'因为你也把你的理智全忘了！'

"'走开。我算认识你了，奥勒·佩特斯！'那姑娘挺直腰板回答道。他却掉过头去，好像没听到这句话似的。

"比赛继续进行，黑木杖和白木杖继续尽它们的职责。又轮到豪克投掷时，他的球飞得特别远，使大家清楚地看到了那个作为靶子的涂着白石灰的大桶。现在，他成了一个坚强有力的年轻人。数学和投掷他小时候就天天练。'哦嚯，豪克！'人群里呼喊着，'天使长米迦勒就是这样投掷的！'一位老妇人带着糕点和烧酒从人群里挤过来向他走去，她斟满一杯酒递给他，'来，'她说，'我们和好吧，今天的一切比你打死我的猫那天要好得多！'他一细看，才认出这是特里娜·扬斯。'我谢谢你，老人家，'他说，'但我是不喝酒的。'他掏了掏兜，把新铸的一马克硬币塞到她手里：'拿着这个硬币吧，这杯酒您自己喝了吧，特里娜。这样我们就和好了！'

"'说得对，豪克！'老太太应道，同时按照他的要求拿了硬币喝了酒，'说得对，对像我这样的老太婆来说，这样要更好些！'

"当老太太挎着她的篮子走开时，他从后面朝她高声说：'你的鸭子怎么样？'但她只摇了摇头，没有回身，举起她的老手拍了拍。'没有了，没有了，豪克！你们的沟里老鼠太多了。上帝保佑我，我不得不另寻生路啦！'她一边说着，一边挤进人群，又端出她的烧酒和香饼让大家享用。

"太阳终于在大坝后边落下去，代之而起的是一片粉红色的闪光，黑色的乌鸦时而飞掠而过，转瞬间天空如同镀上了一层金光，已经到了傍晚。但在沟渠造田里，黑压压的人群仍继续从远处那些黑色的房子向那个大桶移动，一次特别出色的投掷现在就要击中它了。现在轮到了低地人，该豪克投掷了。

"这时，夜色已从堤坝覆盖到地面，那个涂了石灰的桶此刻在这广阔的夜色中显现出白色的轮廓。'这一次你们还得把它留给我们！'高地人群中的一个喊道，因为大家争论得很激烈。他们至少多出十尺。

"被点名叫到的豪克的瘦长身躯，正好从人群中走出来，他那佛里斯兰人的长脸上的一对灰眼睛朝前望着那个桶，一只下垂的手里拿着木球。

"'这个靶子对你来说太大了，'这时他听到奥勒·佩特斯的粗声紧贴他的耳朵说，'难道要我们把它换成一个灰色的罐子吗？'

"豪克转过身来，以坚定的目光看着他，'我是为低地人的荣誉投掷的！'他说，'你究竟属于哪一边？'

"'我想，也属于这一边，你也为艾尔克·佛尔克茨投掷啊！'

"'一边待着去！'豪克喊道，又摆好姿势。但奥勒的脑袋又朝他挤去。这时，豪克自己还没来得及抗拒，突然有一只手抓住这个往前拥的人，把他扯到后边去，弄得这小伙子冲着他的哈哈大笑的伙伴踉跄撞去。拽他的并不是一只大手，因为当豪克急忙回过头来时，他看见艾尔克·佛尔克茨正在拉直自己的衣袖，那两道黑眉毛好像愤怒地竖立在她那张激动的脸上。

"这时，好像有一股钢铁般的力量涌入豪克的臂膀。他身体稍向前倾，手里掂量了几下木球，然后抡起膀子把球抛出去。两边是死一样的寂静，所有的人都目不转睛地盯着那飞在半空的球，听着它劈空的呼啸声。突然，在离开投掷点很远的地方，一只银色海鸥吱吱地叫着从大坝上飞过来，用它的翅膀遮住了球，但与此同时，人们听到木球啪的一声撞在桶上。'好啊，豪克！'低地人欢呼起来，于是喧闹声穿过整个人群，'豪克！豪克·海恩赢了！'

"这时，大家把他围得水泄不通，但他只向侧面去抓一只手。他们又高喊道：'你好吗，豪克？球确实投进了大桶！'他只是点头，没离开原地一步。只是当他感觉到那只小手紧紧地抓住他的手时，他才说：'你们说得对，我也相信我准赢！'

"随后，整个人群潮水般向后退，艾尔克和豪克分开了，被人群拥到通往乡村小酒店的道路上，这条路沿着督办的高冈向上拐到高地那里去。但在这里，两人从拥挤不堪的人群中溜了出来，当艾尔克向她的小房间走去时，豪克正站在高冈后边的畜棚前，看着那黑压压的人群渐渐向上走去，那儿教区的酒店里备有一间跳舞厅。黑暗渐渐扩展到广大的地区，他的周遭越发寂静了，只在他身后的畜棚里有牲口的动静，他似乎听见从高地传来酒馆里的单簧管的乐声。这时，他听到从那所房子的一角传来衣裙的窸窣声，细碎而坚定的脚步走下步行坡道，这坡道穿过沟渠造田通往高地。现在他看见在苍茫暮色中有一个身影向那里走去，定睛一看，原来是艾尔克，她也到酒馆去跳舞。血液一下子涌上他的脖颈，难道他不应该从后面追上去，跟她一起走吗？但豪克面对女人并不是一个英雄，他思考着这个问题，站在那里一动不动，直到她走进黑夜从他的视线消逝。

"后来，当追上她的危险过去时，他也走上这条路，一直走到上边教堂旁的小酒店。在他周遭轰轰地响着挤在房前和过道里的人群的聒噪和叫喊，还有小提琴和单簧管的刺耳的尖锐声响。他不为人注意地溜进了那间行会厅，这个房间并不大，挤满了人，人们在一步远以外，什么也看不清。他默默地站在门柱旁，望着那嘈杂的人群。在他看来，那些人全像傻瓜。他关心的不再是有人还在想着下午的竞赛或者谁一小时前刚刚赢了那场比赛。人人都两眼只注视自己的女伴，跟她来回转圈跳舞。他的眼睛只寻找一个女孩，终于找到了——在那里！她正在跟她的表兄——那位年轻的堤防委员会代表跳舞。但他忽然看不见她了，看见的只是那些来自低地和高地的其他与他无关的少女。后来，小提琴和单簧管的演奏突然中止，跳舞也就结束。紧接着，又开始了另一场舞。豪克脑海里思潮起伏：艾尔克是否还信守诺言，她是否不会跟奥勒·佩特斯跳舞。他这样想着，几乎喊出声来。然后呢——对，然后他想干什么呢？但在这场舞里她压根儿就没有出现。最后，这场舞也结束了，接着跳另一种舞，一种刚在这里兴起的二步舞。音乐发狂般地奏起来，年轻的小伙子就都奔向那些姑娘。烛光忽隐忽现，豪克伸长脖子去辨认那些跳舞的人，在那里，第三对，那是奥勒·佩特斯，但他的舞伴是谁呢？一个宽肩膀的低地小伙子站在她面前，挡住了她的脸！然而跳舞仍在继续，奥勒和他的舞伴转了出来。'佛里娜！佛里娜·哈德斯！'豪克几乎大声喊出来，紧接着他轻松地长叹了一口气。可是，艾尔克在哪儿待着呢？难道她没有舞伴？还是因为她不想跟奥勒跳舞，就把一切人都拒绝了呢？音乐又停下来，于是开始跳一种新舞，但他还是没有看见艾尔克！那儿又来了奥勒，仍然是搂着那胖乎乎的佛里娜！'喏，喂，'豪克说，'杰斯·哈德斯不久以后也不得不只留下二十五方地养老吧！不过，艾尔克在哪儿？'

"他离开门柱子，继续往厅堂里挤。这时，他突然站在她面前，她正跟她的一个年长的女友坐在一个角落里。'豪克！'她喊道，她那窄瘦的面孔同时朝他望去，'你在这儿？我怎么没看见你跳舞？'

"'你也没跳啊。'他应道。

"'为什么不跳舞，豪克？'她半抬起身子又补充一句，'你愿意跟我跳舞吗？我没有答应奥勒·佩特斯，他不会再来了！'

"但豪克没有准备跳舞。'我感谢你，艾尔克，'他说，'我不怎么会，他们会笑话你的，以后……'他突然口吃起来，只用他那双灰眼睛亲切地凝视着她，好像他不得不把他要说的其余的话用目光来表达。

"'你说什么，豪克？'她轻声问。

"'我认为，艾尔克，对我来说，这一天已经够美好的了，恐怕不能再美好了。'

"'是的，'她说，'这场比赛你赢了。'

"'艾尔克！'他提醒她，说话声音低得几乎听不见。

"于是，一股热情泛上她的脸庞，'走吧！'她说，'你想做什么？'同时垂下了目光。

"但当她的女友被一个青年拉去跳舞时，豪克愉快地说：'我想，艾尔克，我会赢得更好的东西！'

"她的眼睛在地上又寻找了几秒钟，然后，她慢慢抬起眼睛，一瞥目光带着她独有的静静的力量碰到了他的目光，这一瞥目光像夏日的微风吹透他的全身。'你心里怎么想，就怎么做好了，豪克！'她说，'我们的心是相通的！'

"这天晚上，艾尔克没有再跳舞。当两人后来往家走的时候，他们已经亲密无间地手拉着手了。星星在静默的围海造田的上空眨着眼睛，一股轻盈的东风吹来，带来刺骨的寒气，但是两个人向前走着，没有头巾也没有斗篷，好像这世界突然变成了春天。

"豪克想到了一件东西，尽管正确地使用它是在渺茫的未来，但是他打算用它来准备一次秘密的庆祝。因此，他在下一个星期日便进城去找老金银匠安德森，定做了一枚分量重的金戒指。'伸出手指，让我们量一量！'老人说，抓住他的无名指。'嗐，那个手指没有这么粗，不像你们平时在熟人中常见到的那个样子！'豪克说，'最好量小手指！'于是把小手指伸过去。

"这位首饰匠略感惊异地望着他，但是这个农村小伙子的奇想跟他有什么关系。'这样，我们就得选一枚女孩子戴的戒指了！'他说，于是豪克两颊立时泛起了红晕。可是那枚小金戒指戴在他小指上正合适，他赶忙要了它，付了光亮的银币。然后，他把戒指塞进坎肩的口袋里，心怦怦地跳着，好像他在庆祝一个隆重的仪式。从此，每一天他都不安而骄傲地在那里藏着这枚戒指，仿佛这坎肩的口袋是专门用来装戒指的。

"他就这样成年累月地带着它，自然，这枚戒指也不得不从这个坎肩口袋换到另一件新坎肩的口袋里去。把它解放出来的机会一直没有出现。本来他脑子里曾经闪现这样一个念头，那就是直接走到主人的面前，他的父亲不也是当地居民吗！但当他冷静下来时，他完全明白，这位老督办恐怕要笑话他这个小佣工的。于是，他和督办的女儿就这样相安无事地过着日子，她也就生活在少女的沉默中，不过两个人好像无论什么时候都是心心相印的。

"从那个冬天的节日算起，过了一年，奥勒·佩特斯辞了工，跟佛里娜·哈德斯正式结婚了。豪克的估计是对的：老哈德斯只留了一份养老的财产，现在不是那个胖女儿，而是那个活跃的女婿骑着那匹黄马进入沟渠造田，这里大家都说他返回时总是向大坝走去。豪克变成了工头，一个年纪更小的人顶替了他的位置。本来，督办本不想提升他，'小佣工要更好一些！'他曾这样喃喃地说，'我需要他在这里帮我管账！'但艾尔克劝告他说：'那样一来，豪克也会走的，父亲！'这时，老人心里很害怕，就把豪克提升为工头了，但豪克仍然帮助管理堤防的事务。

"又过了一年，他开口对她说：他的父亲很需要照顾，主人答应夏天让他回家干几天活，现在恐怕不够用了，老人很痛苦，他不能眼看着不管。那是一个夏天的傍晚，暮色苍茫，他们俩站在房门前那棵大椈树下。姑娘抬头默默地朝这棵树的树枝望了一会儿，然后答道：'我不想说什么，豪克。我想，你觉得怎样妥当就怎样做吧。'

"'我必须离开你们的家，'他说，'而且不能再回来了。'

"他们沉默了一阵子，眼睛都注视着晚霞，那红光在大坝后边的上空正向大海沉落。'你要知道，'她说，'我今天早上还去看过你父亲，我发现他在靠背椅里睡着了。手里拿着绘图笔，在他前面的桌子上放着绘图板，上面有一个绘了一半的图。他醒了以后，很吃力地跟我聊了有一刻钟工夫，我要走的时候，他一脸恐惧地拉住我的手，好像他怕这是最后一次跟我见面。但是……'

"'但是什么，艾尔克？'豪克问，因为她犹犹豫豫，不往下说。

"几滴眼泪滚到姑娘的面颊上。'我只不过是想到了我的父亲,'她说,'你要相信我的话,缺了你,他将会感到很困难的。'好像她必须鼓起勇气说这句话似的,她补充道:'我常常觉得,好像他也不久于人世了。'

"豪克没有回答,他突然觉得,戒指在他的口袋里动了一下。但他还没来得及把他对这种无可奈何的生活的愤怒压下去时,艾尔克又说下去:'不,不要恼火,豪克!我深信,你不会就这么离开我们!'

"于是,他激情满怀地抓住她的手,她也没把自己的手抽回来。两个青年人在这渐渐沉下来的暮色里又偎依着站了一阵子,直到他们的手自动分开,各走各的路。突然起了风,吹得椋树的树叶沙沙作响,房屋正面的百叶窗也发出啪哒啪哒的声音。但是,夜渐渐降临了,寂静笼罩着广阔无垠的平原。

"多亏艾尔克帮忙,老督办才解除了豪克的工作,虽然他没有及时辞退他。现在家里来了两名新雇工。又过了几个月,泰德·海恩死了。临死前,他把儿子叫到卧榻前。'孩子,坐到我身边来,'老人用微弱的声音说,'再靠近点儿!你不要怕,待在我身边的,只有主的黑衣天使,他是来召唤我走的。'

"这个深感震惊的儿子紧挨着暗黑的壁床坐下来:'您说吧,爸爸,您还有什么话要说就说吧。'

"'是的,我的儿,还有一点儿事要说,'老人说着,把手伸到被单上面。'你还是一个半大小伙子,就到督办那里去做工了,那时你脑子里就想,将来自己也能当督办。这种想法也感染了我,于是我也渐渐地想,你是合适的人选。但是,你接受的遗产对这样一个职位来说太少了——在你受雇期间我过得非常节

俭——我一心想让你的遗产增多一些。'

"豪克激动地握住父亲的手，老人试图坐起来，好能看见他。'是的，是的，我的儿，'他说，'在那个小钱箱最上边的抽屉里有契约。你知道，老安提娅·沃勒斯有五方半沟渠造田。她老了，残废了，仅靠租金已经不够过了。每当圣马丁节前后，我总凑成一笔钱给这个可怜的人，只要我还有，我就多给一点儿。这样，她就把那块沟渠造田转让给我了，一切法律手续都已办妥。现在她也快死了——是我们围海造田地区的疾病——肿瘤使她一病不起。你不用再给她钱了！'

"他闭上眼睛歇了一会儿，然后又说：'现在财产不多，不过比你跟我一起住时要多。这财产就留给你过日子吧！'

"儿子还说着感谢的话，老人便入睡了。他再也没有什么可忧虑的事了。几天以后，主的黑衣天使让他永远合上了眼睛。豪克接受了父亲的遗产。

"在安葬后的第二天，艾尔克来到他家。'谢谢你来看我，艾尔克！'豪克高声说着，作为对她的问候。

"但她应道：'我不是来看你的，我是想在你这里把一切整顿得多少有些条理，好让你能在你的家里住得有条理些！你父亲因为一心只顾数字和图纸，很少去看自己的周围，丧事又添了混乱，我要整理得更有生气！'

"他用他的灰眼睛充满信任地望着她，'那就弄得有条理些吧！'他说，'我何尝不喜欢这样呢。'

"于是，她就开始收拾房间。擦去还放在原处的绘图板的灰尘，把它搬到地上，绘图笔、铅笔和粉笔都细心锁在一个小匣子的抽屉里。然后把那个年轻的使女喊来帮忙，跟她一起把整个房间里的器具都安排在另外更好的位置上，使得这房间看上去显得更亮更大。

　　"艾尔克微笑着说：'这只有我们女人能办到！'豪克尽管心里仍在哀悼他的父亲，但还是用愉快的目光注视着她，只要需要，也亲自动手帮帮忙。

　　"快近黄昏时——那是九月初——一切都按她的预想完成了，她抓住他的手，瞪着她那黑眼睛朝他点点头：'现在来吧，到我家吃晚饭。我已经答应我爸爸把你带去。吃完晚饭你回家，就可以安闲地走进你的家门了！'

　　"当他们走进督办的宽敞的起居室时，在关闭的护窗板旁的桌子上已经点燃了两支蜡烛。督办想从靠背椅里站起来，但他那沉重的身子一下子又跌了回去。他只对着他从前的雇工高声说：'很好，很好，豪克，你看你的老朋友来了！走近些，再走近些！'当豪克走到他的椅子旁边时，他用自己的两只圆润的手抓住了来人的手，'喏，喏，我的孩子，'他说，'你现在要节哀，我们大家都有一死，你父亲可是好人啊！艾尔克，现在去看看，把你的烤肉端上来吧，我们必须吃得壮壮实实！我们还有很多工作，豪克！秋季视察正在进行，堤防和闸门的账目堆成了山，靠近防韦斯特围垦田的堤坝新近损坏了——我给搞得头昏脑涨，但是你，感谢上帝，要年轻好大一截，你是一个有为的青年，豪克！'

　　"这一长篇话表明了他的心迹，之后，老人往后靠在椅子上，眨着眼睛，带着渴望的目光，望着门，艾尔克恰在此时端着一盘烤肉穿过这道门走进来。豪克面带微笑站在老人身旁。'喏，坐下，'督办说，'咱们不必耽误时间，凉了就不好吃了！'

　　"豪克坐下。他觉得，参与艾尔克父亲的工作，似乎是理所当然的。在秋季视察到来以后，在年前几次月圆的时间内，他自然参与了一些最有意义的工作。"

讲故事的人停顿了一下，望了望周围的人。

海鸥吱吱的叫声传向窗户，外面门厅传来跺脚的声音，好像一个人从沉重的靴子上往下蹭黏土。

督办和堤防委员转过头去对着小房间的门。"是谁呀？"督办大声说。

一个强壮的汉子，头顶防水帽，走了进来。"老爷，"他说，"我们俩，汉斯·尼克尔斯和我，都看见骑白马的人跌到沼泽里去了！"

"你们是在哪儿看见的？"督办问。

"那只是一个海湾，在扬森的沟渠造田里，豪克·海恩人造田就从那儿开始。"

"你们只看见一次吗？"

"只一次。那也只像是影子，但对此无须有过第一次。"

督办站起身来。"您请原谅，"他转向我说，"我们得到外面去看看，灾难到底是在哪儿发生的！"说完，他就跟报信人一起走出房门，其余的人也动身跟在他后面。

只有我和那位教师留在这间空荡荡的大房间里。现在没有客人坐在前面遮挡那些没挂窗帘的窗户，我们从这些窗户能随心所欲地往外张望，眼见暴风雨怎样追逐天空上的乌云。

老先生仍然坐在他的座位上，他的嘴唇上露出一丝轻蔑的、同情的微笑。"这里太空荡了，"他说，"我可以请您到我的房间里去吗？我就住在这里。请您相信我，我熟悉大坝这儿的天气，对我们来说没有什么可怕的。"

我说了声谢谢，接受了他的邀请，因为我在这里也感觉很冷。我们端了一支蜡烛上楼走向一间顶楼间。这间顶楼间也是朝西的，但现在窗户都用暗色的羊毛壁毯遮住了。我看见书架上有很多书，旁边是两位老教授的肖像，在一张桌子前面立着一把齐耳高的靠背椅。"随便坐吧！"我的友好的主人说，一边把几块泥炭扔到那个还有火光的小炉子里去，炉子上面坐着一个白铁壶，"只要稍等一会儿，炉火就呼呼地着起来，然后我来调一小杯朗姆酒喝，让您提提神！"

"不需要喝这种酒，"我说，"只要听您讲豪克的经历，我就不会打瞌睡！"

"您这样想吗？"他瞪着他那双智慧的眼睛，朝我这边点点头，这时我已经舒舒服服地躺在他的靠背椅里了。"喏，我究竟讲到哪儿了？——对，对，我知道了！就是说：豪克接受了他父亲的遗产，因为老安提娅·沃勒斯也病死了，所以他的沟渠造田也就增多了。但自从父亲去世以来，或者说得更准确些，自从他的父亲跟他说了最后几句话以来，在他心里就萌发了某种东西，这种萌芽的东西在童年时代就已经有了。他无数次地重复着这句话：如果必须有一个新的督办，他是最合适的人。事情是这样的：他父亲自己心里明白，他确实曾是全村最聪明的人，那句话是父亲在遗产之外给他的最后的馈赠。为了沃勒斯的那些沟渠造田他很感谢父亲，这份田产将成为攀高位的第一块敲门砖！当然，除此之外，一个督办还必须能够拥有另外一份田产！但他父亲节衣缩食，度过多少孤独的岁月，现在得到了这块沟渠造田，他变成了这份新的财产的主人。这他也能做到，他能做得更多，因为他父亲的力量已经耗尽，他却还能去做很多年最繁重的工作！他对老主人的管理曾提出过严厉的措施，如果他通过这种锋芒毕露的手段强使事情向这方面发展，那么村里人对他就不会有任何好感。他的老冤家奥勒·佩特斯近来得到一笔遗产，开始成为有钱人了！一系列人的面孔在他脑海里浮现，他们都恶狠狠地望着他，于是对他们的一股怒火燃上他的心头——他伸出胳膊，好像要抓住他们，因为他们想要排挤他的职务，然而这个职务是大家只委任给他一人的。——这些念头揪住他不放，它们一再出现，于是在他年轻的心里除了高尚的思想和爱也产生了虚荣心和恨。但是，他把这两者深深地埋藏在内心里，就连艾尔克也丝毫没有觉察。

"新的一年到来了，有人举行婚礼。新娘是海恩家的一个亲戚，豪克和艾尔克两人都是被邀请的客人。在婚宴上，由于一位近亲缺席，他们俩得到了挨在一起的座位。两人脸上露出的一个微笑泄露了他们对此的快乐心境。但今天艾尔克坐在一片闲谈和碰杯声中现出一种无动于衷的样子。

"'你哪儿不舒服吗？'豪克问。

"'哦，根本没什么不舒服。我只觉得这儿人太多了。'

"'但你看上去这么悲伤！'

"她摇了摇头，然后就再也不说话了。

"由于她的沉默，他产生了一种嫉妒心理，他在台布下偷偷地抓住她的手；她没有抽动，倒像充满信任似的握紧他的手。是不是因为她的眼睛天天只能盯着父亲的衰老的形象，心里产生了一种孤独感？豪克倒没有想到应这样自问。他屏住呼吸，从口袋里掏出他的金戒指。'可以给你戴上吗？'他一边把这枚戒指戴在她纤细的无名指上，一边声音颤抖地问。

"餐桌对面坐着牧师太太，她突然把叉子一放，转向她的邻座，'我的上帝，这个女孩子！'她高声说，'她的脸色好苍白呀！'不过这时血色又回到了艾尔克的脸上。'你能等吗？豪克？'她小声问。

"这个聪明的佛里斯兰青年倒是真的想了好一会儿。

"'等什么？'然后他说。

"'这你是知道的，用不着我对你说。'

"'你是对的，'他说，'是的，艾尔克，我能等——只要一个人能等到！'

"'哦，上帝，我怕，那会很快！不要这样说，豪克，你是说我父亲的死！'她把另一只手放在胸前，'一直等到那个时候，'她说，'我现在就戴着这枚金戒指。你不要怕，你休想在我活着的时候再得到它！'

"他们俩都笑了，他们的手紧握在一起，要是在别的时候这姑娘恐怕要大声叫起来。

"与此同时，牧师太太不住地望着艾尔克的眼睛，这对眼睛在织锦小便帽的花边条纹下就像在暗色的火焰里闪闪发光。桌旁的喧闹声越来越大，她什么也听不懂。她也没再转脸对着她的邻座，因为对开始萌芽的婚姻——她觉得在这里正是事关这样一种婚姻——她向来不去干扰，她的丈夫，就是牧师以后会从婚礼上获取酬金的。

"艾尔克的预见变成了现实。复活节后的一天早上，人们发现泰德·佛尔克茨督办死在他的床上。从他的面容可以看出，那是一个安详的寿终正寝。最后几个月里，他多次表现出厌世的情绪。他最喜欢吃的菜、炉烤肉，甚至烤鸭，他都不想吃了。

"村子里举行了一次盛大的殡葬仪式。在高地的教堂周围的墓地空场上，朝西有一个用锻铁栅栏围起来的坟地。对着丧葬的白蜡树，现在竖起了一块宽大的蓝色墓碑，上面雕了一个龇牙骷髅死神像。下面是大写字母的碑文：

> 死神将所有的人带走，
> 连同艺术和科学，
> 有智慧的人从此消逝，
> 上帝将使他幸福地再生。

"这是前任督办佛尔克特·台德森的墓地。现在挖了一个新的墓穴，他的儿子，现在刚逝世的督办泰德·佛尔克茨就要埋葬在这里。送葬的队列已经从下边的低地走过来，还有一批来自各个教区的车辆。最前面的车上装着沉重的棺材，督办马厩里的两匹油光水滑的黑马拉着灵车踏上那块沙土地的小山坡，马尾和鬃鬃在寒气袭人的春风中飘摆。教堂四周的墓地，一直到围墙边，都站满了人。甚至在砖砌的大门上边也蹲着一些抱着小孩的男孩，他们都想观看这次丧葬。

"在下面低地的家里，艾尔克在华丽的起居室和阴暗的小房间里摆好了丧葬宴席。陈年酒也伴着餐具摆了上去，在总督办——因为他今天也是不能缺席的——座位前和牧师的座位前各放了一瓶朗科克酒。一切都准备好了以后，她穿过马厩走到院门前。在路上她没遇到一个人。两个雇工随着两匹驾车的马正在送葬的行列里。到了院门口,她停住脚步遥望上边村口最后几辆车怎样走向教堂,这时她的孝服在春风中不停地飘动着。过了一会,那里出现了一阵纷乱拥挤的场面,随后好像又是死一般的寂静。艾尔克合掌祈祷,他们现在可能把棺木下到墓穴里去了:'你又将变成泥土!'她好像能从那里听到这句话,她也同时不自觉地轻声地跟着说这句话。然后她的两眼便泪水盈眶了,她合在胸前的手落入怀里,'我们的在天上的主啊!'她充满热情地祈祷着。当对主的这道祈祷词读完时,她——这个大造田农庄现在的女主人,又一动不动地站了很久,死与生的思想开始在她心里搏斗。

"远方的车轮声把她惊醒。当她睁开眼睛时,她看见一辆车接着一辆车已经又从低地飞快向下行驶,对着她的院落疾驰过来。她挺起腰板,又敏捷地朝院外看了看,然后像来时那样走回布置庄严的起居室。在这里,也没有人,只是可以隔墙听到厨房里女仆们唧唧喳喳的喧闹声。这次丧宴是这样的寂寥:两扇窗子之间的那面镜子已用白布遮住,火炉旁的铜柄也盖上了白布,房间里已经没有任何东西闪闪发光了。艾尔克看见靠墙卧榻前的那些门都敞开着,她的父亲就是在这张床上睡了他最后的一觉。然后她走过去,把门都紧紧地关上了。像心不在焉似的,她读着用金色字母写在玫瑰和石竹之间的警句:

> 做好每月工作,
> 自然梦稳神安。

"这还是祖父的话呢!她朝壁橱看了一眼,橱里几乎空了,但从玻璃门还能看见里边的奖杯，她父亲常讲，这是他青年时代在一次场内赛马中得的奖。她把奖杯拿出来，放在总督办的餐具旁。然后，她走向窗口，她听到马车沿着造田里的高冈向上驶来的辚辚声。马车一辆接着一辆停在这所房子前，现在，客人们从座位跳到地上，比来时活跃多了。所有的人都搓着手掌，高谈阔论地拥进这个房间。没多大工夫，大家便都就席了，餐桌上精美的菜肴冒着热气，总督办和牧师被安排在豪华居室里。喧闹声和闲谈声在餐桌旁起伏不停，好像这里从来不曾有过死亡散布的可怕的寂静，艾尔克和女佣们用眼睛望着客人默默地在餐桌旁转来转去，使得丧宴上什么也不缺少。豪克也在起居室里跟奥勒·佩特斯和其他小田产主坐在一起。

"宴席结束以后，白色的陶土烟斗便从角落里拿来点燃了，于是艾尔克就又忙起来，把倒好的咖啡杯送到客人面前，因为在今天这对她是免不了的礼节。在起居室里，总督办站在刚被安葬的死者的书桌旁，跟牧师和满头白发的堤防委员耶维·曼内斯谈话。'一切顺利，诸位先生，'总督办先生说，'我们怀着崇敬的心情埋葬了老督办。但是，我们从哪里去找新督办呢？我想，曼内斯，您非得接受这份荣誉不可了！'

"老曼内斯微笑着从他雪白的头发上举起黑色的天鹅绒小便帽，'总督办先生，'他说，'这事恐怕太仓促了。已故泰德·佛尔克茨当督办的时候，我就做了堤防委员，现在我已经干了四十年！'

"'这并不是缺点。正因为如此，您更了解情况，您也就不会太费心思！'

"但老人摇了摇头：'不，不，阁下，放了我吧！只要我在，

我就再跟着跑几年腿！'

"牧师从旁帮他说话：'为什么不让那个人担任这个职务，他实际上这几年已经领导这个工作了？'

"总督办仔细地看了看他，说：'我一点儿也不明白，牧师先生！'

"牧师用手指了指那间豪华的居室，豪克正在室内用缓慢严肃的语调给两个年岁较大的人解释什么。'他就站在那里，'他说，'这细高身材的佛里斯兰人，有一双智慧的灰眼睛，细长的鼻子，头骨形成两个拱形结构！他是已故督办的雇工，现在管理自己的小田产。不过他还是年轻了点儿！'

"'他好像一个三十岁的人。'总督办说，一边打量着牧师介绍的人。

"'他刚刚二十四岁，'堤防委员曼内斯说道，'不过，牧师是对的：近年来凡是对堤坝、防务以及督办署的类似事务所提出的好建议，都出自他一人。这些事与老人一点儿关系都没有。'

"'这样，原来这样？'总督办惊叹道，'那么您认为他现在是接替他老主人职务的合适人选，对不对？'

"'他本来可能是合适的人选，'耶维·曼内斯说，'但是他缺少人们在这里所说的脚下的土地。他父亲有十五方田，现在他顶多能有二十方田，不过迄今还没有一个人仅靠这点田产当上督办的。'

"牧师张开嘴，好像要提出什么异议。艾尔克已经在屋里待了好一阵子了，这时，她突然走向他们。'阁下能允许我说一句话吗？'她对这位高级官员说，'只不过不要从一种谬误引出一种不公平！'

"'那就说吧，艾尔克小姐，'总督办回答，'从美丽姑娘嘴里

296

听来的智慧的话什么时候都是好的！'

"'这并不是智慧，阁下，我只想说出真情。'

"'这我们也必须好好听一听，艾尔克小姐！'

"姑娘又用她的黑眼睛向旁边看了看，好像她想确认不会隔墙有耳似的，'阁下，'然后她开口说，她的胸脯因为紧张的呼吸挺得很高，'我的教父耶维·曼内斯对您说，豪克·海恩只有二十来方田产。这在眼下也是对的，但是，一旦需要，豪克的田产不但比他本人的多，而且比我父亲的就是现在我的农庄的田产还要多。为了当督办，他的田产和我的田产加在一起总够了吧。'

"老曼内斯伸长脑袋对着她，好像他才要看清究竟是谁在那里说话，'这是什么意思？'他说，'孩子，你在说什么？'

"于是，艾尔克从她的紧身胸衣里掏出一枚系在黑色小带子上的闪闪发光的金戒指，'我已经订婚了，曼内斯教父，'她说，'这就是订婚戒指，豪克·海恩是我的未婚夫。'

"'什么时候——我可以问一问吗？因为是我把你从洗礼中抱出来的，艾尔克·佛尔克茨——这究竟是什么时候发生的？'

"'已经很长时间了，不过我已成年，曼内斯教父，'她说，'我父亲衰老了，我了解他，所以我没告诉他，免得给他增添忧虑。现在，他已经升天了，他会清楚地看到，他的孩子在这个男人身上是会得到很好的庇护的。我本打算在守孝的这一年里保持沉默，但现在，为了豪克和围坝夺来的这个地区，我不得不开口了。'

"然后转向总督办，她又补充说：'请大人原谅我！'

"三个男人，你看看我，我看看他。牧师笑了，老堤防委员对此也很满足地哼了两声，总督办像面临一项重要的决定似的来回摩着自己的额头。'是的，亲爱的好姑娘，'他终于说道，'但在这个地区里婚姻的产权法是怎样规定的呢？我必须承认，在这种纷扰的局面下我真不知道怎么办好！'

"'这也不需要大人费心，'督办的女儿答道，'我将在举行婚礼之前把我的财产过到我未婚夫的名下，这也是我的一个小小的骄傲。'她微笑着补充说：'我要嫁给全村最富的男人了！'

"'喏，曼内斯，'牧师说，'我想，我让年轻的督办和老督办的女儿结为伉俪，您这个当教父的不会反对吧？'

"老人微微摇了摇头，'我们的上帝会祝福她的！'他虔诚地说。

"总督办把手伸给姑娘，说：'你说得又真切又聪明，艾尔克·佛尔克茨。我感谢你作了一篇这样有力的说明，我也希望将来，在比今天更友好的场合下，到你家里做客。但是——一个督办由这样一个年轻的好姑娘促成了，这真是事业上的奇迹！'

"'大人，'艾尔克接口说，同时又用她的严肃的眼睛看了一下这位好心的高官，'一个真正的男人也需要女人帮他一把的！'说完，她就走进隔壁的豪华房间，默默地把她的手放在豪克·海恩的手里。

"好几年以后，在泰德·海恩的小房子里住着一个健壮的工人和他的妻子、孩子，年轻的督办豪克·海恩跟他的女人艾尔克·佛尔克茨此刻管理着艾尔克父亲的田产。夏天，房前高大的桉树像以前一样沙沙作响，但在晚上大多时间只能看见那位年轻的女人坐在如今放在桉树下的板凳上，孤孤单单地，手里做着家务活儿。这对夫妻一直没有孩子，但男人总有别的事要做，不能

298

在门前消磨晚上的休息时间。因为尽管从前有他的协助，在老人的公务中还是有一堆没办完的事，他眼下也找不到什么好办法来处理。现在他只好渐渐地处理这一切，他简直像用一把铁扫帚去扫啊。此外，还要管理那扩大了的个人田产，在这方面他试图节省一个小佣工。这样一来，这夫妻二人，除了星期天去做礼拜，大多只在豪克匆匆忙忙吃午饭和天亮落日时才能见面。这是一种工作总也干不完的生活，同时也是一种令人满意的生活。

"后来，一种干扰视听的话，在四处传播。一个星期天，做完礼拜以后，低地和高地教区的一群不大安分的年纪较轻的田产主聚集在上面的小酒馆喝酒，四五杯酒下肚，他们便大发起议论来，虽然不谈国王和政府——那时还不能攀得这么高，但却谈地方自治官员和高级官员，首先是谈教区捐税和负担，他们谈论的时间越长，就越不满现状，对新的堤防负担尤其不满。他们说：所有的导流洞和水闸平时总是放在那里不动用，现在要修理了，在堤坝总找得出新的地方需要上百车泥土，让这麻烦事见鬼去吧!

"'这都是你们的聪明的督办想出来的，'高地的一个人大声说，'这个人总是苦思冥想地走来走去，然后什么事都要插手!'

"'是的，马尔滕，'坐在说话人对面的奥勒·佩特斯说，'你说得对，他是思虑过度了，他是企图在总督办那里买好。我们现在怎么摊上了他!'

"'你们为什么让他驮着你们呢?'另一个人说，'现在你可得用现金支付了。'

"奥勒·佩特斯嘿嘿地笑起来。'是的，马尔滕·费得斯，在我们这里就是这个样子，从我们身上什么油水也刮不到。当督办，老的靠老子，新的靠老婆。'桌子四周扬起的哄堂大笑说明，这句精炼的俏皮话得到了怎样的喝彩。

"这俏皮话是在公众场合、饭店的餐桌上说的，但它没有停留在这里，它在高地和低地的村子里四处传播。这样，也就传到了豪克的耳朵里。在他内心中，眼前又掠过一大群人心怀叵测的面孔，比以前更带恶意讥诮的表情，他听到酒馆桌边的大笑声。'混账！'他喊了一声，两眼愤怒地望着侧面，好像他想鞭挞他们似的。

'这时，艾尔克把手放在他胳膊上：'别理他们，他们大家不过是都想当督办！'

"'事情正是这样！'他怨恨地答道。

"'再说了，'她接着说，'难道奥勒·佩特斯自己不也是靠婚姻富起来的吗？'

"'他是这样得到财产的，艾尔克。但他跟佛里娜结婚得到的财产，还不足以使他成为督办！'

"'莫如说：他不够格！'说完，艾尔克把她丈夫转过去对着镜子，因为他们是站在窗户和房间之间。'督办站在这儿呢！'她说，'现在仔细看看他吧，谁能胜任这个职务，谁就当督办！'

"'你说得并非不正确，'他若有所思地回答，'不过……喏，艾尔克，我必须到奥斯特水闸那里去，还是别关门！'

"她握住他的手：'来，好好看着我！你有什么心事，你的眼睛这样直勾勾地望着远处？'

"'没有什么，艾尔克。你确实说得很对。'

"他走了，但他走后没有多长时间，修水闸的事就被忘得一干二净了。另一种思想现在又重新盘踞在他的心头，这个想法不完全是想出来的，他多少年来一直怀着这个想法四处观察，但后来因为公务繁忙完全搁在了一边，现在这个思想比以前更有威力，好像它突然长了翅膀似的。

"他自己刚刚察觉到这一点，他已经来到了海堤上面，向南往城里去已经走了很长一段路。向这一面延伸的村庄，他往左已经看不见了。他仍然继续往前走，他目不转睛地往海的一边那宽阔的海岬张望。如果有谁从他身旁走过去，这人必定会看到在他的眼睛后面正在进行着多么紧张的脑力劳动。终于，他停住脚步：海岬在这里缩成堤旁的一窄条狭长的地带。'非成功不可！'他自言自语道。'在督办处干了七年了，要他们别再说我当督办是靠我的女人！'

"他一直站在那里，他的目光敏锐地从容不迫地从绿色海岬的上空向四面八方扫视着，然后他又走回来，一直走到一条狭长的绿色牧场恢复为在他眼前展开的宽广的平地的地方。一股强劲的海潮紧贴着堤坝翻滚着穿过这块平地，它几乎把整个海岬从陆地分离出去，造成一个无堤的小岛。一座粗糙的木桥通向那里，人们可以随着牛羊和干草车或粮食车往返行走。现在是退潮的时候，闪着金光的九月的骄阳在大约一百步宽的淤泥地带和它中间的那退潮后的很深的小水道上闪耀，就是现在，海水也在向小水道上涌。'这里可以筑堤！'他看了一阵子海水的波动以后，自言自语地说。随后，他抬起目光，从他脚下的堤坝越过那条退潮后的小水路望过去，在脑子里沿着被分开的陆地的边缘，向南拐弯，再向东回来，越过那里的小水路的延续部，到达堤坝边，画了一条线。他所画的这条看不见的线，是一条新的堤坝，也就是至今还在他头脑里的那个轮廓图的设计。

"'这样就能得到大约一千方的围海造田，'他微笑着对自己说，'虽不算大，但是……'

　　"另一种计算在他脑海里浮现：这个海岬在此地属于教区，教区的每一个成员都有一定的份额，这要按照各人在教区里田产的多少，或按照其他合法所得的田产来定。他开始进行合计，看有多少份额是他父亲传下来的，有多少份额是他从艾尔克父亲那里得来的，他在结婚时自己又购置了多少——他购进田产，一半是因为模模糊糊地感觉到将来会受益，一半是因为他饲养的羊在增加。加在一起，这已经是一个很可观的数目了，因为他也把奥勒·佩特斯的所有份额都买下来了，那是在发生局部洪水时奥勒的最好的牝羊被淹死了，他烦恼得不得了的时候。这是一次罕见的灾祸，因为根据豪克的记忆，就是在发大洪水时那里也只淹没了边缘。如果他的新堤坝把这一带围起来，将会造出多么肥沃的草野和良田，这有多大的价值啊！像一阵狂喜冲上他的头脑，但他用力握着拳，强迫他的眼睛冷静而清楚地去看他眼前展现的一切：一大片没有堤坝的平地，紧边上现在是一群肮脏的绵羊在那里慢悠悠地边走边啃青草，谁知道，下几年里会有什么样的暴风和洪水来吹打冲刷！对他来说，这里有多少工作，多少斗争，多少烦恼啊！尽管如此，当他从大坝上下来，沿着人行道，越过沟渠围田，走向他的人工堆成的山冈时，他觉得好像带着一大块宝石往家里走。

　　"在过道上，艾尔克迎面向他走来。'水闸的情况怎么样？'她问。

　　"他带着神秘的微笑低头瞅着她，'我们不久将使用另一个水闸，'他说，'还有许多导流洞和一个新的堤坝！'

"'我听不懂你的话,'艾尔克答道,同时走进房间,'你想要干什么,豪克?'

"'我想,'他慢吞吞地说,然后停顿了一下,'我想给那个从我们场院对面开始、向西结束的大海岬筑起一道坝,围出一块陆地来。大洪水几乎三四十年没有侵扰我们了,但是一旦再有那么一次凶猛的洪水袭来,搅扰我们的生息,我们这里整个的美好生活也就完了。让海岬任其自然地留在那里,是墨守成规!'

"她无限惊讶地望着他:'你就这样责备你自己!'

"'我责备我自己,艾尔克,但是,到现在为止,竟然还有这么多别的事要做!'

"'是的,豪克。自然,你已经尽全力了!'

"他坐在老督办的靠背椅里,两手牢牢抓着扶手。

"'对此你有足够的信心吗?'他的女人问他。

"'我有,艾尔克!'他赶忙说。

"'你不要太匆忙,豪克,这是一桩生死攸关的大事,恐怕所有的人都要反对你,谁也不会想到你的辛苦和操心!'

"他点了点头。'我知道!'他说。

"'要是这事办不成呢!'她又高声说道,'从小我就听人说,那条小水路是不能堵塞的,因此不准重提这件伤脑筋的事。'

"'这是懒惰的借口!'豪克说,'究竟为什么不能堵塞这条小水路呢?'

"'这我没听说过。也许因为它下边是通着的,冲刷太强。'她想起了一件事,于是从她严肃的眼睛里露出一丝几近调皮的微笑。'我还是孩子的时候,'她说,'有一次我听雇工们说过这件事。他们说,要想在那儿筑堤,必须献祭一件活物,把它一起筑在坝里。在另一边筑坝时，那大约是在一百年前吧，就是把一个吉卜赛孩子筑在坝里了，那孩子是他们用重金从母亲手里买来的。现在可是没有一个母亲会卖自己的孩子了！'

"豪克摇了摇头：'幸亏我们没有孩子。否则他们会要求我们交出孩子的！'

"'绝不会让他们得到！'艾尔克说，像在恐惧中把两只胳膊交叉抱在胸前。

"而豪克却在微笑。她又问：'那巨额的费用呢？这你想到过吗？'

"'我考虑过了，艾尔克。我们从那里得到的，要远远超过开支，旧坝的维护费有很大一笔要落在新坝里；我们自己动手干，在教区里我们有八十多辆马车，青年劳力在这里也不缺少。至少你不是徒劳无益地把我推上督办的位置，艾尔克，我想让他们看清，我是一个人物！'

"她在他面前蹲下去，无限忧虑地望着他，现在她叹了一口气站起身来，'我得继续干我的活去了，'她说，她的手轻轻地在他脸上摸了一下，'你干你的事去吧，豪克！'

"'阿门，艾尔克！'他面带严肃的微笑说，'工作在那儿等着我们俩呢！'

"两人都有足够的工作要做，但最繁重的担子现在落在了男人身上。每个星期天的下午，也常常在工作之余的晚上，豪克总是跟一个很能干的土地丈量员坐在一起潜心计算、描图和制设计图。他单独一人时，照样这么干，往往过了半夜很久才结束工作。然后，他蹑手蹑脚地走进那间共同的卧室——因为在豪克的家里已经不再使用起居室的那两张有霉味的壁床了——为了让他最后能安静地睡一觉，他的女人闭着眼睛躺在那里，好像睡着了似的，虽然她怀着一颗一直怦怦跳动的心等过他。接着，他有时吻吻她的前额，轻轻地说一声亲昵的话，自己也躺下来睡觉，但往往到头遍鸡叫时才睡着。冬天刮暴风雪的时候，他就跑到大坝上去，手里拿着铅笔和纸，站在那里又是画又是写，一阵风吹来，刮掉他头上的帽子，他那灰白的长发围着他热乎乎的脸飘来飘去。不久，只要冰没有把路封住，他就跟他的佣工划小船到浅海上去，用测锤和标杆测量水流动的深度，这个深度他还很不清楚。艾尔克往往十分替他担心，他一回到家里，他就能从她紧握的手、从她平时那么安详的眼睛里的一瞥闪亮的目光，看出她的担心。'要耐心，艾尔克，'他说，有一次他觉得他的女人好像不肯放他走，'在我拿出提案以前，我自己必须首先摸清情况！'这时，她点点头，让他走了。他没少骑马进城到总督办那里去，忙完这一切以及家里的和农业的事情之后，又总是工作到深夜。除了工作和公务上的事情，他几乎断绝了和他人的交往，就是跟他女人的交谈也越来越少了。'这是艰难的岁月，还要延续很久呢。'艾尔克自言自语地说，动手去做她的事。

"终于，太阳和春风把处处的冰雪融化，准备工作也已经做完。誊清了向总督办提交并转请上级批准的文件，其中包括建议筑坝围起海岬以开发公共福利尤其是围海造田的申请报告及说明，即开始少不了要由政府出资，但在正常的情况下只要短短几年便可从大约一千方田地中得到税收，连同轮廓图及一切地方现在和将来的详图、水闸及导流洞详图以及诸如此类的资料，打成了一捆结结实实的案卷，上面盖上督办处的公章。

"'都在这儿了，艾尔克，'年轻的督办说，'祝它好运吧！'

"艾尔克把手放在他手里，'我们要坚定不移地同心合力呀。'她说。

"'我们一定要同心合力。'

"随后，这个提案便由一个骑马的信使送到城里去了。"

"请您注意，亲爱的先生，"教书先生中断了自己的讲述，友好地用他的小眼睛凝视着我，"我所讲的故事，是我在这个围海造田地区几乎四十年的活动过程中，从有识之士的传说或从这些人的孙子和曾孙的讲述中搜集来的。为了使我现在来给您讲的故事的最后发展过程，您会感觉到这和前面所讲的情节是完全一致的——这都是过去和现在，万圣节前后纺车一响起来时，整个低地村庄喋喋不休地讲述的故事。

"从督办的田地往北大约五六百步，你站在堤坝上，便可以看见，在向浅海伸进几千步远，离对面低地稍远的地方，有一个低地小岛，他们管它叫做'耶弗沙滩'，也有叫做'耶弗小岛'的。自从祖父一辈人时起就把它用作牧场，因为当时上边还长青草。但是后来不行了，因为这个很低的小岛有几次正当盛夏时节进入海水里去了，草业已枯萎，不能当牧场用了。于是便出现了这样的景象：除了飞翔在海滩上空的海鸥和别的鸟类，大概有一次飞来过一只鱼鹰，就再也没有什么飞禽造访过这个小岛。在月光明朗的晚上，从堤坝上只能看见一层一层的雾气或薄或浓地飘过来。每当月亮从东方升起照耀着这个小岛的时候，也能看清那里有被淹死的绵羊的几具变得灰白的骨架，还有一匹马的骨骼，谁也不知道这匹马是怎么到这里来的。

"那是三月末，下工以后，来自泰德·海恩老屋的短工和年轻督办的雇工伊文·约翰斯并排站在这个地点，一动不动地朝那个在浑浊的月光中几乎难以辨认的小岛张望。他们好像捕捉到了那里的一个什么惹人注目的东西。短工把手插在口袋里，吓得全身一颤。'来，伊文，'他说，'这不是什么好东西，让我们回家去吧！'

"另外那个人笑了起来，虽然也有一阵恐惧通过他的全身。'嗳，什么，这是一个活的造物，一个很大的！活见鬼，是谁把它赶到这块淤泥地上去的！瞧，现在它向我们这边伸脖子呢！不，它低下了头，它在吃草！我想，那儿没有草可吃！那会是什么呢？'

"'这跟我们有什么相干！'短工应答道。'你要是不想跟我一块走，那就再见吧，伊文！我回家了！'

"'好，好。你有老婆，你回热烘烘的床铺上去吧！在我的小屋里可纯粹是三月的冷风！'

"'那就再见了！'短工喊着回答，一边在堤坝上疾步往家走。那个雇工回头望了两次那走去的人，但是要看看那可怕的东西的好奇心，还紧紧地抓着他不放。这时，一个黑色的短粗的形象在大坝上从村子里对着他走过来，那是督办的小听差。'你想干什么，卡斯滕？'那个雇工冲着他喊道。

"'我？——什么也不干，'小听差说，'我们的主人要跟你谈谈，伊文·约翰斯！'

"那个雇工又朝小岛看了看，'我马上就来！'他说。

"'你究竟在瞧什么？'小听差问。

"那雇工抬起胳膊，默默地指向那个小岛。

"'啊哈！'小听差低声说，'那儿走着一匹马——一匹白马——

一定是魔鬼骑着它——一匹马怎么到耶弗小岛这儿来的？'

"'我不知道，卡斯滕。要是一匹真马该多好啊！'

"'是，是的，伊文。瞧，它那吃草的样子跟一匹马完全一样！是谁把它牵到那儿去的？我们村里根本没有那么大的船！也许那只是一只羊。彼得·奥姆说，在月光下十个泥炭圈能变成一个村子。不，看呀！现在它是在跳——这肯定是一匹马！'

"两人默默地站了一阵子，目不转睛地看着那边隐隐约约的东西。月亮高悬在天空，照耀着这辽阔的浅海，这浅海刚好涨潮，开始把海水冲到闪着光亮的淤泥地面上去。在这无限辽阔的空间，听不见动物的声音，只听得见水浪轻轻冲击的声响。就是在大坝后边的低地，也是空无一人。母牛和小牛都还在牛棚里。没有任何东西在活动，只有他们认做一匹白马的东西，似乎还在耶弗小岛上活动。'现在天更亮了一些，'那个雇工打破了寂静，'我清楚地看见白色的羊骨骼在闪着微光！'

"'我也看见了，'小听差说，同时伸长脖子，但是后来好像他觉得事情发生得很突然似的，他就扯了扯那雇工的袖子，'伊文，'他悄声说，'那个马的骨骼，它平时就躺在旁边，现在哪儿去了呢？我看不见它了！'

"'我也没看见它！奇怪！'那雇工说。

"'不怎么奇怪，伊文！有时，我说不清在哪天夜里，据说这些骨头站起来了，好像它们是活的一样！'

"'这样？'那雇工开口说，'这简直是老太婆的迷信！'

"'可能是的，伊文。'小听差说。

"'但是，我认为，是要你把我叫回去。来吧，我们得回家了！留在这儿的永远是原来的东西。'

"小听差一步也不动，直到那个雇工用力把他扭转过来，拉着他上路。'听着，卡斯滕，'那雇工说，这时那魔怪似的小岛已落在他们身后很长一段距离了，'简直可以说你是一个万事通顽童。我以为，你最好是自己来研究这个！'

"'是的，'卡斯滕答道，事后还是感到有点毛骨悚然，'是的，我希望这样，伊文！'

"'这是你的真实想法吗？那么，'在小听差坚决地把手伸给他以后，那雇工说，'明天晚上我们就解开小船，你划船到耶弗沙滩去，我留在堤坝上等你。'

"'好的，'小听差应道，'可以！我带着我的鞭子！'

"'就这么做！'

"他们默默地来到主人房子的附近，然后慢慢地上了高冈向那所房子走去。

"在第二天晚上的同一时间，那个雇工坐在马厩门前一块大石头上，这时，小听差啪啪地甩着鞭子，向他走来。'这鞭哨好怪！'那雇工说。

"'自然，你可要注意了，'小听差答道，'我这鞭绳里可是编进了一些钉子啊。'

"'那就来吧！'雇工说。

"月亮像昨天一样挂在东方的天边，从高空闪耀着明亮的光辉。两个人很快就又来到大堤上，他们向小岛望去，它好像一团雾立在水中。'它又在那里走，'那雇工说，'下午我到过这里，那时它不在这儿，但我清楚地看见白马骨骼躺在那儿！'

"小听差伸长脖子，'它现在不在那儿呀，伊文。'他悄声说。

"'喏，卡斯滕，怎么样？'那雇工说，'要划船到那边去，

你心里还痒痒吗？'

"卡斯滕想了一会儿，然后用鞭子朝空中甩了几下：'把船解开吧，伊文！'

"但在那边，好像有个什么走着的东西抬起脖子，对着陆地伸着头。他们不再看它了。他们下了大坝，一直走到放船的地方。'喏，上船吧！'那雇工把船解开以后说。'我待在这儿，一直待到你回来。你必须在东边靠岸，人们总在那儿上岸！'小听差默默地点点头，就带着他的鞭子划船进入月夜；那个雇工在大堤下漫步走回，再上堤坝走到他们刚才站过的地点。很快他就看见，在那边有一条很宽的潮路向一个陡峭的黑暗地点涌过去，小船就在那儿停泊了，一个矮胖的身影走出来跳到岸上。这不是小听差甩鞭子吗？不过，也可能是涨潮的海涛声。往北几百步他看见了他们从前视为白马的东西，可是现在呢？是的，小听差的身影正向它走过去。现在，它抬起了头，好像在发怔；那小听差呢——现在可以清楚地听见——他在甩他的鞭子。但是——他突然想起了什么？他转过身来，从来时的路上往回走。那边的那东西仿佛在不停地吃草，听不到那儿有马的嘶鸣。仿佛有白色的水纹向那幻象的上面移动。那个雇工像着了魔似的朝那边张望。

"这时，他听到小船在这边靠岸了，他很快就看见小听差在迷茫的夜色中沿着堤坝攀登，朝他走过来。'喏，卡斯滕，'他问，'那是什么？'

"小听差摇了摇头。'什么也不是！'他说，'从船上下去前不久我还看见它哩。但后来，当我到了小岛上的时候——鬼晓得那牲口躲到什么地方去了。月光倒是够亮的，但当我到了那个地点的时候，那儿除了六只绵羊的白骨什么也没有，稍远一点躺着

那匹马的骨骼连同白色的、长长的头颅骨，任凭月光照进那空空的眼窝里去！’

"'哼！'那雇工说，'你看得真切吗？'

"'是的，伊文，我就站在那旁边。一只亵渎神明的鸟，本来躲在那骨骼后边歇夜，忽然叫了一声飞起来，把我吓了一跳，我就朝后抽了好几鞭子。'

"'这是全部吗？'

"'是的，伊文。我只知道这些。'

"'这也足够了，'那雇工说，一边拉着小听差的胳膊，让他靠拢过来，用手指着那边的小岛，'在那儿，你现在总看到点儿什么吧，卡斯滕？'

"'真的，它确实又在那儿走呢！'

"'又在走？'那雇工说，'这一阵子我一直往那边看，但它根本没有在那儿呀，你也确实向那怪物走过去呀！'

"小听差呆呆地望着他。在他那平时大无畏的脸上突然现出惊愕的表情，那个雇工也觉察到了。'来吧！'那雇工说，'我们回家吧。从这儿看，它像一个活物在走，可是到了那边，只不过是一堆尸骨——这是你和我理解不了的。但是对此要守口如瓶，谁也不准乱说！'

"他们转过身去，小听差在他身边小跑；他们谁也不说话，在他们侧面，低地卧在无声的静默中。

"但在月亮落下去，夜沉在黑暗中以后，发生了另一件事。

"豪克·海恩到城里赶马市去了，跟坝下的那件事没有什么关系。虽然他傍晚回家时带回另一匹马，但是那马的毛又粗又硬，身子瘦得连每个肋骨都数得出来，两眼无神，使人联想到头颅骨的眼窝。艾尔克走到家门口迎接她亲爱的丈夫。'老天保佑，'她高声说，'这匹老白马我们可拿它怎么办啊？'因为当豪克骑着马带它来到家门前，在那棵桴树下停下来时，她看见那可怜的造物还是跛足的。

"但年轻的督办笑呵呵地从他的棕色公马上跳下来，说：'别管了，艾尔克。也没花多少钱！'

"聪明的妻子接口道：'你要知道，最便宜的东西也大都是最贵的东西。'

"'但不总是，艾尔克。这匹马最多也就是四岁口，你仔细看看吧！它是饿的，没饲养好。我们喂燕麦，它就能壮实起来。我要亲自照管它，免得他们给喂过了量。'

"那匹马一直牟拉着头站在那里，长长的鬃从脖子上垂下来。在丈夫喊雇工的时候，艾尔克走到马跟前转围观察了一番，然后摇摇头说：'这样的马在我们的马厩里还从来没有过！'

"当那个小伙计沿着房角走来时，他突然瞪着惊异的眼睛站住了。'喏，卡斯滕，'督办高声说，'是什么东西吓着了你？你不喜欢我的白马吗？'

"'嗯，噢嗯，东家，为什么不！'

"'那你就把两匹马都拉到马厩里去吧。不要喂它们，过一会儿我自己来！'

"小伙计小心翼翼地抓着白马的笼头，然后像爱护似的猛地抓住那匹对他也很友好的公马的缰绳。豪克跟他妻子一起走进屋，她已经为他准备好一杯热啤酒，面包和黄油也都摆在餐桌上了。

"他很快就吃饱了，然后，他站起来，跟他的妻子在屋子里走来走去。'我给你讲讲，艾尔克，'他说，这时落日的余晖正在四壁的釉砖上嬉戏着，'我是怎样买的这匹马。我在总督办那里待了一个钟头。他把好消息告诉了我——虽然在我的各种详图上要做这样那样的修改，但主要的事，我的规划被批准了，过几天修筑新坝的命令就会下达！'

"艾尔克情不自禁地叹了口气，'哦，真的吗？'她无比忧虑地说。

"'是的，亲爱的，'豪克答道，'将会很艰难啊。但我想，正是为此上帝才把我们结合在一起！我们的家计现在是井然有序，大部分你已经能一个人承担起来了，只要再过十年，我们就会占有另一份财产了。'

"在他说头几句话时，她就把她丈夫的手紧紧地握在她的手里，以示保证，他的最后一句话却无法使她高兴。'要这财产是为了谁呀？'她说，'恐怕你得再娶一个女人，我不能给你生孩子！'

"眼泪一下子涌进她的眼睛里。但他把她拉过去，紧紧地搂在怀里。'我们把这事交给上帝去管吧，'他说，'现在，以后也一样，我们还很年轻，完全可以因为我们的工作成功而感到欣慰。'

"他一直搂着她，她用她那对黑眼睛望了他好久。'请原谅，豪克，'她说，'我有时是一个很气馁的妻子！'

"他朝她的脸低下头吻她：'你是我的妻子，我是你的丈夫，艾尔克！不会再有任何变化。'

"这时，她用胳膊紧紧地搂着他的脖子：'你说得对，豪克，不论发生什么事，都是我们俩的事。'说完，她就红着脸离开他的胸怀。'你不是想给我讲一讲白马吗？'她轻声说。

"'我正想讲这个呢，艾尔克。我已经告诉过你，听了总督办转告我的好消息，我心里特别高兴。我从城里出来，骑着马又来到大坝上，在码头后边我碰到了一个粗野的青年。我说不清他是一个流浪汉还是一个修锅匠或者别的什么人。这个青年牵着一匹马，但这匹马抬起头，用呆滞的眼睛望着我，我觉得它好像对我有什么请求，此刻我正好手头有足够的钱。"嘿，老乡！"我大声说，"你想带着这匹劣马到哪儿去呀？"

"'那青年停住脚步，白马也站住了。"卖呀！"他说，狡猾地朝我点了点头。

"'只是不卖给我吧！"我逗趣地高声说。

"'"我想不是！"他说，"这是一匹勇猛的马，少于一百塔勒不卖。"

"'我当面嘲笑了他。

"'"喏，"他说，"别这么冷笑呀，你可以不给我钱就牵走！我使不好这匹马，在我这里它会毁了的，在您那里它会很快变成另一副模样的！"

"'我从我的马背上跳下来，看了看白马的牙口。我清楚地看出，它还是一匹幼马。"究竟要多少钱？"我高声说，这匹马又好像乞怜似的望着我了。

"'"老爷，您给三十塔勒吧！"那青年说，"笼头我也给您！"'

"'这时，亲爱的，我就朝那小伙子棕色的、像一只大爪子似的手猛击一掌敲定了。这样，我们就得到了这匹白马，不过我也想过，是够便宜的了！奇怪的是，当我骑上我的马带着这匹马离开的时候，我很快便听到身后传来的一声大笑。我转过头，看见

那个斯洛伐克人，原来他还两腿叉开地站在那里，倒背着手，像一个魔鬼似的在我身后朝我哈哈大笑.'

"'呸,'艾尔克喊道,'但愿这匹白马不是从他的老东家那里带来什么灾难！但愿它能使你一切顺利，豪克！'

"'只要我能做出成绩，它本身至少也应该这样！'督办走进马厩，这是他刚才对小伙计允诺过的。

"但他不只是那天晚上喂那匹白马，接下去他一直亲自喂它，时时照料它。他想做给人看，他是做了一件教士该做的事。无论如何不应该有任何疏忽。没过几个星期，白马的饲养改善，渐渐地，粗硬的毛消失了，闪着蓝色圆斑点的毛皮显现出来。有一天，他在院子里转圈遛它，白马竟然轻快地迈着有力的腿大步流星地走起来。豪克想到那个离奇的卖马人,'这小伙子不是傻瓜就是偷马的无赖！'他喃喃自语道。不久以后，这匹马在马厩里一听到他的脚步声，就转过头来冲着他嘶鸣。现在他也看到它有阿拉伯人所要求的一张没有肉的脸，脸上有一对火热的棕色眼睛。接着，他把它牵出马厩，给它背上一个轻鞍。他刚骑上去，这匹马就嘶鸣一声，像从嗓子里发出的一声快乐的叫喊。它带着他飞快地离去，下高地上大路，然后向大坝疾驰。当然，骑马的人坐得很牢，到了大坝上面，它才走得平稳了一些，脚步很轻，好像在跳舞似的，而且把头转向大海。他拍了拍它，又抚摩几下它那光亮的脖子，但它已经不再需要这种爱抚了。这匹马好像跟它的骑者完全成为一体了，在他骑马沿着堤坝向北走出一段路以后，他轻轻转动马头，又来到场院。

"雇工们都站在斜坡下面等待主人返回。'很好，约翰,'主人一边从马上跳下来一边高声说,'现在你可以骑着它进入沟渠

造田各处走走，它驮着你，你简直就像坐在摇篮里！'

　　"在那个雇工从它身上卸下马鞍，小伙计拿着马鞍跑进挽具室的时候，那白马摇着头，扯着嗓门朝那阳光照耀的低地景区嘶鸣了好一会儿。随后，它把头放在他主人的肩头上，舒舒服服地接受主人的抚爱。但当那个雇工想骑到它背上时，它猛地一跳躲到一边，然后就又站着不动了，那双美丽的眼睛盯着它的主人。

　　"'嗬嗬，伊文！'主人喊道，'它把你摔伤了吗？'他试图把他的雇工从地上扶起来。

　　"那雇工一个劲地按摩自己的胯骨：'不，东家，还可以，但这匹白马只有魔鬼才能骑！'

　　"'那我呢？'豪克嘿嘿地笑着补充说，'那你就拉着缰绳把它牵到沟渠造田里去吧！'

　　"于是，那雇工略带羞涩地听从主人的吩咐，那白马也安安静静地让他牵着。

　　"几个晚上以后，那雇工和小伙计并肩站在马厩前。在堤坝后边，晚霞已经消退，在大坝里边，围海造田已淹没在深沉的暮色中。很少从远处传来被惊扰的牛的吼叫或云雀被黄鼠狼或水老鼠突然咬死时的尖叫。那个雇工靠在门柱上叼着短烟斗吸烟，烟斗冒出来的烟他已经看不见了。他已经说过话了，可是小伙计还没开口呢！有点儿什么东西压在小伙计的心头，他不知道应该怎样来麻烦这个一言不发的雇工。'你，伊文！'他终于说道：'你知道耶弗岛上那匹马的骨骼！'

　　"'提这个干什么？'那雇工问。

　　"'是啊，伊文，提这个干什么？它压根儿就不在那儿了，白天也好，月光下也好，都不在。我往大坝上跑了二十来次了！'

316

"'那些多年的骨头大概都风化了吧？'伊文说，继续泰然地吸烟。

"'在有月光的夜晚，我也到外边去过，那边的耶弗岛上也没有任何东西在走动啊！'

"'是的，'那雇工说，'如果那些骨头粉碎了，它就再也站不起来了！'

"'别开玩笑了，伊文！现在我知道了，我能告诉你，它在什么地方！'

"那雇工突然转过去对着他：'喂，它究竟在什么地方呀？'

"'什么地方？'小伙计加强语气重复着。'它就站在我们的马厩里。自从它不在小岛上了，它就站在这儿了。主人什么时候都亲自喂它，不是没有缘故的，我知道得再清楚不过了，伊文！'

"雇工狠狠地抽了几口烟，把烟吐到黑夜里。'你真没心眼，卡斯滕，'他说，'是我们的白马？难道只要有一匹马过去是活着的，它一准就是这匹马吗？像你这么一个四处闯荡的小家伙怎么会相信老太婆的迷信话！'

"但是，小伙计并不服气：要是魔鬼藏在白马身体里，它为什么不可能变成活的呢？相反，那要更糟！就是在夏天，那匹马也是被放在马厩里，每当他傍晚走进马厩，它就猛地把那闪闪发光的头朝他转过来，他总被吓一跳。'让魔鬼把它抓走吧！'他于是嘟嘟囔囔地说，'咱们也不会在一起待多久了！'

"于是，他便背地里去寻找新的工作，他辞了工，在万圣节时到奥勒·佩特斯那里当雇工去了。在这里，他找到了爱听他讲关于督办的魔鬼马故事的人。那个胖女人佛里娜和她思想迟钝的父亲即从前的堤防委员杰斯·哈德斯，怀着恐惧又愉快的心情认真地听，而且事后把这个故事讲给所有对这位督办心怀怨恨的人或爱听这类故事的人听。

"这当儿，已经到了三月底，接到了通过总督办下达的修筑新堤坝的命令。豪克首先把堤防委员会的代表们召集起来。一天，在上面教堂附近的小酒馆里全体代表都到会听他向他们宣读迄今产生的文件的要点：先宣读他的提案的要点、总督办报告的要点，然后宣读通知，通知里首先提到的是通过了他所提出的规划，即新的堤坝不像以前那样是陡峭的，而是渐渐地向海水一侧缓坡的走向。但他们听的时候没有露出更快活、哪怕只是满意的表情。

"'是啊，是啊，'一位年老的代表说，'这不是糟糕了吗！抗议也没有用，因为总督办都对我们的督办竖大拇指呢！'

"'你说得很对，德特莱弗·维恩斯，'第二个代表补充说，'春耕就要开始了，现在又修一个长得不得了的堤坝——那一切农活就都得停顿下来了。'

"'今年你们还可以干完你们的活，'豪克说，'也不能这么快就从栅栏上拔掉木桩呀！'

"同意这种说法的，寥寥无几。'但你的规划！'第三个人说，谈到正题他多少有点新的见解，'大坝在向着水的外侧也要修得很宽，材料从哪儿来呢？应该什么时候完工？'

"'今年完成不了，那就明年完成。这主要取决于我们自己！'豪克说。

"恼怒的笑声在众人中波动。'这无益的工作为了个啥呀！再说新坝也不比旧坝高，'又一个人的声音高声说，'听我说，旧坝

已经挺了三十多年了！'

　　"'您说得对，'豪克说，'三十年前旧坝决堤了；然后，往回数，是三十五年前决堤；又一次是四十五年前决堤。但打那以后，大堤一直无理性地很了不起地矗立在这里，在数次最大的洪水中保护了我们。新的大坝则不管洪水多么凶猛，也能挺立百年，甚至几百年，它是穿不透的，因为向海一面的缓坡使海浪失去了任何一个攻击点。这样一来，你们就将会为你们和你们的子孙获得一块安全的土地，这就是官方和总督办赞成我的原因，这一点也是你们为了你们自己的利益应该认识到的！'

　　"当与会者都没准备立刻答话时，一位满头白发的老人吃力地从他的椅子里站起身来。这是艾尔克的教父耶维·曼内斯，由于豪克的请求他还一直留在堤防委员会里。'豪克·海恩督办，'他说，'你给我们增加了许多不安和花费，我本来希望你能等我被上帝召回安歇的时候再去办这件事，但是——你是正确的，这是可以把非理性的论据反驳回去的。我们天天都必须感谢上帝，是他不顾我们的怠惰让我们得到这块宝贵的海岬，来对抗暴风雨和潮水的冲击。现在是我们必须自己动手拿出一切知识和力量自己保护自己的最后时刻了，不能再靠上帝的宽容来抵御了。朋友们，我是一个古稀老人，我看见过筑坝，也看见过大坝被冲垮。但是，这种堤坝是豪克·海恩按照他的神赐的大智设计由官方为你们贯彻实施的，你们活着的人谁也看不到它被冲垮。如果你们自己不感谢他，你们的子孙却首先不会拒绝向他献上荣誉花环！'

　　"耶维·曼内斯又坐下了，他从口袋里掏出他的蓝手帕，擦去他额头上的几滴汗珠。这位老人仍然是一位以精明能干、无可非议的诚实正直而闻名遐迩的人物。因为与会者没有人赞同他的倾向性意见，所以会议继续静默。豪克·海恩发言了，但大家看见，他的脸色变苍白了。'我感谢您，耶维·曼内斯，'他说，'您还在这里，您又发言了。你们其他代表先生们要知道，这个新的堤坝建筑自然是落在我肩上的重担，但你们至少应把它视为一项不能改变的事业，因此让我们决定现在必须做什么吧！'

"'您说吧！'代表中的一人说。于是，豪克在桌子上铺开新堤坝的平面图，'刚才有一位代表问过，'他开口说，'这么多土从哪儿取呢？你们看，海岬向浅滩伸展得这么远，大坝一线的外边有一条狭长的土地是闲置的，从这里和从这个海岬，就是从沿着堤坝的新的造田的南边和北边我们可以取土。在水的两侧我们有好的黏土层，还可以向里边或在中间取沙！但现在首先是要聘请一位土地丈量师把海岬上面新坝的线画定！这个帮助我制订计划的人，最好找一位合适的。此外，为了运送黏土和其他材料，我们需要单驾的带车辕的倾倒车，必须把造车的工程包给几个造车匠。为了拦堵潮路我们向内侧只好将就着用沙子。我现在说不准，要用几百车干草来加固堤坝，很可能比低地这里剩余不用的草还要多！让我们来商讨一下，这一切首先应该怎样安排。西边靠水的新水闸，以后也要委托一个木匠去建造。'

"与会者都已站在桌子的四周，他们眯缝着眼睛看着地图，渐渐开始说话。但那只是好像将要说点什么的样子。当谈到延请土地丈量师的时候，一个年纪较轻的人说：'您已经想过了，督办，您自己肯定知道谁最合适。'

"但豪克答道：'因为你们都是陪审官，所以你们得按自己的看法说，不要按我的想法说，雅各布·麦恩，如果您的意见更

好，我就放弃我的建议！'

"'嗯，是的，这很好。'雅各布·麦恩说。

"但一个年纪较大的人却觉得并不完全合适。他有一个亲侄在土地测量方面——这样的一个人在低地这里还不曾有过——他可能胜于督办的父亲，就是胜过已过世的泰德·海恩！

"于是便就这两个土地测量员进行了讨论，最后决定由他们俩共同担负这项工作。关于倾倒车，关于干草的供应以及所有其他事宜也进行了讨论，作出了决定。豪克很晚才筋疲力尽地骑着他一向使用的公马来到家中。当他在那把从他的那位颇有影响但生活较松散的前任继承下来的靠背椅上坐下来时，他的妻子已经站在他身旁。'你看上去很疲倦，豪克。'她说，同时用她瘦长的手从前额撩起他的头发。

"'大概有一点儿吧！'他答道。

"'事情进行得还可以吧？'

"'还可以，'他苦笑着说，'但这辆车我得自己去推，只要它不被拦住，我也就高兴了！'

"'但不是所有的人都拦吧？'

"'不是，艾尔克，你的教父耶维·曼内斯是个好人，我真希望他能年轻三十岁。'

"过了几个星期，大坝的轮廓测定完毕，大部分倾倒车交来以后，即将筑坝的那块围海造田的全体份额土地所有者，位于旧坝后边的那些地产的主人，被督办请到教区小酒馆里开了一个会。会议内容是向他们说明工作分配的计划和经费开支，听取他们可能提出的异议。因为，只要新的堤坝和新的水闸降低旧的装置的维护费，他们就必须承担各自的一份。这个计划对豪克来说曾经是一件繁重的工作——如果不是通过总督办的介绍除了给他安排了一名修坝信差，还给他安排了一名修坝书记员，尽管他现在又每天工作到深夜，他也不会这么快准备好这一切。当他工作结束，疲惫不堪地去寻找他的床时，他的妻子再也不像以前那样在假寐中等待他了，她也同样辛苦地操劳了一天，夜里竟像躺在一口深井的井底似的睡得雷鸣也轰不醒。

"当豪克宣读他的计划，又把那些在小酒馆里展示过三天的图纸摊在桌上的时候，那些严肃认真的男人都在场，他们怀着敬佩的心情观看这一丝不苟的勤奋工作成果，经过静心的思考以后都同意他们的督办的这些恰当合理的安排。但是另外一些人，他们在新的陆地上所占有的田产不是被他们自己就是被他们的父辈或更早的占有者变卖了，他们对把他们请来商讨新的围海造田的经费开支满腹怨气，也不去想想，由于修筑新的堤坝他们的旧田产的负担会一点一点地卸去。又有第三部分人，他们庆幸各自在新的围海造田区有自己的一份，却大声喊道：谁都可以拿走他们的这一份，只要给很少一点钱他们就出卖，因为他们所承担的支付款项是不合理的，结果这些田产等于没有到手。但奥勒·佩特斯一脸怒气地靠在门柱上，这当儿他高声说：'你们要先想一想，然后再对我们的督办表示信任！他是很会算计的，他已经有了大部分份额，他也很想买走我的那一份，当他得到了这一份，他才决定筑坝向大海夺取这一片新的土地！'

"他说完这些话以后，会场上有好一阵子是死一般的寂静。督办正站在他刚才摊开图纸的那张桌子旁边，他抬起头来，朝奥勒·佩特斯那边望着。'你知道得很清楚，奥勒·佩特斯，'他说，'你是在诽谤我。你这么做，因为你本也知道，你朝我甩过来的这一大堆脏话会粘在我身上！真相是，你想要摆脱你的那一份，我正好需要它来饲养我的羊。如果你想知道别的，那我就告诉你，你在小酒馆信口雌黄说出的那句不干净的话，就是说我当督办是靠我的老婆那句不干净的话，倒是提醒了我，我就是要让你们看一看，我能靠我自己成为督办的。因此，奥勒·佩特斯，我做了我的前任本应做的事。如果你因为我买了你的地而对我怀恨在心，那么你听着，现在他们的份额要贱价出售，这也就足以补偿你了，只是因为他们现在觉得负担太重了！'

"从一小部分与会者中发出赞同的低语，老耶维·曼内斯也站在这一边，大声喊道：'妙极了，豪克·海恩！我们的主会保佑你的事业成功的！'

"虽然奥勒·佩特斯不说话了，人们四散去吃晚饭，但是大家还没有把事情办完。在第二次会议上，一切才安排就绪，只是有个条件：下月开工时大家不必交给豪克三匹驾车的马，而是交出四匹马。

"最后，当圣灵降临节的钟声传遍这一片大地的时候，工程开始了：推土车川流不息地从海岬向堤坝线驶来，把取来的黏土再倒在那里，同样多的车又返回去，到海岬上去装新土，在堤坝线上站着的人手拿锹铲把倒在那里的土扬到适当的位置上铲平。一大车干草运来了，卸在了那里，这些干草不只是用来覆盖在内侧使用的沙子和松土一类材料。堤坝的个别地段渐渐地完成了，用来覆盖这些地段的草皮已经铺上，各处还用坚实的干草加固以防波浪冲刷。被委派的监视人走来走去，一旦起了暴风雨，他们站住张开大嘴呼喊，通过大风大雨传达他们的指令。在这期间，督办骑着他的白马，他现在只使用这匹马了。这匹马带着骑者飞也似的四处奔走，他时而迅速地干巴巴地作出一些决定，时而夸奖一下工人们，或发现什么问题时，毫不留情地把一个懒惰的人或不熟练的人赶出工作场地。'没有办法！'他随后说，'不能因为你的懒惰而毁了我们的大坝！'当他从下边人造田往上走来，他们老远就听到了他的骏马的鼻息声，于是所有的人都奋力地工作：'加油干哪！骑白马的来了！'

"如果在吃早饭的时候，工人们带着他们的面包扎堆躺在地上，豪克就骑马沿着那些被撂在一边的工程走，他的眼睛是敏锐的，一眼便能看到什么地方是邋遢的人用铲子铲过的。但当他骑马走向这些人，向他们解释必须怎样工作时，他们抬头看看他，不紧不慢地继续啃他们的面包，从他们那里他连一声赞同或一句言辞也听不见。有一次，在同样的时间，已经很晚了，他在一个大坝工地发现活儿干得特别好，便骑马走向最近一堆吃早饭的人。他从白马上跳下来，快活地问，这么干净利落的活儿是谁做的？但他们只是羞涩地阴郁地望着他，只慢吞吞地、好像很反感似的点出一两个名字。他把马交给一个人，那马像羊羔一样安静地站着，那人用两手拉着马，像无比恐惧似的看着那匹马美丽的眼睛，那双眼睛却像往常一样死死盯着它的主人。

"'喏，马尔滕！'豪克高声说，'你怎么这样站着，像是雷打了你的双腿？'

"'老爷，您的马，它这么安静，好像要害人似的！'

"豪克笑了，亲自拉住缰绳把马牵过去，那马立刻爱抚地用头去蹭他的肩膀。有几个工人怯生生地望着骏马和骑马的人，其他的人仍然默默地吃他们的面包，好像这一切跟他们无关似的。他们有时往上抛一小片面包给海鸥，海鸥早已注意到这个喂养场地，总是扑扇着闪光的翅膀几乎要落到他们头上。督办好像心不在焉地朝那些乞食的鸟望了一阵子，看它们怎样用嘴捕捉抛过去的小吃。随后，他跳上马鞍，没回头瞅他们一眼就离去了。几句话在他们当中大声地说出来，听去好像是在嘲讽他。'这是什么？'他自言自语道，'难道艾尔克说得对，他们所有的人都是反对我的？连这些雇工和小工也包括在内？这些人当中可是有许多人将从我的新坝得到好处，变富裕呀！'

"他朝他的马踢了两马刺，马像发疯一般疾驰，下到人工田里。他从前的小伙计曾经给他这位骑白马的人罩上令人恐怖的光彩，这他一无所知。但是那些人现在则要好好看他，看他那瘦削脸上的眼睛怎样呆呆地凝视，他的大衣怎样飞飘，白马怎样闪闪发光！

"夏天和秋天就这样度过了。工程一直进行到将近十一月底。后来，冰冻雪封强迫工程停顿下来。人们的工作并没有完结，决定对人工田不设防。大坝从地面算高出八尺，只在向西防水处应装上水闸，人们在此处留了一个口子，上面老坝前边的潮路也还没有动。这样一来，洪水就可以像三十年前一样向人造田直泻而下，不在那里或新坝这里造成大的损害。这样，人们就把人手创造的工程交托伟大的上帝去保护，直到明年春暖花开时再去把它完成。

"在这期间，督办的家里迎来了一件喜事：在他们结婚的第九年艾尔克生了一个孩子。那新生儿的脸红红的，皱皱巴巴的，重七磅，跟一切属于女性的新生儿体重相仿，只是她的哭声像受到抑制似的怪声怪气的，助产士很不爱听。最糟糕的是：第三天，艾尔克就得了严重的产褥热，一个劲儿地说胡话，既不认得她丈夫也不认得她的老女佣。豪克初见到孩子时的极大的喜悦，转眼间变成了忧愁。从城里请来了医生，他坐在床边摸脉，开药方，无计可施地四下张望。豪克摇了摇头，心里想：'此人帮不了忙！只有上帝才能救助！'他指望他自己的基督教信仰，但又有点什么东西拦阻他的祈祷。老医生走了以后，他站在窗前，向外凝视这寒冬的白昼，在病人从梦呓中叫喊时，他就把双手交叉起来放在胸前——他自己也不知道，这是出于虔诚，还是为了在这异乎寻常的恐惧中不失魂落魄。

"'水！水！'病人在呻吟。'抓住我！'她大声喊道，'抓住我，豪克！'接着，声音低下去，听起来好像在哭泣，'在海里，到岸上去吗？哦，敬爱的上帝，我永远看不见他了！'

"这时，他转过身，把女看护从床边推开。他跪下去抱住他的妻子，把她拉到自己身边：'艾尔克！艾尔克，你认认我，我就在你身边！'

"但她只是瞪大那一双烧得通红的眼睛，像失去了救援似的四下里看。

"他又把她放在枕头上躺着，然后他把两手紧紧地握在一起。'主啊，我的上帝，'他喊道，'不要从我身边夺走她！你知道，我不能没有她！'说完，他好像想起了什么，轻声地补充说：'我知道得很清楚，你什么时候都不能随心所欲，你也没这样做过，你是无所不知的，你必定按你的智慧行事——哦，主啊，你就呵一口气对我说点什么吧！'

"好像突然来了一阵寂静，他只听得到细微的呼吸声，当他反身走向病床时，他的妻子正在安静地睡眠，只有女看护瞪着惊奇的眼睛看着他。他听到门开了。'谁在那儿？'他问。

"'老爷，是女仆安娜·格雷特出去了，她是送汤壶来的。'

"'你为什么这样惊慌地看着，莱夫克太太？'

"'我？我对您的祈祷感到恐惧，您说靠祈祷不能从死神手里夺回任何人！'

"豪克用锐利的目光望着她，说：'你也像安娜·格雷特一样，在那个荷兰缝补匠扬提耶那里参加宗教集会吗？'

"'是的，老爷，我们俩都有活的信仰！'

"豪克没有回答她。当时风起云涌的分离派的宗教集会活动在佛里斯兰人中间也很盛行。走下坡路的手工业者或因嗜酒而被解职的教书先生在这里扮演主要角色，农村姑娘、年轻和年老的女人、二流子和鳏寡孤独都热心于参加这种秘密集会，在会议中每个人都可以充当牧师。督办家的安娜·格雷特和爱上她的那个小伙计，总把他们业余的晚上时光消磨在那里。自然，关于这一切的疑虑艾尔克并没有向豪克隐瞒。但他认为，个人信仰的事别人不好插言，这无损于任何人，而且在那里总比在烧酒馆里要好！

"于是，一切依然如故，他直到今天仍然保持沉默。但是关于他，别人并没有保持沉默，他祈祷时说的话不胫而走，家家流传——他否定了上帝的全能！上帝没有全能，那成了什么呀？他是一个无神论者，关于魔鬼马的传言，说不定完全可信呢！

"对此豪克一无所知。这些天来，他只一门心思照料他的妻子，就连孩子在他心目中也没有地位。

"那位年老的医生又来了，他天天来，有时还来两次，后来在家里待了一整夜，又开了一个药方。雇工伊文·约翰斯拿起药方便骑马飞奔药店。后来，大夫的脸变得亲切多了，他友好地朝督办点头：'行了！行了！全靠上帝的救助！'一天——他的医术战胜了疾病，或者说可能是听了豪克的祈祷，敬爱的上帝给找到了一条出路——大夫跟病人单独待在一起，他的昏花的眼睛都笑了，他对她说：'夫人，现在我可以欣慰地告诉您：今天可是大夫的节日呀！你的情况以前是很糟的，但现在你又属于我们了，又属于活着的人了！'

"这时，从她的眼睛里好像放射出万道金光。'豪克！豪克，你在哪儿？'她高声说。当他听到这声响亮的呼唤走进屋来，冲到她床前时，她用胳膊搂住他的脖子说：'豪克，我的丈夫，得救了！我留在你身边了！'

"这时，老大夫从口袋里掏出他的绸手绢，擦了擦前额和两颊，点点头走出房间。

"在这天之后的第三天晚上，一个虔诚的演讲人——就是一个被督办赶出工地的拖鞋匠——在荷兰缝补匠家里召集的宗教集会上发言，他向听众讲解上帝的特性：'但是，谁反对上帝的全能，谁才会说："我知道，你不能随心所欲地行事。"我们大家都认识这个多灾多难的人，他像一块石头压在教区上边——他从上帝那儿跌下来，到上帝的敌人那儿，到罪恶的朋友那儿寻找安慰，因为人的手总要抓一根稻草的。你们可要提防这个做祈祷的人啊，他的祈祷是诅咒！'

"这些话也从这家传到了那家。在一个小教区里有什么会不传遍啊？它也传到了豪克的耳朵里。他对此一句话也没说，连他的妻子也没告诉，他只能时不时地热烈地拥抱她，把她拉到怀里：'你要忠于我，艾尔克！你要忠于我！'随后，她的眼睛抬起来惊愕地望着他：'忠于你？此外我还能忠于谁呢？'稍过片

328

刻，她才懂得了他的话：'是的，豪克，我们彼此忠诚，不只是因为我们彼此需要。'然后各人去做各人的工作。

"日子过得大体上还好，但是，尽管有热火朝天的工作，他也总免不了感到孤独。在他心里，对别人总有一种对抗情绪和一种与之隔绝的东西。只有对他的女人，他是始终如一的。他一早一晚蹲在孩子的摇篮跟前，好像那里才是他永恒幸福的栖息地。对雇工和工人，他变得更严厉了，对那些笨手笨脚的和疏懒成性的人，以前他是平心静气地指责，现在则是无情地呵斥，弄得他们胆战心惊，艾尔克有时走来小声地缓和气氛。

"当春天临近时，大坝的工作就又开始了。为了保护正待建造的新水闸，修了一个护岸工程，把西部坝线的那个口子堵死了，朝内朝外都是半月形的。主坝也随着水闸越来越快建成的高度逐渐升高。这位领导工程建设的督办的工作并没有变得轻松，因为耶维·曼内斯去年冬天去世了，奥勒·佩特斯补他的缺当了堤防委员会的代表。豪克从没想过阻拦他当代表，但再也听不到他妻子的老教父鼓励他的话，再也感受不到老人同时拍打他的左肩了，现在代之而来的是老人继任者的暗中反对和不必要的异议，他总要跟这些不必要的理由斗。因为奥勒虽然是重要的人物之一，但在筑坝知识方面并不是聪明成员之一，很早以来，他就总觉着这个'能写会算的小伙计'是他的绊脚石。

"灿烂的天空又展现在大海和低地上，造田区里又杂乱地遍布强壮的牛，牛叫的哞哞声时不时地打破辽远的宁静。云雀在高远的天空中不停地鸣啭，只在每次呼吸中间才停止歌唱。没有暴风雨干扰工程的进行，水闸已经装上没涂油漆的横梁结构，竖了起来，事先并没有构筑只需在一夜中起保护作用的临时堤。上帝好像偏爱这新的工程。就连艾尔克的眼睛，在她丈夫骑着白马从大坝回到家时，也对他笑了：'你真成了一匹能干的好马！'她说，然后拍了拍马的油亮水滑的脖子。但豪克见她抱着孩子，就跳下马，接过孩子，让小家伙在他胳膊里乱蹬乱抓。当白马用他棕色的眼睛直视这孩子时，他就说：'来吧，你也应该有这个荣幸！'他把小维恩科——这是洗礼时给她取的名字——放在马鞍上，牵着白马在高冈上转了一圈。连老桉树有时也有此荣幸，他把孩子放在一个柔韧的树枝上，让她悠荡。母亲眼睛笑眯眯地站在门口，但孩子不笑，两只眼睛没有表情地望着远方，一个细小的鼻子夹在两眼之间，两只手不去抓父亲把她放在上面的那小树枝。豪克没有注意到这一层，他对这么小的孩子也是一无所知。只有艾尔克，当她看见那个与她同时分娩的女佣把那浅色眼睛的女孩抱在一只手臂里时，她才心疼地说：'我的孩子不如你的孩子长得好，斯蒂娜！'那女人溺爱地摇了摇她一只手领着的胖乎乎的小男孩，高声说：'是的，夫人，一个孩子一个样。这个小子，不到两岁就从我的储藏室里偷苹果了！'艾尔克从那胖男孩的眼前把卷曲的头发撩上去，然后悄悄地把她的安静的孩子紧紧抱在怀里。

"进入十月以后，西侧新的水闸已经牢牢地竖立在从两侧合拢的主坝中。这个主坝是向水的一侧倾斜的，直到潮路附近的缺口，现在四周都是主坝的柔和的轮廓，它高出普通洪峰十五尺。从主坝的西北角，人们可以沿着耶弗小岛毫无阻挡地望到浅海。自然，这里的风寒冷刺骨，头发都被吹得随风飘摆，谁想要在这里往海上眺望，谁就得把帽子戴牢。

"到了十一月底，风暴和大雨袭来了，只剩下紧靠旧坝的峡谷要封闭了。在北侧的谷底，海水通过潮路涌入新的人造田。两侧矗立着大坝的高墙，其间的深渊现在必须消失。干燥的夏季天气可能使工作变得轻松一些，但现在工作也必须加紧完成，因为一次突如其来的暴风能使整个工程遭到破坏。为了现在就把峡谷封闭起来，豪克安排好了一切。大雨如注，狂风怒吼，但他骑在烈性白马上的身影一会儿隐没在这里，一会儿在那里从黑压压的人群中浮现，那些人正在峡谷的旁边大坝北侧的上上下下忙碌着。现在，人们看见他在下面推土车旁，那些车的任务是从远处的海岬把黏土运过来，一大堆车拥挤着到了潮路边，要在那里把黏土卸下来。督办今天想要一个人在这里指挥，他的命令不时地通过哗哗的大雨声和呼呼的狂风声传向四面八方。他按照号码在前面喊那些推土车，叫那些拥挤在那里的往后退，一声'停！'从他嘴里喊出来，接着，下面的工作就停下了；'干草！往下扔一车干草！'他朝上边喊，于是从停在上边的一辆车上往下边的黏土上推下来了干草。下边的人跳过去把干草拽开，同时朝上边喊，别把他们埋在里边。又一批推土车来了，于是豪克又到了上边，从他的白马上往峡谷里看，见他们在那里有人在倒，有人在铲。随后，他把目光投向海岸外，正刮着凛冽的风，他看到，海水沿着大坝渐渐上升，波浪也升得更高了。他也看到，工人都一脸汗水雨水滴滴答答地落个不停，在繁重的工作中由于风大几乎连气都喘不过来，大风隔断了他们嘴边的空气，而且冒着冷冰冰的雨，那雨哗哗地蒙头盖脸地打过来。'大家要坚持啊！要坚持啊！'他冲下朝他们喊。'只要再高一尺，就足可挡住这潮水了！'透过这恶劣天气的一切喧嚣，人们可以听到工地的声响：往里倾倒黏土的嚓嚓声、推土车的吱嘎声、从上面往里扔干草的刷刷声，始终没有停，这当中，有时还听得到一个小黄狗哀哀的叫声——小狗冻得簌簌发抖，像丧家犬在人群和车流里四处乱窜。突然那个小动物的一声惨叫，从下边峡谷里传上来。豪克往下一看，原来有人从上面把它抛了下去，他气得满脸涨得通红。'停！停下来！'他朝下边的推土车喊，因为湿的黏土在不断地往上堆。

"'为什么？'一个沙哑的声音从下边朝上边喊，'莫不是为了这个讨厌的小狗吧？'

"'停下来！听我说，'豪克又喊道，'把那条狗给我拿来！在我们的工程里不能作孽！'

"但没有一个人去抓狗，只有几锹坚韧的黏土飞向汪汪叫的小狗身旁。这时他朝白马踢了两马刺，马尖叫一声蹿了出去，风掣电闪般冲下堤坝，见了他，所有的人都往后退缩。

"'那条狗！'他喊道，'我要那条狗！'

"一只手轻轻地放在他肩上，那就像老耶维·曼内斯的手。他回头一看，原来是老人的朋友。'你可要留神啊，督办！'那人低声对他说，'在这些人当中你一个朋友也没有啊，就不要管那条狗了！'

"风在呼号，大雨啪啪地抽打。工人们把铁锹插在地里，有几个人竟把铁锹扔掉了。豪克向老人俯身：'您愿意帮我牵着马吗，哈尔克·严斯？'他问。老人刚刚握住缰绳，豪克已经跳进沟里，抱起那汪汪吠叫的小动物，几乎在同一刹那，他又高高地坐在马鞍上，跳回堤坝。他的目光急速扫视了一遍站在车旁的汉子们。'是谁？'他高声说，'是谁把这小狗扔下去的？'

"所有的人都沉默了片刻，因为从督办瘦削的脸上往外喷着怒气，他们对他心怀带迷信成分的敬畏。这时，一个固执的小伙子从一辆大车那里走到他面前。'不是我干的，督办，'他说，从一卷口嚼烟草上咬下一小段，慢悠悠地塞到嘴里，'不过干这事儿的人，是做得对的。您要想保住大坝，就必须往里边扔个什么活物！'

"'什么活物？你是从哪本宗教问答里学来的？'

"'哪本也不是，老爷！'小伙子答道，并且从他的嗓子里挤出一声粗野无理的笑，'这个我们的祖辈就知道了，他们跟您比，基督教信仰并不差！一个孩子更好，要是没有孩子，扔进一条狗也行！'

"'你住嘴吧，别宣扬你的异教邪说了，'豪克冲着他喊，'还不如把你扔进去填了呢！'

"响起了一声'哦嚯'！这声音是从十来个嗓子里发出的，督办看见四周全是愤怒的面孔和握起来的拳头——他看得很清楚，这里没有朋友。他灵机一动，想到大坝，不禁大吃一惊：要是现在大家都把铁锹扔在那里不干了，可怎么办？当他把目光投向下边时，他又看见了老耶维·曼内斯的那位朋友，他在那里走到工人中间，跟这个谈谈，跟那个笑笑，面带友好的表情拍拍一个人的肩膀，于是工人一个接着一个又拿起铁锹，投入紧张的工作。他究竟还要做什么呢？潮路必须封闭，他把那条狗十分安全地藏在大衣的皱褶里。他把他的白马转向最近的一辆车，突然决定：'把草运到边上去！'他生硬地高声说。那个赶车的雇工机械地听从他，很快就嚓嚓地响着往下抛干草的声音，于是四面八方又重新甩着膀子干起来了。

"就这样又工作了一个小时，已经过了六点钟，浓重的暮色降临了。雨停了，豪克把监工叫到马跟前。'明天早上四点，'他说，'所有的人都到工地来，那时月亮还在天空呢。上帝保佑，我们要封闭峡谷！此外还有一件事！'他高声说，'你们认识这条狗吗？'他从大衣里把那条全身发抖的小狗拿出来。

"他们都说不认得，只有一个人说：'它整天整天地在村子里四处找吃的，已经有好几天了，它压根儿就没有家！'

"'那就是我的了！'督办回答。'别忘了：明天早晨四点钟！'说完就骑马走了。

"他回到家时，正赶上安娜·格雷特出门。她穿着整洁的衣服，他立刻想到，她现在是到那个缝补匠家里去参加宗教集会。'把围裙兜起来！'他对她高声说，于是她不由自主地撩起围裙，他顺手把那只一身黏土的小狗扔了进去，'拿去给小维恩科吧，它会成为她的游玩伙伴！但首先要给它洗一洗，暖暖它，这样你也就算做了一件上帝喜爱的事，因为它差不多冻僵了！'

"安娜·格雷特不能不听从主人的吩咐，于是今天就不能去参加集会了。

"第二天，在新坝上扬出了最后一锹土。风已经停息，海鸥和反嘴鹬一展优美的飞行姿态，在陆地和海水的上空翱翔，从耶弗小岛传来成群的鹅的千百种嘎嘎的叫声，这些鹅现在还完好地保留在北海的岸边。从笼罩着辽阔的低地的白茫茫的晨雾里渐渐地升起一个金光闪闪的秋月，照耀着这个靠人的双手建造的新的工程。

"过了几个星期，官方特派员们和总督办一起来视察大坝。在督办家里举行了一次盛大的节庆宴会，这是老泰德·佛尔克茨丧宴之后的第一次庆宴。所有堤防委员会代表和最大的受益者都应邀出席了宴会。散席后，所有的车——客人的和督办的，都套好了，督办夫人艾尔克被总督办扶到二轮轻便马车里，那匹棕色的公马在车前不停地踩着蹄，他自己随后跳到车上，抓起缰绳——他想亲自为督办的这位聪慧的夫人赶车。就这样，活泼欢乐的气氛从高坡一直传到大路上，从斜坡小道一直延伸到新的堤坝，在堤坝上绕着新的人造田转了一圈。这当儿，刮起了小西北风，在新坝的北侧和西侧，海潮在向上拍打——毫无疑问，这里的缓坡减弱了海潮拍击的力量。官方特派员们对督办赞不绝口，堤防委员会代表们不时提出的表示委婉反对的疑虑很快就自消自灭了。

"这件事过去了。有一天，督办怀着宁静的自信的心情骑马走在新的堤坝上，又感到了莫大的欣慰。他心里老有一个问题：这片人造田没有他就不会存在，为了它他不知熬了多少夜、流了多少汗，终归却用高贵的公主的名字，命名为'新卡罗琳娜人造田'，为什么呢？现在已成定局：在所有与此相关的文献里都写着这个名字，有的文献上甚至还用红色的哥特体写着呢。这时，他抬起头来，看见两个人带着他们的农具迎面走来，两人前后相距二十步光景。'你倒是等等我呀！'他听到后边的人在喊，但是前边的人——他站在一块往下通往人造田的斜坡小道上——朝后喊：'下一次吧，严斯！已经很晚了。我要在这里夯黏土！'

"'究竟在哪儿？'

"'就在这儿，在豪克·海恩人造田里！'

"他一边大声说着，一边快步从小道走下去，好像要让下面的整片人造田都听见他说的话。但豪克觉得，好像听到人们在公开传扬他的荣誉。他在马鞍上欠起身踢了白马几马刺，用坚定的目光从他左边那别具一格的地区望过去。'豪克·海恩人造田！'他轻声地重复着，听起来就好像从来都没叫过别的名字！尽管他们曾经肆意反对，但是他的名字还是没有被埋没；而公主的名字，不是不久就会只记载在历史文献里了？白马骄傲地四蹄腾空飞似的奔驰，在他的耳边低声响着：'豪克·海恩人造田！豪克·海恩人造田！'在他的想象中，新的堤坝几乎发展为第八个世界奇迹，在整个佛里斯兰无可匹敌！于是他让白马像跳舞一样轻快地前行。他觉得，他站在所有的佛里斯兰人中间，他比他们高出一头，他的目光锐利而又同情地在他们头顶飞快地扫视而过。

"自建成新坝以来，转眼间已经过去了三年。新的工程经受住了考验，维护费用微乎其微。现在人造田里长满了白色的苜蓿，如果一个人越过这一大片被保护下来的牧场，那么夏日的风就会给他送来一整片散发芬芳气息的云。现在应该把计划中的土地分发下去了，把所有参加修坝者应得的份额定为他们的永久性私人财产。豪克也不是一无所获，他事先就购买了几个新的地块；奥勒·佩特斯顽强地克制住了自己——在新的人造田里没有半分田是属于他的。就是这样的分配也不是没有烦恼和争吵的，但他却早有准备，这一天督办也经过了。

"从现在起，他便孤寂地过着既是庄园主又是督办的日子，同时也担负着供养他最亲近的家属的义务。老朋友眼下都不在人世了，他也不适于去找新的朋友。但在他的家里是平静的，那安静的孩子也不会打破这平静——她很少说话，不像一般正在成长的孩子那样没完没了地提问题，大都是她只要一问，便弄得被问的人难于回答。但她可爱而天真的小脸上几乎总是带着平和的表情。她有两个游戏伙伴，这对她已经足够了：每当她到高坡上去散步，那只被救来的小黄狗总在她身前身后跳来跳去，只要看见狗，小维恩科也就在近处；第二个伙伴是一只红嘴鸥，狗叫'派勒'，这只海鸥叫'克劳斯'。

"克劳斯是一位白发苍苍的老奶奶放到院子里来的。八十高龄的特里娜·扬斯老奶奶在外堤上她的茅屋里生活不下去了，艾尔克说，这位年老体衰的女人是她祖父的女仆，应该给她一间养老的房子，让她在他们家里度个安详的晚年，于是就和豪克一起，半请半逼地把她接到庄院里来了。现在老人住在新粮仓的西北小屋里，那粮仓是督办几年前扩大经营范围时在正房旁边修建的。几个女用人的住房就在近旁，夜间可以照顾老人。她屋里四壁摆着她的老家具：一个檀香木小钱箱，上方挂着已故儿子的两幅彩色肖像，一架早已不用的纺车，一张非常干净的带帷幔的床，床前放着一个铺着安哥拉雄猫白毛皮的粗笨难看的矮凳。但她身边还有活的东西，也带过来了：那就是这只取名克劳斯的海鸥，它已在老妇这里待了好几年了，一直由她喂养——当然，冬天一到，它就跟别的海鸥一起飞向南方，到海滩边苦艾开花时，它才回来。

"粮仓坐落在高坡的低处。老妇不能从她的窗口越过大坝看到海。'你把我弄到这里，跟让我坐牢没有什么两样，督办！'一天，当豪克走进小屋看她时，她抱怨说，然后用她变了形的手指往外指了指坡下的沟渠造田，'耶弗沙滩在哪儿呀？越过红牛或黑牛能看见吗？'

"'你问耶弗沙滩干什么？'豪克问。

"'干什么，耶弗沙滩！'老人喃喃地说，'我是想看我儿子当时去见上帝的那个地方！'

"'如果您想看这个，'豪克回答，'您必须到上边坐在椵树底下，在那儿您能看见整个大海！'

"'是的，'老人说，'是啊，督办，我要是能有你那样年轻的腿该多好！'

"对督办给予她的帮助，她长久以来总是心怀感激之情，但后来却突然发生了变化。一天早上，小维恩科的头从半开的门往里边瞧她。'嗳，'老妇高声说，这时她正抄手坐在她的木椅里，'你想要什么？'

"但那孩子一声不吭地走过去，只用一双冷漠的眼睛不住地盯着她瞧。

"'你是督办的孩子吗？'特里娜·扬斯问她。那孩子像点头似的低下她的小脑袋，她继续说：'那你就坐在我的小凳上吧！那本来是一只安哥拉雄猫——可大了！但你父亲把它打死了。它要是还活着的话，你都可以骑在它身上了。'

"维恩科默默地把目光投向那白色毛皮，然后蹲下来，开始用她的小手抚摩它，跟孩子们见到一只活的猫或狗常做的一样。'可怜的雄猫！'她说，接着又继续爱抚地抚摩着它。

"'好了！'过了一会儿，老妇说，'现在够了，今天你就可以坐在它上面，说不定你父亲就为这个才把它打死的呢！'说完，她就用双臂把孩子举起来，没好气地放在小凳上。因为那孩子默默地一动不动地坐在那里，一个劲儿地凝视着她，她摇了摇头说：'你惩罚他了，我的主啊！''是的，是的，你惩罚他了！'她嘟嘟哝哝地说。但是对孩子的怜悯之情突然涌上她的心

338

头，她那瘦骨嶙峋的手轻轻掠过那孩子又稀又薄的头发，从孩子的眼睛里露出喜悦的神采。

"从此以后，维恩科天天都到老太太的屋里来。不久，她便自己坐到那个铺了安哥拉猫皮的小凳上，特里娜·扬斯把她随时储存的小片的肉和面包放在她的小手里，让她抛在地上。随后，那只海鸥张开翅膀尖叫着像箭似的从一个角落里飞出来，在地上啄食。那孩子见到那冲过来的大鸟吓得大叫，但这很快就成了她熟练的游戏了。只要她把小脑袋从门缝伸进来，那海鸥就飞向她，坐在她的头上或肩上，直到老太太过去帮她，才能动手喂它。特里娜·扬斯平时从来不准别人向她的克劳斯伸手，现在却很有耐性地看着那孩子怎样一步一步地博得她的这只鸟的喜爱。它心甘情愿地让她捕捉，她带着它四处转悠，还把它裹在她的小围裙里。后来当她来到高坡，那只小黄狗围着她转，嫉妒地向那只鸟跳的时候，她便柔和地高声说：'不是你，不是你，派勒！'同时用她的小胳膊把那只海鸥举得高高的，结果这只鸟从她手里挣脱出来，吱吱叫着从高坡飞过去了，现在代替它的是这只狗，又讨好又跳跃，想让她抱它。

"一旦豪克或艾尔克偶然看见那种由于相同的缺陷而攀附在自己的茎上的四叶苜蓿，就也温柔地瞟一眼他们的孩子。如果他们都转过身来，他们的脸上就还残留着一种痛苦，他们每人都独自承受着这痛苦，因为那句可以解除痛苦的话在他们之间还没有说出来。在一个夏日的上午，维恩科跟老太太和两个动物坐在粮仓门前那些大石头上，她的父母经过这里，督办身后牵着白马，缰绳绕在一只胳膊上。他要到大坝上去，就亲自从沟渠低地里把这匹马牵上来了。在高坡上他的妻子挎着他的胳膊。温暖的阳光照在地面上，几乎有点闷热，不时从南方和东南方吹来一阵风。孩子觉得坐在那儿不大舒服，'维恩科也想跟去！'她大声说，从她怀里推开那只海鸥，抓住父亲的手。

"'那就来吧！'父亲说。

"艾尔克高声说：'在风里吗？她会被风刮走的！'

"'我使劲抱着她。再说，今天天很暖和，水又好玩，她会看见水波起舞呢。'

'艾尔克跑回家，给孩子取来一条围巾、一顶小帽。'但是会有风有雨的，'她说，'好了，你们去吧，快回来！'

"豪克嘿嘿笑着：'大风大雨也抓不走我们呀！'说着把孩子抱过去举到马鞍上。艾尔克又在高坡上站了一会儿，把一只手横放在眼睛上方看着父女二人上了大路，那马一溜小跑奔向堤坝。特里娜·扬斯坐在石头上，干瘪的嘴唇一动一动的，不知嘟哝了些什么。

"那孩子一动不动地靠在父亲的臂肘里。她好像受了风雨气流的压抑喘不上气来似的。他朝她低下头：'喏，维恩科，你怎么了？'他问。

"那孩子对他凝视了一会儿。'爸爸，'她说，'这个你能做到！你不是什么都会做吗？'

"'我应该能做到什么，维恩科？'

"但是她不说话了。她好像连自己提的问题都没有明白。

"现在是涨潮的时候。当他们来到大坝上，从辽阔的海水反射过来的光线正照进他们的眼里。一阵旋风驱赶着波浪，形成旋涡，蹿得老高，新起的浪涛啪啪地击打着海岸。这时她胆怯地用小手紧紧地握住父亲拉着缰绳的拳头，弄得白马一跳奔向侧面。

孩子那双浅蓝色的眼睛惶恐地仰视着豪克，'水，爸爸！水！'她高声说。

"他轻轻地推开她的小手，说：'安静，孩子，爸爸在这儿，水不能把你怎么样！'

"她把耷拉在前额上的浅黄色头发往上撩了撩，才壮着胆子向大海望去。'它不能把我怎么样，'她声音颤抖着说，'不，你命令它不要把我们怎么样。你能这么做，那它也就不能把我们怎么样了！'

"'不是我能下命令，孩子，'豪克严肃地回答说，'是这个大坝，是我们骑马走在上面的这个大坝保护着我们，这个大坝是按照你爸爸的想法修起来的。'

"她的眼睛怔怔地对着他，好像她不全懂。接着，她就把她那特别惹人注目的小脑袋藏在父亲宽大的大衣里去了。

"'你为什么藏起来呀，维恩科？'父亲低声对她说，'你是不是还有点害怕？'一个颤抖的微弱的声音从他的衣褶里传来：'维恩科不想看。可你什么都能吗，爸爸？'

"远方的雷声逆着风滚过来。'嚯嚯！'豪克喊道，'雨来了！'顺手转过马走上回程，'现在我们回家找妈妈去！'

"那孩子大喘了一口气。但当他们来到高坡到了家的时候，她才从父亲的胸前抬起那小脑袋。艾尔克在屋里给她摘下头巾和小帽子以后，她竟像一个不说话的小木偶似的站在母亲面前。

"'喏，维恩科，'母亲说，同时轻轻地摇动她，'你喜欢那大海吗？'

"但那孩子瞪大了眼睛，'它在说话，'她说，'维恩科害怕！'

"'它不是说话，它只是哗哗地响，轰轰地咆哮！'

"那孩子望着远处,'它有腿吗？'她又问,'它能到大坝上来吗？'

"'不能,维恩科,你父亲就是管这个的,他是督办。'

"'好啊,'那孩子说,脸上带着痴呆的微笑,拍着她的小手,'爸爸能办到一切——一切！'说完,突然避开母亲,大声说:'让维恩科到特里娜·扬斯那儿去吧,她有红苹果！'

"于是,艾尔克开开门,让孩子出去了。她关上门以后,一脸忧伤地睁开眼睛去望她的丈夫,往常他从这双眼睛里得到的只是安慰和鼓励。

"他把手伸给她,然后两人的手紧紧地握在一起,好像他们之间不需要任何别的话语。但她轻声说道:'不,豪克,让我说吧。结婚好多年以后我才给你生了这个孩子,她永远也长不大了。哦,敬爱的上帝！她是一个弱智儿,我必须告诉你。'

"'这我早就知道了。'豪克说,紧紧地攥着他妻子的那只想要抽回去的手。

"'这样一来,我们可就无依无靠了。'她又说。

"但豪克摇摇头:'我喜欢她,她用小胳膊搂着我,紧紧地贴在我胸前,拿所有的宝贝来我都不换！'

"这女人愁眉不展地直视着前方,'那又何苦呢？'她说,'我这个可怜的母亲究竟作了什么孽呀？'

"'是的,艾尔克,当然我也问过那位唯一能说明此中原委的上帝。但你也知道,万能的上帝从不给人任何回答——也许因为我们不能理解他的回答吧。'

"他把妻子的另一只手也抓住,温柔地把她拉到自己身边:'你不要误解,你要像往常一样爱你的孩子,放心吧,这她懂！'

"艾尔克偎依在丈夫的怀里哭了一个够，她再也不用独自一人忍受她的痛苦了。后来，她突然对他露出了笑容，紧紧地握了握他的手，就跑出去，到老特里娜·扬斯的小屋把孩子接回来。她抱着孩子又是抚摩又是亲吻，直到孩子口吃地说：'妈妈，我亲爱的妈妈！'

"督办庄院里的人就这样过着悠闲宁静的日子。假如没有孩子，他们就会感到非常空虚。

"夏天一天天地流逝过去。候鸟成群结队地南迁。空中已经没有云雀的歌唱，只有打场时它们在粮仓前啄食谷粒，才听得见它们时而尖叫几声从那儿飞走。到处冰冻雪封。一天下午，在正房的厨房里，老特里娜·扬斯坐在从炉灶旁通往阁楼的木梯上。最近几个星期里，她好像又活跃起来了。她现在喜欢到厨房里来看艾尔克不停地忙碌。打那天小维恩科拽着她的围裙把她拉上来以后，她就再也不说抬不动腿了。现在，那孩子跪在她身边，用她那双安静的眼睛看着从灶孔里蹿出来的火苗，她一只手拽着老妇的袖子，另一只手放在自己浅黄色的头发里。特里娜·扬斯开始讲述。'你知道，'她说，'我在你外曾祖父家里当过女仆，后来我不得不去喂猪。你的外曾祖父比谁都聪明。那是很久很久以前，有一天晚上，月光很好，他们让人关上了水闸，于是水妖就不能回到海里去了。哦，她是怎样叫喊，怎样用她鱼鳍似的手揪自己散乱的硬头发呀！是的，孩子，我亲眼看见了，也亲耳听见她的叫喊了！沟渠造田之间所有的沟都灌满了水，月亮悬在上空，那些沟闪着银光，她从一条沟游到另一条沟，举起胳膊，用两手合掌相击，人们老远就能听到拍掌的声音，好像她想要祈祷。但是，孩子，这个水妖是不会祈祷的。我坐在家门口那几根运来建房用的横木上，越过沟渠往远处看。那个水妖始终在沟里游，每当她举起双臂，她就像白银和钻石在闪闪发光。最后，我怎么也看不见她了，我一直没有听见的野鹅和海鸥又吱吱呱呱地叫着掠过天空！'

"老太太住声了，那孩子只记住一句话。'她不会祈祷吗？'她问，'你在说什么？她是谁？'

"'孩子，'老妇说，'是水妖呀，那是些不能升天的魔怪。'

"'不升天！'那孩子重复着，深深地叹了一口气，小胸脯往高一抬，好像她弄懂了似的。

"'特里娜·扬斯！'一个低沉的声音从厨房门口传来，老妇微微一抖。那是督办豪克·海恩，他正倚在厨房的门柱上。'您都对孩子说些什么呀？我不是跟您说过，把您的那些神话留给您自己，或是拿去讲给鸡鹅听吗？'

"老妇用凶恶的目光凝视着他，把小家伙从身边推开。'这不是什么神话，'她喃喃自语着，'这是我伯祖父给我讲的。'

"'您的伯祖父，特里娜？您刚才还说是您亲身经历的呢。'

"'都一样，'老妇说，'但您是不信的，豪克·海恩。你想把我的伯祖父打成说谎的人不成！'说完，她往灶前挪了挪，伸出两手在灶眼的火上烤。

"督办朝窗口瞥了一眼，外面天还没有黑下来。'来，维恩科！'他说，把他那弱智的孩子拉到自己身边，'跟我来，我想领你到外边大坝上去看看！只是我们得走着去了，白马在铁匠那儿。'接着，他带着她走进房间，艾尔克给孩子的脖子和肩膀围上厚毛围巾。随后父亲就带着她上了大坝，朝西北走，经过耶弗沙滩，直到浅海变得辽阔无边的地方。

"他时而背着她，时而拉着她的手走。暮色渐渐降临，在远方，一切都消失在烟云和水汽中。但在那边目力所及的地方，沙滩中波涛汹涌的海水击碎冻结的冰，正像豪克·海恩年轻时曾经看到过的情景那样，从一道道断裂处升起冒着烟的雾气，沿着那雾气又生成一些可怕可笑的形象，它们面对面蹦蹦跳跳，打躬作揖，但突然又胆战心惊地变成宽广的一片。

"那孩子吓得要死，紧紧地抱住她的父亲不放，用手捂住她的小脸。'海怪！'她战战兢兢地从手指缝中间低语，'海怪！'

"他摇摇头：'不，不是水妖，也不是海怪，这类东西是不存在的。这是谁跟你说的？'

"她仰头用毫无神采的目光望着他，没有答话。他温柔地摸了摸她的脸蛋儿，'你再往那儿看！'他说，'这只不过是一些可怜的饥饿的鸟！瞧，那只大鸟现在怎样张开翅膀，它们是从那些冒烟的裂缝里捉鱼。'

"'鱼。'维恩科重复着。

"'是的，孩子，这一切都是活的，像我们一样。别的什么都没有，但敬爱的上帝无处不在！'

"小维恩科的眼睛死死地盯着地面看，还屏住了呼吸，好像她惊恐地望到一个深渊。那情形也许就是这样，父亲久久地望着她，他哈腰细看她的小脸，但这个与世隔绝的灵魂一点反应都没有。他抱起她，把她冻僵的小手放在他的厚毛手套里。'好了，我的维恩科！'——那孩子大概体会不到他说话时的无比亲切的语调——'这样，你贴在我身上暖一暖吧！你是我们的孩子，我们唯一的孩子。你是爱我们的……'父亲的声音突然中断了。但那小家伙却轻柔地把她的小脑袋压在他乱糟糟的胡子里。

"他们就这样平安地踏上回家的路。

"新年一过，这个家里又出了一件忧心的事。督办得了低地寒热病，而且病情严重到危及生命的程度。当他在艾尔克的细心护理下又复原时，他简直瘦得变了一个人。身体的虚弱也影响到精神，艾尔克心怀忧虑地看到，他什么时候都容易满足。尽管如此，快到三月末的时候，天气形势逼得他急急忙忙骑上他的白马，又第一次沿着他的大坝驰骋。那是一个下午，一开始还是阳光灿烂的，后来太阳早早地就隐没到浑浊的薄雾后面去了。

"冬天涨了几次水，但并没有什么大的影响。只在对岸一个未筑堤的小岛上淹死了一群羊，一块堤外地被冲垮了。在这岸，在新的人造田里，没有发生一次称得上灾害的损坏。但头天夜里来了一场更猛烈的狂风恶雨，现在督办不得不出去亲眼察看一切。他在下边从东南角开始在新的大坝上骑马四处察看，一切都完好无损。但是，当他来到东北角新坝与旧坝的结合部，虽然新坝完好，但在从前潮路到达旧坝又沿着它流过去的地方，他看见有一大片草皮被破坏了，被冲走了，在坝体里有一个潮水冲出的空洞，通过这个洞露出一个老鼠道的纵横交错的网。豪克翻身下马，察看附近的损坏情况——老鼠的灾害似乎很明显却不被觉察地在继续。

"他不禁大吃一惊，对这一切加以防范，本来建新坝时应该注意到，因为当时被忽视了，所以现在必须高度重视！家畜还没有到沟渠造田上来，青草长得很不好，不管他往哪里望去，全是满目荒凉，人迹罕至。他又上马，沿着海岸走来走去。正是落潮的时候，他清楚地看到，海水怎样从外面又在淤泥中淘出了一个新的河床，现在正从西北向旧坝上冲去。但新坝，在他所见到的各处，由于修的是他所设计的缓坡，抵挡住了海浪的冲撞。

"一大堆烦恼和工作涌向督办的心头。不仅这里的老坝必须加固，而且它的坡面也必须跟新坝的坡面相似。但首先必须新修一些堤或树篱把那个又出现的潜伏着危险的潮路引开。他骑着马又在大坝上走到西北角的尽头，然后再反身往回走，两眼直勾勾地盯着那潮路的新河床。在他侧面这潮路在裸露的淤泥水底里被描画得再清楚不过。那白马打着喷鼻，跺着前蹄，急着往前奔。但骑马的人却强迫它往回转，他想骑在马上慢慢地走，他也想控制那变得越来越强烈的内心的不安。

"假如再来一次海啸——一次像一六五五年那样把无数田庄和居民都吞没了的海啸，假如它再来，像曾经多次来过的那样再来——想到这里，一阵剧烈的痉挛缓缓流经骑马人的全身——那么，旧坝就会顶不住对着它猛烈向上的撞击！以后该怎么办呢？只有一个办法，只有一个对策也许能挽救老坝和堤坝内区的生命财产。豪克觉得他的心都停止了跳动，他一向那么坚毅的头脑也眩晕起来。这对策他没有说出口，但在他心里却响着这样的声音：你的人造田，豪克·海恩人造田不得不牺牲，新坝必须掘穿！

"他在想象中已经看见那奔腾倾泻而来的洪水，看见那洪水翻卷着咸滋滋的、泡沫飞溅的浪花把青草和苜蓿全部淹没。他向白马的肚子踢了一马刺，那白马嘶鸣一声就沿着大坝飞跑起来，然后下了斜坡小道，直奔督办的高坡。

"他脑子里想着恐怖的景象和杂乱无章的计划，回到了家。他一回身就坐在他的靠背椅里，当艾尔克带着女儿走进房间时，他又站起身，把孩子抱过去亲吻；然后，他轻轻地拍了拍小黄狗，把它赶走。'我必须再到上边的小酒店里去一趟！'他说着，拿起刚刚挂在门钩上的帽子。

"他的夫人忧心忡忡地望着他：'你想去干什么？天已经黑了，豪克！'

"'堤防的事儿！'他一边往前走一边喃喃地说，'在那里我可以碰到几个堤防代表。'

"她从后面跟上去，握了握他的手，因为他说完了那几句话已经跨出门外。豪克·海恩一向都把一切装在心里，现在是情况紧急，逼着他去征求别人的意见，要是在平时，他才不把他们的话当回事呢。他在餐室里碰到奥勒·佩特斯正在跟两个堤防代表和一个造田区居民打牌。

"'你大概是从外边来吧，督办？'奥勒·佩特斯说，他把发了一半的牌捡起来，又甩了过去。

"'是的，奥勒，'豪克回答，'我去过那儿，那儿的情况很糟。'

"'很糟？喏，不就是一二百个带草的泥块和一个堤岸的加固层吗，我下午也去过那儿。'

"'恐怕不会就这么便宜了你，奥勒，'督办应道，'那个潮路又在那儿出现了，现在它不从北边冲撞老坝，就会从西北边冲撞！'

"'你在哪儿发现的它，你就让它在哪儿待着去吧！'奥勒冷冰冰地说。

"'这就是说，'豪克回答，'新的人造田跟你没有关系，因此它就不应该存在。这可是你自己的过错！如果我们栽上树篱来保护老坝，那么新坝后边的绿油油的苜蓿会带来无尽的收获！'

"'您说什么，督办？'堤防代表们嚷道，'树篱？究竟要多少？您做什么总喜欢挑花钱最多的办法！'

348

"扑克放在桌子上一直没有动。'我要对你说，督办，'奥勒·佩特斯说着，把两只手臂撑起来，'你的新的人造田，是你献给我们的一个劳民伤财的工程！一切还不都是花巨资修你的宽广的大坝做实验，现在它吃起我们的老坝来了，又要我们去改造它！所幸情况还不怎么坏，它这次是扛住了，可以后还会有好多次呢！明天你骑上你的白马，再去仔细看一看吧！'

"豪克是从他家的平和环境里赶到这里来的。他没有看错，在他刚才听到的这一连串有节制的话背后是顽强的反抗，他觉得，他面对这一切已经没有以往的那种力量了。

"'我想照你劝我的去做，奥勒，'他说，'我只怕，我将发现的情况跟我今天所见到的一样。'

"白天过后，是一个不安的夜。豪克躺在床上辗转反侧不能入睡。'你哪儿不舒服吗？'艾尔克问他，她一直醒着照料她的丈夫，'要是有什么事压在你心头，那你就说出来好了。我们不是一直都这么做吗！'

"'什么事都没有，艾尔克！'他应声说，'是大坝、水闸，要修一修。你知道，我什么时候都得夜里盘算这些事。'别的他什么也没说。他想给自己保留一点行动的自由，他下意识地感觉到，在他眼下软弱的情况下，他妻子的清醒的认识和强有力的精神对他说来是一种障碍，因此他不自觉地躲避它。

"第二天上午，他又来到大坝，那光景已跟他头一天见到的完全不同了。虽然又是空落落的退潮期，但太阳还在上升，春天亮闪闪的阳光几乎是垂直地照射在一望无际的沙滩上。白色的海鸥在空中从容地盘旋飞翔，在它们上边看不见的、高高的蔚蓝天空下面，云雀在唱着它们永远不变的曲调。豪克不知道，大自然多么会以其动人的魅力欺骗我们，他站在大坝的西北角，寻找那潮路的新河床，昨天那河床还把他吓了一跳呢，但今天他在从天顶直射下来的阳光下起初竟一次也没有找到。现在他把手遮在眼睛上方挡住刺眼的光线，才看见那个潮路。但尽管如此，一定是昨天暮色中的阴影把他欺骗了：现在看来那里的损害很轻，那暴露出来的老鼠作乱给大坝造成的损坏比洪水还要厉害。当然，这里必须进行改造，但要小心地挖掘，正像奥勒·佩特斯所说的，用新的带草的泥块和十几平方米枝条与干草编成的加固篱就可以治愈损伤。

　　"'情况并不是那么坏，'他松了一口气，自言自语道，'昨天你真是一个自寻烦恼的大傻瓜！'他召集堤防代表开了个会，大家一致同意进行这个加固的工程，这是从来没有过的。督办身体还很虚弱，但他心里感到莫大的宽慰。几个星期以后，整个工程便干净利落地完成了。

　　"一年过去了。但逝去的时间越长，新栽上的草皮在干草覆盖下越不受干扰地变绿，豪克步行或骑马经过这个地段就越感到不安。现在他移开视线，骑着马沿着大坝的内侧走。有一两次他本应从那儿经过，他却让人把已备好鞍的马牵回马厩。后来，他又在无须在那里做什么的时候突然步行到那里去，只是为了迅速地离开他的高坡，不被人发现。有时他也反身往回走，因他没有胆量再去观察那个可怕的地点。最后，他决意再大干一场，因为大坝的这一地段横在他面前，就像无形中逐渐产生的良心谴责堵在他心里。不过，他的手不能再改动它了，这话他不能告诉任何人，就连他的妻子也不能告诉。这样就到了九月。夜里来了一场不大不小的暴风雨，最后转成了西北风。在第二天阴云密布的上午，趁落潮期，豪克骑马上了大坝。当他向沙滩扫过一眼，不禁大吃一惊。在那里，从西北往上来，他突然又看见了那潮路的魔怪般的新河床，而且被挖得更深更清晰——他不管怎样睁大眼睛看，那河床也没有退缩。

"他一回到家，艾尔克就握住了他的手。'你怎么了，豪克？'她见他的脸色那样阴沉，就说，'不是没有新的灾害吗？我们现在是多么幸福呀。我觉得，你现在跟大家相处得很和睦！'

"听到这样的话，他就更不能把他那乱成一团麻的担心说出来了。

"'不，艾尔克，'他说，'没有任何人与我为敌。保护教区不受我们上帝所创造的大海的损害，这可是责任重大的职务啊。'

"为了回避亲爱的妻子下边的问题，他挣脱了她的手。他走进马厩和粮仓，好像必须检查一切。但他对周遭的一切什么也没看见，他只不过是竭力使他的良心谴责平息下来，确信这只是一种病态的言过其实的恐惧。"

"我给您讲述的情况，"过了一会儿，我的好客的朋友，那位教书先生说，"发生在一七五六年，这一年在这个地区里是决不会忘记的。在豪克·海恩家里，死了一个女人。九月底，在那间为她布置的粮仓边的小屋子里，几乎九十岁高龄的特里娜·扬斯生命垂危。人们依照她的愿望把她扶起来靠在坐垫上，她的眼睛从镶在铅框里的小玻璃窗望着远方。在天边有一个薄气层悬在一个厚气层的上边，因为海平线很高，而那反光在此刻像举起一条闪闪发光的银带，把大海举到堤坝的边缘，照得小屋里闪烁着美丽的光彩，就连耶弗沙滩的最南端也隐约可见。

"小维恩科蹲在床脚的一端，用一只手紧紧地抓着站在身边的父亲的手。死神刚好往垂死者的脸里凿上死亡的印记，那孩子气也不喘地呆呆地望着那张不好看的但她颇感亲切的面孔所发生的叫人害怕的、她全然不解的变化。

"'她干什么呢？这是什么，爸爸？'她怯生生地小声问，把手指甲在父亲手里抠。

"'她死了！'督办说。

"'死了！'那孩子重复着，仿佛陷入混乱的感觉中。

"但老太太又动了动嘴唇：'英斯！英斯！'她尖叫了两声，像发出呼救的喊声。她的骨瘦如柴的胳膊对着外面闪着微光的大海的反面伸去：'救救我吧！救救我！你在海上面……愿上帝保佑其他的人！'

"她的胳膊垂下来，听得见床架的轻微的嘎嘎声。她已经停止了呼吸。

"那孩子深深叹息了一声，仰脸用那双没有光泽的眼睛望着她的父亲。'她一直死吗？'她问。

"'她彻底死了！'督办说，把孩子抱起来，'她现在在离我们很远的地方，在敬爱的上帝那儿！'

"'在敬爱的上帝那儿！'那孩子重复着，然后沉默片刻，好像必须思考一下这句话，'在敬爱的上帝那儿，好不好？'

"'是的，那最好了。'但在豪克的内心里沉闷地响着死者最后那句话。'愿上帝保佑其他的人！'他在心里小声叨咕着。'这个老巫婆想说什么呢？难道临死的人都是预言家？'

"在上边教堂附近把特里娜·扬斯埋葬以后不久，人们就越来越纷纷扬扬地讲说着各种各样的灾害和稀奇古怪的害虫，这都是住在北佛里斯兰的人最害怕的。一点儿不假，在复活节前第三个星期日，一阵旋风把塔尖上的金风信鸡刮下来了；话也真灵，盛夏时节，一大群害虫，像下雪一样，铺天盖地从天而降，人们连眼睛都睁不开了，过后死虫躺在沟渠造田上足有一手掌宽那么高，这种情形从前谁也没见过。九月底以后，工头带着谷物、女仆安娜·格雷特带着牛油，坐着马车进城去赶集。回来时，他们从车上爬下来，全都面带惊恐的死灰色。'怎么了？你们怎么了？'其他的女仆高声说，她们都是听到车轮滚动的声音后从屋里跑出来的。

"安娜·格雷特身穿旅行装，上气不接下气地走进宽敞的厨房。'喏，你就讲一讲吧！'女仆们又高声说，'灾祸是在哪儿发生的？'

"'啊，我们亲爱的耶稣保护我们！'安娜·格雷特高声说，'你们知道，就在海湾对岸，砖场里有一个马里肯老太太。我们提着牛油跟她一起站在药房的角落里，她对我讲过，伊文·约翰斯也对我说过。"这将是一场灾害！"他说，"一个全佛里斯兰的灾害。相信我说的话吧，安娜·格雷特！"而且，'她压低声音说，'督办的白马，终归是不正常的。'

"'嘘！嘘！'其他女仆提醒她。

"'是的，是的，这跟我有什么相干！但在那边，在海湾的另一侧，情况比我们这里还要糟！不仅有苍蝇和蝗虫为害，而且有血水像雨一样从天而降。灾后的一个星期天早上，牧师把他的洗脸盆往前一挪，发现里边有五个豌豆大的骷髅蛾。于是所有的人都走来看。八月，可怕的红头毛毛虫爬遍了整个地区，把谷物、面粉、面包和它们能找到的一切东西吃了个精光，连放火烧都没能把它们消灭！'

"讲话的女仆不说了，没有一个女仆注意到女主人走进了厨房。'你们在这儿说什么？'女主人说，'不要让主人听到这些话！'见她们大家都想分辩，她又说：'没有必要，这个我已经听得够多的了。都去干活儿吧，这会给你们带来好运！'说完，她就把安娜·格雷特领到房间去，跟她结清赶集的账。

"这样一来，在督办家里，这种信口开河的迷信故事在主人及其家属中就没有得到任何支持。但它向其余的家庭渗透，夜晚变得越长，越容易进入一家又一家。它像沉重的空气一样压在每个人身上，人们都在嘀咕：一场灾难，一场严重的灾难就要降临北佛里斯兰了。

"那是万圣节之前，十月里。白天刮了一整天猛烈的西南风。晚上，天边升起了半月，深棕色的云相互追逐着飘过去，阴影和浑浊的光在大地上杂乱无章地飞移——暴风在孕育中。在督办的房间里，晚饭已经用过，杯盘还摆在餐桌上。雇工们被派到马厩里去看管马，女仆们留在房子里和顶楼上检查每一扇门和每一个天窗是否已经关好闩紧，以免暴风雨冲进来造成损坏。在屋里，豪克跟他的夫人并肩站在窗前，他刚刚狼吞虎咽地吃过晚饭。他刚去过外边大坝。他是徒步一路小跑着去的，那还是下午较早的时候。他命人把尖木桩与装满黏土和泥块的草袋子集中扛到这里那里大坝露出弱点的地段。他把工人安置在各处，准备在洪水一旦开始损伤大坝时夯木桩，用那些草袋在前面堵塞决口。他把大部分人安排在西北角新坝和老坝相交的地方，不到万不得已，他们谁也不准从被指派的地点后退一步。把这一切都部署好以后，在一刻来钟以前，他回到了家，浑身湿透，头发也很凌乱。现在，耳边响着的恶魔一般的疾风把镶在铅框里的窗玻璃抓得嘎吱嘎吱地响，他好像思想麻木了似的向荒凉的夜望去。壁钟在玻璃罩里刚刚打了八点，站在母亲身边的孩子吓了一跳，把头埋在母亲的衣裙里。'克劳斯！'她哭着叫，'我的克劳斯哪儿去了？'

"孩子所以会这样问，是因为这只海鸥今年和去年都没有去作它的冬季旅行。父亲压根儿就没听见她问什么，母亲于是把孩子抱起来。'你的克劳斯在谷仓里，'她说，'它待在那儿暖和。'

"'为什么？'维恩科问，'这样好吗？'

"'是的，这样好。'

"这位一家之长还站在窗前。'时间不会很长，艾尔克！'他说，'叫一个女仆来，暴风雨要压坏我们的窗玻璃了，把护窗板都拧上去！'

"听了女主人的吩咐，一个女仆跑了出去，从房间里就看见了她的两层裙子都被刮起来在风中飘来摆去。但当她刚刚卸下铁扣搭，忽然来了一股狂风把窗板从她手里刮走，那窗板对着窗户甩了过去，几块被砸碎的玻璃飞进小房间，一支蜡烛冒着烟熄灭了。豪克不得不亲自出去帮忙，费了很大的劲才一个一个地把窗板安上去。当他们要回到屋子里来打开门的时候，一股狂风吹进来，刮得壁橱里的玻璃杯和银器皿叮当乱响。房子上面，他们的头顶上，横梁颤动不停，嘎嘎作响，好像暴风想要把屋顶从四壁上揭开似的。但豪克没有回到房间里来，艾尔克听到他穿过打谷场向牲口棚走去。'白马！牵马来，约翰！赶快！'她听见他这样喊。随后，他又回到屋里来，头发是乱蓬蓬的，但那双灰眼睛却闪着光。'风向变了！'他高声说，'变成西北风了，这是半个朔望潮啊！不是风——这样的暴风我们还没有经历过！'

"艾尔克的脸色变得惨白：'你非要出去不可吗？'

"他抓起她的双手，痉挛地紧紧攥住不放：'我必须去，艾尔克。'

　　"她慢慢地抬起她的黑眼睛看着他，于是他们彼此对视了几秒钟，好像这是永别。'是的，豪克，'妻子说，'我知道得很清楚，你必须去！'

　　"这时，那匹马正在外面大门口小跑呢。她搂住他的脖子，有那么一刹那，好像她能不放他走，但那也只是一刹那。'这是我们的奋斗！'豪克说，'你们在这儿是安全的，还没有一次洪水升到这所房子旁边来。祈祷上帝吧，他也与我同在！'

　　"豪克披上他的大衣，艾尔克拿来一条围巾，细心地围在他的脖子上。她本想说句话，但她的嘴唇直发抖，一个字也说不出来。

　　"白马在外边嘶鸣，听起来就像喇叭声钻进这暴风雨的狂吼中来。艾尔克随着她丈夫走出去；那老栌树咔啦咔啦地响个不停，好像就要倾倒在地似的。'上马吧，老爷！'那雇工高声说，'白马像要疯了似的，缰绳都快要挣断了。'豪克用双臂搂住他的妻子：'太阳一升起我就回来！'

　　"他翻身上了马，那牲口把前蹄举得老高，然后就像一匹军马投入战斗一般，带着它的骑者从高坡上冲了下去，钻进夜色和暴风雨的轰鸣中。'爸爸，我的爸爸！'从他背后传来孩子的凄惨的喊声，'我亲爱的爸爸！'

　　"维恩科在黑暗中跟在飞奔而去的人身后跑去。但她只跑了一百来步，就绊在一个小土堆上摔倒了。

　　"雇工伊文·约翰斯把那个哭喊着的孩子领到她母亲身边。她正靠在那棵老栌树的树干上，树枝在她头顶上随风不停地抽

356

打。丈夫已经消失在夜色里了，她还心里空荡荡地呆呆地凝视着那夜色。只要暴风雨的轰鸣和远处传来的大海的怒吼停息那么一刹那，她就吓得心里一颤，现在她总觉得，好像一切都在企图损害他，如果一切都静默下来，就是他被抓了。她的膝盖在颤抖，暴风吹散她的头发，像攥在手里任意拨弄似的。'孩子在这儿，夫人！'约翰斯冲她喊道，'抱紧她！'说着把小家伙塞到她母亲的怀里。

"'孩子？我把你给忘了，维恩科！'她高声说，'上帝饶恕我。'然后她让孩子贴紧她的胸脯，尽其母爱所能地抱紧她，跟她一起跪下来：'主啊，你——我的耶稣，别让我们成为孤儿寡母呀！佑护他吧，哦，敬爱的上帝！只有你和我，只有我们了解他！'暴风雨并没有停息，轰轰隆隆的声音惊天动地，好像整个世界都要在这地动山摇的轰响里走向毁灭。

"'进屋吧，夫人！'约翰斯说，'来吧！'他扶起她们，领着两人进了房子，走进房间。

"豪克·海恩督办骑着他的白马赶往大坝。小路十分泥泞，因为前几天下了大雨，被浸湿的黏土虽然抓不住马蹄，但下边似乎还有一层夏日晒干的坚实的土地。天上的云在飞，活像一次野蛮的狩猎；下面是广阔的人造低地，犹如一片显而易见的、充满惶恐不安的黑影的荒野。从堤坝后边的海上越来越响地传来沉闷的怒吼声，好像这狂涛恶浪要把万物吞噬下去。'往前走，白马！'豪克喊道，'我们现在走的是最坏的路啊！'

"这时，从他的骏马的蹄下传来一声垂死的叫喊。他往回扯住缰绳，朝四下里看：在他的一侧，几乎紧贴着地面，半似飞翔，半似被暴风抛掷，掠过一群白色的海鸥，一阵恶意讥诮的吱吱的叫声不绝于耳——它们是在陆地上寻找避难所的。月亮穿过云层一照，只见其中的一只海鸥被踩死在路上了。骑马的人觉得，那海鸥的脖子好像飘着一根红色的带子。'克劳斯！'他喊道，'可怜的克劳斯！'

"这是他女儿的鸟吗？是不是它认出了白马和骑者，想在他们身边得到庇护？骑马的人不得而知。'往前走！'他又喊，白马已经抬起蹄子准备奔跑。这时，暴风突然中止，代之而来的是死一般的寂静，不过只有一秒钟工夫，接着，暴风重又狂怒地返回来。但是，嘈杂的人声和迷路的犬吠声在这当儿也传入这骑马人的耳鼓。当他扭头朝后边自己的村子看时，在月光下他看见这样的情景：在高坡上和各家的房子前，有很多人围着装得老高的车在奔忙。他看见另外一些车飞快地向高地驶去，他听到牛群哞哞的叫声，那些牛正从温暖的牛棚里被赶出来往高地上爬。'感谢上帝！他们都在自救和救护自己的牲畜哪！'他在心里呼喊了一声，随后就声嘶力竭地喊道：'我的女人！我的孩子！不，不！大水升不到我们的高坡上来！'

"但那只是一瞬间，这一切如同一个幻象从他眼前飞逝过去。

"一股可怕的狂风怒吼着从海上吹过来，于是，白马和骑者从窄小的斜坡小道冲到堤坝边。到了上面，豪克用力拉住马。但是，大海在哪里呀？耶弗沙滩又在哪里？那上边的岸哪儿去了呢？他眼前只有高山般的水，那些水山恐吓似的对着夜空升腾，在可怕的暮色中层层相叠，一个擩着一个冲击着陆地。它们戴着白色的头冠吼叫着涌过来，好像在它们体内汇集着荒野上一切可怕野兽的叫喊。白马踏着前蹄，打着喷鼻，应和着那喧嚣声。而骑马的人却突然感到，好像所有人的力量在这里都已终结，好像现在突然而至的是黑夜，是死亡，是虚无。

"他想起：这的确是海啸，只是他从来没有亲眼见过。他的女人，他的孩子，她们都很安全地坐在高坡上那所坚固的房子里。但是他的堤坝——想到它，就像有一种自豪感涌上他的心头——正如人们所称呼的豪克·海恩大坝，它现在就要证实我们必须怎样来修筑堤坝！

"但是——那是什么呢？他停留在新坝和老坝之间的一角。他派到这儿来守护的人都哪儿去了？他朝北一直望到老坝旁边，因为他也把少数人安置在那里了。不管这里还是那里，他都看不到一个人。他骑着马往外走了一段路，但只有他一个人，只有暴风雨的呼号和传至无限远的大海的怒吼震耳欲聋。他拉马向后转，又来到那个孤寂的角落，让他的目光沿着新坝一线滑过去，他清楚地看出：这里的海浪滚过来的速度比较慢，力量比较小，好像那里几乎是另一个海。'这个坝一定挺得住！'他喃喃地说，心里好像爆发一阵笑声。

"但当他的目光继续沿着他的堤坝往前滑过去时，他心里的笑声消失了：在西北角——那里是什么呀？黑压压的一大堆东西乱糟糟地挤在一起，他看见那一大堆东西相互拥挤着，忙忙碌碌地活动着——无疑，那是人！这些人现在在他的堤坝旁想要干什么，正在做什么？他的马刺往白马腹侧一踢，那马便带着他飞奔到了那里。暴风雨从侧面袭来；有时狂风非常猛烈，他连人带马差一点被风从大坝上抛到新的人造田里，但骏马和骑者知道他们是在什么地方奔走。豪克发现，在那里有一二十人挤在一起紧张地工作，他也清楚地看见，一个横穿新坝的排水沟已经挖成。他使劲拉住马。'停下！'他喊，'停下来！你们在这儿搞什么鬼把戏？'

"他们突然发现堤防督办在他们中间，便吓得停下了铁锹。暴风把他的话传送给他们，他清楚地看到有好几个人争先恐后地回答他，但他只能看见他们急躁的手势，因为他们都站在他的左侧，他们说的话全被暴风刮走了。在这里，有时人们被暴风刮得打转，相互碰撞，他们只好紧紧地挤在一起。豪克飞速地看了一眼挖好的排水渠和水位，尽管有新的纵断面，那海浪仍然几乎向上拍击到了大坝的高限，水花溅到了白马和骑者的身上。他很明白，只要再挖十分钟，洪水就会从排水渠冲过去，豪克·海恩人造田就会被大海埋葬！

"督办招呼一个工人到白马的另一侧来。'好，你说吧！'他大喊，'你们在这儿干什么？这究竟是什么意思？'

"那个人大声申辩道：'要我们挖通新坝，老爷，为了不冲毁旧坝！'

"'你们要干什么？'

"'挖通新坝！'

"'要淹没人造田？是哪个魔鬼命令你们这样干的？'

"'不，老爷，不是魔鬼，堤防代表奥勒·佩特斯来过这儿，是他下的命令！'

"骑者气得两只眼直冒怒火。'你们认识我吗？'他喊道。

"'只要有我在，奥勒·佩特斯就无权发号施令！你们都走吧！回到我给你们指定的地方去！'

"见他们迟疑不决，他便骑着他的白马冲进人群：'走开，到你们的或魔鬼的祖母那里去吧！'

"'老爷，你要留神了！'从人群中走出一个人叫道，用他的铁锹对着那横冲直撞的马戳去，但它用蹄子一踢，就把他手中的铁锹踢飞了，另一个人被撞倒在地上。从其余的人当中突然发出一声叫喊，一个人在极端恐惧时从嗓子眼里勒出来的一声叫喊。顿时，所有的人，包括督办和白马，都瘫软了。只有一个工人像路标一样伸出他的手臂。他指向两坝的西北角，新坝和老坝相交的地方！此刻，只听得见暴风雨的怒吼和海水的咆哮。豪克在马鞍上转过身子：那里出了什么事？他瞪大了眼睛：'我的主呀！一个决口！老坝上出了一个决口！'

"'这是您的过失，督办！' 人群里一个人大喊，'您的过失呀！应该把他带到上帝的圣坛前去治罪！'

"豪克气得发紫的脸变得像死人一样惨白。照在他脸上的月光，也无法使它更惨白。他颓唐地垂下手臂，甚至忘了手里还握着缰绳。不过，这只有那么一刹那工夫。随即他又振作起来，发出一声艰难的叹息，然后他默默地掉转马头，于是白马打着喷鼻，带着他在大坝上向东疾驰而去。骑者的眼睛敏锐地巡视着四方，他的头脑里翻腾着各种想法：他要到上帝的圣坛前认什么罪呢？关于挖通新坝吗，如果他不制止，说不定他们就把它挖通了呢。但是从前的那件事又涌上他的心头，他清楚地知道，问题就在那里——那是去年夏天，当时奥勒·佩特斯的恶言恶语并没有堵住他的嘴。只有他一个人看出了老坝的弱点，因此他无论如何也要建造新的工程。'上帝啊，我承认，'他突然对着暴风雨大声喊道，'我没有尽到我的责任！'

"他左边，紧挨着马蹄，是大海翻卷的波涛。这时天已全黑下来了，他前面就是老的人造田，包括田里的高坡和家乡的房舍。惨淡的天光已经完全熄灭，只有从一个地点射出的光线穿透黑暗。这个男人的心里感受到一种安慰，那可能是从他的家照射过来的光线，他觉得那好像是妻子和女儿的一声问候。谢天谢地，她们依然安适地待在高高的坡地上！别的人无疑已经到了高地的村庄，从那里闪烁出那么多他从未见过的光点。甚至在高空，显然是从教堂的塔楼，也向黑夜照射过来这样的光。'他们都要走了，全都走！'豪克自言自语，'当然，在很多高坡上将出现坍塌的房屋，被淹没的沟渠造田将度过艰苦的岁月，溢洪孔和水闸都必须修复！我们必须忍受这一切，而我是愿意救助所有人的，就是那些伤害过我的人，我也要救助，只是，主啊，我的上帝，对我们这些人发发慈悲吧！'

"这时，他把目光转向侧面，注视新的人造田：大海在造田四周冒着泡沫，汹涌澎湃，但在造田的腹地却笼罩着夜的静寂。一声不自觉的欢呼从骑者的胸中发出：'豪克·海恩大坝，它是牢固的，它将在这里屹立一百年！'

"一种雷鸣般轰轰的浪击声在他脚下震响，把他从幻梦中惊醒。白马不肯再往前走了。这是怎么了？马向后跳，他感到：一段堤坝在他面前倾倒，坠入深渊。他睁开眼睛，抖掉一切幻梦：他停在老坝前，白马的前蹄已经踏上去了！他下意识地拉马后退，这时，最后一片云从月亮前面飘过去，柔和的星辰照耀着那惊涛骇浪，它冒着泡沫，呼啸着，在他面前滚滚落入老的人造田里去。

"豪克麻木地呆呆地望着那里，那是一场吞噬人畜的大洪水呀。这时，那道光线又在他眼前闪动了，这正是那道他刚才发现的光，它一直在他的高坡上闪烁。现在，当他壮着胆子望着下边的人造田时，他清楚地看到：在他面前轰轰向下冲过去的怒涛旋涡后面，大约有一百步宽的地方被洪水淹没了。他清楚地认出了后面那条从人造田通往这里的路。他还看到：一辆车，不，是一辆双轮轻马车，疯狂地向大坝驶来。一个女人，甚至还有一个孩子，坐在车里。而现在——那不正是在暴风雨里飞跑过来的小狗在尖声狂吠吗？万能的上帝！那是他的女人和孩子。她们已经快到眼前了，泡沫飞溅的狂涛巨浪向她们涌去。从骑者的胸中发出一声叫喊，一声绝望的叫喊：'艾尔克！'他喊：'艾尔克！回去！回去！'

"但暴风和大海是无情的，风雨和海涛的怒吼吹散了他的话。暴风揪住他的大衣，差一点儿把他从马背上拉下来，而那辆车一刻不停地对着倾泻而至的洪水飞驰。他看见，那女人好像朝他向上伸出手臂——她认出他来了吗？难道是由于怀念他，由于对他极度担忧她竟从安全的家里跑出来了吗？而现在——她是要和他作最后的告别吗？这一切问题在他脑海里闪现，它们停留在那里，得不到回答——不论是她对他，还是他对她，所有的话语都丧失了。只有如同来自世界毁灭的咆哮声充塞他的耳鼓，任何别的声音都再也传不进去。

"'我的孩子！哦，艾尔克，哦，忠实的艾尔克！'豪克对着暴风雨大喊大叫。这时，大坝的一大段突然在他面前沉入深渊，海水怒吼着随后倾泻进来。他又一次看见下面那匹马的头，那辆车的轮子，从混乱的恐怖中浮现，随后又打着旋儿沉没了。这位骑者如此孤独地停留在大坝上，他的呆滞的眼睛什么也看不见了。'完了！'他低声自语。然后，他骑着马沿着深渊走，他脚下的海水令人毛骨悚然地咆哮着，开始淹没他故乡的村庄。他始终看得见从他家照射出来的光在闪烁，他觉得那边已经没有生命了。他坐直身体，照白马的腹部踢了一马刺，那牲口腾地直立起来，几乎把他掀下去，但这个男人用力把它压了下去。'往前走！'他又像往常催马快跑那样喊了一声，'我的主啊，带走我吧，宽恕他人！'

"又踢了一马刺，白马一声嘶鸣，压过了暴风雨和浪涛的咆哮声。随后，在下边，从向下奔腾的激流中发出一个沉闷的声音，一场短暂的搏击。

"月亮在高空照耀着。但在下边的大坝上除了肆虐的洪水再也没有生命了，这洪水转瞬间便把老坝完全淹没了。但豪克·海恩田庄的高坡始终高耸在海涛之上，那里依然闪烁着灯光，在高地那里，各家的房屋渐渐都熄了灯，而教堂塔楼上的那盏孤灯照旧把它颤抖的光投射在汹涌奔腾的波浪上。"

讲故事的人住声了。我抓住那个早已放在我面前的斟满了酒的杯子，但我没有把它送到我的唇边，我的手停在桌子上没有动。

"这就是豪克·海恩的故事，"我的主人又开口说，"我把我所知道的都讲了。当然，我们督办的女管家会讲得完全不同，因为也有人这样讲：跟先前一样，那副白色的马的骨骸是在洪水之后，在月光下的耶弗岛上再次看到的，全村的人都看见过它。可信的说法是：豪克·海恩同他的妻子和女儿都淹死在这次洪水中了。我在山上教堂陵园里从来没有找到他们的坟墓。死人的身体全被退潮的洪水从决口处冲进大海里去了，在海底渐渐分解成了各个部分——他们就这样在人们面前安息了。但豪克·海恩大坝，在百年后的今天，还矗立在那里。如果您明天骑马进城，愿意牺牲半小时绕一下路，那么您的坐骑就会踏上这个大坝。

"当年，耶维·曼内斯曾经预言，子子孙孙将感谢大坝的创立者，正如您所见到的，这话并没有变成现实。因为事情是这样的，先生：人们给苏格拉底喝了毒药，而我们的主耶稣被他们钉在了十字架上！这在近代是不再那么容易了，但是——把一个专横残暴的人或一个阴险顽固的教士奉为圣徒，而一个出色的青年，只因他比别人高出一头，便被诅咒成魔怪和幽灵，这在今天还是常见的事。"

这位严肃的小个子讲完了这一席话，便站起来，侧耳听了听外面的动静。"那里已经发生什么变化了，"他说着，从窗户上拉开毛毯，皎洁的月光照在窗前。"你瞧，"他接下去说，"那里，堤防代表们回来了。他们散开，各自回家去了。对岸一定出了一个决口，海水退潮了。"

我站在他身旁向外望去。这里的窗户高出大坝的边缘，一切都跟他说的一样。我端起酒杯，喝光剩下的酒，"感谢您今晚讲故事！"我说，"我想，我们可以睡一个安稳觉了！"

"可以安心睡了，"这位矮小的先生回答，"我衷心地祝您睡个好觉！"

下楼时，我在下边的过道里遇到了堤防督办。他想把他留在酒店的一张地图带回家去。"一切都过去了！"他说，"我们的教书先生讲得天花乱坠，您都信以为真了吧。他是一个思想开通的人！"

"他似乎是一个很有见识的人！"

"对，对，当然。但您不能不相信您自己的眼睛。对岸的大坝已经决口了，我是预言过的！"

我耸了耸肩："这种事需要躺在床上好好想一想！再见，督办先生！"

他笑着说："再见！"

第二天清晨，太阳在一片废墟的上空升起，在金灿灿的阳光照耀下，我骑着马越过豪克·海恩大坝，沿着往下延伸的路，向城里走去。

关惠文 译

汉斯熊

很多很多年以前，有个穷苦的烧炭人和他的妻子住在一个古老的森林里，不久前他的妻子生了一个健壮的小男孩，他们给他取名汉斯。这个孩子生下来后很快就力大惊人，他把父亲给他当做游戏伙伴的三条小狗用手都捏死了。他们责骂他，可也心里暗喜，他们的小儿子竟然有如此神奇的体格，并想把这个孩子培养成一个有出息的人。不久他们确也就享受到了这种快乐，我马上就讲给你听是怎么回事。就在这片林子里住着一只硕大的母熊，猎人把它的两个孩子打死了，它十分伤心，没日没夜痛苦地在林中转来转去。有一天它来到烧炭人的家门前，小汉斯正坐在角落里玩耍。

熊发现了，它对两个孩子的死一直耿耿于怀，要向作恶的人复仇，他们杀害了它的孩子。于是它朝小汉斯扑去，想把他吃掉。可是他却从地上拔出了一棵小树，勇敢地朝大熊抡去，它惊讶孩子竟有这么大的气力和胆量，脑子一转有了另外的念头："你要把这个孩子带到自己的洞里，用自己的乳汁把他养大，使它健壮有力，成为你自己的小熊，这样当你年迈体衰时，他就能来照料你和保护你。"这只老母熊一想到此，虽然它吼叫和做出吓人的姿态，可却十分温柔地用它的前掌把汉斯抱了起来，朝森林里跑去，把汉斯带回它的洞里。

一回到洞里，它就立刻把它的养子放到柔软的窝里，这是从前它为它的孩子们准备的。母熊给汉斯把干草铺好，它嘟嘟囔囔，非常亲切和善，这使汉斯慢慢地平静下来，最后由于疲惫和虚弱就睡入梦乡。

翌日清晨，当他睁开眼睛时，他看到老熊坐在他的窝前，用它的手掌递给汉斯一大捧好看的红色草莓，这是它一大早到林子里给他采摘来的。随后它把乳房靠过去，用它的乳汁奶他。小汉斯变得十分快活，时而去敲敲老熊宽大的后背，时而去扯扯它那毛茸茸的皮毛——这成了他的乐趣。他俩就这样玩了一会儿，随后熊又走出洞穴，但它在离开之前用一块巨石挡住洞口，把门封了起来，使我们的小汉斯出不来，只能待在里面。

一段时间过去了。清晨母熊外出，中午它又回到洞中，总是给它的养子带来漂亮的草莓或者鲜花，随后与他嬉戏一番，就又去林中转逛，直到晚上才回来。但是它用那块可恶的巨大石头挡住洞口却成了小汉斯的最大苦恼，它封锁了他通向美好的绿色森林的去路。一天早晨，老熊像往常一样去往林中寻找一份甜美的食物或一只肥兔当做早点，这时小汉斯用背抵住巨石使出全力，虽然拼命顶推累得气喘吁吁，可石头从原地只移动了一点点。当老熊回到家来时，它发现了石头动了地方，就朝小汉斯发起火来。从这以后，每当它再次外出时，它就用更多的石头堵住洞口。一开始小汉斯不得不忍耐，因为一则他的力气还不够，二则他害怕母熊看出他不念及它百般照料和呵护而想再次逃走的话，真的暴怒起来。但他终于看到他已经足够的强大和有力能把石头推开，他就不再忍受了：当母熊习惯地下午出寻时，他积聚起全部力量又一次向石头发起了攻击——这是一种怎样悦耳的噼里啪啦声！巨大的石头倒向两边，都被移开了。他站在神圣的大自然之中，进入他长久以来就渴望一见的世界：他四周参天的绿树在簌簌作响，他头上欢快的小鸟在歌唱它们嘹亮的歌曲，若是他不害怕母熊会把他重新带回洞里，那他心中会充满快乐和感到轻松。他大步流星跑了起来，拼尽全力，终于看到了一个烧炭人家。

这时已近傍晚，烧炭人和他的妻子劳累一天已经休息，汉斯敲门，因为他还是一直极为害怕母熊赶来，就大力地敲起门来。终于好人把门打开，问他有什么事。他一再请求他们收留他为他们干活，并向他们讲述了他所知道的自己的全部故事。烧炭人和他的妻子用他们犀利的眼睛观察他，很快就从他左肩上的一个小黑瘤子认出了，这个乞求保护的孩子正是他们几年前很奇怪地丢失了的亲生儿子。有谁比汉斯更快乐呢，他竟意想不到地又找到了自己亲爱的双亲！有谁比烧炭人和他的妻子更为快乐的呢，他们竟然意想不到又找到了他们亲爱的儿子！他现在从一个小汉斯长成了一个魁梧的大汉斯。

他在他们身边待了一段时间，经常给他们讲述他的奇妙故事，终于他燃起了去外地的渴望。有一天他向他的双亲宣布，他想去外地漫游。父母没有什么可反对的，于是他就在一个清晨动身出发了。

他在这个地区转了个够，这个长期漫游的人也变得疲惫了。有一天他看到了一个大而豪华的农家庄园时，没怎么想就进去，请庄园主人收留下他做工。

庄园主人看到他是一个魁梧健壮的小伙子，问了他的姓名，就把他留在家里做雇工。在这同时，果园中的果实已经成熟了，翌日清晨他被打发到果园去给主人摇晃果树。可他一开始摇晃时，树枝和果实全都断落到地上。稍后不久，他的主人来到果园看看这个新雇工活干得怎样时，汉斯就十分老实地对他说："主人，您的果树老朽了脆弱了，我一摇连树枝都断了，一齐落到地上！"主人却骂了他，说他把他最好果树都给毁了。随后他把他派到林子里去伐树，给了他一柄明亮的斧头让他上路。可汉斯却把斧头抛到一边，自己去找一条坚实的铁链，找到后他就遵照主人的命令到森林里去。他用他的铁链一会儿捆上这棵树，一会儿捆上另一棵树，把它们连根拔了出来。傍晚时主人带来另外一些雇工乘车前来，要把伐倒的树运回家去。

可他们来到一看，半个森林的树都被连根拔了出来，目瞪口呆，都不相信他们的眼睛了。人们在问："汉斯，告诉我们，谁给了你这么大的力气？你一个人一天干的活我们得十个人一百天才能干完！"

汉斯虽然孔武有力，但是天生忠厚淳朴，讨人喜欢，他满足了他们的好奇心，就如实地讲述了他的故事。随后他把两株最大最粗的橡树扛到肩上，泰然自若地回到家里。可是其他人还在林子里待了很长时间，试着把拔出来的树搬到车上，却徒劳无功。

汉斯的故事很快传播开来，因为他受到一头熊的哺乳和养育，有了一头熊的力气，于是人们就称他为汉斯熊。

庄园主和他的雇工对汉斯有这样异乎寻常的力气感到十分恐惧，他们暗地里商议出一个恶毒的主意，要把善良的汉斯置于死地，这样汉斯的强壮有力就不会再次给他们带来巨大的苦恼和不快了。

他们商量好之后，一天庄园主就来到汉斯跟前，对他说道："我的姑妈告诉我，她的父亲把一批财宝埋在我庭院中的井里，由于天旱井水已经枯竭，你下去挖挖看，能不能把它们找到！"汉斯遵命下到井里。

但他刚一下去，庄园主就与他的雇工把石头抛到井里，认为这样就可轻易地把他解决掉了。汉斯早就看出了他们的狠毒的意图，但他们抛的石头根本就伤害不了他，就平静地任他们去施展好了。逐渐地有好几百块石头抛了下来，终于他忍耐不住了。"井边的母鸡在拿我开心，"他从下面朝上喊道，"他们在往我眼睛上撒沙子呢，我再不会也永远不会为你们挖井里的宝贝了！"

庄园主和他的雇工一听这话，吓得要死。可当他们从惊恐中恢复过来时，就搬来一块巨大的磨盘石推了下去。这回他们确信，危险的汉斯熊这回一定完了。但是汉斯抓住磨盘，把他的脑袋套进磨盘当中的圆孔之中，这个磨盘就像围住他脖子的衣领一样。当他们从上向下望井底，好确定他的死亡时，他却笑着朝他们喊道："你们是要把我变成一个牧师，给我脖子上戴上个这么巨大的牧师衣领！现在别再玩这套鬼把戏了，把我拉上去！"说着他就把磨盘石从井下抛了上来，把一个凶恶的雇工给压到了下面，其他人都惊恐逃窜。他很快被拉了上来。庄园主看出来了，凭他们几个人根本就无法把这个强壮有力的人置于死地，于是给他贵重的黄金，使他不要因他们的恶毒用心而进行报复，并求他打点行装，离开这里。汉斯也正要到外面世界去闯荡一番，拿到钱就上路了。

漫游了一些日子，他到处听到那么多人都在谈论国王女儿的天姿国色。可同时也听说，一个粗犷的巨人要娶她做妻子，而国王忧心忡忡，十分恐惧，逼不得已他就宣布，谁能战胜巨人，就把半壁江山给他，并把女儿许配给他为妻。

汉斯越来越感到好奇，渴望一见美丽的公主。他离王都越近，就越多地听到这位公主的美貌绝伦和心地善良，终于他到达了都城。

美丽的公主坐在她的王宫，从角窗中向外望，她不胜悲哀，泪流满面，一个如此可怕的怪物要把她抢去做妻子。

汉斯为她的目光而着迷，他立刻决定去与这个巨人进行决斗——此前已有三个俊美而勇敢的骑士为争做公主的丈夫在与巨人战斗中死去。汉斯随即到了一个铸造武器的匠人那里，付他黄金，叫他造一顶漂亮的头盔、一件明晃晃的铁甲，但主要的是一柄锋利的重剑。他装备停当，站在国王的面前，请求他允许自己去与巨人决斗。国王为他祈福，并许诺，如果他能战胜巨人就把女儿许配给他为妻并送给他半壁江山。汉斯离去后，善良的国王跪在地上为汉斯的灵魂祝福，因为他深信不疑，这个人也会像另外三个人一样被巨人杀死的。

这期间汉斯去找巨人，要与他进行决斗。当巨人看到汉斯时，他相信这又是一场轻松的游戏。因此舒舒服服地倚在一根树桩上，嘲弄地对汉斯说道："小家伙，或许你也是要来折断我的脖子的！那就试试吧，在你拔出你那柄可怕的剑对准我之前，看看你能不能把我的这把轻剑从地上高举起来！说罢他就把他的那柄巨大的利剑从剑鞘拔出抛到地上。巨人这样做是因为他相信汉斯和其他三个人一样，根本就不能把剑从地上拿起来。但是汉斯用一只手就把这柄令人惊恐的宝剑举到头顶并把它扔到远远的地方，剑插入地里直没到剑柄。这个巨人一看就暗自思忖：他比我还要有力气，于是劝他说："我觉得，我这样做对你不公平，你不是一般的战士，因此我们要和平相处，因为两个如此勇敢的战士应当是朋友而不是敌人。这样吧，我给你许多的黄金和珠宝，让你用三辆车尽量地装。你走你自己的路，把美丽的国王女儿让给我，因为我非常爱她，她比世上所有的黄金和珠宝都宝贵。"

但汉斯更爱妩媚动人的公主，胜过世上的全部黄金和珠宝，甚至胜过他自己的生命。他不听巨人劝说，而是很快抽出自己的宝剑，而巨人却不得不从地上拔出先前汉斯掷进地里的宝剑。两柄利剑劈砍在一起，迸出明亮的火星！可不久，汉斯就一记猛劈，把巨人的脑袋从脖颈上砍了下来，一股黑血喷溅到四周的绿地上。随后汉斯带上被砍下的巨人头颅作为他胜利的标志，重新朝王宫走去，向国王报告他的敌人已死的喜讯并要他履行自己的诺言。

当国王看到他进入皇宫时，就迎了上来，拥抱他，高兴地祝贺他的胜利。随后他对汉斯说："跟我来，我的儿子，到我的女儿——公主那儿去，我送给你我的半壁江山。"他俩到了美丽的国王女儿那里，她也为凶恶的巨人之死和父王领来做她未来丈夫的英俊男人感到喜悦万分。汉斯熊然魁梧健壮，可他的英俊一点都不亚于他的孔武有力。能有这样一个英俊的未婚夫，公主高兴极了，很快她就在神坛前把她的手和她的心一并交给了他。

不久之后老国王去世了。在举行庄严的葬礼之后，汉斯从他的岳丈那里继承了另外半壁江山，稍后他与自己的妻子一道返归故里，把他的双亲和他的兄弟姐妹带回他的都城。

当一辆高大的金色马车辚辚而行并静静地停在低矮的烧炭人的茅草房门前时，该是一种怎样的惊讶呵，这不需我来为你进行描述！当这对老夫妇认出了国王是他们亲爱的儿子，而这个儿子又把美貌的公主引到他们面前称这就是他们的儿媳时，那真是惊喜万分，乐不可支！汉斯又带同双亲、兄弟姐妹和他的随从来到熊洞，去找他的衰老的养母。当他们还离熊洞有段距离时，就都害怕起来，请求国王返回。可他安慰他们，继续前行。他们很快就到了洞口，汉斯自己走了进去，不要任何人陪伴。多么令他吃惊呀！这只善良的老熊可怜地躺在它的窝里，伸张开四肢，奄奄一息。因为它衰老多病，已经不能从林中寻觅食物了，若是国王不及时赶到的话，那它就已经饿死了。

老熊认出是他抚养过的孩子，它想站立起来，爬过来迎向他，可是它没有力气，重新跌回到它的窝里。汉斯喊来他的随从，拿来食物和喝的。他坐到卧在干草前的母熊身边，用他的手抚摸它，想方设法伺候它。熊用它粗糙的舌头舔国王的双手，慈祥地望着他，像是在说："你终于来了，用这最后的关怀向我表明，我没有白白地抚养你、照料你。"

慢慢地大家都进入洞里，公主把老熊的头搁放在自己的怀里，用她美丽的双手抚摸它，像她的丈夫一样，用一切可能的方法来伺候它。但一切都没用了！母熊太老了太衰弱了，无法活得再久些。它朝国王和他的美丽的妻子投去一瞥感激的目光之后，摊开了四肢死去了。国王为他年老的养母痛哭不已，所有人都为这只善良的动物之死而感到悲哀，长时间伫立在熊窝的跟前。随后他们把它安葬在一棵老橡树的树干旁并返回了都城。国王汉斯熊与他美丽的妻子治理这个国家好多年，人们的日子过得幸福、安宁。

高中甫 译

名家评论

这部小说真是细腻优美到了极点……弥漫着一种十分特殊的诗一般的馥郁之气。

——［俄罗斯］屠格涅夫

对于一些劳瘁的心灵，这清丽的文笔、简朴的结构、纯真的感情，也许可以给予少许安慰吧。

——巴金

我们读完了《茵梦湖》之后，无论如何总不能了解他何以用了这样简单的文字，能描写得出这样复杂的感情来的……与其称他作小说家，还不如称他作诗人的好。

——郁达夫

论文字的秀丽轻飘，论描写方法的活泼高妙，《茵梦湖》可算是在文字上下工夫的读者们最好的读物。

——张友松

施托姆生平和创作年表

1817 年　9 月 14 日，施托姆生于当时处于丹麦统治下的石勒苏益格－荷尔斯泰因濒临北海的胡苏姆小镇，父亲是一名律师，母亲是佛里西亚人。

1837 年　进入大学攻读法律；毕业后回故乡开设律师事务所，同时开始搜集整理家乡的民歌、格言、传说和童话，并创作了一些带有田园牧歌情调的抒情诗。

1848 年　发表第一篇小说《玛尔特和她的表》；深切关注同年爆发的石勒苏益格－荷尔斯泰因人民反抗丹麦统治的斗争。

1850 年　发表中篇小说《茵梦湖》，这是施托姆最受读者欢迎的一部小说，他因此赢得了小说家的声誉。

1853 年　创作抒情诗《离别》和短篇小说《一片绿叶》；同年因在石勒苏益格－荷尔斯泰因问题上表现出对德国的强烈同情，被丹麦统治者取消律师资格，被迫迁居波茨坦做法院义务推事。

1856 年　迁居海利根施塔特，获得县法官职务。

1861 年　创作中篇小说《城堡里》。

1863 年　结识著名作家艾兴多尔夫、默里克等，并写出中篇小说《在大学里》。

1864 年　爆发普鲁士－丹麦战争，丹麦战败并退出石勒苏益格－荷尔斯泰因，施托姆返回故乡，任行政长官；石勒苏益格－荷尔斯泰因并入普鲁士后，改任胡苏姆法院法官。

1865 年　妻子去世，完成诗集《浓黑的阴影》，这篇诗集达到了他的抒情诗的顶峰。

1874 年　完成《木偶戏子波勒》。

1875 年　完成历史中篇小说《淹死的人》。

1880 年　退出政界，移居哈德马尔申，专事创作。

1883 年　完成中篇小说《缄默》。

1885 年　写下《箍桶匠巴施》。

1886 年　完成《双影人》。

1888 年　完成他最后也是最伟大的小说《骑白马的人》。

1888 年　7 月 4 日，在哈德马尔申逝世。

图书在版编目（CIP）数据

施托姆中短篇小说经典 /（德）施托姆（Storm, T.）
著；高中甫,关惠文等译. —重庆：重庆大学出版社，2012.6
（新陆文库·德语卷）
ISBN 978-7-5624-6670-3

Ⅰ.①施… Ⅱ.①施… ②高… ③关… ④江… Ⅲ.
①中篇小说–小说集–德国–近代 ②短篇小说–小说集–
德国–近代 Ⅳ.①I516.44

中国版本图书馆CIP数据核字（2012）第089173号

楚尘文化

施托姆中短篇小说经典
shituomu zhongduanpian xiaoshuo jingdian

[德] 施托姆 著
高中甫 关惠文 等 译

责任编辑 高雅洁
装帧设计 陆智昌

重庆大学出版社出版发行
出版人 邓晓益
社址 （401331）重庆市沙坪坝区大学城西路21号
网址 http://www.cqup.com.cn
印刷 北京鹏润伟业印刷有限公司

开本：850×1180 1/32 印张：12 字数：266千
2013年1月第1版 2013年1月第1次印刷
ISBN 978-7-5624-6670-3 定价：45.00元